Dos monstruos juntos

Novela

Biografía

Boris Izaguirre nació en Caracas en 1965. Su nombre forma parte de la literatura y la televisión en español desde hace más de dos décadas. Escribe la columna «La paradoja y el estilo» en el diario *El País*, es colaborador habitual de *Vanity Fair* (España) y de la revista *Fotogramas*. Ha escrito guiones de telenovelas históricas como «La dama de rosa» (Venezuela, 1986) y ha sido colaborador de programas de televisión como «Crónicas Marcianas» (España, 1997-2005). Presentador de «Channel N.º 4», actualmente colabora con varios programas de Telecinco. También participa en el programa «La Ventana» (Cadena SER) y ha sido presentador de Miss Venezuela en sus dos últimas ediciones. Su novela *Villa Diamante*, finalista del Premio Planeta 2007, logró una enorme acogida por parte de los lectores, que la convirtieron en una obra en permanente reedición. Sus otras novelas son *El vuelo de los avestruces*, *Azul petróleo*, *1965* e *Y de repente fue ayer*. Asimismo, es autor de los ensayos *Morir de glamour*, *Verdades alteradas*, *Fetiche* y *El armario secreto de Hitchcock*. Está casado desde 2006 con Rubén Nogueira.

Boris Izaguirre

Dos monstruos juntos

Planeta

El papel utilizado para la impresión de este libro es cien por cien libre de cloro y está calificado como **papel ecológico**.

Avinguda Diagonal, 662, 6.ª planta. 08034 Barcelona (España)
www.planetadelibros.com

Ilustración de la cubierta: © Finn Notman-Campbell
Fotografía de la cubierta: Eduardo Miera <www.eduardomiera.com>
Cesión de vestuario de la cubierta: La Comercial
Fotografía del autor: Adler & Fresneda
Primera edición en Colección Booket: septiembre de 2012

Depósito legal: B. 20.568-2012
ISBN: 978-84-08-00852-1
Impresión y encuadernación: Liberdúplex, S. L.
Printed in Spain - Impreso en España

Para Pedro, por el naranjo
siempre en flor

«Hallo, Spaceboy, este caos nos está matando. Por eso, adiós, adiós amor.»

Hallo Spaceboy, David Bowie y Brian Eno
(«Outside», 1995)

PATRICIA

CAPÍTULO 1

—

LOS HAMPTONS NUNCA JAMÁS

Patricia siempre ha escrito rápido. Y con pésima caligrafía. Su hermana, Manuela, debe llamarla por teléfono para que «traduzcas lo que has escrito». A pesar de ese defecto, trauma casi, Patricia le escribe, con una pluma que convierte sus letras en anárquicos dibujos, una carta antes de facturar en el vuelo de British Airways a Londres desde Nueva York.

Esta será la última vez que [ilegible] *en los Hamptons, Manuela. Me he aburrido como una ostra yendo de casa en casa, sonriéndole a gente que promete que invertirán su dinero en el restaurante y a los que tienes que llamar al día siguiente para recordarles lo que te han prometido borrachos de martinis, cosmopolitans y gin tonics aguados por el hielo derretido. Lloro, sí, aunque no lo creas, cuando te imagino en las mismas fiestas suplicando sponsors para tus proyectos puntocom. ¡Voy a coger la agenda de los Hamptons y lanzarla desde el avión al fondo del océano! Solo conservaré los teléfonos de John y Debbie, sobre todo el de Debbie, tan rubia como yo pero más escandinava, como se supone que yo debería haber sido, ja, ja* [ilegible] *no te escribo más porque no recordaré tampoco la mitad de lo que garabateo con esta pluma. Te quiero. Londres será magnífico. Y los Hamptons una línea de playa con gente fastidiosa deteniéndose sobre la arena, asustados, acaso, de vernos alejarnos sobre las olas.*

Patricia sobrevuela la carta; no se entiende nada y seguramente por eso no pasará nada si deja el recuerdo de la mala experiencia de su hermana con las empresas puntocom. Un pésimo, pésimo recuerdo para Manuela. Vamos, estuvo a punto de quedarse en la calle a principios de 2000. Pero no hay nada peor en una carta escrita con estilográfica, y encima con tinta verde, que tachar una palabra. «Suplicar» es muy fuerte, una palabra que distingue profundamente a Patricia de Manuela. Patricia jamás suplicaría, ni siquiera por perdón. Patricia siempre ofrece y luego dispone. Entre «suplicar» y «sponsors» ha dejado algo de espacio para agregar una palabra que resuelva el entuerto. Falta poco tiempo para embarcar, hace calor, el *fast track*, ese invento post 11 de septiembre para, supuestamente, acelerar la inmigración de los que viajan en business, está, como siempre, colapsado. Y esa es la palabra que dibuja, cuidadosamente, sobre las letras donde antes escribió «suplicar». Mira la frase nueva: «Lloro, sí, aunque no lo creas... colapsada con sponsors para tus proyectos puntocom.»

Sella el sobre con sus labios. Lo entrega a la funcionaria negra de gesto avinagrado. A Patricia no le gusta decir «afroamericano». Y con respecto al gesto avinagrado... comprensible, acepta Patricia en su pensamiento veloz, porque ha esperado a que escribiera la carta a Manuela y luego efectuara estos cambios de última hora con una paciencia más bien inquietante. Si ella fuera la negra funcionaria, algo absolutamente improbable pero formaba parte de un juego silencioso que Patricia adoraba practicar, sería no solo más amable, sino también ocurrente. Por ejemplo, ella es la única persona en la ajetreada tarde que ha aparecido delante de ese mostrador para enviar unas cartas. La gente ya no escribe cartas, envía sms, llama, se proyecta en ordenadores adoptando su velocidad pero olvidando que todos los movimientos de ordenador dejan rastros. Enviar una carta sigue siendo algo íntimo, de mano a mano. Y que solamente puede ser entregada mediante orden judicial en caso de que sus palabras necesiten demostrar algún crimen.

—Es para mi hermana mayor, es muy tiquismiquis con las palabras —se excusa Patricia. La negra no dice nada. Ni siquiera con Obama, si llega a ganar, que para Patricia es totalmente probable, cambiará ese gesto, piensa. La negra pone el sello y de nuevo la fecha, 14 de septiembre de 2008. Mañana estarán en Londres y además de fiesta. La negra se queda mirándola, esperando que le entregue el grupo de sobres que también esperan un sello. Qué mirada más triste, piensa Patricia cuidadosa de que su propia mirada no desate un juicio por racismo. Obama ganará, está segura, porque demasiada gente es negra en el mundo. Y aun siendo tanta todavía se les denomina minoría. Cuando naces y creces como una minoría lo único que atesoras son resentimientos. Los resentimientos erradican el sentido del humor hasta que alguien aparece y tiene la gestualidad física exacta como para devolverte la risa. Cuando empiezas a reírte de ti mismo es cuando dejas de ser minoría. Y es cuando surge un negro como Obama, que no es completamente negro sino bastante chocolate con leche, que te provoca admiración, interés y encima habla fenomenal, con muchísimo vocabulario. Se ha embalado, Patricia tiene la habilidad de embalarse en una idea y estirarla hasta el hastío; en todo caso, el triunfo de Obama les pillará, a ella y a Alfredo, en otro país, de blancos, Europa otra vez, pero en inglés.

—¿Quiere sellar esos también? —le pregunta la negra en español. Patricia no esconde el disgusto en su mirada. ¿Cómo con estas facciones, siendo absolutamente rubia, ojos verdes y bastante saltones para su gusto, labios carnosos aunque medio rotos por el inclemente calor, puede la negra asumir que es española? No es que le moleste, sino que un instante como este serviría idóneamente para explicarle a Manuela por qué abandonaban Nueva York: nadie habla en inglés. Y hay tantos españoles y latinoamericanos compitiendo por hacerse con el control de la ciudad que, primero, ya no es novedad ser de Barcelona, mucho menos de Madrid, y todo el mundo te observa como si fueras un cruce entre Penélope Cruz y Jennifer López.

—Le he preguntado por los sobres —continúa la negra con indudable acento neoyorquino pero en castellano—. ¿Enviará esos también?

Los sobres son cinco. Las direcciones son más bien siglas, pero los países no pueden disimularse. No se puede escribir Aruba de otra forma. Ni Liechtenstein de otra. Pero, gracias a que Patricia piensa muy bien estas cosas, en esos sobres no figuran direcciones de bancos, sino de personas, aunque el destino final sean los primeros.

—Se me ha ido el santo al cielo —dice, muy castiza—. Rezo para que no se pierdan.

—US Postal Service jamás extravía. Enviaba cartas a mi padre todos los días a Colombia en los años noventa —sentencia la negra.

Patricia asiente y muestra su famosa sonrisa Patricia, dientes tan blancos y limpios que parecieran que jamás han probado carne alguna. Con la mirada sin emociones de la negra puesta en ella, Patricia revisa también la caligrafía y las direcciones de esos cinco sobres. Graziella van der Garde, que aunque lleve el mismo apellido, no es ella, en el sobre de Liechtenstein. Patricia v.d.G. en el de Aruba y tan solo un código postal. Las otras direcciones son menos evidentes: Río de Janeiro a nombre de María Jesús Cobo y una dirección en el barrio de Lagoa; la dirección de un banco en Londres y debajo de un nombre novelesco, «2monsterstogether», una dirección más, de un barrio de Newtown, en Edimburgo.

—Muchos amigos —expone la negra.

—Sí, muchos —responde afable Patricia.

—Espero que no esté la última en subirse a un aeroplano —continúa la negra, ahora sí equivocándose a propósito en la elección de palabras.

—No, tenemos un retraso —dice al final Patricia con la voz de niña educada que siempre emplea cuando quiere algo de alguien.

—Son treinta y dos dólares en total.

Patricia abre su bolso. Es bueno, pero sin marca, la negra observa. A todas las mujeres les interesa un bolso, concluye Patricia. El monedero también es muy bonito, japonés, tiene ganas de decirle. Extrae el cambio exacto. Patricia siempre tiene cambio exacto. Y se miran por última vez, la funcionaria dibujando una sonrisa que de inmediato se desdibuja y Patricia alejándose con un perfecto «Gracias, un placer», en castellano.

CAPÍTULO 2

—

POPEA AL FONDO DEL MAR

Un fallo en el motor del avión de la aerolínea británica los ha terminado por sentar en la aerolínea española. Todas pertenecen a la misma alianza, bautizada como «One World». Nunca existe un solo mundo. O, a lo mejor, si colapsa este que conoce, sí que empiece a existir uno solo donde todo esté perfectamente relacionado. Una peripecia provocará otra y una catástrofe será seguida por otra y una salvación por la siguiente, y los milagros acumulándose para estallar en múltiples repeticiones. Todo está conectado, Patricia, le repite esa misma voz, mitad hombre, mitad mujer mayor. Como en un menú, una entrada es seguida por un principal y de final un postre. Nada puede variar algo tan sencillo.

No hay casi británicos en el pasaje, lo lógico a esperar en un avión Nueva York-Londres. La mayoría son españoles, cargados de bolsas de Abercrombie & Fitch que comentan con aspavientos lo tirado que está el dólar. Peor aún, seis o siete han reconocido a Alfredo, «Ostras, el tío que les da de comer bien a los americanos». Se han hecho fotos y ella se ha refugiado en su larga melena. Está demasiado bien vestida como para dejarse fotografiar por freakies de la gastronomía.

Tiene por delante seis, casi siete horas de vuelo para pensar en si finalmente saludará o no al grupo de colegas de su pareja, que no marido. Pero ahora no quiere darle vueltas a eso. Desea despedirse de la que ha sido su ciudad los últimos siete años. Las seis de la tarde en Nueva York. Aunque sea 14 de septiembre es ya de noche. Al frente está la Estatua de la Libertad, luminosamente verde, con un último saludo antes de entregarlos al Atlántico. El avión gira y poco a poco la isla se convierte en una película y Patricia recuerda una canción que escuchaban repetidamente en Brasil aquellas vacaciones en Río como embajadores de la nueva cocina española en Nueva York. Era de Eliana Printes, hablaba sobre gente muy enamorada, como ellos, y cantada en ese portugués que recuerda atardeceres larguísimos. Aunque no llegue a escucharla de verdad, la recuerda perfectamente sobre ese Manhattan que la despide. «Qué regalos te daría —comenzaba— para iluminar los malos pensamientos.» Y se gira hacia él, para verle y compartir la despedida y allí está, rodeado por esa frase: Alfredo. Tan bello. No puede evitarlo, siempre la misma frase, día o noche, año tras año, triunfo tras triunfo, como un sortilegio: Alfredo... tan bello.

—Tienes cara de estar pensando algo muy malo —le dice. Patricia se sonríe y toma su mano, se incorpora un poco y alcanza a besarlo en la mejilla. La nariz tan recta y el sonido de su respiración, fuerte sin ser áspero, y el olor de su piel, a nada más que a él, a Alfredo. El espacio entre la nariz y la boca es un surco amplio, caben dos, casi tres de sus dedos de mujer enamorada. Y luego los labios, prominentes, generosos.

La Estatua de la Libertad sigue allí, ahora casi sonriente, y el Puente de Brooklyn baila rodeado de sus luces.

—¿Por qué vais a abandonar Nueva York si a Alfredo le va de cine con el restaurante?

Patricia se refugia en su recuerdo, en la voz de su hermana Manuela durante su última visita a Nueva York, con las cajas de la mudanza a la puerta del 12.º B de la calle 16 con la Octava Avenida.

—Porque Nueva York está a rebosar de españoles. Queremos ir a una ciudad donde no haya españoles —recuerda Patricia haber respondido. Su hermana la miró como si se le hubiera ocurrido vomitar sobre su mejor vajilla durante una de sus cenas para cautivar nuevos inversores.

—¿Estás hablando en serio? —preguntó Manuela.

—Sí, totalmente. Por eso hemos escogido Londres.

—Allí también hay españoles, Patricia. No me jodas.

—Pero no se quedan. Les asusta el clima. Llegan y lo primero que dicen es que no pueden con la lluvia y la falta de sol. Se quejan de la comida, de los horarios de los restaurantes. Londres les irrita. Vienen, van a las tiendas y todo les parece caro y al final regresan al sol de España, a la tortilla y al vino y al gin tonic a cualquier hora. Por eso nos vamos. *Bye Bye, New York. Hello, welcome, London.*

Patricia recuerda la frase completa, incluso cómo decidió terminarla con un brazo en alto, a lo Liza Minelli, y una sonrisa que fue apagándose ante la cara ofuscada y molesta de su hermana mayor.

—Te estás quedando conmigo —recuerda que bufó ella.

—Es una aventura, Manuela. Alfredo y yo vamos a iniciar una aventura, eso es todo. Siempre quieres explicaciones y esta es la mejor que tengo: Nueva York está lleno de españoles, nadie habla inglés *anymore* sino una mezcla absurda de los dos idiomas que parece una lucha intestina: cada lengua mordiendo a la otra para que al final no se hable ninguna. Necesitamos volver a Europa, Alfredo lo siente así y yo le acompaño, como he venido haciendo desde hace ya diez años.

—Doce —le corrigió su hermana—. O te has vuelto loca o todavía disfrutas tratando a los demás como si fuéramos más idiotas que tú, solo que creo que esta vez no puedes sostenerte un segundo más con una explicación tan absurda como esa.

—Vamos a aprovechar la convención de mix mixers, donde a Alfredo lo reciben cada año como si fuera Dios. Y entonces, en vez de regresar, nos quedaremos. Alfredo tiene cita con los inversores, está casi cerrado; nada más llegar tendremos llave en mano un maravilloso local entre Knightsbridge y Chelsea. Es una calle preciosa y, si sale bien, generará también un centro culinario.

—Un centro culinario en Londres es perder el tiempo. Todo el mundo dice que no hay dinero, Patricia, que se acabó el sueño.

—Tú siempre tan pesimista. Ellos apuestan por nosotros, tenemos cerrados ya mil detalles del proyecto. Será llegar, inaugurarlo, ponerlo en marcha y listo. No es tan complicado... Los ingleses se vuelven locos con Alfredo. Además, no tenemos hijos, podemos movernos de aquí para allá.

Alfredo empezó su carrera como mix mixer cuando todavía se le llamaba barman. Su físico, sus brazos y dientes le ayudaron mucho. Programas de televisión y una pasantía muy breve pero explotada al máximo en el restaurante del Innombrable, hicieron de Alfredo Raventós, el nuevo prodigio de la cocina española. O, para otros, el niño mimado, el eterno aspirante al puesto de segundo mejor chef innovador de toda España. Fuera de España sería el rey de las cacerolas en Manhattan, el cocinero más guapo o el «gorrito sexy», como le describieron una vez en una revista de modas y, al leerlo, Patricia supo que ese nombre le perseguiría para siempre. Tan pocos años, en realidad, y tantos nombres ya, tantos viajes, tanta información.

Patricia se dejaba llevar por un nuevo tren de pensamiento, como llamaba, tomando prestado del inglés, a sus ofuscaciones. Si pudiera ir también hacia atrás, se encontraría igual de rubia y delgada trabajando para un experto relaciones públicas de Barcelona y divirtiéndose con las locuras de David, el hermano de Alfredo, insuperablemente gay, indiscutiblemente menos guapo que su hermano heterosexual, castigado por esta cruel indelicadeza de la naturaleza. David y ella fueron inseparables, como les gustaba decir. Barcelona les adoraba por los vestuarios de ella, por el rubio de su pelo, por su aspecto de inmejorable pedigrí y la fealdad y quejica ternura de David. «Tienes que conocer a mi hermano, tienes que conocer a mi hermano, tienes que conocer a mi hermano», repetía cada noche David. Y Patricia poco a poco empezó a ver más y más fotografías de Alfredo y de los hermanos Casas en la prensa. Eran guapos los tres, dedicados a eso tan extrañamente sexy como la cocina. «Tienes que conocerlo, de verdad, Pat, de verdad», imploraba el perrito faldero gay, y ella sacudía la melena ajustándose un body lila debajo de una chaqueta azul eléctrico cuando ambos colores eran considerados lo peor de lo peor. «Divina, rebelde, única, Patty, Patricia van der Garde», exclamaba David con sus palmaditas y saltitos saliendo a la calle Verdi y de allí al corazón de la alta sociedad. «Tienes que conocer a mi hermano.»

Se arremolina bajo la manta de la aerolínea, del mismo color que el alfombrado, quizás un poco más naranja y con la corona de España entretejida en un ángulo. Nunca lo había notado, la corona tan explícita. Pero no debe pararse en esos detalles, tiene que concentrarse. Debería repasar quiénes son los cocineros que les acompañan: Miguel y Fernando, sí, los hermanos Casas de aquellas fotos del principio. Todo el mundo dice que compiten en belleza con Alfredo, aunque en realidad es el talento de su novio lo que les obliga a marcar músculo desde hace décadas. «Todo lo que toca Alfredo, *turns blonde*», decían, haciendo alusión al rubio del pelo de Patricia. Sí, sí, muchas risitas pero en verdad Alfredo y ella no solo convertían en realidad sus sueños, también generaban dinero. Dinero. «Lo hacéis parecer todo tan fácil, vuestro éxito, vuestra belleza, vuestra unión», también le había dicho Manuela.

—¿De qué te ríes? —quiso saber Alfredo, entrecerrando sus maravillosos ojos, pardos, un fondo verde, como un lago que se alimenta de un sol menor.

—Del Innombrable, que me desprecia —dijo Patricia.

—Sabes que eso no es verdad. Siempre pregunta por ti y por cuándo nos vamos a casar. —Alfredo se entretiene intentando entender el mando del asiento.

—Buena cuestión, y ¿qué le respondes?

—Que no creemos en el matrimonio —dice él abriendo mucho los ojos y llevándola muy dentro de ellos. Patricia no tiene respuesta. Porque es su respuesta, la que siempre ofrece, aun sin cepillarse los dientes, cuando Alfredo insiste en el tema. No van a casarse jamás.

—Creo que sabe que le llamamos el Innombrable —soltó, aguantando una risita—. ¿Se lo has dicho tú?

—No, pero los hermanos Casas leen nuestra mente desde que sales conmigo —respondió Alfredo.

Los hermanos Casas viajan, siempre juntos, unos asientos más adelante. Afortunadamente, tienen fama de dormirse atufados de pastillas por el miedo a volar y, también, fama de cocinar con resaca de otro tipo de pastillas. Explotan al máximo los restos de su juventud díscola. Todo el mundo sabe que Patricia fue medio novia de uno de los Casas, Miguel, y novia bastante oficial de Fernando, el otro hermano. Barcelona es una ciudad pequeña. Manhattan también, Londres, a lo mejor, igual. Todas las ciudades se hacen pequeñas cuando eres Patricia.

Han esquivado la cena. Nunca cenan en la aerolínea donde cocina el Innombrable para evitar opiniones. El mundo de los chefs está lleno de rumores y maledicencias. Alfredo y Patricia cuidan mucho lo que se diga que hayan dicho. Son los bellos Alfredo y Patricia, educados y encantadores hasta el final, cada día, todos los días.

—Todos miran la película de Sandra Bullock —dice él.

—No somos todo el mundo —responde ella, y Alfredo le dirige su espléndida sonrisa; el olor de su colonia subiendo por sus hombros, hacia el cuello. Le abraza. Se abrazan.

—¿Tienes miedo? —le pregunta.

—¿Miedo de qué? —responde ella colgada de su cuello, la cabeza apoyada cerca de su nuez, sintiéndola latir.

—De Londres —dice, la voz relajada, profunda.

—Es nuestro sueño, ¿no? ¿Cómo vamos a tener miedo de un sueño? —pregunta Patricia escrutando sus ojos.

Patricia se sobresalta, al fin las turbulencias, pero en realidad es el primer dedo de Alfredo acercándose a su vagina por debajo de la manta de la aerolínea. Poco a poco la mueca de niña revoltosa va formándose en sus labios y sus delgadas y suaves piernas aprisionan el largo y bien formado dedo de su amor. Abre los ojos y allí están los suyos, cómplices, muertos de risa y ganas. «Es que Alfredo es demasiado perfecto», siempre le había reprochado su hermana Manuela. Patricia tiene que reconocerlo, por eso lo escogió, por bello pero también por cómo le sentaba todo, la ropa, el pelo, incluso los zapatos equivocados que no lo parecían tanto gracias a su forma de caminar. Y su voz, ronca, no muy grave, escondiendo una coqueta vulnerabilidad. Y la también coqueta timidez cubriendo a su vez el secreto que imaginaba en Alfredo. Por eso le quería, porque adivinaba que si ella escondía un secreto, él igualmente ocultaría otro y mantener vivo ese manto de medias verdades sostenía el equilibrio de su pareja. Y ahora la manera en que introducía sus dedos dentro de ella en primera clase; la película de Sandra Bullock empezando. Va a gritar, Alfredo prácticamente tiene su mano dentro de ella y la mueve como si los dos estuvieran entonando entre susurros una canción con mucha percusión. Se ríe encantada, sus carcajadas amortiguadas como un galope, y Alfredo la secunda. Debe de tener una erección y ella no sabe cómo mover sus manos debajo de su manta para estrecharla. Pasa una azafata mirando al frente y los dos se aquietan, Patricia observa una gota de sudor deslizarse por el cuello de Alfredo. Disfruta de la nuez, que es pronunciada y que ella siempre ha imaginado oscura, oculta semilla del mal bajo su piel blanca. Y arranca de inmediato el tren de pensamiento de alta velocidad: los dedos de Alfredo en su vagina, recorriéndola como si fuera un ascensor lleno de botones. Un tazón de gominolas de todos los colores, una selección de *dim sum* humeantes. La pasta de uno de sus raviolis rellenos, ese dedo haciendo círculos sobre el montoncito de harina que parecía una teta, una isla-teta. Un beso venía ahora, Alfredo se le acercaba, cubriéndola con su brazo libre y besándola con la misma fuerza con que apretaba sus yemas contra las paredes de su sexo. Ahora al fin, gracias al cambio de postura, podía alcanzar su erección. Se separaba del beso y arrancaba a reír y Alfredo le indicaba que bajara el tono de esa risa, se notaba demasiado que no era ni por la película ni mucho menos por viajar en primera clase. La azafata vuelve a pasar y de nuevo les ofrece más vino. «Sancerre, por favor, no podemos más con el Verdejo», solicita Alfredo impasible, y la azafata le dedica una sonrisa inédita en las costumbres y el carácter de las profesionales de su línea aérea. Para Alfredo nunca hay puertas cerradas. La mano se ha quedado quieta, Patricia tiene lágrimas en los ojos, saca una mano de debajo de la manta y levanta la ventanilla. Solo hay mar oscuro. Sandra Bullock está hablando con un hombre guapo y ojijunto, como todos los actores de las películas de Sandra Bullock y nunca tan guapo como Alfredo. La azafata llega con las bebidas solicitadas, se las sirve y se marcha sonriéndole una vez más a Alfredo como si ella fuera la única mujer capaz de percibir su belleza. Puta, piensa Patricia, que siempre opina lo mismo de ese tipo de mujeres y sus miradas. Pero entonces los dedos de Alfredo vuelven a la carga y toman, como quien quita una uva de su cepa, como quien sostiene un pendiente en el lóbulo, como quien atrapa una nuez entre sus dedos, su clítoris. Tiene que gritar y ahoga su voz y consigue apretar ella también los testículos gordos de su amor y los coloca sobre la parte interior de sus cuatro dedos, el pulgar libre para acariciarlos suavemente. Con un gesto hábil empuja firme el escroto y mira fijamente a Alfredo. Sus dedos están mojados, su entrepierna también, cae agua, crema, helado de vainilla derritiéndose a cucharadas. El líquido continúa cayendo sobre su mano, alrededor de sus muslos, y ella empieza a reír mucho mientras Sandra Bullock hace lo mismo en la pantalla del dvd de su asiento. Alfredo la besa en el oído, le acaricia el pelo por la nuca, deja correr sus dedos por sus muslos mojados y los aprieta en un gesto lleno de cariño y deseo. Comienza a moverlos otra vez con el empuje de un tren que va avanzando y retrocediendo y llegando muy adentro, deteniéndose a la mitad del camino, regresando a la estación y recogiendo algo más de ese líquido que resbala para volver luego a avanzar tras calentar sus máquinas. Hace que se corra y Patricia saborea cada minuto, todo es verde y azul en la cabina, como si los ojos de Alfredo y ella se convirtieran en techo, ventana, alfombra, admirándola y sonriendo, parpadeando y sonriendo, y ella estuviera en mitad del salón bailando con pasitos cortos, acariciándose la melena, mirándole, girando y girando. Alfredo saca su mano de debajo de la manta y se lleva los dedos hacia su cara, lentamente, dejándolos resbalar por debajo de su nariz para aspirar ese olor de ella, un código para su amor.

Patricia consigue entrar, conteniendo una risa floja, en el baño de primera clase. Pasa el pestillo, se mira en el espejo. Está despeinada, siempre está más o menos despeinada, le sienta bien, la boca muy roja, como si en vez de estar riendo se hubiera mordido los labios conteniendo el orgasmo. Los ojos alborotados. La barriga plana pero moviéndose a su aire, todavía agitada por el juego dactilar de Alfredo. Puede verse los muslos, esas piernas delgadas, contorneadas gracias a la hora de maratón diaria y a los paseos en bicicleta hasta Connecticut. Son totalmente visibles las manchas que ha dejado su orgasmo a mil pies de altura. Qué horror limpiarse con ese agua contaminada de los aviones. Descubre toallitas desmaquillantes que sirven también para lo suyo de ahora. Menos mal que en la línea aérea española se han puesto las pilas y hay colonias y perfumes de fabricación española, como Paco Rabanne Clásico, que era el perfume que Alfredo usaba antes de conocerla. Las piernas ya están limpias y se ajusta la falda. Siempre que viajan juntos Patricia opta por llevar falda para facilitar momentos como este, en que Alfredo prefiere los juegos de manos a una película de Sandra Bullock. Saca del bolsillo de la falda una braga nueva pulcramente doblada. Tras las piernas, ahora se limpia el sexo con las mismas toallas desmaquillantes. Escuece un poquito, pero no puede ponerse una braga sin usar en zona usada, se recuerda Patricia. A continuación hace otro agradable descubrimiento: hay crema hidratante de una marca que anuncia una modelo española desde hace décadas inamovible entre las tops nacionales. Cuántas cosas han cambiado en España, reconoce, y escucha otra frase que siempre acompaña a las descripciones que los medios suelen utilizar para presentar a Alfredo: «Uno de los ejemplos de lo mucho que se ha transformado la sociedad española en estos quince años.» Se aplica un poquito de la hidratante en el pubis, zona sensible, Alfredo pareciera haberla remodelado con los nudillos. Se mira en el espejo, empieza a recuperar su aspecto de señorita seria otra vez, de estudiante de primerísimas notas. Le duele el coño pero puede colocar bien la braga nueva, bajar la falda, alisar la frente, atusar el cabello rubio, pasarse los dedos por la cara y darle la forma correcta mientras mete su camiseta bajo la cinturilla de la falda.

Avanza inmaculada tras el orgasmo no tan silente, observando a medida que recorre el pasillo al resto de pasajeros. Lo saben, la escucharon, la acompañaron. Se ven tan ridículos juntos, los Casas sobre todo, el mismo bucle, los mismos labios medio abiertos mientras roncan, la hilerita de dientecitos inferiores. David le confesó que una vez, muy borrachos y con varias rayas, uno de los Casas se había dejado «oralizar» por él, como David llamaba al sexo oral, y que era realmente «súper divino aunque no recordara nada el día siguiente». El repostero Paquito, que también ronca y cuya barriga sube y baja, se ha dejado el libro de su amigo novelista abierto en la página dieciséis, mala publicidad para la intriga. Patricia decide rescatarlo, cerrarlo y colocarlo sobre las piernas del durmiente.

Se vuelve a sentar al lado de Alfredo. Él también ha ido al baño. Sonríe, mucho, la coge con los mismos dedos que han estado dentro de ella, los mismos que ha aspirado al pasárselos por la cara. Saca un trozo de la pastilla de su boca y se lo ofrece. Patricia lo rechaza. No quiere dormir.

—Después de un orgasmo así —afirma—, seguro que el sueño será una continuación de los efectos especiales.

Pero resulta lo contrario.

Recurre a los auriculares. Música clásica. No, barroca,

con esos laúdes y el piano, ese cuyo nombre nunca recordaba. Sí, clavicordio. Buscó en la pantalla el título del disco: «Monteverdi, *La coronación de Popea.*» La recordaba, Música era una de sus materias favoritas en la selecta academia donde estudiaba en Viena, la ciudad en la que nació y en la que vivió hasta los quince años y el motivo por el cual dominaba el español y el alemán como lenguas maternas. El porqué nació y creció en Viena también formaba parte de esas explicaciones que, como lo peor de las pesadillas, aparecen y sobresaltan. No era este el momento de traerlo a su memoria, pero en su casa se veneraban las grandes damas del Imperio Romano. Las Popeas, Octavias y, desde luego, la importada Cleopatra. La abuela Graziella le decía: «Fueron las últimas mujeres a las que no les hicieron falta hombres para ser ellas mismas. ¡Cuánto hemos retrocedido, Patricia!» Se sobresaltó, era como si estuviera sentada detrás de ella en el avión, Grandma Graziella. La música de la ópera de Monteverdi continuaba. Popea fue la emperatriz de Nerón, pero conseguirlo fue todo un esfuerzo: antes de convertirse en la señora de Nerón estuvo casada con Otón, un hombre muy celoso, soldado insigne pero completamente inferior ante Nerón. Y este, a su vez, estaba casado con Octavia. La ópera de Monteverdi, su última obra, por cierto, narraba las intrigas de Popea por ascender hasta lograr el rango de Emperatriz.

«A Patricia siempre le han atraído las artes, todas, es incontrolable. Ve un ballet y lo sabe todo sobre él. Ve un cuadro y averigua cada detalle, ve una colección de ropa y se aprende de memoria todo sobre el diseñador», decía también su abuela, que siempre le regaló prendas, tanto de ropa como de halagos. Sí, era cierto, siempre sabía de más. Tanto como para nunca poder destacar en ninguna de las disciplinas que le apasionaban.

Se fustigaba, siempre pasaba cuando permanecía mucho tiempo en silencio sin hacer nada. No es que hubiera tenido oportunidades, es que era muy buena en todo lo que le llamaba la atención. Diseñó ropa, no concluyó estudios de arquitectura, ambientó locales, inventó bailes y movimientos nocturnos, llegó a ser reconocida como mujer marcatendencias, incluso frecuentó el plató de un conocido programa de humor de medianoche. Fue tantas cosas en Barcelona. Y al final sabía que no era nada si no estaba al lado de ese alguien que de verdad tuviera un talento. Alfredo fue ese alguien. «Pero yo me he enamorado de la mujer de la que todos hablan en Barcelona», le decía, es verdad, al principio. Sin embargo, ella tuvo de nuevo un impulso, como si una mano le ciñera el estómago y le hiciera dar vueltas a su mundo. Organizar esta pareja, los bellos Patricia y Alfredo, iba a ser su mejor negocio, perdón, su mejor logro.

Era como Popea, una mujer inteligente obligada a convertirse en arribista para adquirir más que dinero, independencia, pero siempre a través de un hombre, un amor y su traición. «Sí, Patricia, todo amor viene acompañado de una traición», también le decía Grandma Graziella. Pero no, debería responderle en ese avión de gente dormida. Ella y Alfredo habían conseguido un sueño. Jóvenes, ricos, sin herencia y sin hijos. Ricos y reconocidos por su trabajo. «No te fíes —seguía diciendo la vieja moviendo su dedo índice en círculos—. No te fíes, Patricia querida. Todo amor está perseguido por una traición. Y todo éxito por un abismo.»

Pur ti miro, la declaración de Popea a Nerón al final de la ópera, cuando todo ha sido destruido y recolocado, llegaba minutos antes de que empezaran a servir el desayuno y despertar a los durmientes. «Por ti amo y por ti vivo, por ti aventuro y por ti viajo, por ti pongo mi vida y la convierto en tesoro.»

Abrió la ventanilla. Alfredo entornó un ojo y ella le plantó un beso.

—¿Qué estás escuchando? —preguntó con la voz pastosa.

—Una historia de amor como la nuestra.

—¿Lassie y Flipper? —dijo. Ella se rió y volvió a colocarse los auriculares. El cielo se despejaba y el verde inglés aparecía como un manto. La campiña se pobló de castillos y autopistas y trenes que se movían a toda velocidad. La música le parecía augurar algo brillante, maravilloso, plácido. Un mundo nuevo dentro de lo anciano y reconocido. Sintió el olor de la ciudad mezclándose con los violines que trepaban por entre las palabras cantadas de Popea. No había dormido, tendría un jet lag terrible, pero se sentía feliz. Alfredo la besó y tomó el auricular derecho y, muy cerca, muy próximo a ella, terminaron de escuchar la declaración de Popea al enamorado Nerón. Patricia pensó que eran ellos los que llegaban a Roma, la Roma moderna, la de la esperanza, la libra esterlina y el Puente de Londres.

CAPÍTULO 3

—

EN LO ALTO DE LA TORRE GHERKIN

—La magia del cóctel consiste en hacerte sentir hombre y creativo. No hay más que eso. —Alfredo apartaba el mechón de pelo de su frente y sonreía como solo él podía a casi doscientas personas sentadas y absortas ante él: chinos, japoneses, escandinavos... Una audiencia muy de Londres en un decorado exquisito: la cafetería exclusiva de la torre Swiss Re, el edificio emblemático de Norman Foster en el corazón de la City que sus habitantes rebautizaron como Gherkin, en alusión a su forma de pepino-cohete espacial.

La larga mesa ante la que exponía su arte iluminada desde abajo, con un blanco que iba haciéndose azul a medida que atardecía. Alfredo mantenía la palma de su mano sobre su frente para sujetar con firmeza su pelo y continuar hechizando al personal.

—Una mañana en Buenos Aires, descubrí que los chicos llevaban a sus novias a comer sushi porque explicarles el pescado que iban a comer, cómo introducirlo en la soja, cómo envolverlo con una pizquita de wasabe, facilitaba un lenguaje erótico que dejaba entrever el ritual que ellos mismos estaban deseando realizar. —La audiencia rio, los otros cocineros españoles miraban a Alfredo con la sana envidia española, azuzada sin duda por la fluidez con la que este se desenvolvía en inglés. Patricia, que observaba desde su estratégico rincón, recordó la frase atribuida a Jesús de Polanco: «Un español es una persona que se pasa toda su vida aprendiendo inglés.»

Alfredo sabía conservar la atención de la audiencia, respetar su respiración, encontrar sus carcajadas y entender el aplauso. Sorbió un poco de agua, volvió a apartar el mechón y convirtió su sonrisa en una nueva cascada de frases.

—Comer es siempre algo erótico. Nosotros, los cocineros, debemos llevar hacia cada plato una porción de nuestras fantasías. Todas las cocinas, todas las culturas gastronómicas, contienen un ingrediente explosivo, poderosamente lascivo. Y, entonces, la coctelera, ese mecanismo masculino que te convierte en creador —matizó Alfredo, buscando a Patricia entre los asistentes a su intervención en la Mix Mixers Global Reunion—, se manifiesta como nuestro cuerno de la abundancia. Hay que verla como si fuera un vientre, sí, un vientre, un recipiente materno que podemos asir con nuestras manos, manejarlo y batirlo pensando siempre, siempre, en el amor. Y, al igual que al crear un bocado, el verdadero éxito será ver a esa conquista, a esa fascinada persona del sexo opuesto, llevándose a la boca un trozo de ti que jamás, nunca volverá.

Patricia escuchó el aplauso atronador recostada en una columna situada a la izquierda dentro del impresionante espacio circular, en lo más alto de la torre. Se colocaba siempre a la izquierda para que Alfredo no la viera, pero ella sí pudiera observar cómo sus ojos la buscaban entre los asistentes. Él siempre disfrutaba con ese discurso tan macho de los bocados y los tragos y las pobres argentinas comiendo pescado crudo, pero ella pensaba que usarlo allí, en Londres, y además ante un público que venía a escuchar al Innombrable, que recubre sus apariciones de visiones cósmicas y prácticamente termina vaticinando el futuro, podía suponerles un tiro en la culata. Ahora, al oír el interminable aplauso, Patricia aceptaba su equivocación: la intervención de Alfredo era un éxito. La Mix Mixers Global Reunion, el pasaporte necesario para adentrarse en Londres. Los hermanos Casas miraban a Alfredo con evidente recelo. No le extrañaba, su intervención no estaba prevista en la conferencia y fue el cúmulo de emociones que Alfredo y ella despiertan como pareja lo que les consiguió el hueco para participar. Ellos, tan aficionados a ponerles motes a todos sus colegas, pronto escucharán el que se baraja para su unión imbatible: más que «los bellos Patricia y Alfredo» eran, en realidad, «Los Infalibles Bellos».

Todo ocurrió de manera aparentemente accidental: el principal organizador de la reunión acudió a Screams, el restaurante de Alfredo en Nueva York así llamado porque significaba en inglés «gritos», en contraposición a los Murmullos del Innombrable y del tenor mexicano que era su socio, y fue Patricia quien hábilmente le atendió y, en la conversación que mantuvieron, le recordó los inicios de Alfredo como coctelero y su habilidad para contar exquisitas anécdotas de esa etapa. Poco después, el organizador se puso en contacto con ellos contándoles en su correo que tenían prevista una conferencia sobre la importancia del cóctel en la nueva comida del siglo XXI, y entonces Patricia obligó a Alfredo a escribir un artículo sobre los cócteles más sociales para un diario español, tan divertido y sincero que el *New York Times* lo tradujo para su mítico dominical dentro de un suplemento dedicado al fenómeno español que bautizaron como «Spanish Renaissance» o *Renacimiento español.* Ambos recortes, gentilmente enviados por Patricia, llegaron, por supuesto, a manos del organizador, y gracias a eso Alfredo Raventós fue uno de los nombres mencionados en la crónica del *Time Out,* el semanario-biblia de todo lo que se cuece en Londres, acerca de esta reunión global de nuevos cocteleros. El golpe final fue sin duda su propia aparición: vestido con un pantalón pitillo negro y americana deconstruida pero estrecha y, debajo, la camiseta antracita con cuello en uve que alargaba su ya de por sí pronunciado cuello y descubría la nuez, prominente, masculina. Luego venía el mechón, el marrón-verde sin fondo de los ojos, la sonrisa, los dedos de manicura impecable y los zapatos, que Patricia había conseguido esta vez que fueran negros, de cordones e ingleses.

Alfredo vertía un líquido blanquecino sobre unas rebanadas de corvina australiana que había pedido a unos ex surfistas que conoce de otros congresos. Un clásico de su cocina: cóctel de melón blanco y vodka sueco sobre sushi de corvina australiana con arroz de grano muy grande, cortado en dos y prensado con un alga previamente pasada por un platito rebosante de menta líquida. Otra de las reglas de oro de Alfredo: para que un plato triunfe en grandes metrópolis debe sonar cosmopolita. Los americanos, como los ingleses, siempre han comido mal, la historia bien lo sabe, y adoran lo rebuscado. Lo cosmopolita es una forma de globalizar: corvina de un sitio, menta de otro, vodka si es posible más bien de peruanos con antecedentes finlandeses que simplemente ruso.

—Tan brillante, Alfredo, se supone que preparará cócteles y en realidad deleita con un aperitivo —comenta el hermano feo de los Casas, y Patricia también le ofrece un cálido beso.

—Alfredo es como los ministros de Exteriores socialistas, impredecible —suelta, riéndose de sí misma. Sabe, y muy bien, que los dos hermanos Casas son bastante nacionalistas y de derechas. Adorarán su comentario y la dejarán sola y ella podrá volver a otra de sus habilidades: mezclarse, fundirse con los sitios que considera bellos. Como el Gherkin, un cohete de vidrio con tendencia al violeta, contenido su vuelo por poderosas equis de hierro contra el suelo de la

City en Londres. Y esta privilegiada punta del misil en donde ella ahora consigue apoyarse en la curva izquierda del círculo, le ofrece la quietud única, insuperable, del interior de un templo suspendido en lo altísimo de una torre.

Va vestida con una falda tubo de falso negro, que llega a un milímetro por encima de sus rodillas. Cubre su torso una blusa de mangas muy anchas con puño muy ceñido y de un tono aparentemente similar que, al moverse, ofrece unos destellos rosados, tenues pero firmes. La diseñó ella misma cuando aspiraba a ser diseñadora y resulta espectacular para ocasiones como esta, con el cabello recogido bien alto y ningún pelo resbalándole por la cara, un poco de azul en las pestañas, jamás en la sombra de ojos, y rojo en los labios que casa ideal con el rubio de su cabello. Tippi Hedren, rubia Hitchcock, el máximo de elegancia y feminidad para Patricia. Los zapatos, esta vez sandalias porque la noche será caliente, con mucho, mucho tacón y manicura y pedicura con el mismo color de ese azul oscurísimo que envuelve todo el conjunto. Recuerda que Alfredo, que se deleitaba viéndola «arreglarse», como dice ella misma, le advirtió de que el esmalte podía quedar «demasiado dos mil». ¿Qué más da? La mayoría de las personas que frecuentan no saben determinar una década por el tono de una pedicura. Patricia se mira ahora en los cristales y en los ojos de las mujeres presentes y las diversas pupilas que la reflejan le confirman que sus looks son auténticas declaraciones. Está en Londres, en la torre emblemática de Foster, vestida como una baronesa espacial con pasado de *pin up*.

Llega a la pared de vidrio y coloca la mano libre en el cristal. Frío, húmedo, como el cuchillo japonés que Alfredo jamás le permite meter en el lavavajillas. Le gusta la manera en que los trozos de cristal están unidos por grandes botones de acero, como una bóveda del renacimiento enteramente de vidrio. Aún no es de noche, en Europa el verano hace que las seis se prolonguen hasta las siete o las ocho. Desde esa altura puede ver la otra cúpula, la de la catedral de San Pablo al principio del enjambre de calles, rascacielos y grandes construcciones que caracterizan la City. El brillo del Támesis dirigiendo su mirada hacia el Puente de Londres y un enjambre de andamios cubriendo alguna nueva torre.

Hay una iglesia al pie de la monumental torre. De piedra, un pequeño jardín al frente y el rosetón proyectando ráfagas de luz sobre la hierba desde el interior. La ubicación de esta iglesia, a los pies del rascacielos, le recuerda a la iglesia Episcopal de Saint Paul, durante años oscurecida por las Torres Gemelas en Manhattan. Siempre le pareció un gesto romántico de la propia ciudad la convivencia de las inmensas torres con un edificio del siglo XVIII cuyo jardín hacía las veces de cementerio. Tras la debacle del año 2001, la iglesia es la única superviviente. Alfredo y ella llegaron a verla cubierta aún por las cenizas del 11 de septiembre. Le asusta la cercanía de las fechas. Han pasado siete años y le crispa mucho más. Los años no pasan, van tejiendo cosas invisibles, protecciones o rampas que crecen encima de nosotros. Como esa bóveda acristalada en la que ahora observa la vibrante City difuminándose en una serie de edificios que mezclan estilos, ciudades, Roma y Hollywood, Nuevo Gótico e Imperio. Catedrales de poder, sobrios templos de codicia. Sorbe otro poco de su champagne, escucha la voz de Alfredo hablando sobre un martini vertido encima de un flan transparente, y empieza a ver a gente arremolinarse debajo del edificio. Crecen, en número, en gestos, en desafío, pueblan una de las calles y terminan rodeando los muros de la iglesia. Gritan algo que la voz de Alfredo le impide escuchar. Parecieran señalarla, por eso se aleja del cristal unos pasos y tropieza con otra mujer, muy cerca de ella, que avanzaba hacia los cristales.

—Son empleados de un banco, creo —dice con un acento muy londinense, siempre observando la calle—. He oído que un banco importante de Nueva York ha cerrado.

—¿Cerrado? —pregunta Patricia.

—Para siempre, algo muy grave, al parecer.

La multitud ruge y la intervención se interrumpe fulminante. Muchos de los asistentes dejan sus asientos para acercarse a las ventanas. Patricia se gira para localizar a Alfredo, que se entretiene recogiendo su equipo de presentación. Primer estrépito, están lanzando piedras contra las ventanas, no se quebrarán, son de tecnología súper avanzada. Primer ulular de sirenas y sus luces giran dentro de la bóveda, el tornasol en las mangas de la blusa de Patricia adquiere un tono verde sirena de policía.

—¿Qué está pasando, por qué estás siempre tan cerca del peligro? —Es Alfredo, tomándola del brazo.

—Un banco de Nueva York ha colapsado —alcanza a decir. Los manifestantes parecen señalarla, hacerle gestos, pedirle que rompa uno de los cristales y ofrecerles, desde su altura, desde su privilegio, algo de ayuda. Se abren las puertas del recinto y aparecen varios policías ingleses y una mujer muy atribulada. Deben desalojar el espacio, los hermanos Casas se quedan delante del micrófono con la boca abierta y sin palabras. La manifestación ha crecido sin control. Llega prácticamente al principio de la City. Un banco americano y su filial inglesa acaban de suspender toda actividad. Escuchan el nombre: Lehman Brothers. Alfredo mira a Patricia. El banco de los inversores, el banco de todo el mundo que conocen o creen conocer. Habían advertido algo grave, complicado, nunca un colapso. Una sucesión de mujeres tan exquisitamente vestidas como Patricia se abalanzan sobre sus bolsos enormes y extraen móviles de todo tipo, algunos adornados con piedras preciosas. Sus uñas larguísimas pulsan teclas y sus labios pintados arrojan rápido mensajes de voz. Alfredo presencia todo con la misma boca abierta que los Casas y Patricia se la cierra. Después, vuelve a concentrarse en la manifestación, están desplegando una inmensa pancarta, letras rojas recién pintadas:

«First Bear Stearns, now the Damned Brothers. The end of the world has just begun». Es cierto, el fin del mundo acaba de empezar. Patricia comprueba su reloj. Es día 15, 15 de septiembre de 2008. En su vida, todas las cosas terribles suceden en septiembre.

—Estoy hablando con los inversores —le dice Alfredo, su móvil en la mano—. Lehman Brothers se acabó. Acumuló tantas pérdidas por los títulos respaldados por las hipotecas que ya no tiene valor en Bolsa. —Patricia lo miraba fijamente. No recordaba que Alfredo tuviera ese léxico tan financiero—. Los inversores dicen que no debemos preocuparnos, han conseguido mover todo el dinero.

—¿Dónde, dónde puede moverse todo el dinero cuando un banco como ese cierra, Alfredo?

—En Nueva York la calle está igual —responde él, evidentemente sin haberla escuchado. Patricia acepta el despiste, la pregunta en realidad se la ha hecho a sí misma. Cuando un banco cierra, del mismo modo que cuando una dictadura cae, muchas cosas se habrán maquillado, arreglado para que unos cuantos de sus privilegiados no queden completamente en la ruina o expuestos a sacrificios públicos. Ni el dinero ni el poder desaparecen de un día para otro. Cambian de sitio, pero no se evaporan.

—No me estás escuchando —le reclama, Alfredo—. Centenares de brokers sin empleo deambulan por las calles con cajas de cartón llenas con sus ordenadores y los retratos de sus hijos.

—El fin de una era —dice Patricia.

—Y tú y yo lo observamos desde el cielo —subraya Alfredo.

Cuando las Torres gemelas se desmoronaron, también en septiembre pero siete años antes, ella estaba en el salón de la que luego sería su casa de Manhattan, escuchaba a gente gritar en las casas vecinas, decían, clamaban que había que ir hasta allí, incluso para presenciar la Historia en directo. Ella no, ella..., ella... pensaba que lo que contemplaba tenía una belleza nueva, apocalíptica e inédita, que nunca podría definir ni mucho menos pronunciar como tal. Imágenes de aquella tragedia quedaron para siempre erradicadas de la Historia. La gente lanzándose al vacío, las cámaras de televisión siguiendo su caída paralela a las exquisitas líneas de la arquitectura de los edificios. Los gritos de quienes observaban el horror. El derrumbe de la primera torre convirtiéndose velozmente en una nube suspendida entre el suelo y el cielo de Nueva York. Era imposible transformar eso en belleza y, sin embargo, en su cerebro la idea iba abriéndose sitio. Un compositor llegó a declararlo públicamente y el ostracismo se cernió sobre él hasta reducir su obituario en un pie de página risible. Por eso jamás se permitió siquiera reconocerse a sí misma que había atisbado un tipo de belleza cruel, devastadora como su propia devastación, en ese instante de muerte, terror, caos. Nunca se permitió visitar la llamada Zona Cero, llegó a referirse públicamente a quienes lo hacían como buitres, y aun así, en el trastero de su memoria, persistía ese momento de soledad delante del televisor que escupía la debacle. Un algo de belleza donde menos lo esperas.

Pero ahora, este 15 de septiembre, recién llegada a Londres, siete años más vieja que en 2001, le parecía sentir esa exacta visita de lo absurdo creando sombras, monstruos delante de sus ojos que, lejos de asustarla, terminaban por fascinarla.

CAPÍTULO 4

EL VALS

Fernando, el Casas que fuera novio oficial, tomó la palabra ante el micrófono:

—No podemos negar lo evidente, algo malo está pasando allí afuera. Pero estamos aquí reunidos para hablar de un tema muy importante para nuestro país, España. Nuestra cocina es hoy en día la mejor embajadora del país en que nos hemos convertido más allá del tópico de la andaluza, el matador, las piernas de jamón colgando en los bares de nuestras avenidas. Somos los responsables del cambio en la comida en este continente y también en América, que como algunos sabrán descubrimos para el resto del mundo.

Alfredo empezó a reír y a dar golpecitos a Patricia en las costillas, la señal que compartían cuando uno llamaba la atención sobre algo para el otro. Miguel sacaba figuritas típicas del folclore español de una maleta y las colocaba encima de la mesa de oradores. La muñeca de la andaluza vestida con traje de cola y las manos jugando con el aire, el toro con las banderillas puestas, una tortilla de patatas, una foto de Nadal mordiendo la copa de su segundo Wimbledon. La gente se reía, los ingleses se ríen como las risas enlatadas de los programas de humor y el hermano Casas se prestaba a seguir colocando referencias *typical spanish* en la mesa: castañuelas, una guitarra y un sombrero cordobés, un plato de jamón. Alfredo inició el aplauso que siguieron otros, incluso los policías que habían subido hasta lo alto de la torre.

Los hermanos Casas continuaban colocando figuras, una camiseta del Barça, la foto de un presentador de la televisión besándose con su esposo en un matrimonio gay. «Nos negamos a que nos sigáis viendo como machos ibéricos sin sensibilidad ni capacidad para la tolerancia.» Alfredo ya estaba de nuevo de pie, observando su actuación, en primera fila y cerca de ellos, y entonces Fernando, el más guapo de los hermanos, se le acercó y, con todo lo que ellos sabían que conllevaba, le plantó un sonoro beso en los labios.

Podían ver los helicópteros sobrevolar la zona, suspendidos, al lado, deseando que la manifestación se diluyera con el atardecer. Patricia creyó ver algún soldado señalándolos, los Casas besando a Alfredo, todos divertidos, eufóricos, testosterónicos ante los aplausos y las risas enlatadas del público. Alfredo tomó una foto del póster del evento donde aparecía el Innombrable y la colocó entre la foto de Nadal y la tortilla y el aplauso creció al tiempo que el propio Innombrable entraba en el recinto y los rusos y chinos presentes comenzaban a sacar sus cámaras digitales. Sucedía todo tan deprisa... Las risas, la manifestación, el miedo a que tus ahorros se evaporaran y la aventura londinense fuera de verdad cocinar tortillas en una esquina del Covent Garden. Detrás del Innombrable venía el ministro de Nuevas Tecnologías español, Patricia lo reconoció porque había tenido un cargo en la ONU en Nueva York y generalmente acudía a Screams y Alfredo luego se quejaba de que le apretaba los hombros con esa «fuerza rara de los gays, como si pareciera que fueran a dislocártelos».

Patricia seguía mirando hacia la aglomeración. Se podía escuchar perfectamente cómo les gritaban: «Escapad de vuestra realidad. La fiesta ha terminado. Es el fin del consumo.» Patricia vio una mujer como ella, que la miraba y parecía decirle: «Bajar, bajar con nosotros.» Una princesa marroquí, una súper modelo embutida en un conjunto negro de pies a cabeza y una actriz americana entraban al recinto, ofuscadas tras haberse mezclado con los manifestantes de la calle. La actriz se notaba más afectada que las demás por lo que habría visto y oído, mientras que la princesa abría mucho los ojos como siempre hacía en los retratos que de ella aparecían en las revistas. La Modelo, entretanto, inclinaba la cabeza y buscaba la manera de sentarse. Patricia se acercó para indicarle un asiento vacío. La Modelo lo agradeció con un susurrante *thanks* dirigido a sus sandalias. Su cara ascendió por su cuerpo y sus ojos se encontraron. «Nice ensemble, you girl», le dijo una voz de niña saturada de nicotina. Patricia la besó en ambas mejillas. «Mi novio —inició Patricia— es el último de la fila de conferenciantes.» La Modelo se apoyó en el antebrazo de Patricia, sus ojos recorrieron la fila de hombres, por encima del ruido, de los flashes, la top distinguió a Alfredo. «Oh, girl, you really have taste», y Patricia echó la cabeza hacia atrás, riendo y mirando hacia Alfredo y brillando de orgullo. La Modelo respondió con una deliciosa cascada de risa, dientes y aire de lavanda. Extrajo un botecito de su inmenso bolso negro, un inhalador, y disparó su contenido transparente directo al fondo de su garganta. Se lo ofreció a Patricia que, divertida, abrió su boca. La Modelo disparó. Patricia sintió como unas perlitas, una gravilla suave y exquisita deslizándosele dentro. Vio a la princesa con los ojos cada vez más abiertos, y a la actriz disparando fotos desde su móvil hacia los manifestantes. El Innombrable se aproximó al micrófono, no sin dejar de señalar el festín expuesto ante sus ojos en la mesa de los conferenciantes. La gente siguió con aquella risa. Todo les daba risa. Y detrás, allí abajo, los gritos de los manifestantes.

—Somos una fiesta en el momento equivocado —habló el Innombrable batallando con su leve pero imprevisible tartamudeo—. ¿Qué más puedo decirles? Que si hoy es el fin del mundo, Londres sea entonces la fiesta. La última fiesta. La vida es una fiesta y fiesta es comer. Incluso en las peores etapas de la humanidad, un plato de comida ha significado paz, esperanza y confianza en la vida.

Como si fuera un vals, Patricia y la Modelo avanzaron dentro del salón de baile siguiendo la melodía de *A Woman in Love*, de Frankie Laine. «Tus ojos dicen que eres una mujer enamorada», los helicópteros se alejaban. La bóveda parecía más alta, más violeta, sentía que bailaba dentro de un templo. También bailaban en su garganta las partículas de *whatever* que había en el dispensador de la Modelo. Le crecía en la garganta y ascendía por detrás de sus orejas. La habían drogado. Y escuchaba a la Modelo decírselo. «Me gusta estar con una mujer como tú mientras la droga me sube por la cabeza.»

Patricia abría sus ojos, nunca tanto como la princesa, y dejaba que la canción hablara por ella: «Tus ojos son los ojos de una mujer enamorada, y aun así cómo podría darte la señal de que eres tú de quien estoy enamorado.»

Alfredo la observaba, desde atrás, muy atrás, rodeado de los cocineros españoles que también la observaban, sus ojitos demasiados juntos y cejas superpobladas. La envidiaban, la deseaban, les entusiasmaba su despliegue de feminidad al lado de otra mujer y delante del Innombrable, que se frotaba los labios. Era Londres, era el colapso, era lo que quiera que fuera que guardaba la Modelo en su inhalador. La última fiesta. La canción iba terminando y los cocineros, cada vez más en torno a Alfredo, se disponían a aplaudir y ella sentía su ropa más pesada por los hilos de sudor. Estaba causando un escándalo, probablemente humillando a Alfredo. O, secretamente, lubricándole para que él hiciera lo mismo con la princesa en la siguiente canción. La canción jamás terminaba. Daban vueltas, otra vuelta, cada ventanal convirtiéndose en un ojo divino para Patricia. Un ojo divino fotografiándola en esta última cena.

—Estás borracha, me encanta —declaró la Modelo.

—Nos miran. Y mucho —confesó Patricia.

—Porque ninguna de las dos tenemos celulitis.

Entonces se partieron de risa. Patricia miró profundamente en los ojos de su compañera. Pero ¿qué coño había en ese inhalador de la Modelo que podía pensar en tantas cosas a la vez y seguir un ritmo endiablado? Más que cocaína, seguro. A lo mejor había Viagra muy cortada.

—Patricia, quiero presentarte a... —era la voz de Alfredo y ella, Patricia, el cuerpo más ágil, la melena más rubia, continuaba bailando al lado de la Modelo—, Patricia, por favor, para un segundo, hay gente que creo que es importante que conozcamos.

Patricia se detuvo, peligroso instante, la cabeza le daba vueltas. Sabía con quién hablaba Alfredo, Lucía Higgins Hoz, la Ex todo, como la llamaban Alfredo y ella. Ex cónsul española en Nueva York, ex cónsul más joven de la diplomacia española en Caracas, ex esposa del empresario mallorquín de apellido irlandés, a su vez ex miembro del Partido Socialista mallorquín y ahora extraño tránsfuga... Ay, era agotador. Todos esos españoles que conocía de Nueva York siempre estaban metidos en un lío de dinero, cargos y ex titularidades.

—Patricia, hija, no se puede estar más mona. Y haciendo amistades con esa velocidad tuya —proclamó la Higgins. Estaba más gorda, pensó Patricia, sonriéndole.

—¿Quién es esa tía? —lanzó Alfredo, en relación a la Modelo, que igual de mareada que Patricia hablaba con los Casas como si estuviera en un barco en movimiento.

—La próxima Kate Moss, Alfredo. Es un lujo que esté aquí, todo el mundo la quiere tener en sus fiestas —informó ipso facto Lucía Higgins.

—Londres debe de estar lleno de futuras Kate Moss —sentenció Alfredo.

—Imagino que os habrá llamado Marrero, ¿no? —continuó Lucía.

Patricia detuvo todo pensamiento y acción. Alfredo manifestó igual tensión en todo su cuerpo.

—No podemos escapar de él, ¿o sí? —dijo, imitando el hábito de Lucía de terminar todas sus frases con una preguntita.

—Dice que no nos preocupemos. Que esto es solo la punta del iceberg, pero que un Titanic solo pasa cada cien años y que en el fondo trae mucha suerte ser testigos y partícipes de un momento histórico, ¿no?

Alfredo se sujetó a Patricia, miraron los dos hacia el suelo para hacerle entender a Lucía que la conversación terminaba.

—Estoy segura de que nos vamos a ver muchas veces en Londres, ¿a que sí, parejita?

Al verla alejarse, Patricia sintió ganas de retomar el baile con la Modelo.

—No me dejes solo, Patricia —advirtió Alfredo.

—Tú sabes todo lo de la cuenta en Aruba —iba a decir «¿verdad?», pero no quería sonar como la recién despachada Lucía—. ¿Sabes que tengo una cuenta en Aruba?

—A instancias de Marrero. Sí, lo sé.

—¿Y qué más sabes?

—Que estoy hecho para perdonarte —contestó, naturalmente, como si ninguna de sus palabras tuviera importancia—. Está bien el jueguecito con la Modelo, todo el mundo nos mira, pero ya está bien.

—¿Esta noche decides tú cuándo está bien?

Alfredo tardó en responder. Patricia enfilaba hacia la Modelo.

En la calle no había nadie. Ni un solo manifestante, tan solo una mujer recogiendo periódicos viejos y apartando dos o tres pancartas abandonadas. La Modelo caminaba deprisa, le hablaba y extraía el inhalador de su bolso y apretaba su contenido en sus gargantas, de repente compartiendo un beso por el que viajaba el gas cargado de estimulantes. Patricia volvió su vista hacia el rascacielos donde dejaba abandonado a Alfredo su primera noche en Londres.

Entraron en el coche con chófer. Y Patricia se percató de cómo este se desplazaba por las serpenteantes calles de la City. Serpenteantes como las ambiciones de quienes las recorrían, serpenteantes como las cuevas que debían ocultar debajo de sus superficies, serpenteantes como sus propias ideas, como los movimientos de los dedos de impecable manicura de la Modelo sobre sus piernas, su cuello, la nuca, detrás de sus orejas. Sabía que la Modelo descendería y haría lo mismo que Alfredo en el avión, pero mejor mientras ella abría los ojos y veía el cielo de Londres, la piedra sólida y bruta de las grandes fachadas de los bancos, todo vacío, silencioso, quieto, mientras su ombligo parecía estallar ante cada empuje de la lengua que ahora la recorría.

CAPÍTULO 5

—

CONTEMPLARÁS LAS RUINAS DE LA NUEVA ROMA

Una cosa que Patricia entendió de los londinenses es que, al igual que los habitantes de Manhattan, engullían letras en las palabras para hablar de una manera característica. Por ejemplo, los de Manhattan no dicen jamás «Hudson Avenue», sino «Haoudsn Anue». Ylos ingleses, como la Modelo, no dicen «colourless colour» sino «coules colou». Los urbanitas tienen ese defecto, convertir el idioma en algo tan propio que sin desear cambiar sus leyes gramaticales, transforman las palabras en algo que suene a pavimento, luces, impermeables con o sin lluvia. La Modelo se expresaba de esa manera, creando una sensación de subtitulación continua. Puede llegar a ser tierno, pensó Patricia, la putada es que cuando eres extranjero no genera la misma simpatía. Suenas mal, imitador antes que original.

Los acentos son muy importantes para Patricia. Distinguen. Son muy importantes también para los ingleses, llevan pasándose la vida desde que dejaron de ser colonia romana observando y subrayando el origen y originalidad de sus acentos. Era lógico, muy lógico, que aprovechara el tiempo que pasaba junto a la Modelo para perder su cabeza en estas cosas.

Estaba desnuda. La Modelo delante de ella también desnuda a excepción de la cámara fotográfica con que la apuntaba y el sonido de los flashes saltando, pop, pop, pop.

—¿También eres fotógrafa?

—Nunca sabes cuándo se acaba lo de modelar —respondió la Modelo, fotografiando sin dejar de posar. Patricia observó que en ningún centímetro de su piel había vello. Completamente depilada, como si fuera el maniquí de una tienda de ropa.

—No tengo talento, ninguno, un cero total. Pero la energía de esta ciudad, sabes, te hace pensar que siendo joven tendrás todo, derecho a todo, derecho incluso a tener talento. ¿No lo habías oído antes? —Hablaba deprisa, tragándose todas las letras posibles. Bostezaba, la miraba, la estudiaba, estaba bastante colocada—. ¿Quieres... hablar? ¿Verme? Tocarme —ordenó, alejándose y acercándose como si estuviera en una pasarela.

—Quiero irme —respondió Patricia sintiendo que cada una de sus respuestas la hacían a cada minuto más hispana, y eso la molestaba bastante, porque su cara, su cuerpo y su pelo no tenían un ápice de latino.

—¿Por qué sabes tanto de tantas cosas diferentes? —preguntó la Modelo.

Habrían estado hablando, no recordaba bien, pero había muchos libros alrededor, abiertos en páginas. El inhalador de la fiesta descansaba casi vacío sobre una de las hojas abiertas.

—Porque quise ser todas esas cosas diferentes —admitió Patricia—. Quise ser arquitecta y música y fotógrafa y dj.

—¿Y qué eres?

—Socia de mi novio en sus restaurantes. Imagino la decoración, selecciono la vajilla, preparo cada noche en mi iPod la música que sonará en el restaurante.

—¿Por qué no insistes en ser dj? Ahora están muy de moda los que han vivido más de una década de música —añadió sin malicia ninguna la Modelo. Patricia se rió.

—Me gusta poner canciones de Anna Domino.

—Nunca he oído nada de ella.

—Fue una innovadora de los primeros ochenta. Copiaba mucho a Japan, en realidad todo el mundo copia a Japan y a Bauhaus, hasta en nuestros días.

—¿Y siempre te escapas de tu novio con esta facilidad?

—Me drogaste.

La Modelo la abrazó y cubrió de largos, enamorados besos. Besos de modelo, al fin y al cabo, que tienen el sonido de la cámara disparando detrás.

—Me habría gustado que tú y yo fuéramos un escándalo. Y hacerme conocida en Londres —se sinceró Patricia en español, sabiendo que, si no hablaba en inglés, la Modelo no podría entenderla—. Pero no puedo hacerme muy conocida, estropearía mis planes. En la vida tienes que escoger entre ser rica o famosa. Rica es siempre mejor que famosa.

—Hablas muy deprisa, lo único que sé decir en español es «un poco de hielo, por favor». En España todas las bebidas están calientes —dijo la Modelo. Patricia se rió.

—Es lo que dicen de aquí —aceptó contestarle en inglés.

—A lo mejor no me entiendes bien porque hablo muy mal —agregó la Modelo—, estuve en un reality el verano pasado, casi iba a ganar pero me echaron la penúltima semana porque al final subtitulaban todas mis apariciones.

—¿Subtitulaban?

—Sí, yo decía, «Estoy hasta el coño de todos vosotros» y subtitulaban todo menos el insulto. —La Modelo se reía. Volvieron a besarse, a separarse, a bailar un poco lo que salía por el iPod. De pronto empezaba «Miss Sarajevo», la versión de George Michael para un disco que no tuvo ninguna repercusión. Patricia se sintió perderse en recuerdos, bailando con Alfredo una nochevieja durante algún año de la década del dos mil, cuando parecían acumular triunfos como zapatos.

—No puedes ser rica y famosa, ni siquiera con un gran talento, ni siquiera con un golpe de suerte. Cuando envejeces, tienes que escoger —retomó Patricia sus reflexiones en español—. Tu droga me hace hablar más que pensar.

—Estás hablando en español, no entiendo nada de lo que dices —corrigió la Modelo.

—De repente tengo tanto que ocultar y explicarme al mismo tiempo —continuó Patricia, sin cambiar de idioma. Le parecía que a la Modelo le sonaría más masculina hablándole en castellano—, llegar a una ciudad nueva y montar el pitote puede ser una buena idea pero —jugaba con los cabellos de la Modelo— puede no ser nada, ni siquiera para llamar la atención de Alfredo.

—Alfredo —reaccionó la Modelo, dispuesta a hundir sus labios de nuevo en la entrepierna de Patricia—. Eso lo he entendido.

Se quedaron quietas. «Hay un tiempo para vestir las mesas mientras la noche parece congelarse, aquí viene, ella...», y la música se apoderaba del resto de la canción.

Patricia abrió los ojos, unas horas más tarde, atacada de jet lag, culpa y la garganta podridamente seca.

—Han cortado el agua, es un horror, porque uno de los vecinos descubrió con su divorcio que nuestras tuberías eran defectuosas desde el noventa y nueve —explicó la Modelo, hablándole muy lentamente—. A veces, casi como un milagro, brota alguna, fría, turbia —continuó la Modelo, agachada delante de los grifos de la bañera estilo victoriano en la sala de baño más femenina y cursi que Patricia jamás había visto. ¿Cómo había llegado allí?, ¿durmió, lo poco que durmió, dentro de la bañera?

—Me siento sucia —dijo Patricia.

—En tu mente, cariño. Aquí, delante de mí, estás radiante.

Apareció el agua, muy fría y algo turbia, pero le sentó bien a su resaca-jet lag-culpa.

—Quiero confesarte algo —siguió la Modelo—. Me duele mucho que me llamen «la próxima Kate Moss». ¡Somos tantas próximas! —Empezaba a sollozar, la droga iniciaba el bajonazo. Patricia se levantó del pantano frío de la bañera y la cubrió con una toalla y se colocaron entre el bidé y el water.

—Me gusta tomarme las cosas con calma —continuó la Modelo—. Pero todo el tiempo es lo contrario, deprisa, deprisa.

Hablaba y lloraba y seguía besándola. Patricia se sintió como un helado manoseado por un perro y luego por su dueña. Hacía buen día, lo podía ver detrás de la claraboya en el baño. Tenía que huir, pero la Modelo la sujetaba más fuerte.

—También me encanta tu bolso. Fue, confieso, lo primero que vi de ti cuando entré en la fiesta.

Patricia dirigió la vista hacia el suelo. Allí, a los pies de la bañera, seguía el bolso. Debió de habérselo quitado, después de toda la noche, solo antes de entrar en el agua. ¡Qué loca!, aun sin ropa lo había llevado, temerosa de perderlo.

—Sé todo sobre los Chanel —continuó la Modelo—, me gusta tanto el color...

—Avena —dijo Patricia.

—¿También te gusta poner nombres a los colores?

—Los colores no se ponen. Ya existen con esos nombres. Puedes añadir otro nombre, otro adjetivo, pero el nombre y el color tienen que corresponder.

—¿Cuál es la diferencia entre la avena y el trigo?

—La avena tiene menos color —dijo Patricia. Era un nuevo día, y así lo iniciaba ella, hablando de nombres de colores en un baño lésbicamente cursi, completamente colocadas.

—Puedo decirte su número de fabricación: Boat, tres, dos, cinco, siete, seis, cinco —agregó la Modelo.

Patricia decidió ver en la etiqueta. Bingo, las cifras coincidían completamente.

—Seguir las numeraciones de los bolsos Chanel en los ochenta me ayudó a ganar un concurso de aritmética en el colegio —esgrimió la Modelo, devolviéndole ímpetu a sus dedos y deslizando la lengua sobre la piel desnuda.

¿Ese iba a ser su Londres? ¿Cunnilingus y más cunnilingus por parte de su novio y de una desconocida muy conocida? La Modelo lo hacía muy bien y Patricia podía, mientras la lengua avanzaba en su superficie e interior, dejarse llevar por sus propias fascinaciones. Londres, los manifestantes, la cuenta en Aruba. Marrero, allí saltaba, molestándola. Iba a ser todo más complicado ahora sin Lehman Brothers y sin Bear Stearns. «Recuerda que toda mujer tiene un secreto», decía la voz de ese nombre, Marrero. No, no, no si el mundo colapsaba, todo tipo de verdades saltarían desde cloacas taponadas.

—Te olvidas de mí —susurraba la Modelo.

Patricia apretaba sus muslos contra su cabeza y sentía su melena. Era más suave que la de Alfredo. ¿Cuándo iba a salir de ahí, regresar a la conferencia, si es que todavía duraba la conferencia? O a la casa. ¿A qué casa?

Sintió un verdadero terremoto en su interior. Se corría pero el orgasmo le abría un abismo delante y una pregunta suspendida: ¿era esto el colapso: pensar, vivir, deambular?

Hacía frío. ¿Quién le había dicho que en todas las casas inglesas siempre hacía frío? Tuvo la visión de alguien muy familiar, ella misma o su hermana, tiritando en una cama muy grande con dos, tres mantas muy gruesas. Sentirlo le devolvió cierta sobriedad. Estaba en un lugar grande, la Modelo era rica o vivía como si lo fuera, una diferencia que Alfredo siempre subrayaba: «En esta vida todo, absolutamente todo, se puede aparentar.» Alfredo estaría con la princesa. O no, tal vez esperándola en la casa donde se hospedaban. Ella, ella, Patricia, ¿por qué siempre hacía eso?: llegar a un sitio y dinamitarlo todo. «Porque todo se reconstruye siempre a través de las ruinas», se había respondido a sí misma más de una vez.

—Es guapo tu novio, ¿por qué le dejaste con tanta facilidad? —preguntó otra vez la Modelo, acariciándola, rodeándola con sus brazos súper femeninos. Cuando se está con alguien del mismo sexo se descubren demasiadas sensibilidades. Ella abrazaba a Alfredo como la Modelo la abrazaba a ella.

—Te habrán dicho infinidad de veces que la chica con la que te acabas de acostar no es homosexual.

—Es que yo tampoco soy homosexual —dijo la Modelo—. Soy modelo, y guapa, y me apetece de vez en cuando capturar una presa apetitosa.

Patricia se rió, se sentía halagada y súbitamente cómoda, medio resacosa y desnuda al lado de otra mujer delgada, elegante pero sin ropa, fumando algo parecido a un porro, refugiadas de lo que no sabían, entre un bidet y el váter.

—Creo que tengo la garganta seca de culpabilidad —reveló.

—No seas tan católica y española, la garganta se seca por los cambios de temperatura —zanjó la Modelo incorporándose—. Son casi las nueve y tengo un casting para una buena campaña en hora y media. ¿Quieres que te deje de camino?

—¿Dónde estamos, aparte de próximas al bidet? —dijo Patricia.

—Cerca de los canales de Regent. Deberías mudarte a esta zona, es mucho más tranquila y discreta para estos tiempos que ahora empiezan. No es mía, sino de la actriz, seguro que ella también durmió en la casa de otros.

—Aún no tenemos casa —dijo Patricia, sintiéndose tonta. Al parecer nadie duerme en su casa en Londres—, estamos en la de unos amigos.

Las dos se partieron de risa.

—Habíamos concertado una cita para ver dos esta misma mañana —terminó Patricia, volviéndose a reír.

—Terminaréis en Cadogan Gardens. Todos los recién llegados escogen Chelsea —vaticinó la Modelo.

La Modelo comenzó a probarse varios trajes que sacaba de una habitación contigua que, supuso Patricia, hacía de enorme vestidor. No se había duchado.

—¿No te duchas? —le preguntó sin más.

—Nunca antes de un casting. Esos cerdos de las agencias quieren que huelas mal para ver cuán bajo puedes llegar con tus manías —afirmó, escogiendo finalmente un traje camisero de un azul casi morado que coordinó con un sombrero de ala muy ancha más o menos del mismo color y un cinturón de piel metalizada y muy negro que ceñía al límite su cintura. ¿Tendrían todas la misma talla en Londres?

—Tengo que llevar los tacones más altos que encuentre en este armario, me encanta perder el equilibrio después de haber estado con una tía buena y nueva, como tú —dijo.

Patricia creyó que la Modelo hablaba y se comportaba como ella misma. O, se corrigió, como le gustaría comportarse a ella cuando se estableciera en Londres.

—Me gusta cómo te arreglas —comentó Patricia.

—Por todo el dinero del mundo, te suplico que no me compares con «ella», por favor.

Patricia sintió cómo todo empezaba a dar vueltas a su alrededor, sus ideas, sus manos, la laca que oía expulsar del aerosol de la Modelo. Tenía que levantarse, decidió, y vestirse con la única ropa de que disponía, la misma de la noche anterior. ¿Volvería a acostarse con esta modelo? ¿Se lo contaría a Alfredo? ¿Se podía iniciar una aventura en Londres de manera más enloquecida?

—Es que me irrita que en cada entrevista me comparen con la Modelo británica por excelencia... —seguía confesando la Modelo mientras terminaba de arreglarse, o desarreglarse con estudiado esmero, el pelo. Hablaba otra vez de ser «la próxima Kate Moss»—. A lo mejor te aburro con mi conversación —comentó, al ver que Patricia seguía respondiéndole únicamente con su silencio.

Salieron a la calle. Había paparazzi, pero no les hicieron caso. Estaban apostados ante una de las casas del otro lado de la acera en la que vivía un futbolista cuya primera novia le estaba acusando de algo, le explicó la Modelo en su lenguaje de letras engullidas.

—Son cada vez más cerdos. Se trata de los mismos que estaban anoche aquí y les pagan igual si toman una foto mía o del pobre Jake. Es jugador de rugby, no de fútbol, es una molesta diferencia: el fútbol es más poderoso; en el rugby incluso hay jugadores que se declaran gays, así de poco existen para el público. El coche atravesará la City y me dejará en Shoreditch, ya sabes, el nuevo barrio *it* de la ciudad. Todos estos fotógrafos tienen sus estudios allí.

—Es un día muy bello —alcanzó a comentar Patricia.

—Sí, desde que el mundo decidió acabarse, siempre hay sol en Londres —corroboró la Modelo.

Patricia aspiró su propio olor a adulterio, a experiencia homosexual inducida por abuso de drogas y alcohol. Todo el coche olía a laca, le recordaba a un esmalte de uñas que su mamá usaba en los primeros años de la llegada a Barcelona. Los recuerdos escogen insólitos momentos. Su madre no existía, era un capítulo liquidado. No iba a perder tiempo en imaginársela ni asociar recuerdos de Barcelona. El este de Londres empezaba a desfilar ante sus ojos colocados. Gente todavía más colocada, saliendo de lugares con música atronadora, hablando y agitando las manos, cervezas en la mano. Gays de todo tipo, jovencísimos, con pelucas afro, máscaras anti gas o enormes bucles pelirrojos. En otra esquina, una fila entera de veinteañeros pakistaníes, sin mujeres, acercándose peligrosamente a los maricas como si fueran a escenificar un *West Side Story*. La Modelo seguía absorta en la pantalla sin fondo del móvil. El coche avanzaba y no sucedía el crash entre los pakistaníes y los gays. Se abrían tiendas y bancos y empezaban a surgir hombres con trajes. Una mujer aferrada a una caja de cartón gritaba obscenidades contra el sistema y pasaban por delante de ella varones con pantalones pitillo de distintos colores, camisetas rasgadas y bufandas perfectamente balanceadas sobre los hombros desnudos. Una fila de menores entraba en su colegio vigilados por policías, los madrugadores mercados de comestibles cerrando al mismo tiempo que empezaban a circular los banqueros sin futuro. El olor de la carne, el queso, las especias, los podía identificar tanto, llevaba más de diez años acompañando a Alfredo a escoger proveedores. Se rió, la Modelo también, y ambas regresaron de inmediato a sus contemplaciones. Se había reído porque la carne, los huevos, los lácteos olían igual en Nueva York y en Londres. Lo único que cambiaba era la sensación de agitación, más lenta en Manhattan, sí, aunque se pensara lo contrario, más agitada en el este de Londres por los autobuses de dos pisos, por la diferencia de la gente moviéndose, por el colocón de la Modelo y ella, por la entrega que empezaba a sentir hacia ese escenario, Shoreditch, donde los edificios de cristal verde y acero se mezclaban con la piedra romántica, agrietada, oscura de los inmuebles de más de trescientos años. Decidió encender su iPod, conectarlo al dispositivo del vehículo. Aparecieron Pet Shop

Boys con su último disco, «No tienes que ser tan grande para ser una superestrella, no tienes que vivir una vida de subidas y bajadas para triunfar, no tienes que ser bello, pero ayuda». Rieron, porque las dos eran bellas y sabían que eso sí ayudaba.

—¿Quién fue el que dijo que las cosas más terribles suceden en los días más hermosos? —comentó la Modelo, con el tono ligeramente afectado, como si quisiera convencerla de que la cita era de su propia cosecha.

Patricia no respondió. A cada columna que sobrepasaban, a cada puerta, a cada frenazo del coche en los semáforos en rojo y cada nueva arrancada, la City se le mostraba como una madre que ha llorado durante toda la noche al sentirse de repente vieja, cansada, con sus hijos abandonándola a su aburrimiento. No se movía nada, solo el automóvil con ellas dentro, asfixiadas de laca, resaca y un maquillaje que se descomponía. Ningún ruido, ni siquiera el teléfono de la Modelo cuya pantalla oscura ahora reflejaba los opulentos edificios al pasar. Empezó a ver todo ese paisaje como si de las magníficas ruinas de una nueva Roma se tratara, supervivientes de incendios pero incómodas estatuas de un silencio, una niebla sin niebla que iba atrapándolas en su clarísima oscuridad.

La Modelo volvió a hablar:

—¿Puedes imaginarlo? Dentro de esos bancos, ahora que se acabaron los años felices, debe de haber dinero que necesite... hibernar.

—¿Hibernar?

—Sí. Esconderse. Hasta el próximo periodo en que vuelva a tener valor y todos creamos que se puede ser rico sin esfuerzo.

CAPÍTULO 6

—

UNA LLAMADA A MANUELA

Tenía esa cifra rondándole la cabeza. *Boat, tres, dos, cinco, siete, seis, cinco.* El código de su bolso Chanel adivinado por la Modelo. Nadie la recibió al entrar en la casa prestada. Se asombró de la cantidad de luz, lo sereno de sus movimientos pese a la resaca. Tenía que llegar hasta su ordenador, ya pensaría cómo solucionar todo lo que tuviera que explicar a Alfredo. Allí estaba, negro, compacto, el ruidito de sus teclas al pulsar su nombre y abrir la lista de canciones del iPod, le parecía el mejor de los calmantes o reponedores anti resaca. Escribió las cifras, *tres, dos, cinco, siete, seis, cinco,* precedidas de la palabra *boat.* Simple, una fácil contraseña.

¿Por qué ahora? Porque pensaba en frío cuando estaba colocada. La Modelo le había ofrecido una clave. El dinero de esos bancos que cerraban se evaporaba. Pero no todo. Siempre hay un dinero que se guarda, que hiberna, sí, hasta que la estabilidad regresa o los crímenes prescriben. Poco a poco fue sintiendo cómo su cabeza corría y sus extremidades, en cambio, se paralizaban. No podía escribir, ni levantarse, ni acercarse a la puerta o alejarse del ordenador. Pero no podía olvidar la unión de Popea con el combinado de números del bolso Chanel. Ni tampoco repetirlo muchas veces, porque, efectivamente, cuando quieres atajar una mínima lógica en cualquier subidón, la mente puede evaporar cualquier detalle.

Recuperó el movimiento y el aliento, estaba mareada pero nada se movía en la casa prestada. Hacía sol, radiante, y recordó que Alfredo le había advertido que en Londres no funcionaban ninguno de los clichés con los que llegan los foráneos. No llueve tanto, no se hace de noche tan pronto, y si alcanzaban a vivir hasta marzo comprobarían cómo las tardes se prolongan con sol hasta casi las siete. Que los ingleses no eran estirados, sino dispuestos a saber de todo, conocer y probar sin necesidad de verse obligados a darte su veredicto de inmediato, sino a lo mejor veinte años después.

Se llevó las manos a la cabeza. Se colaban en sus pensamientos los números del bolso Chanel. Estaban allí, seguían siendo los mismos. *Boat, tres, dos, cinco, siete, seis, cinco.* Y de pronto vio la palabra «fácil» escrita en algún sitio. El titular de un periódico, que descubrió, perfectamente doblado en una mesilla de la entrada. Era *El País* del día, de ese día en que estaba allí, atrapada en el vaivén de su colocón. Y leyó, «No será fácil.» ¿El qué? ¿La recuperación económica mundial? ¿Explicarle a Alfredo lo que hizo? ¿Adaptarse a Londres?

Fácil, fácil, fácil. De nuevo el subidón parecía empujarla o navegarla hacia otra ola de extensa espuma. Fácil, su vida había sido fácil, en apariencia, pero por dentro los arreglos, los secretos unidos en filas muy juntas y alineadas pero atemorizantes. Esos nombres, Graziella, Marrero, su hermana Manuela. Fácil, volvió a leer. Claro, ahora les acusarían de ser los últimos ciudadanos en el mundo que se aprovecharon del último tirón económico. Mientras hubo dinero, la gente convirtió los restaurantes y a sus intérpretes en templos y sacerdotes de un estilo de vida fácil, feliz, divertido, que empezaba a caer a un pozo sin fondo. Fácil, ella y Alfredo, los rostros de una vida fácil donde nunca había lágrimas ni penurias para llegar a fin de mes. Donde un plato podía inflarse de dinero más que de aire un soufflé.

Volvieron los números. Popea, Chanel, dos, tres. No podía permitir que su vida dejara de ser fácil. Tenía que actuar. Poner a funcionar su plan maestro. Miró la hora. Diez de la mañana. Manuela estaría durmiendo en el otro lado del Atlántico.

—Manuela —se escuchó a sí misma, el teléfono más frío de lo normal, o serían sus manos que perdían voluntad.

—Patricia, son las cuatro de la mañana. —Escuchó a su hermana incorporarse y avanzar sin colgar el teléfono hasta un baño en su casa en Nueva York, a miles de kilómetros.

—Me gustaría —empezó Patricia sintiendo el sabor de la droga en su lengua y aliento—. Me gustaría...

—Estás colocada. Otra vez, ¿nunca vas a crecer? —dijo la hermana, seca, todo lo áspera que puede resultar una persona despertada a la fuerza. Patricia, siempre atrapada en sus pensamientos, concluyó que traducía literalmente una frase muy americana. «Nunca vas a crecer» en realidad significa «Nunca madurarás».

—Necesito que me dejes acceder a tus cuentas de la empresa puntocom.

Hubo un silencio, largo, muy largo, Patricia tuvo tiempo a recuperar cierta movilidad en sus extremidades y sentir el avance del bajón.

—Te odio, Patricia.

—Son también mis cuentas —se apresuró a decir—. Solo que al ser socias en esa aventura necesito tu autorización. Es fácil, únicamente tienes que enviarme un e-mail, si quieres un sms.

—Estás drogada, estás hasta el culo y me despiertas y me jodes no solo el día sino la vida entera, hija de puta.

—Tenemos la misma madre —atajó rapidísima Patricia.

—Hija de puta igual, Patricia. No entiendo cómo puedes ser tan cruel, tan despiadada, sin que te pase absolutamente nada.

—Necesito acceso a esa cuenta.

—No es una cuenta —seguía gritando Manuela, despertaría a toda su casa, los hijos, el marido, el perro, todos hacinados en esos setenta metros cuadrados híper preciados de las afueras de Manhattan—. No sigas llamándolo cuenta. Es una sociedad, en mala hora te hice socia. Siempre tienes la facilidad de convencer a los demás de que te hagan socia.

—Creo que puedo reactivarla —dijo Patricia aparentando seriedad.

—Borracha, drogada, tienes una idea, claro, ojalá yo pudiera hacer lo mismo.

—Es muy fácil —soltó Patricia.

—Era una sociedad acabada, Patricia. Hasta que ahora, borracha, has decidido activarla. ¿Para qué?

—Hay que moverlo todo y este es el momento justo.

—¿Vas a lavar dinero? ¿Lo sabe Alfredo?

Patricia calló. Se arrepintió y habló.

—Era una buena idea la que tuviste para esa empresa, solo que el tiempo fue equivocado. Recuerda todos los premios que recibiste por crear una empresa de informadores de Internet para países en vías de desarrollo.

—El altruismo y la tecnología no son una buena idea —dijo Manuela—, pero qué coño hacemos hablando de esto a esta hora de mi madrugada, Patricia. Me haces sentir... casi tan drogada como tú.

—Necesito recuperar esa empresa. Es el momento, Manuela. Es el momento de ser altruistas...

—Pero ¿has dejado la restauración?

Patricia calló, sentía que se serenaba naturalmente, que la droga se alejaba de su cuerpo como un fantasma que te invade y luego decide dejarte en la normalidad.

—El código es tu nombre y el mío juntos —dijo al fin Manuela.

Patricia escribió rápidamente sobre el ordenador.

Whatever que sea lo que vayas a hacer con esa empresa, no me lo digas. Para mí hoy deberías estar muerta, Patricia —pronunció Manuela antes de colgar el teléfono.

No, pensó Patricia, delante de la luz fría del ordenador con la página de la fallida empresa, su contrato, sus términos, delante de ella. Y, lo más importante, los dos servidores remotos asociados a la empresa. No, Manuela querida, dijo en voz alta ante el ordenador, no moriría esa mañana de resaca en Londres.

CAPÍTULO 7

—

FÁCIL

Se despertó con más luz sobre la cara. En Londres no dejaba de hacer buen tiempo. En la vida vas acostumbrándote a lugares comunes. Hace mal tiempo todo el año en Londres y no es verdad, lo que hace es tiempo. En un mismo día vas del seco al mojado, del calor al frío, de los ingleses a los árabes y de los españoles a los italianos. De pedir prestado a ser propietaria. De la sobriedad al vino, del éxtasis al dolor. Cambios, cambios y velocidad, eso era Londres. «Le ha quitado el cetro a Nueva York como ciudad glamour, por eso os habéis mudado aquí», le dijo alguien. ¿Quién, Marrero? No, imposible, no hablaba así. Había sido el Innombrable, sí, en un minuto perdido del acto en la Gherkin. ¿Qué más daba? Lo que tenía que hacer era ducharse, arreglarse y, sobre todo, regresar al ordenador, comprobar que la página de su cuenta puntocom seguía allí. Seguía. Y de inmediato ponerse a trabajar, revisar bien en qué estado se encontraban los servidores remotos. El suyo estaba limpio, el de Marrero mostraba movimientos. La idea de Patricia, animada por las palabras de la Modelo, era encontrar una especie de agujero negro en el espacio cibernético a través del cual esconder cosas. Dinero, principalmente, dinero que de un momento a otro necesitara esconderse. En el principio de la debacle financiera, muchas empresas acostumbradas a inflar precios, una práctica harto común en la última década, necesitaban desviar sus verdaderos ahorros más allá de los paraísos fiscales. Estaba pensando muy rápido, aunque el colocón se hubiera enfriado. No necesitaba explicarle nada a nadie. Otras cosas, su escapada con la Modelo, por ejemplo, sí requerían de un razonamiento, sobre todo delante de Alfredo, aún dormido en la habitación, imaginaba. Esta explicación financiera se la hacía a sí misma porque tenía que ponerla en práctica contrarreloj. La droga, la marcha delante del Gherkin, la visión de la City devenida en una Roma devastada, todo eso le hacía pensar aceleradamente. El dinero de los ordenadores, que es ese dinero en el que ahora creemos, esos millones de dígitos moviéndose de esquina a esquina de las bolsas mundiales, mucho de ese dinero no es que tenga orígenes oscuros, es que puede ser ficción, no existir realmente, pero aun así venir a significar ese valor que salta en la pantalla del ordenador. Los verdaderos pillos de este nuevo tiempo serían los que supieran atajar el escape de ese dinero hacia sitios aún más inaccesibles, más opacos. Por eso estaban allí, las dos cuentas encriptadas en el servidor externo a la puntocom que tuviera con su hermana, abiertas, muy abiertas, ante sus ojos.

Ok, se dijo, empecemos. Su cuenta externa, aquella que respondía a su nombre, ahora pasaría a llamarse Popea, Popea-Chanel en homenaje al descubrimiento de esa noche con la Modelo. La empresa puntocom tenía una cuenta madre, por llamarla de alguna manera, a nombre de una maestra retirada de Río de Janeiro, María Jesús Cobo. La maestra había dirigido una campaña para distribuir ordenadores usados en las favelas de la ciudad. Su cuenta, sin saberlo la maestra, servía de tapadera a dos servidores externos, los verdaderos instrumentos de la empresa puntocom.

El primer servidor externo, el de Patricia, tardó en responder. Cuando lo hizo, revisó las cuentas vinculadas a la empresa puntocom. Añadió la que tenía en Aruba. Respondió a todas las preguntas de seguridad. La empresa puntocom revivida tenía ahora una cuenta en Aruba a nombre de Patricia Van der Garde. El sobre que envió desde Nueva York, con su foto de hacía unos años, su firma y su autorización, llegaría pronto. En la empresa puntocom había otras cuentas, una en Liechtenstein, a nombre de su abuela Graziella. Un total de veintitrés mil dólares en esa cuenta.

Ahora tocaba entrar en el otro servidor externo, el de Marrero, empleando el código, le molestaba recordarlo. Le molestaba todo lo que tuviera el nombre de Marrero y sabía que cada vez que lo empleaba generaba una fuerte energía que permitía que él mismo, el propio Marrero, se materializara allí donde estuvieran. Aparecería en Londres, seguro, en breve, pero necesitaba revisar esa cuenta una vez más. Después de todo, la habían abierto juntos en 2001, cuando acababan de llegar a Nueva York y Marrero estaba en todas partes de sus vidas.

La cuenta de Marrero tenía la misma cantidad de dinero, veintitrés mil dólares. En el servidor, Marrero tenía muchas cuentas a nombre de muchas empresas. En esta situación él pensaría igual que ella: encontrar un sitio prácticamente invisible donde esconder el dinero en el momento en que hiciera falta. A Patricia le llamó la atención una cuenta a nombre de una empresa exportadora/importadora de langostinos en Siam. Patricia, le dolió reconocerlo, sabía el código clave de esa cuenta, el porqué no podía asumirlo ahora. TheMark2806.

Empezó a teclear. Modificaría el código de acceso a la empresa. Sabía hacer estas cosas, lo aprendió rápido en la inmobiliaria donde había trabajado como interiorista, en Barcelona, antes de conocer a Alfredo. Era fácil. El código ya no sería más TheMark2806 sino Ovington2008. Cerró el servidor externo. Siguió tecleando de nuevo en la página con los datos de la empresa puntocom, autorizando una nueva empresa colaboradora mediante una carta de compromiso destinada a «afiliarse a cualquier acto de solidaridad que se presente en el tiempo turbulento que ahora nos toca vivir». Esa nueva empresa colaboradora se llamaría 2monstersgether, con sede en un banco familiar muy pequeño en Edimburgo.

Miró la casa prestada, siempre empezaban sus cosas desde casas prestadas. Unos amigos colombianos se la habían dejado para que iniciaran su vida, su «cambio» en Londres. «No hace falta que pongan fecha de salida —les había dicho Andrés, el dueño—. Así nos la cuidan. Quizá pasemos una semana para Ascot, si los amigos deciden llevar los caballos», les había dicho. Eso era lo que otorgaba llevar una vida fácil: todo es fluido, cómodo, accesible. Para estar dentro de esa vida había que hacer click en un determinado grupo de gente y ese click era el talento de Alfredo como cocinero. Y su éxito. Y su fama. Tres veces click.

Pero ahora todo eso iba a cambiar. Por primera vez, Patricia iba a ser propietaria. De cosas robadas, de dinero sucio, de esquemas ajenos, pero propietaria.

Alfredo apareció detrás de la puerta, la había estado observando, esperando que finalizara la operación.

—¿Qué tal te ha ido con tu primera víctima? ¿Se ha quedado ya enamorada de ti?

—No es una víctima.

—Es tan solo un símbolo, claro, ya lo había imaginado. Un gesto de bienvenida, para hacerte a la ciudad, para practicar más el inglés...

Chaparrón Alfredo, pensó Patricia. Redujo su eslabón financiero a un pequeño punto negro en el ordenador, guardó la contraseña creada como Popea-Chanel, el número del bolso que la Modelo le recitó debidamente encriptado como contraseña de la contraseña, y miró a Alfredo, desnudo, recién duchado, no lo había oído, mojando la madera oscura del piso prestado. Fue hacia él, sabía que olía mal, a la ginebra que había devorado, a la culpa que empezaba a revolotear alrededor.

—No te acerques, porque de verdad te golpearía —advirtió él—. ¿Quieres probarme, ver hasta dónde puedes ser capaz de hacerme llegar?

—Necesito experimentar para ser Patricia...

—Necesitas hacerme daño, Patricia, para sentir que me quieres. Ha sido así siempre. Eres incapaz de entender que amar puede ser mucho más sencillo.

—No quiero aburrirme. No quiero aburrirte a ti tampoco.

—¿Y es lo más divertido del mundo que vivamos sin saber en qué momento y por qué razón tú vas a desaparecer hoy con una modelo, mañana con otro cocinero, un día de estos con mi propio hermano y sus novios que no paran de hablar y mover las manos?

—No soy una puta.

—No, eres un monstruo.

—Dos monstruos juntos —alcanzó a decir ella.

Se quedaron quietos, en silencio, los ruidos de la calle avanzando en el interior.

—Porque aquí comienza el derrumbe, hasta aquí nos alcanza el colapso. Es todo lo contrario a lo que piensas, Patricia. Si el mundo se jode, nosotros seremos lo primero en estropearse.

—¿Por qué?

—Porque no hemos conocido otra cosa que tener suerte. Por eso, por lo que tú llamas privilegio, estar siempre en el sitio correcto, la gente adecuada, el momento justo. Esa mierda se acabó. Anoche lo vimos, antes de que te fueras a drogarte y a follar con una desconocida.

—No fue en ese orden —mantuvo Patricia el tono superior y efectivo.

—Le habrás pedido que te introdujera la mano entera —soltó Alfredo, incapaz de reconocerse. Patricia contuvo el silencio como acero partiendo el lomo de un tiburón. Lo había conseguido, violentar a Alfredo.

—Un día entenderás por qué lo hice, es lo único que puedo explicar —culminó Patricia pero no, prosiguió. Respiró hondo. Vio a Alfredo contener sus lágrimas y dijo—: Es una guerra, Alfredo. No es una crisis, no será pasajera. Es una guerra sin trincheras ni tanques en las calles. Una guerra que sabemos cuándo ha empezado pero no cuándo terminará.

CAPÍTULO 8

MADAME JO JOS

Londres tiene una rara costumbre, que es aparentar que todo cierra temprano. En efecto, si empezaban la noche cenando en Mayfair, en los restaurantes a los que los invitaban por Alfredo, como el Scotts (con servicio español y Roger Moore y Mario Testino lanzándose piropos a través de las mesas rodeadas de obras de arte y la barra de pescados y champagne diseñada por Zaha Hadid), a partir de las doce y cuarto se acababa la fiesta. Tenía su punto lo de las restricciones, porque podías llegar borracho como una cuba a las once a tu casa y despertarte a las cinco y media y no tener resaca a las diez. Pero, por lo general, Patricia se quedaba congestionada, con el cuerpo encendido y los locales cerrados. «Para eso, querida, existe Soho», le había dicho la Modelo. Pero Soho le parecía una cosa de adolescentes en su primer viaje a la ciudad, entrando a peep shows, viendo extrañas figuras desnudarse por veinte libras o esas librerías repletas de gays adorando a Madonna y libros de fotografías de Bruce Weber. Eso era Soho para ella. Hasta que descubrió Madame Jo Jos.

En los últimos años cincuenta, algunos de esos locales de sexo patético se hicieron algo más grandes y permitieron espacio para orquestas medianas que se lanzaban a repetir los twist americanos, la evolución del rock en cultura pop que hizo de Londres una capital protagonista y también convirtió la industria discográfica en el súmmum del talento y del dinero. Madame Jo Jos había jugado una parte interesante en ese devenir. Sus paredes de seda artificial naranja y adamascada recogían imágenes mal enmarcadas de esa época. Patricia lo amó de inmediato. Si todo iba a ir mal o muy complicado, siempre quedaría Madame Jo Jos para refugiarse. Con su pista de baile en medialuna, la orquesta situada en un altillo, enfrente del vestíbulo donde se podía hablar, observar a los que bailaban debajo, treintañeros y cincuentones con sus pasitos ochenta, veinteañeros con sus despliegues hip hop, bailarines de los musicales ejecutando las coreografías que jamás bailarían en sus trabajos. Eran de cualquier raza, orientales, suramericanos, brasileños, jamaicanos, españoles de cualquier autonomía estaban allí esperando ser reclutados para un reality show, una compañía de musicales o un acto de variedades con mucha pluma y street dancing.

Alfredo y ella llegaron allí acompañando a la Modelo y su grupo de acólitos, los encargados de conseguirle contratos. Jamás apartaban la mirada de sus blackberrys por las que desfilaban e-mails con imágenes de próximas, irremediables nuevas Kate Moss, para angustia de la Modelo. Lógicamente, se habían vuelto una camarilla: Patricia, la Modelo, los acólitos y Alfredo cariacontecido. Por eso en Madame Jo Jos, como en el cabaret de la película, los problemas quedaban afuera. Allí dentro bailar, bailar. Un funk que recogía trazos del sonido Philadelphia y la New Wave, por ejemplo. Vieron en esas primeras noches a verdaderos expertos del Technotronic 2007, que consistía en mover cada trozo del cuerpo en una suerte de sincopado electrónico aparentemente sin alma pero luego cautivador. Patricia enseñó a Alfredo a batir las piernas como si fueran flanes que se incorporan para avanzar malamente. A dejar caer los brazos a los lados como si perdieran la voluntad. A adelantar la cadera y lanzarla de nuevo hacia atrás. La Modelo y alguno de los jamaicanos que observaban sus progresos le enseñaron a dar saltos de carnero en el pavimento no uniforme del Madame Jo Jos. Y la propia Modelo la instruyó sobre cómo sostenerse en la punta de sus zapatillas de baloncestista con plataforma de colores y girar como si fuera una bailarina.

Cada noche de esos primeros días de Londres, con o sin peleas, olvidando la escapada con la Modelo, Alfredo le susurraba a Patricia el nombre, «Madame Jo Jos», y Patricia se relamía sabiendo que a la una y media, de miércoles a jueves, estarían allí, en la puerta, en la esquina de Wardour Street con Frith, esperando bajo lluvia, nieve o viento. Toda herida, cicatrizada.

Hubo noches que Patricia pensó que formaba parte de una generación repentina, los desclasados de Madame Jo Jos. La Modelo y esos bailarines que siempre sonreían se contorsionaban e improvisaban rutinas apoyándose unos a otros. Patricia empezaba a imaginar que Alfredo aceptaría la presencia de la Modelo y su clan como instrumentos necesarios para moverse en Londres. «Nunca sé si haces amigos o robots que te guíen en las ciudades», le había dicho una vez su hermana Manuela. Siempre pensando, siempre maquinando, Patricia hacía un gesto con las manos para alejar ese recuerdo. Estaba en Madame Jo Jos, su mundo, su enclave especial, con Alfredo, víctimas o amigos y con todos los jóvenes efervescentes esperando que la hecatombe financiera no fuera eterna y no perdieran su juventud luchando igual que sus padres, viendo cómo las oportunidades comenzaban a deshacerse. Todos parecían disfrutar de los planes para el restaurante, serían más que comensales, una especie de carne humana atractiva para más visitantes, mejores clientes.

Fue conociendo más gente y mejor a la ciudad. El extraño frío embriagador de Soho, siempre confundiéndote con las calles, entrando por Frith cuando en realidad querías ir a Greek o avanzando en Fitzrovia sin darte cuenta de que dejabas Soho atrás y penetrabas en otro barrio, otra gente, otros hombres menos llamativos en su vestuario pero igualmente atractivos por su austeridad. Descubrió los diners escondidos entre Fulham y King's Road, al otro lado del mismo oeste, alimentando las gargantas borrachas de los garitos de Soho, un bocadillo, una hamburguesa para regresar a Frith o a Greek o a Wardour y seguir bebiendo.

Descubrió los magnolios sin flores en las calles de Chelsea y los que parecen eternamente floridos en Hampstead. Hizo el amor con Alfredo, muy tarde, en la madrugada, debajo de uno de los túneles de Regent's Park y decidió visitar las residencias de Maida Vale, suerte de mejorado Beverly Hills inglés, junto a Alfredo, imaginándose dentro de ellas y saboreando el espantoso café de los locales alrededor de los canales.

Se divertían, se amaban y se ayudaban a sobrellevar el susto de la inauguración. Y volvían a Madame Jo Jos después de cenar en el Wolseley y ver cómo los cocineros británicos abrían sucursales y sucursales de sus restaurantes emblemáticos. Alfredo sería uno de ellos, el primero español, si todas las cosas salían bien en el Ovington, que así se llamaría el restaurante, inspirado por la calle de forma oval en el barrio de Knightsbridge, Ovington Gardens.

Patricia no sentía miedo ni por la crisis económica ni por sus propias infidelidades. Saldría bien, el restaurante, la ciudad, las nuevas amistades. Lo que de verdad le preocupaba era lo otro. Ver cómo podía encajar las piezas del puzle financiero en que deseaba meterse.

No podía dejar de pensar en ello, ni siquiera observando a las esqueléticas negras que se contorsionaban como siamesas de un circo chino. Alfredo le acercaba otra copa, la besaba, ella lo besaba y le acariciaba el pelo. Londres significaba tantas cosas. El puente sobre el Támesis a la altura de Embankment, las estrellas perdiéndose en el agua oscura, los edificios encendiéndose en las últimas horas de sol, San Pablo, la catedral, dominando el vaivén del agua, la sinuosidad de algunos edificios, la robustez de todos. Ella y Alfredo cruzando el patio de piedra y hormigón, ventanas y ventanas, de Somerset House para desembocar al Támesis y recibir el golpe del frío en la cara. Las puertas secretas de la ciudad interior, Temple, en la frontera entre el este y el oeste, escondiendo bibliotecas masónicas, escaleras de caracol infinitas, maderas ancianísimas, chirriantes y silenciosas según qué pasos se daban en ellas. Londres la amaba, lo sentía, quería que ella también lo hiciera, que se entregara a su extraño clima, sorteara todos los inconvenientes y triunfara como lo que siempre había querido ser: Patricia, anfitriona. Anfitriona de un sitio aún más exclusivo y vivo que Madame Jo Jos.

Y entonces vio claro que a partir de esa frontera sin señales, que para ella empezaba a la izquierda de la última columna del Museo Británico, se abría el este, esperándola con sus fauces de lobo indómito, la mirada taimada de los avestruces antes de perseguir la nada: El este. El este y ellos dos, Patricia y Alfredo, empezaron a hacerse uno solo, primero en taxis de más de treinta libras desde la puerta del piso prestado, luego rebajando esa cifra a las veinticinco y a veces, con mucha astucia, mucho inglés malhablado y aspirado, alcanzando las diecinueve y luego ya directamente a pie, uniendo atajos y risas de enamorados excitados por orientarse en el vientre de la ballena.

El este, el este quería escribirle a Manuela, que no le devolvía ninguna carta ni aceptaba ninguna de sus llamadas. El este, deseaba explicarle a su abuela Graziella, oculta tras los ventanales de su majestuosa casa en Edimburgo. El este, gritarle a cualquier transeúnte. Era todo para Patricia, la sensación de vivir los mejores años de su vida, los mejores segundos, en las fiestas llenas de estudiantes y decrépitos ex vedettes del cabaret en el George & Dragon; los gays de todas partes del mundo arrinconándose en el jardín interior del Jointers, los dealers de drogas sin bibliografía ni origen en el Hotboys y los centenares de hombres y mujeres desafiando cualquier convención de estilo y vestuario desfilando a todas horas por Shoreditch, y Alfredo y ella detrás, riendo los trajes, imitando los andares, emocionados de pensar que en algún momento crecerían y vendrían a sentarse a las sofisticadas mesas de los muchos Ovington que abrirían en Londres.

Patricia volvía a Madame Jo Jos y se daba cuenta de que no llevaba ni siquiera tres meses en Londres y ya sentía que se había convertido en una esquina más, una sombra sobrevolando el agua oscura del Támesis y recordando cómo en el inicio de *Frenesí* el maestro Hitchcock recorre todo su esplendor, desde la Torre de Londres hasta el Obelisco a los pies del Savoy y justo entonces el espectador descubre un cuerpo humano flotando en el río. Podía ser ella ahora, tanto la que mirara con el ojo del águila como la que flotara delante del monumento y de pronto despertara y dijera lo conozco todo, lo he visto todo, soy Londres.

—Soy Londres —exclamó Patricia y se hizo un silencio en Madame Jo Jos—. Soy Londres —repitió, y todos empezaron a imitarla Soy Londres, soy Londres recorrió el sitio y el hip hop se detuvo para echar a andar otra vez. Alfredo vino hacia ella y la besó. Seguían gritando la frase. Los acólitos, los galeristas y los bailarines en perenne estado de excitación en la pista. Patricia les miraba, privilegiados con descastados, una nueva generación para el futuro negro que ya era presente. Madame Jo Jos, ese lugar perfecto donde siempre eres joven. Estaban otra vez a salvo. De sus celos, sus heridas, sus mentiras. Y del colapso. Bailando, los bellos, heridos y enamorados monstruos juntos.

—Quiero un día, cuando dejemos atrás el mundo de los restaurantes, un sitio como este —dijo a Alfredo, acercándole el gin tonic en vasos redondeados y cortos.

—Cada cosa a su tiempo, Patricia —advirtió Alfredo mientras ella echaba el pelo hacia atrás y se entregaba a esa danza imposible, negros moviéndose como marionetas y chinos como si fueran acróbatas del hip hop y un chico español sacudiendo los pies como si fuera Fred Astaire con un zumbido flamenco.

—No, Alfredo, cuando hayamos hecho todo lo que tenemos que hacer, crearemos un sitio como este. Nuestro único, propio, Madame Jo Jos.

—Lo llamaremos como tú, Monster Patricia —sentenció Alfredo. Patricia, incapaz de conceder la última palabra, alzó su rostro y levantó las manos como si fueran las garras de un dinosaurio.

ALFREDO

CAPÍTULO 9

BOROUGH MARKET

Era la última tarde de octubre de 2008, tenían cita en Borough Market para establecer contacto con los proveedores. Alfredo esperaba. Patricia siempre se retarda, él siempre espera. El taxi llevaba ya tres libras, camino de cuatro. Patricia apareció vestida con una chaqueta de múltiples tejidos, no un patchwork pero algo muy parecido, pantalones cortos de un tono gris metalizado y sandalias con muchas tiras en el empeine y tacones altos, casi con los mismos colores del patchwork. Incongruente, más que llamativo, en Patricia siempre había algo que no iba. ¿Shorts y abrigo?, ¿sandalias en otoño? Esa nueva manía de ir con el pelo despeinado. Chocante como era el aspecto, Alfredo callaba. Porque su sugerencia sería hacerla más clásica y Patricia no podía ser jamás clásica. El estilo de su novia era algo que la precedía. Patricia hace lo que le da la gana. Un día parece la chica pija criada en la calle Cavallers de Barcelona y en menos de un segundo puede ser una indie desempleada de algún garito de Lavapiés.

La quiso antes de conocerla, la amó apenas sintió su olor cerca, la amará siempre porque nunca será capaz de enamorarse así otra vez.

Alfredo le sonrió porque siempre lo hacía cuando la veía y, de inmediato, recordó, como llevaba casi un mes recordando, lo que había sido esperarla toda la noche mientras ella se restregaba con una modelo que esa mañana, otra vez, aparecía en las portadas de los tabloides tras una trifulca contra otra imitadora de Kate Moss. Pero ¿no era que tenía un mecanismo para perdonarla? Fallaba, cada día sentía que el mecanismo de perdón fallaba un poco, bastante más.

Pasar página, antes que nada. Se fortaleció al pensar en el Ovington, el nombre del proyecto, del local. Para eso iban al Borough, el primer paso importante: crear los vínculos y cerrar las negociaciones con los proveedores. Ovington era su sueño, el lugar que resumiría todo lo que había aprendido en los últimos siete años: comida muy buena, de base tradicional pero presentada con la elegancia de un banquete en una nave espacial. Lujo, sincretismo, guiños a la tradición, limpieza y efecto. ¿Se entendía? Si no, le daba igual. Él no era un cocinero, como el Innombrable o los hermanos Casas, de experimentos y pirotecnia. Él no era un cocinero con vocación artística ni necesidad de summa cum laude. Él era un cocinero aburrido porque ya no creía que había solo talento en la cocina. Había descubierto demasiado pronto, demasiado fácil, que era una industria fabricada para devorar el dinero de los que quieren tener algo que contar.

Llegaron al Ovington y batallaron para que el taxista accediera a esperarles. Necesidad imperiosa en Londres: hacerse con una compañía de vehículos para no depender jamás de los «black cabs».

—Son pesadísimos, pero ya está resuelto —dijo Patricia esperando que le abriera la puerta del futuro restaurante. Alfredo sabía cómo había conseguido que el taxista esperara. Le habría mostrado algo, un poquito de teta, de pierna, la nuca, el olor del perfume en su pelo. Tenía que asumirlo, Patricia aplicaba puterío en el momento en que necesitaba algo.

—Patricia, ¿no vas a decir nada de las neveras?

Iban de suelo a techo y el acero las convertía en perfectos espejos de todo lo que sucediera en el restaurante. Patricia pasó delante de ellas medio sonriendo, el colorido de sus prendas transformando el frío acero en un papagayo desplegando sus alas. Bella, inesperada, ¿cómo iba a ser solo para él un animal tan enigmático y hermoso? Pero es que era suyo, ella lo había decidido, ser de él. A pesar de sus escapadas, cada vez más excéntricas e inesperadas. La única manera de seguir con ella, lo que Alfredo más deseaba del mundo, era precisamente perdonarla. Él se volvía cada vez más... ¿pasivo? No lo sabía, no lo discutía. Se convencía de que algún día sus perdones le fortalecerían.

Alfredo resopló. No podía evitar ese gesto, expulsar el aire como si quisiera expulsarlo todo y terminar allí mismo su existencia. Estaba cansado de no poder decir lo que pensaba. Le daba miedo mezclarlo todo y al final no concretar. Estaba empezando a sentirse puta más que cocinero. O, fraseando un poco mejor, estaba empezando a sentirse un cocinero puta, siempre complaciendo, siempre quedando bien. Con los socios, con los clientes. Con Patricia. Eso era una puta, ¿no?, alguien que ofrece un servicio y cobra, y si lo mejora cobra un poco más. Si tiene éxito, abre sucursales o se especializa en ofrecer eso que sabe que funciona. La cocina era un burdel para Alfredo, y él la madame. No era necesario inventar más platos sino mantener los que funcionaban, quizá matizándolos para el público londinense. Nada más. Siempre todo tan fácil, el único esfuerzo de su cocina era encontrar proveedores de buenos alimentos a precios más o menos justos. Ya se sabía que sus comidas eran caras, podía permitirse una horquilla bastante amplia de proveedores. Había conseguido que su irónica forma de adaptar sabores anglosajones al humor y colorido del Mediterráneo, y luego el Caribe, fuera una fórmula que anhelaban sus clientes. Demasiado fácil para sus treinta y siete años. Había tocado techo muy pronto, no podía cambiar todo de golpe porque dejaría de ser Alfredo, la bella promesa, la exitosa realidad, el gorrito bello que jamás perdía clientes.

—Fantásticas las neveras. El espejo que ve sin que nadie lo sepa —dijo Patricia de vuelta al taxi, sacudiendo el polvo de la obra en sus pies. Patricia, otra vez, ¿no sería ella la responsable de esa sensación de éxito conseguido y paralizante? No, era un problema suyo. Alcanzaba techos demasiado pronto porque no tenía paciencia. Nunca supo esperar. Siempre quiso triunfos antes de los treinta.

Borough Market era como cualquier otro mercado, solo que más organizado o de apariencia más organizada. La carne dividida por animales. Vaca y ternera, cerdo y cordero. Luego por corte o zona u órgano. Religión, en el caso del cordero. Después por región, vacas escocesas, irlandesas, del sur o del suroeste de Inglaterra. También por vendedor. Mathias Anwerson era el mejor vendedor de cortes a la uruguaya de carnes del sur de Inglaterra, y con él Patricia se esmeró para conseguir un buen precio redondo para ser proveedor del Ovington. Alfredo lo conocía a través de referencias de los hermanos Casas, que gustaban mucho de la carne inglesa con corte de la pampa. Tonterías de su oficio. O, mejor pensado, cosas que en su oficio se hicieron posibles gracias al dinero de los últimos años.

¡El dinero de los últimos años! A lo mejor era haber visto tanto moverse no solo entre sus manos sino entre las mesas de sus restaurantes lo que le hacía sentir puta. Era un cocinero de gente con dinero fácil, o rápido, o de fácil movilidad. En eso se había convertido. O había sido siempre su destino.

—Alfredo —decía Patricia, hablándole para que no se

enfrascara en pensamientos oscuros—, tenemos que establecer la leche.

«Establecer» era la palabra de Patricia para adjudicar un proveedor. Establecer era un verbo para explicarla completamente. Patricia establecía, disponía, planteaba, abarcaba, completaba. Él solo cocinaba. Y pensaba, lo peor. Y terminaba por preocuparse.

—Los más ingleses posibles —dijo, aparentando interés y foco en lo que estaban haciendo.

Patricia dio con los exactos. Guillaume and Sons, que también distribuían vegetales, hortalizas y una amplia selección de patatas y quesos orgánicos, semi orgánicos, de facturación casera y con técnicas del siglo XVII. Un poco lejos el XVII, bromeó Alfredo. «Es nuestro número de la suerte», zanjó Patricia.

Suerte. Siempre la habían tenido. Era de lo que más tenían y parecían exudarla mientras paseaban por el mercado y observaban que les reconocían. Vendedores que iban pasándose la voz. «Suerte con el restaurante, seguro que aportáis aire fresco a Londres», les decían, pronunciando fresco con acento italiano. Siempre les sucedía esta atmósfera de optimismo y admiración en los mercados. Pagaban bien, por adelantado, seis meses de proveeduría y con Patricia mostrando algo de piel y excelente manicura para firmar los pedidos. ¡Por eso los shorts y las sandalias! «Suerte» les decían en la delicada tienda de setas. «Suerte» en la de vegetales babies que Patricia siempre empleaba para decoración. «Suerte», terminaban por decirse ellos mismos.

Siguiente parada: los vinos. Merchants UK-New York. Era una empresa participada por Marrero, voilà, el nombre ya estaba ahí otra vez. Trabajaban con ellos también en Nueva York, cuando necesitaban vinos australianos, surafricanos, neozelandeses, que tienen la habilidad de parecer baratos y poder crecer en precio a medida que gustan en tu local. Patricia le dejó solo. Los vinos eran su absoluto territorio. Más todavía para Ovington, donde quería construir la carta de vinos que marcara tendencia. Sobre todo en la estructura. Una carta de vinos que no te hiciera sentir estúpido, sin saber por dónde empezar, sino que, al contrario, fuera llevándote por la selección de forma amena, casi como si fuera un tour en un museo. Merchants había hecho los deberes. Curiosamente Lucía Higgins se encontraba allí. Alfredo silbó a Patricia, no quería quedarse solo con ella.

—Alfredo y Patricia son las personas más necesarias para Londres en este momento —empezó la Higgins, siempre hablando en titulares y voz muy alta—. ¿No es así, Alfredos-Patricias? —preguntó.

—Estás en todas partes —dijo Patricia sonriéndole.

—Todos compramos nuestros vinos en Merchants, Patricia, ya lo sabes. Pero me encanta la coincidencia porque tengo que viajar a Arizona, una cosa ridícula de Marrero, claro, para unos empresarios de Valencia que imagino conoceréis. No tiene importancia, salvo que espero que por nada del mundo me impida estar aquí para vuestro opening.

—Todavía estamos de obras —dijo Alfredo.

—Pero si ya estáis haciendo los pedidos —respondió Higgins.

—No será hasta principios de noviembre —aclaró Patricia, y Alfredo sintió la molestia en su breve respuesta. Era raro el encuentro, seguro que la Higgins estaba allí por otra cosa. Espiarlos, explicarle a Marrero todo lo que hacían en Londres.

—Oh, por dios, estoy segura de que nadie hará que me mueva de Londres en todo ese mes —dijo Higgins, marchándose con besos al aire y varias botellas de un chardonnay surafricano que Marrero había impuesto en todos los restaurantes de Nueva York.

Patricia y Alfredo respiraron hondo. Merchant hijo, bastante pelirrojo y atractivo, vestido como si fuera a servir *high tea* en un palacio real, salió al encuentro. Alfredo no encajó bien que viera a Patricia como una posibilidad. Decidió fastidiarle de la única manera que un hombre puede torpedear el atractivo de otro caballero: explicando exhaustivamente su idea de una carta de vinos, «que sea rápida de leer, placentera sin ser impositiva en su exquisita información. Y bien dispuesta». Así era la carta que había diseñado para el Ovington. Dividida en «Mezclas», es decir, vinos con más de una cepa, seis ofertas para blancos, seis ofertas para tintos. «Antiguos», todos esos vinos caros a los que no les molesta el paso del tiempo. También seis y seis para cada color. «Clásicos», los antiguos pero un poco más accesibles, todos los sancerre, chardonnay, pinot grigio y afines. También seis y seis. Rarezas o «Joyas», como prefería Patricia, a quien la mayoría de las veces no le molestaba quedar cursi, para los premier cru de grandes nombres.

Al regresar a la casa prestada, en el taxi de cuarenta libras, Patricia se recostó en su hombro. Ella le besó el cuello y él pasó la mano por su espalda, alcanzando los pezones, Patricia se movió y él siguió jugando con el cierre de su sujetador. También quería preguntarle sobre el encuentro con la Higgins, pero prefirió obviarlo. Londres era grande, sí, para los que no pertenecen a un grupo. Patricia se separó, le hartaba que Alfredo le desabrochara los sujetadores. Volvió a abrocharlo y a quedarse en el extremo del asiento. Harían el amor luego, apenas entraran a la casa, recorriendo con sus narices los rastros de los quesos, las hortalizas, las distintas vacas inglesas, olores que el mercado había dejado. Patricia se sentaría encima de él, luego se dejaría penetrar por el ano, de nuevo por delante, otra vez chupándose cada uno, besándose y cada uno olvidando lo que recorría sus mentes. Alfredo no quería que viera nunca más a la Modelo, pero no podía evitarlo. La Modelo traería gente conocida al Ovington, para eso la había seducido. Empezó a llamarla puta mientras ella le masturbaba y besaba y volvía a succionar: la puta de mi novia y Patricia paraba. Perdóname, decía Alfredo, perdóname, no pares. Y Patricia volvía a deslizarse, manos, lengua, tetas, pezones, piernas, brazos, pelo, y seguía besándosela, y él hurgándola, queriéndola, penetrándola, odiándola y agradeciéndole esta suerte, más suerte hasta sentir los dos que él iba a eyacular y Patricia apartarse, introducir sus dedos para no perder su propio orgasmo mientras se colocaba debajo de Alfredo para que la bañara.

Se quedaban quietos, el iPod poco a poco cobrando vida. «Space boy, hello, ¿te gustan los hombres o las mujeres? Es confuso estos días. Te cubriré, te protegeré, hello, hello», cantaba Bowie. Patricia lo susurraba, desplazando el líquido por la superficie de sus tetas y abrazándose a Alfredo. «Hello, hello», seguía Bowie, en la versión con la que los Pet Shop Boys le homenajearon. «Es confuso estos días.» Alfredo contuvo el aluvión de lágrimas que le asaltaban. Por miedo, por confusión, por pensar que nunca iba a poder dejar de amar a Patricia fuera Londres o Nueva York, modelos pasajeras o Marrero siempre persiguiéndoles. Nunca. «Hello, hello», se desvanecía la canción.

Resolvieron el alquiler del futuro Ovington por doce meses, dos de prueba más o menos baratos, una ganga absoluta. Contaban con alrededor de novecientos mil euros en unos fondos de inversión y, a medida que los titulares en los días post colapso financiero se hacían más y más alarmantes, Alfredo asumió que guardar el dinero en el banco era una bomba de relojería. Si fueran coleccionistas invertirían en un Bacon o un Freud, pero siendo lo que eran, una pareja vinculada a un restaurante, el dinero estaría más seguro invertido, no todo, nunca todo, en el nuevo proyecto. Caray, era verdad que era más rico que cualquiera de los que habían salido del taller de los Casas, pero es porque había sabido entender un poquito de finanzas y otro poquito de sonrisa y mimo. En la cocina de un restaurante se preparan muchos pasteles. Patricia ya le había dicho: «No podemos venir a Turks and Caicos cada cinco semanas, cariño.» Iban a tomar un poco de sol, asesorar a los socios de unos restaurantes argentinos y a guardar el dinero sobrante. Y, en efecto, no siempre era Turks and Caicos. Las últimas veces había sido Aruba. Y en esas oportunidades Patricia iba sola. Bueno, sin él, acompañada por alguien del equipo de Marrero. Sí, en una cocina se cocina algo más que pasteles.

Octubre se apagaba con frío, noticias espantosas sobre la debacle, precios de casas millonarias cayendo y Ovington avanzando parsimoniosamente hacia su inauguración. La casa prestada de los amigos colombianos cada vez más recorrida y mancillada por los arrebatos y festividades sexuales de Alfredo y Patricia. No habían dejado rincón sin probar. Patricia seguía frecuentando a la Modelo, conociendo a gente que traer a la inauguración, galeristas, anticuarios, taxidermistas, la hija de un hermano de Benazir Bhutto, dos escritores de moda que querían hacer un libro sobre cocineros asesinos, una sobrina de Joan Collins. Gente que traía otra gente y hacía a Patricia verse iluminada por dentro, desmelenada y emperifollada, asistiendo a todo lo que sucediera en una ciudad que parecía romperse en pedazos y sujetarse a cada fiesta.

—A veces pienso que cuando vimos a la gente saltando al vacío en las Torres Gemelas, asistíamos a un embrujo. Un hechizo fatal —le decía Patricia en la fiesta en homenaje a una estrella de cine retirada.

—¿A qué viene eso? —preguntó Alfredo.

—¿Sabes de qué imágenes te hablo?

No, no entendía qué estaba sucediendo.

—Cuando el avión partió la primera torre, la gente que estaba en los pisos superiores decidió lanzarse al vacío. Sabían que morirían, fueron seres humanos arrojándose a la muerte. Más que suicidas, eran animales desesperados asumiendo el precipicio.

—¿Por qué recuerdas eso ahora?

—Porque lo vi tantas veces ese día..., no podía dejar de buscar esa imagen, canal tras canal, para cerciorarme de que de verdad había pasado, que de verdad lo había visto.

—Las prohibieron, Patricia. Hiciste bien en verlas porque nunca más lo harás. Están censuradas de por vida.

—Porque eran tan violentas. Tan decisivas, Alfredo. —Le sujetaba fuertemente. Patricia necesitaba decirle algo más detrás de esas palabras y el recuerdo de esas imágenes.

—Yo creo que nací de otra manera o me transformé en algo cuando vi esas imágenes. He tardado un poco en comprenderlo. Creo que ver a esa gente saltar hacia su muerte me hizo un poco más inmune. A todo, a que me diera igual si infligía dolor o aportaba cariño.

—Ya te he perdonado por la Modelo, Patricia.

—Es más que eso, Alfredo. —Se retiró el pelo de la cara, estaba más pálida, lloraba un poco, se abrazaba a él—. Siento que puedo hacer lo que me dé la gana, para bien o para mal. Y no tengo miedo. Porque sé que nada importa, que todo se olvida más rápido que nunca.

CAPÍTULO 10

—

SI MIRAS ATRÁS, ESTARÁN MILLI VANILLI

Pero no todo se olvida, quiso decirle Alfredo.

A nadie que conocía le gustaba que fuera bello. Su madre, para empezar, había desarrollado una extraña locura que consistía básicamente en atacarle, golpearle sin razón alguna de una manera que muchas veces lo dejaba en el hospital o con moratones que había que disimular en el colegio. Los profesores pensaban que era el padre el autor de los hematomas, y muchas veces el hombre los asumió para no desvelar el terrible conflicto familiar que ocultaban las paredes de su casa, a riesgo de que la situación lo llevara a problemas penales. Otras veces era Alfredo quien se adjudicaba los cardenales y las heridas y los justificaba aludiendo a la dureza de sus andanzas deportivas o a la peligrosa afición, decía, de escalar paredes y saltar entre tejados próximos. Llegó al extremo de reconocer que las contusiones se las hacía a sí mismo al golpearse con las puertas por no aceptar ni confesar que solo él sabía lo que significaba quedarse a solas con su madre y esperar que cualquier cosa, un cigarrillo cuyo humo se atragantaba en su tráquea haciéndola toser, el pitido del calentador de agua, la leche olvidada por un segundo hasta derramarse sobre los hornillos, y, sobre todo, el aspecto impecable, atlético y arrebatadoramente hermoso de su propio hijo, la sumían en una desesperada ofensiva de cólera, gritos y puñetazos, de manos frenéticas que le sujetaban la cabeza y la aplastaban una, dos, tres veces contra el suelo de la cocina.

Una vez, ya entrado en la adolescencia, Alfredo respondió, estrangulándola prácticamente con sus manos, cubiertas de venas que desconocía que latieran bajo su piel y sin dejar de contemplarla con todo el odio posible mientras los ojos de ella iban haciéndose más y más blancos. Entonces aflojó la presión de sus dedos y la dejó tirada en el suelo de aquella cocina infernal bajo el peso del silencio y el calor. De repente, ella pareció reaccionar. El aire salió de su boca y luego la tos y el llanto y el sonido de sus manos aporreando las baldosas, y poco a poco la violencia inexplicable sacudiéndola y levantándola. Pero Alfredo ya cerraba la puerta de la casa y estaba fuera, ante el hueco de la escalera, alisándose el pelo debajo de la lámpara de bajísima potencia, mirando el resultado en la superficie de falso dorado del embellecedor del pasamanos. Asumió aquel término y lo recordó siempre. Embellecedor. Era la primera vez que comprendía que su propia belleza sería lo que lograría sacarle de allí. Descendió aparentemente despreocupado por la escalera y saludó con su innata cortesía a la vecina de abajo, Teresa. Aparentaba la edad de su madre, pero era sin duda más gorda, fumadora y dicharachera. «Te comía, hijo, tan educado y salado siempre. Qué suerte tienen tus padres», le dijo, y él sonrió como si no hubiera pasado nada o, más bien, como si acabara de asesinar a su madre por loca y a su padre por idiota e inexistente. Eso también lo descubrió ese día: podía aparentar, igual que un criminal, igual que un enfermo que oculta el dolor creyendo que esquiva a la muerte.

La madre fue internada en un centro de acogida municipal. Diagnosticaron un desorden psicótico. Alfredo la vio por última vez mezclando números con palabras y golpeando la mesa sobre la que hablaban antes de que unos empleados la retiraran.

Su padre también era cocinero, como después decidió ser el mismo Alfredo. Iba al carísimo Colegio Alemán, al norte de la ciudad, porque su padre cocinaba allí y, sin mayores explicaciones, a él siempre le adjudicaban un crédito extra por quedarse a limpiar la inmensa cocina de acero inoxidable junto a su padre cada tarde. Los dos sabían, sin decírselo, que prolongaban esa limpieza todo lo posible para evitar regresar a casa y enfrentarse a la madre. El padre decidió enseñarle trucos para rendir la sopa, los purés o rellenar las salchichas que se habían vuelto célebres en el colegio, hasta tal punto que muchos progenitores dejaban secretas y extensas propinas al padre de Alfredo para que este las envolviera en bolsas de papel y se las diera en la puerta trasera. Alfredo hijo entendió que la cocina era un universo de reglas secretas, de medidas que bien aprendidas le hacían más llevadera la física y las matemáticas. Solo que mientras más veía el trabajo de su padre, más mediocre le resultaba lo acomodaticio que era este ante su propio talento. «Cocinar es de pobres, comer es de ricos», le decía cansinamente. Alfredo le propuso encontrar un local, incluso en el mismo barrio del colegio, donde vender sus salchichas y algún que otro plato típicamente alemán: strudels, pasteles de carne, sopas muy cargadas... Lo dibujó, incluso construyó una maqueta y le llevó de la mano al sitio donde podían abrirlo. Convencido, el padre reunió el dinero y le presentó a una robusta socia, la señora Sonia, que sería luego descubierta como la verdadera mujer en su vida y madre de David, el hermanastro de Alfredo. Se llevaban seis años y David no había heredado la belleza de los Alfredos, padre e hijo, pero tenía un amaneramiento tan exagerado y audaz que Alfredo sintió un inusitado afán de protección hacia él.

Para sus amigos del colegio privado que lo becaba por ser hijo del cocinero y excelente deportista, su vida era genial. La salchichería servía cada tarde como lugar de reunión. Alfredo padre les permitía ver en la televisión los partidos del Barça que no se jugaban en el Camp Nou; los que sí se jugaban se compartían en asientos inmejorables gracias a las salchichas. En esa salchichería asistieron maravillados a la prosperidad del negocio paralela a la transformación de la ciudad que se acicalaba a la espera de los Juegos Olímpicos y el posterior crecimiento inmobiliario. En la trastienda podían escuchar a Los Sencillos mientras las niñas, Clara, Eliza con zeta, Greta y Úrsula le dejaban ver a Alfredo sus tetas sin sostenes si él les hacía su ya famosa imitación de los éxitos de Take That y Sergio Dalma.

Un día, el propio Sergio Dalma vino a la salchichería y Alfredo hijo le atendió cantando por lo bajini su gran hit, «Bailar pegados», cada vez que le entregaba un nuevo paquete de frankfurts. Le sorprendió la diferencia de altura entre ellos y, más aún, lo mucho que cambiaban las personas famosas en la realidad. Se lo hizo ver a Úrsula, que ya le mostraba más cosas que las tetas, y ella le dio una bofetada, juguetona pero bofetada al fin, que no resultó un juego para quien las había recibido de todo tipo de su propia madre. Eso marcó el final de Úrsula, sus tetas y mamadas deliciosas y el principio de un nuevo terror: no repetir la violencia de su madre en otras personas, bien fuera recibiéndola o ejecutándola. La obsesión lo llevó a aislarse momentáneamente de cualquier encuentro con el sexo opuesto y de frecuentar a los amigos. Solo podía estar cerca de su hermano y dejarse llevar por las obsesiones de este: ver «Sensación de vivir» y percatarse de que David estaba más enganchado a los chicos protagonistas que a Brenda o a la hija del productor de la serie, con las tetas tan blancas y duras pero la cara de chuparla mejor que Úrsula. Y, junto a aquel descubrimiento, llegaron también las canciones de Alejandro Sanz que David tarareaba continuamente, «Pisando fuerte, pisando fuerte» y una veneración cada vez más compulsiva hacia Winona Ryder, a quien el hermano imitaba tan exhaustivamente que hasta llegó a vestirse igual que ella en el momento en que cumplió dieciocho años, justo más o menos por el tiempo en que Alfredo conoció a Patricia.

Patricia. Patricia. Patricia. Eso fue lo primero que le encantó: el nombre. Y la aparición, tan exacta, tan medida, recién cumplidos los veintidós, a primera hora de la tarde de un 14 de junio de 1997. No fue en la salchichería sino en el taller culinario que los hermanos Casas empezaban a desarrollar en un anexo de la factoría de Mariscal. Iba a ser un experimento revolucionario, medio hippie y ya con aire retro, en el cual tres cocineros nacidos en Barcelona iban a convivir aprendiendo y disfrutando con el placer de cocinar. Les habían seleccionado en una especie de concurso que en un principio iba a ser televisado, pero no interesó a los ejecutivos de la televisión autonómica. Los Casas eran hermanos. Alfredo era, como siempre, él solo acompañado de su belleza. «La Comuna Creativa», que así se llamaría el experimento, aparecía mucho en la prensa de la ciudad y los Casas ya eran requeridos por sus «experiencias líquidas», como llamaban a su pericia con los cócteles. En el verano, Mariscal les cedía un poco del jardín y los Casas y Alfredo ponían discos viejos de Benny Moré y se vestían con esmóquines blancos y hacían que bailaban mambos y chachachás. La afluencia de chicas era absoluta y únicamente agobiante para David, que veía cómo su también idolatrado y bellísimo medio hermano tenía que dividirse en atenciones. Los Casas tenían la virilidad dividida. Miguel, el que nació primero, no creía en el único amor sino en el polvoteo continuo, con la desgracia de que las mujeres que le hacían sentirse un Don Juan más de una vez resaltaban por su vulgaridad y chocaban con el ambiente sofisticado, semi nostálgico y creativo de la comuna. Fernando, el otro hermano, era un poco más alto e imitaba a Alfredo en todo: la manera de vestir, de peinarse, practicaba los mismos deportes, exhibía máxima educación, gustaba de aproximarse a la chica como siguiendo un manual antiguo y cursi de buenos modales. «Todas las chicas han visto de niñas películas de princesas», decía Alfredo, y Fernando solía repetir esa frase cada vez que llegaban las mujeres a las fiestas antes de San Juan.

Y así escuchó la primera vez hablar de Patricia. «Van der Garde, que es de puta madre como apellido, aunque sea inventado, que no lo es ni por asomo», había dicho David, que pese a su amaneramiento era aficionado a salpicar sus frases con groserías macarras. «Es cojonuda, con un aspecto de independencia total. Trabaja para ese mega gay de las relaciones públicas que lleva todas las fiestas, Lucas Torralba, pero puedes notar que lo hace para moverse y conocer más gente. Le encanta la arquitectura y creo que ha sido medio novia de Gaztaez, el arquitecto fantasma de los Coll, ya sabes. Sí, todo el mundo cree que es gay pero siempre está con las chicas más interesantes del momento. Y así es Patricia. La chica más interesante del momento.»

Ella retrocedió cuando ya estaba prácticamente dentro del jardín del taller. Llevaba un traje corto demasiado limpio para esa fiesta. Intentaba caminar con sus tacones sobre la gravilla de la entrada, las piernas sin medias, ligeramente bronceadas, fuertes, largas, con los músculos de años de ballet marcándose debajo de la piel. Alfredo dejó escapar el aire contenido y vio el lila del traje igual de fluorescente y al mismo tiempo marchito, como cuando las flores empiezan a morir en los jarrones. El pelo rubio le brillaba como si fuera miel debajo de un foco muy potente. Le gustó que las cejas fueran más marrones que negras, porque eso le hizo constatar que sí era rubia natural, y que tuviera las pestañas muy largas. Aún no sabía nada de rímel ni de alargadores, pero Alfredo sintió que eran naturalmente largas, y tupidas, y que el mismo sol que bañaba sus cabellos conseguía colarse entre ellas y crear un dibujo, un estampado, alrededor de sus ojos. También le gustó la nariz, tan recta, con las fosas muy abiertas, como si no escondiera nada, y debajo esos labios pequeños y carnosos y la barbilla firme con un mentón en el que se acomodarían a la perfección sus dedos cuando tuviera que reñirla o sujetarla allí simplemente por placer. Las sandalias de tacón, igual de lilas que el traje, se incrustaban en la gravilla y Patricia reía nerviosa, preocupada de no caerse y estropear su aparición. Alfredo fue hacia ella y la sujetó cogiéndola de la mano. Sintió su aroma, que era potente, un perfume de mamá, como ironizaba el hermanastro David acerca de los perfumes muy densos. Una chica tan bella, tan especial, solo podía usar un perfume así, tan intenso, para distraer la atención llamando todavía más la atención. Le gustó esa aritmética. De repente fue como si la comprendiera. Patricia apretó sus dedos en los suyos y con la mano libre agitó la melena para que el perfume calara todavía más. Alfredo sintió su respiración pausada, profunda, una bestia en reposo, y notó cómo ambos retardaban el momento de hacer coincidir sus miradas.

—Es una gravilla muy traicionera, en realidad son miles de cantos machacados por distintas máquinas, no hay mucha paridad —dijo él con ese tono didáctico que funcionaba bien con chicas elegantes y súper urbanas.

—¡Estoy tan mal vestida! Tengo una boda a media tarde, pero no podía faltarle a Fernando —habló, al fin, y Alfredo sintió un respingo al escuchar, por primera vez, esa voz ronca, medio rota, que parecía regresar de una resaca tremenda, con mucho ron y cigarrillos. Eran tan dispares, la apariencia y la voz, una mujer dentro de otra mujer.

Ella seguía sujetándose a su mano y juntos habían conseguido alcanzar la escalera, por eso se soltó entonces y con la misma mano alejó varias piedrecillas de debajo de sus talones, se acomodó la falda (Alfredo notó que era de calidad, seguro que de un buen diseñador) y volvió a agitarse el pelo emanando más perfume nocturno, pesado, equivocado pero inmediatamente apropiado. Fue la primera vez que se miraron.

—Patricia van der Garde, tú debes de ser Alfredo.

—¿Cómo lo sabes?

—Coges la mano igual que David —dijo, y se rió de su propia pisada en falso—. Fernando siempre dice que tú eres el guapo y ellos los cocineros.

—Pensaba que ellos eran los enanitos y yo Blancanieves —le corrigió.

Patricia se rió, la nariz le crecía un pelín cuando reía, tenía los dientes frontales separados, no un boquete pero sí un espacio suficiente para crearle un error, un defecto que hacía más atractivo y perfecto su rostro. Los ojos le brillaban más cuando reía, como si estuvieran revelando todos los pensamientos inteligentes que la sonrisa no alcanzaba a transmitir. Entonces apareció Fernando, el delantal manchado de aceite y sangre de los pollos, sacudiéndose las manos sobre las manchas para luego abrazarla y besarla y desbaratar toda la magia tan solo porque Patricia no era un clic, mucho menos un «cotilleo», sino una novia, su novia, la novia de Fernando.

Su hermano no le había contado esa parte de Patricia, la maravillosa Patricia, la inconfundible Patricia: era la novia de su socio.

Alfredo se pasó toda la fiesta observándola, siguiéndola, involucrándose en las explicaciones cada vez más aburridas de los hermanos sobre sus cócteles y la comida líquida. Patricia le permitía estar cerca cuando no estaba envuelta por los brazos ridículos y sin músculos de Fernando, que la besaba y veneraba como si Torrebruno, el presentador diminuto de su infancia, estuviera al lado de Claudia Schiffer. Había muchas más chicas en la fiesta, de hecho Gloria García se había traído a todas sus amigas de la facultad y todo el mundo sabía que las componentes de pandilla de Gloria eran las tías más buenas, divertidas y locas de Barcelona. Estaban todas allí, en fila, esperando que Alfredo les dijera algo o decidiera irse con cualquiera de ellas o todas a la vez hacia la parte de atrás de la cocina para fumarse un canuto, meterse una raya, subirles las faldas, espolvorearlas de harina y todo cuanto generalmente hacían durante esas fiestas. Pero Alfredo no se movía, ponía esa cara de chico incómodo que generaba aquellos comentarios maledicentes que, cuando actuaba de un modo inesperado, le envolvían: «Es gay, aunque digan que es el hermano, que es un crío, el gay es él porque es demasiado guapo.» De vez en cuando Patricia parecía comprobar que seguía cerca, agitaba la melena y esta despedía un olor que era como el cebo que impedía que él se fuera lejos de su campo de visión. La boda, ¿no había dicho que tenía una boda a media tarde? Ya casi eran las seis y media. ¿No iba a la iglesia, acaso era de ese tipo de invitadas a una boda que esquivan la iglesia? Y, por cierto, ¿una boda en plena verbena de San Juan?

Entonces tuvo la idea.

Se dirigió hacia Fernando y consiguió separarlo de Patricia y llevarlo hasta un rincón. Por sus gestos evasivos podría creerse en un principio que el plan no estaba funcionándole a Alfredo tal y como esperaba, hasta que de repente Fernando claudicó, se encogió de hombros, medio rió y le tendió la palma de la mano para estrechársela, como quien cierra un trato. Alfredo se volvió todo agitación, llegó a un extremo del taller, consiguió unas cajas e instó a Miguel, el otro hermano Casas, a que le ayudara a reunirlas en el medio del taller creando un improvisado escenario, una tarima peligrosa, porque las cajas tenían sus años y algunas no estaban del todo completas. Acercó las cajas lo más que pudo a los altavoces, al tiempo que el resto de la fiesta empezaba a agruparse ante lo que suponían un espectáculo.

Se escuchó un sonido cruel y desaforado, el acoplamiento de unos micros que Miguel y Alfredo instalaban sobre las cajas. Alfredo tomó uno para arreglar el sonido.

—Probando... Probando... Esto no es más que un concierto improvisado, bueno, una manera de mostrarles lo que hacemos en este taller cuando no tenemos más ideas para los cócteles o hemos consumido demasiados —dijo, buscando terminar la frase mirando a Patricia.

Ella le escuchaba, por supuesto, escudada detrás de las amigas de Gloria García, un poco demasiado a la izquierda.

Empezaron a escucharse los acordes de «Girl you know it's true», y Alfredo y Fernando, sus distintas estaturas, su falta de melenas rastas, sus tonos de piel completamente pálidos, no impidieron que su reinterpretación de Milli Vanilli se convirtiera en memorable.

Alfredo había dicho en una ocasión que consideraba injusto lo sucedido al dúo: haberles retirado el Grammy como artista revelación una vez que se descubriera que los que cantaban no eran ellos, sino dos señores mayores y anónimos. «Girl you know it's true» empezaba con ese golpe de pianos y los Milli Vanilli siguiendo una especie de rap «me estoy enamorando chica, chica, sabes que es verdad, uh, uh, uh, te quiero», cantaba el más guapo, y Alfredo lo hacía a la perfección mientras Fernando disfrutaba haciendo de coro. Imitaban la coreografía de los Milli Vanilli colocándose en el centro del peligroso escenario de cajas de madera y levantando los brazos en dirección contraria a las caderas.

Alfredo se reía, no podía evitarlo, era el súmmum de su plan, afectarse tanto que se volvía adorable, libre, el mundo entero convertido en una sucesión de risas y Patricia, sin dejar de mirarle, dejándose seducir por su locura, su delirante y divertida manera de decirle que la quería.

Fernando se metía en el papel siguiendo la coreografía absurda de los falsos cantantes y, bajo los gritos de admiración, las cajas de madera que amenazaban con ceder a sus pesos, el estribillo de la canción y el pianito que les marcaba los compases y el momento adecuado para girar las caderas y estirar los brazos como hélices, Alfredo reconoció que su estrategia era brillante: nunca nadie más le bailaría algo así a Patricia van der Garde y muy difícilmente, en los años que podrían durar como amantes, novios, cómplices, volverían a escuchar esta canción en ninguna parte porque era una canción maldita, marcada, erradicada de las listas de éxitos por ser un fraude.

El público jaleaba, incluyendo a Patricia de pie. Alfredo se deshizo del abrazo de Casas y bajó de la tarima hacia ella.

—¿No vas a hacer más Milli Vanilli? —preguntó Patricia.

—Solo tienen ese éxito —respondió él.

No había nadie en la cocina del taller. Patricia se quedó muy cerca de la puerta; tenía esa manera de recostarse en las esquinas, como si fuera una niña recién abusada o recién llegada de asesinar a su abusador. Buena y mala al mismo tiempo, víctima y victimario.

—¿Sabes que llevo más de cuatro meses saliendo con Fernando? —preguntó ella un instante antes de que Alfredo apretara el botón del mezclador de cócteles y su ruido les hiciera reír.

Él comenzó a hacer muecas mientras hablaba, como si le estuviera diciendo un secreto, algo increíblemente importante: MEDAABSOLUTAMENTEIGUALCONQUIENTEACUESTES PORQUELOQUEQUIEROESBESARTETODALANOCHEYQUEDARMEAVIVIRCONTIGOENCUALQUIERAQUESEALAPARTEDELMUNDO. Patricia abría mucho los ojos y deseaba sonreír y lo que hacía era acercarse más y más hacia el aparato que trituraba hielos y ramas verdes hasta convertirlos en una especie de vómito helado. Fueron juntos a apagarlo y terminaron besándose con una rabia que no les asustó. Alfredo recordó las películas de Godzilla que había visto de adolescente en un viaje de colegio a Egipto en el cual, en vez de ir a admirar las pirámides, él y sus amigos se quedaban en el hotel embelesados con esas películas japonesas donde dinosaurios extraterrestres pisaban edificios y coches en las avenidas niponas. Patricia le decía algo, «No creas que estoy de verdad enamorada de Fernando. No lo sé. Me parece que voy a pasarme toda la vida intentando comprender qué es el amor para mí», y él continuaba besándola, recordando esas dentelladas de los monstruos gigantes enfrentados ante rascacielos derrumbados y autopistas partidas en dos.

Habían pasado once años, quizá doce años, y ahora retiraba sus manos delante de sus ojos para que Patricia admirara al fin el Ovington.

CAPÍTULO 11

—

NOCHE DE ESTRENO

Las paredes principales del Ovington eran gigantescos ventanales. La del fondo, donde estaba la cocina, y la de al lado, de ladrillo blanco a la vista. Las mesas variaban de tamaño, algunas como amebas justo enfrente del vidrio que separaba la cocina de la sala, y las más convencionales próximas a la puerta tanto en la pared de ladrillo blanco como en el ventanal que daba a la calle paralela. El tamaño no importaba, una mesa de dos podría ser de cuatro, una de seis agrupar ocho. Adaptación, era el concepto principal del restaurante: adaptarse a los tiempos que corrían.

La cocina era un laboratorio. Un magnífico fregadero con forma de abrevadero hacia la izquierda. Las inmensas neveras de aluminio al fondo, como una pared. En el centro dos islas para preparar las comidas y a través de un estrecho pasillo, la zona de congelados, que Patricia abrió para ver si habían llegado las latas de crema doble batida de Suiza, que le chiflaban tanto que Alfredo siempre la reñía por tener una lata abierta para rebañar con sus dedos. Sí, allí estaba. Alfredo la seguía, silente, esperando su reacción, observando cómo Patricia de inmediato se ponía a ordenar latas y tuppers en el inmenso congelador. Añojo del Borough, nunca carne de ternera porque casi siempre lleva tantas hormonas como la del pollo, uno de esos datos bajo los cuales se sustenta toda una filosofía ante la cocina. *Black savage cod*, bacalao negro salvaje, también recién cortado y ya perfectamente dispuesto en el tupper con las hojas de laurel entre filete y filete y una débil capa de papel film transparente. Guarnición uno, una especie de minestrone que Alfredo inventó mientras esperaba que Patricia regresara de sus infidelidades o noches de estreno. Cada trozo de la verdura debidamente adobada y suavizada por las lágrimas vertidas, lágrimas de rabia, de celos, de impotencia por continuar al lado de esta mujer que cada día, cada minuto hace exactamente lo que le da la gana.

—Me gusta tu reino —dictaminó Patricia, secándose las manos heladas en una toalla que aún tenía la etiqueta del precio, lo quitó, abrió el contenedor de basuras, todo cubículos y tubos de distintos colores. Odiaba el reciclaje, aunque jamás lo reconociera públicamente, era una de las cosas del siglo XXI que jamás llegaría a entender.

—Dilo otra vez —imploró Alfredo.

—Me gusta tu nuevo reino. —Alfredo la giró para que contemplaran las puertas de los refrigeradores. Se miró a sí misma, con Alfredo detrás, en la amplia superficie metálica. Eran perfectas planchas de aluminio que iban de la pared al suelo, tan lisas, tan mates, que servían de espejo para reflejar el interior del restaurante.

—Puedes ver toda la sala, la puerta, la calle, quién entra, quién va —contestó Alfredo.

—Y a nosotros mismos, Alfredo —dijo Patricia.

La llegada de unos paquetes rompió la imagen.

—Son los platos que envían los de Valencia —resolvió Patricia, su voz adquiriendo ese acento austriaco que empleaba cuando algo serio pasaba y no le gustaba.

—¿Qué tipo de platos? —preguntó Alfredo, cuando en

verdad lo que deseaba era besarla, revolverle más aún la perfectamente despeinada melena.

—¿Vas a decirme que no lo recuerdas, Alfredo? Un veinticinco por ciento de lo invertido en esto es dinero de esos amigos de tu hermano. Vienen de un restaurante que apoyaron durante la Copa América de Vela... Al menos eso indica el remitente.

—Dios mío... No creo que estén limpios, de ninguna de las maneras. Tienes que pensar en algo para usarlos esta noche.

—No soy la chef sino más bien la productora.

—Han enviado otros —dijo, señalando a otra caja que los obreros, rumanos o seguramente búlgaros, acercaban a la puerta—. Con dibujos de falleras. ¿Te vestirías tú de fallera?

—Esto es serio, Alfredo. Tienes socios valencianos, te han enviado platos de sus empresas con falleras en el fondo y vienen esta noche. ¿Cómo es posible que no lo recuerdes?

—Bueno, hemos tenido socios de todo tipo, Patricia. Al menos estos están relacionados con la restauración. Pondremos los de falleras, no sé, de bajoplatos, o si son más pequeños para servir las ensaladas, que tienen ese «momento» huerta.

—Yo no hablo de «momentos», Alfredo. Yo estoy aquí para ayudarte con las decisiones.

Alfredo decidió ir hacia las cajas. Le molestaba ese momento en que Patricia se ponía austriaca. Su padre era austriaco, su madre no tanto, había nacido en Viena pero seguramente porque sus padres habían llegado allí no sabía de dónde. Averiguar más de los Van der Garde era tarea imposible.

Daba miedo ese tono fuerte, marcando todas las consonantes, que adquiría su voz cuando ordenaba. Los socios valencianos, maldita la hora. Pero ¿quién no los tenía en la segunda mitad del 2000? Mientras Barcelona se emperraba en elegir políticos nacionalistas, la derecha española inyectaba de dinero la otra ciudad mediterránea y ese chorro de dinero bien puede ir a parar a los proyectos de un cocinero joven con propósitos. ¿Cómo se guisaba todo esto? Recordando a los curas, se decía Alfredo. Un cocinero se parece mucho a un cura: siempre guarda un secreto.

—No me gusta cuando estás tan callado —interrumpió la voz de Patricia.

—Ni a mí cuando te pones austriaca —contestó él, desembalando uno de los platos cuadrados. Completamente cuadrados.

Alfredo vio claramente en su mente aquel restaurante en Manhattan, al lado del que llevaba Plácido Domingo, con aquellos platos cuadrados que quedaban manchados por las salsas que no podían resbalar bien por sus superficies. Un crítico había escrito: «Los platos cuadrados convierten estos manjares españoles en cuadros de Georgia O'Keefe desdibujados por la lluvia en el desierto.»

—Son horribles —remarcó Patricia.

—Y aunque no te guste lo de «momentos», exclaman «Momento dos mil siete».

Tenían una escritura detrás: «La tradición valenciana al servicio de la modernidad, Copa América de Vela 2007, Valencia en el Mundo.»

—Un postre —el hablar de Patricia crecía en consonantes y se hacía más crispado, rápido y atonal—, tendrías que inventarte un postre, tienen la dimensión perfecta para un trozo de pudding y un helado, o una mousse...

—Odio la mousse, odio el postre y odio los postres de última hora. Íbamos a servir un alaska en vasitos de degustación.

—Pues ahora será sobre estas reinas falleras, Alfredo.

—Patricia, ¿por qué tiene que ser así?

—Porque han puesto hasta el dinero de los manteles,

Alfredo. ¿Tú crees que cualquier persona instala un restaurante en pleno Londres en menos de un mes?

Respiraron hondo, al unísono. Algo de lo que habían dicho les dejaba sin respiración. Solo les aliviaba no haber mencionado a Marrero, una vez más detrás de cualquier movimiento opaco.

—Nunca me gustó la idea de estos socios.

—Sin ellos no estaríamos aquí y punto, Alfredo.

—Tampoco me gusta cuando te pones austriaca. Nunca me gustó la Patricia sargento.

Patricia comenzó a sacar los platos y colocarlos en la encimera. Volvió a respirar hondo y Alfredo la rodeó. Se besaron, se abrazaron y miraron el restaurante vacío, la cocina, las ventanas y la calle llena de gente bien vestida con caras tristes.

Nueva York quedaba definitivamente atrás minutos antes de inaugurar Ovington. Allí llegaron a tener hasta veinte personas trabajando en la cocina. Aquí eran solo cuatro. Vuelta a las raíces. Cuando empezaron en esto, diez, doce años atrás, ser cocinero era lo más chic del mundo. El principio del boom. Curioso, pensaba Alfredo frente a su reino, como había dicho Patricia, curioso cómo cada década tiene un oficio que parece el no va más. En los ochenta, todo el mundo fue diseñador, de ropa, de interiores, gráfico, de gafas, de posturas para hacer *vogueing* en las fiestas. En los noventa, algunos de los que fueron diseñadores en la década anterior se volvieron cineastas. Todo el mundo hizo una película o un cortometraje sobre algún país con hambre, alguna guerra en los Balcanes, o películas publicitarias que eran como se empezó a llamar a los repetitivos anuncios en esa década. Y en los 2000, él y los hermanos Casas hicieron apetecible ser cocinero.

En la sala Patricia revisaba las mesas y que los manteles que las cubrían cayeran bien, que no faltara ningún cubierto, que cada servilleta estuviera bien doblada y cada plato a una distancia cómoda del siguiente.

La puerta se abrió a las ocho en punto, los dos al unísono recibieron una fila muy ordenada, muy británica, de invitados.

Alfredo se encontró en la cocina con Lucía Higgins. Totalmente disfrazada de señora británica que conserva un palco en la ópera.

—Sabes que soy una de tus acérrimas, bello Alfredo. Qué maravilla de sitio, qué estupenda decoración...

—Viniendo de ti, Lucía, que has decorado las mejores embajadas españolas...

—Oh, pero sin ningún talento, Alfredo. Con muy buenos presupuestos, sin duda, pero es ahora cuando todos tenemos que demostrar si de verdad tenemos talento, ¿no te parece?

—Hay que saber aprovechar los momentos que nos exigen soluciones —observó él.

—No me hables como un político, que conozco muchos, Alfredo —contestó Lucía.

Tenía la voz más ronca, cincuenta camino a sesenta supervisados magistralmente, ni una arruga fuera de lugar. Higgins, Higgins la Pepito Grillo, la sombra perseguidora. Alfredo no la quería tan cerca allí en la cocina, no le gustaba que la gente le espiara ni mucho menos hacer presentaciones. Pero en esto Higgins no necesitaba segundos, lo hacía divinamente ella misma. Famosa por ser cercana a los famosos, Lucía Higgins comenzó su carrera social en una fiesta en el Instituto Hispano de Nueva York a la que acudió invitada por una biblia del corazón y con el encargo de cubrir la fiesta aprovechando que en breve tiempo sería la cónsul. Eran los últimos ochenta, muchas cosas se explican con decir esa frase. Delante de un número indeterminado de millonarios y pseudo millonarios latinoamericanos exclamó: «¡En esta fiesta no hay nadie!», lo que pasó a convertirse en la frase con la cual era señalada en cualquier celebración en la que estuviera. Patricia la imitaba muy bien: «¡En esta fiesta no hay nadie!»

—Patricia, por cierto —decía ahora Lucía—, está divina, como siempre, claro. Pero ¿qué es toda esta chorrada de haber dejado Nueva York porque estaba lleno de españoles si esta noche, de los sesenta que estamos aquí, cincuenta lo somos?

—Los españoles hemos recuperado nuestro espíritu conquistador —dijo alguien que parecía el embajador. Patricia intentaba acercarse a Higgins para que no siguiera importunando a Alfredo.

—No hemos parado de viajar en los últimos veinte años —dijo un caballero corpulento, voz grave, Patricia no alcanzaba a verlo bien. Estaba bastante ocupada en que Alfredo pudiera cocinar tranquilamente—. Tanto viajar y tan poco construir en el propio país —continuaba el caballero corpulento, quizá gordo—. Si pusiéramos todo el dinero que nos hemos gastado en viajes en una cuenta de ahorro, sorteábamos la crisis —concluyó.

Higgins se plantó frente a Patricia.

—Vamos a disfrutar mucho las dos, los tres, de este portentoso éxito. Yo nunca me equivoco, Patricia y este restaurante tiene el éxito escrito en cada rincón.

Patricia agradeció como pudo el cumplido.

—¿Sabes qué pienso? Gente como tú y Alfredo, Patricia, gente como vosotros, habéis nacido en el siglo equivocado. Vosotros erais para nacer en el Renacimiento, no en esta debacle sin soluciones. No hay sensibilidad. No hay nada, vivimos en la nada. —Por fin se alejaba, como si acabara de cantar el aria de La Reina de la Noche en *La flauta mágica* y necesitara cambiarse de traje para otra función. Patricia mantuvo su sonrisa de anfitriona hasta verla acomodarse en su mesa, donde todos se levantaron para recibirla. Eran los amigos valencianos de David. Caballeros jóvenes pero vestidos como señores de algún país sin nombre, gemelos que estrujaban los puños de sus camisas, corbatas que les dejaban sin aire. Rayas diplomáticas muy marcadas. Zapatos italianos muy brillantes. Eran los que habían enviado los platos. Y la Higgins allí, en medio de todo, como el lazo gigante en la caja ídem del regalo más equivocado.

La Modelo no había venido sola, en realidad su caravana de colgados aseguraría que la inauguración tendría cierta presencia en las crónicas sociales de los días siguientes. Estaba también la actriz que la acompañara a la fiesta del rascacielos, muy nerviosa, agitada, hablando de un papel que acababan de ofrecerle para empezar a ensayar en enero. Y, asimismo, un fotógrafo vestido con un esmoquin muy entallado. La Modelo le hablaba haciendo poses que él desdeñaba, no tendría más de veinticinco años y Alfredo, ahora otra vez desde la cocina, pensaba que seguramente jamás habría visto *Blow Up*, o que de haberlo hecho desdeñaría el filme diciendo que «había envejecido mal». Odiaba esa expresión. Para él un plato jamás envejece, simplemente desaparece. La comida puede pudrirse o caducar, pero decir algo así de una película le parecía tan mezquino...

Patricia tomó el iPod y lo llevó hasta la sala. «Lisztomania», de Phoenix, y Alfredo se recordó con Patricia en una fiesta a principios de la pasada primavera, bailando y cantándola. Se puso a hacerlo allí mismo. «Oh, tu feliz fin de semana que termina, un amor tan solo para los caballeros, los ricos, privilegiados caballeros, Lisztomania, arrepentirse de verte crecer, no fácil de ofender.» Le encantaban esos franceses, esas letras tan locas y ese sonido rockero y noventero. Alzó la vista hacia la sala, le estaban contemplando y le afloró esa vena suya exhibicionista. Ya empezaban a circular los platos del menú de inauguración, era el momento de crear esa locura necesaria en todo estreno. Desbocar la fiesta. Remarcó los pasos, actuó un poco para interpretar las palabras. «De la misa a las masas, como un paseo, sin corazón que dejar», iba siguiendo el crescendo de la canción, la percusión ascendiendo por todo el vidrio del local. Comenzaban a aplaudir y algunas mesas a seguir el ritmo del baile feliz, aparentemente feliz de Alfredo. La sala era, sí, un anuncio, pero no de un producto determinado sino de una ciudad que deseaba pasárselo bien. Cierto que a lo mejor por última vez, pero ya llevaban varias últimas veces. Alfredo terminaba el paseo y volvía a protegerse detrás de los vidrios. «Lisztomania, arrepentirte de verte crecer...», empezarían los violines eléctricos y Alfredo se desmelenaría, el pelo sobre los ojos, viendo a Patricia en la sala, entre las mesas, un poco madame, un poco asustada. Era su momento, solo le miraban a él, haciéndose el loco, el loquito genial detrás del vidrio.

Aunque aún estuvieran con los primeros, Joanie y Francisco preparaban los platos para el postre. Joanie y Francisco, ella surafricana y no negra, como Charlize Theron pero menos guapa, para no eclipsar a Patricia. Y Francisco, bajito, simpático, a lo mejor valenciano aunque se empeñaba en hablar con un acento francés en inglés. Iban colocando los platos cuadrados de las falleras en fila. Eran iguales, no había marca ni numeración especial. Todo el tiempo, desde el momento que los desempacaron hasta ahora, Alfredo había estado pensando en esos platos. Ocultaban algo. A lo mejor, siempre a lo mejor, Marrero les estaba gastando una broma a través de esos socios valencianos. La gente disfruta perversamente de enredar la felicidad de una pareja. Tenía que decírselo a Patricia: es mentira, se burlan de nosotros. Pero la fallera desde el fondo del plato parecía guiñarle un ojo. No, Alfredo, no es tal broma. Volvió a mirar a la sala, le hacían señas, de verdad, desde el otro lado del vidrio. El pescado era un hito, hasta los pocos ingleses presentes, en la mesa de la Higgins, lo comentaban. Un triunfo seguido de otro triunfo: la carne se deshacía prácticamente con verla.

Reconoció a dos invitados que buscaban espacio en las mesas. Uno era el hijo de una princesa real de un país europeo que ha cambiado de nombre y se dedicaba desde hace años al negocio de las joyas. Sexualidad indeterminada, fortuna poca pero una buena agenda de publicistas que conseguían que su rostro siempre apareciera en las listas importantes. Los mejor vestidos, los más influyentes, los más prometedores. Alfredo le saludó desde su sitio. Otro era un viejo noble, de título indeterminado, incluso podría ser de Jerez. Terminaron por sentarse a la mesa de la Modelo sin que, al parecer, les importara demasiado ser los más ancianos del grupo. Les recibieron con frialdad pero pronto se dejaron seducir por sus historias de Studio 54. Patricia se acercó solícita con una fuente grande donde había colocado con maestría una pequeña muestra de cada plato del menú. Patricia tenía siempre algo diferente para los de sangre azul.

En la mesa de al lado, seguía Alfredo supervisando, se agrupaban otros invitados ingleses: un conocido representante de músicos de programas de talento de televisión que era el marido, o recién ex, de la galerista. Pasaba la mayor parte del tiempo escribiendo mensajes en su móvil en los que, por lo que reía Alfredo en sus labios, solía repetir mucho la frase «Simon va a llamarme en cualquier momento», para la risa del resto de acompañantes. Patricia cambió algo en el iPod, le tomó el brazo, saldrían bailando cuando desfilaran los platos-fallera.

«Va a un lado, la llaman de otro lado, bomba latina,

onda chamana», decía la canción de Chico y Chica. Bombas latinas, eso eran ellos dos. Bombas latinas, podían estar también debajo de los platos. Aparecieron por fin las alaskas encima de las falleras en los platos cuadrados. Higgins levantó su cuchara en aprobación y la Modelo jugaba a sorberlas desde el plato con su diminuta boca de inglesa excitada. Alfredo quería ver el fondo de los platos, una fallera con una señal, soy yo, aquí dentro hay un papel que implicará a todos. Pero lo único que percibió, por encima de la música, fueron aplausos. Se levantaban sus invitados de las mesas, venían a besarle y a abrazarle. Patricia quedaba obstruida por todos ellos, no Lucía Higgins, que ya estaba a su lado hablándole de cosas que no podía escuchar y presentándole a una mujer delgada por un lado, exuberante por otro, que un fotógrafo con una cámara muy grande y peligrosa se empeñaba en inmortalizar. Era la ex esposa de un torero, alcanzó a comprender de entre la verborrea de la Higgins. Y también consiguió escuchar cómo una de las amigas de la Modelo se preguntaba «Pero... ¿los toreros pueden divorciarse?», mientras saludaba a la extensa mesa de la Modelo y Andrea, la galerista, exponía su teoría de que «Si hay tanta violencia de género en España es porque es lícito matar animales delante de la gente».

Alfredo no podía seguir todas las conversaciones. Las cosas sucedían de una manera rápida, más rápida que en Manhattan, seguramente porque los ingleses tienen todas esas reglas para el consumo de alcohol (cerrar la barra a las doce, evacuar el sitio completamente antes de la una...) que les obligan a excitarse súbitamente para cumplir con ellas. «Estoy fascinada por la sofisticación que has alcanzado», le decía alguien cuyo rostro no podía retener. Sonaba Talking Heads y él miraba hacia los platos de falleras, la alaska se desparramaba sin remedio. ¿Por qué nadie le comentaba nada acerca de esos platos tan estrafalarios?

La voz de David Byrne hacía que el momento tuviera algo de mágica coreografía, lo que hizo que el hombre muy delgado con gafitas muy pequeñas, que Patricia y Alfredo creían que era el crítico culinario del *Evening-Standard* no llegara a aplaudir pero sí a mover un poco su caderita para seguir los compases de «Once in a lifetime»: «Una vez en la vida, habrá agua en la luna y en el fondo de los océanos, iremos hacía el azul infinito, dejando los días pasar, una vez en la vida. Y usted se preguntará a sí mismo: ¿tengo razón o estoy equivocado?» La Modelo bailaba sobre su mesa moviendo sus brazos como si fuera un ave desaparecida y Alfredo, atendiendo a la conversación de una señora muy mayor con un sombrero de plumas moradas, la instó a que imitara a la novia de su novia. La Modelo se creía en una estepa del África Jupiteriano, la señora más bien en una Kenya de mercadillo. El resto rebañaba la alaska derretida y la Higgins sostenía los platos como si supiera lo que contenían. Alfredo quería llegar de nuevo a ella, hacerle confesar. Patricia también la observaba.

Sintieron la palmadita familiar, justo al final de sus nucas.

—Perdona que me haya inmiscuido en tu sanctasanctórum —oyeron a sus espaldas.

Joanie estaba ocupada preparando más alaskas. Francisco vigilaba las hornillas iniciando su apagar, la sala delante de ellos comenzaba a convertirse en un baile de mesas, invitados saltando de una a otra para saludarse.

—Entiendo que no me reconozcas, Alfredo. Cada viaje a Panamá me deja más cambiado. —La cara podía cambiar, pero la voz era la misma. Patricia y Alfredo se vieron asustados, amén de desdibujados en las puertas del refrigerador.

—¿Quieres un gin tonic, Marrero? —preguntó Patricia.

CAPÍTULO 12

—

UNA CARA NUEVA; MISMA VOZ

—Todavía puedes llamarme señor Moura, querida Patricia —respondió el caballero y apartó sus manos de sus nucas.

Ese era el hombre, Marrero, todavía vestido con la guayabera que habría llevado en Panamá, donde habría estado recuperándose de una enésima operación de estética. Alfredo sintió la repulsión que describía la familiaridad ante el hombre. Siempre era la misma, como cuando te acercan un bicho temible que, sin embargo, es comestible.

—Es cierto que la última vez que nos vimos no me había visto obligado a cambiar de nombre. Pero os envié un cable, no recuerdo ahora desde dónde. Da igual, allí os explicaba que me llamaría señor Moura. Tengo mucho que contaros. Todo está patas arriba. Menos lo que hemos trabajado juntos, no os preocupéis.

—¿Te has operado otra vez con el doctor Piñón? —preguntó Patricia con absoluta naturalidad.

Marrero asintió.

—¿Puedes recordarme cuánto tiempo llevas siendo Gerardo Moura? —continuó Alfredo.

—Menos de dos años. No es culpa mía. —Abrió las manos, y bramó como un malo de película—. Mis socios siempre se meten en líos y en España a lo mejor sea más fácil que en otros países desaparecer un tiempo, cambiar de nombre, operarte un poco el mentón y los ojos y convertirte en otra persona expatriada.

—Es lo que hizo uno de los asesinos de los marqueses de Urquijo —dijo Alfredo.

—Bueno, pero la cirugía era muy mala en esa época. Ya sabes que cambia mucho, como la tecnología móvil.

—¿Entonces debemos llamarte señor Moura o puedes ser Marrero al menos para nosotros? —indagó Patricia.

—Lo que tú quieras, querida Patricia —respondió él. Patricia sonrió sin mirarle. A Alfredo no le gustó nada esa última parte del diálogo.

Debían demasiado a un hombre aficionado a aparecer y desaparecer. Patricia había dicho que le conocieron antes de que cayeran las Torres Gemelas. Alfredo creía que un poco antes. Hombre, mucho antes, en efecto, cuando Barcelona parecía llenarse de restaurantes de autor, que no de diseño. Y allí estaban ellos, los hermanos Casas y él y todos los que bautizaba con sobrenombres, intentando hacerse tan ricos y célebres como el Innombrable. Y Marrero, siempre llegando en un avión privado, bien de Mallorca o de Nueva York, les movía a todos como piezas en el tablero de ajedrez. Tenía una compañía de vuelos privados y facilitaba paquetes de viajes a empresarios catalanes que siempre tenían poco tiempo. «¿Todavía viajas en business?», era su grito de guerra. Parecía sentir especial afinidad por Alfredo. Sí, fue él quien lo introdujo en sus vidas. Marrero conocía tanta gente, tantos nombres propios.

Marrero era necesario y repulsivo. Y la combinación de ambas cosas provocaba demasiado miedo para atreverse a entrar en ello. Lo de los aviones creció. Un día les dijo: «Chicos, esa mudanza que vais a hacer a Nueva York, dejadme echaros una mano, llevemos todo lo necesario en mi avión con vosotros dentro», y ellos aceptaron, de esa manera en que aceptaban regalos que no hacían falta. Esa especie de resignación que no podían explicar bien. Venga, sí, es un viaje, lo pasaremos bomba, siempre estuvieron rodeados de esa frase con Marrero y esos años felices del principio del siglo XXI: «Lo pasaremos bomba.» Y caían bombas, edificios que se derrumbaban y ellos seguían pasándoselo bomba. Marrero se instaló también en Manhattan. «A estos gringos les encanta lo europeo y prefieren comprarme y alquilarme los aviones antes que a unos árabes o a unos sudacas.» Empezaron todos esos cambios de caras y nombres y socios que o estaban metidos en el petróleo ecuatoriano o vendían obras no del todo certificadas de Botero y de Warhol o hablaban en mallorquín cerrado en el restaurante neoyorquino. Alfredo, como muchos otros cocineros de su generación y éxito, acataba una ley no escrita de no preguntar ni sobre acentos ni sobre orígenes de fortunas. Ni a socios ni, mucho menos, a comensales.

Pero con Marrero era distinto, porque empezó a saber mucho de él. Según le revelaron, su primera esposa le reportó una segunda residencia en Puigcerdà, en Girona, para esquiar y recibir amigos en invierno, subir a la montaña y jugar con los hijos a ver los animales en su hábitat en el verano. Se divorció de esa primera esposa, tonteó con media ciudad disponible y estuvo a punto de casarse con una bella heredera que murió en un accidente de moto. Aún juntos, Pedro Marrero se había enamorado de una hija de Francesc Raventós, para nada relacionado con Alfredo sino con los de verdadero dinero. El amor llevó al matrimonio. La nueva esposa, Amelia, creía recordar que se llamaba, trabajaba para una empresa de finanzas muy poderosa en Manhattan, y de este modo, gracias a ella, Marrero logró conocer al señor Madoff, el reputado pero casi invisible señor de las finanzas. El nombre que cambiaba de dirección cualquier conversación en Manhattan y la orientaba hacia su Torre Pintalabios, en la Tercera Avenida y la 54, el centro del mundo de los inversores privilegiados que seleccionaba y donde transformaba sus miles de millones en otros miles de millones. Marrero le vendió un avión y luego otro y todo el tiempo se jactaba de tenerlo en el móvil para lo que fuera. Además descubrió la simpatía que el caballero judío sentía por España y en especial por Mallorca. «Una isla siempre llama a otra isla», era la frase de Marrero. Y la amistad llevó a los negocios conjuntos, con Marrero adquiriendo terrenos, inversiones y nuevos clientes para las expansivas manos, ojos y garganta del caballero judío. En un momento dado, la relación con el judío estorbó la paz del matrimonio. Y la heredera con talento financiero falleció también en un accidente de moto.

Y ahora otra cara, mismo nombre falso, en el espejo del Ovington.

—Arreglo finanzas a personas muy importantes o que han robado cantidades muy importantes —hablaba Marrero—. Siempre se destapa, ya sabes, se descubre quién ha robado y cuánto ha robado y los periódicos dicen que unos más que otros y que ellos saben más que los de la competencia, los partidos se ponen nerviosos, todo el mundo cree que perderá las elecciones y las encuestas en cambio les aseguran que no existe ningún cambio electoral a tenor de los escándalos descubiertos. Pero yo no me puedo fiar de nadie. Cuando veo que mi sombra en la calle rebasa el sombrero, huyo. En realidad voy siempre a Panamá, el doctor Piñón me muestra una nueva cara e intentamos colocarla lo mejor posible.

—¿Cuando la sombra te rebasa el sombrero? —preguntó Alfredo, como si hubiera seguido toda la conversación.

—Un dicho como cualquier otro. Los pillos estamos llenos de frases hechas, querido Alfredo. A veces incluso nos las inventamos y, como con todo lo demás, convencemos al resto de que son de toda la vida.

—Hemos recibido los platos—comentó Patricia, el tono de siempre, como si lo que dijera no tuviera ninguna importancia.

—Espero, Alfredo, que no ocasionen muchos disgustos en la decoración —dijo Marrero evitando mover algún músculo de la cara. Tantas operaciones a veces confundían a los nervios y, cuando quería abrir un ojo, levantaba un labio o gesticulaba una mano en dirección equivocada.

—¿Ocultan algo? —preguntó Alfredo, empleando el mismo tono de máxima despreocupación de su novia.

—¡Vaya, qué idea más loca, Alfredo! Un mapa del tesoro. —Quería reír pero se generaba un tic en sus ojos que se abrían y cerraban como si acabara de ver un espanto—. Solo uno de ellos. El problema es que no sabemos cuál. Es broma, claro —concluyó, dejando en Alfredo y Patricia la certeza de que los platos eran un lío bastante gordo.

—Pensaba que los habían enviado los amigos de mi hermano —musitó Alfredo.

—Por favor, disfrutadlos. Estoy seguro de que le pondrán un toque, no sé, de kitsch fallero, a este restaurante en el frío Londres —concluyó Marrero intentando sonreír, ojos y manos sin cerrarse ni abrirse.

En la mesa de la Modelo seguían agrupándose personalidades cansadas ya del baile.

—Es increíble cómo siempre somos los mismos —sentenció Marrero— y aun así no siempre recuerdas los nombres. A lo mejor todos cambiamos más veces de identidad que yo mismo. —Se rió—. Vosotros no, vosotros permanecéis siempre iguales. Como los vampiros europeos que acuden a Boston a buscar sangre nueva.

Patricia rió el pésimo comentario. Alfredo, no muy convencido, terminó por dejar escapar dos estúpidos je, je.

—Por cierto, Alfredo, hablando de vampiros, David, tu hermano, estuvo en Panamá.

—Me ha escrito algo, creo, le gustaron mucho las playas.

—Una a una se las enseñó mi hijo. Son novios desde entonces.

El hombre crujió sus dedos, horror, y mostró una sonrisa de asesino en su cara. A lo mejor quería ser de ingenuo, pero con ese rostro sin voluntad nunca se sabía qué podía resultar.

—Pedrito, mi hijo, es el novio de tu hermano David —repitió Marrero.

—Ya —reconoció Alfredo arrepintiéndose de inmediato de continuar así de lacónicamente la conversación. En realidad, en la cruda realidad, no conocía demasiado a Pedrito. Solo lo había visto con David una tarde en Nueva York, los dos se cogían de la mano en su restaurante y se alimentaban el uno al otro ante toda la sala llena de señoras que venían de una inauguración en el Metropolitan—. Todavía no les he visto, Patricia y yo les esperábamos hoy.

—Perdieron la conexión en Ibiza. Ojalá lleguen mañana. Les he invitado una noche en el Park Lane. Los maricones en Ibiza pierden el culo y la cabeza —dijo con ese tono de mafioso alicantino. Patricia sintió que casi se cortaba una uña, pero era falsa alarma.

—Ahora vamos a ser familia, chicos —continuó Marrero intentado sonreír de medio lado como hacía antes del cambio de rostro. Los labios se negaron a abrirse y los ojos, por un momento, se balancearon como un cuadro mal colgado.

Patricia tomó uno de los platos de fallera con el postre encima y lo acercó a Marrero.

—Qué guapa eres, Patricia —dijo entonces, elevando el

tono de voz—. Qué bien sabes que nunca me quedo a los postres.

Probó un poco, pero más bien parecía querer cerciorarse de que el plato era de los suyos y, seguramente, buscar alguna numeración, algún detalle en la fallera que le indicara que era ese plato especial del cual no se atrevían a preguntar nada.

—Está excelente. De todas las comidas de cocineros españoles la tuya es la más viajada, Alfredo —admiró, siempre luchando porque su voz y costumbres se hicieran con la nueva cara. La ecuación le hacía hablar muy rápido, algo que ya hacía antes, pero ahora casi desbocado—. Lo tienes todo, tío. Tienes la mujer más deliciosa del planeta, un talento increíble y una estrella también. Y además la pinta, la tuya. Vaya planta, joder, ya ves que no me duelen prendas en admirarte. A lo mejor por eso mi hijo es maricón, porque sé reconocer a un tío guapo, nunca tuve apuros para ello.

Alfredo retiró el plato, quería ver la fallera. Tenía un traje lleno de dorados y cobres, mucho pendiente, un moño tan alto, la mantilla le recordó a cabellos de ángel teñidos con tinta de chipirones.

Marrero seguía allí, con la cara de Gerardo Moura ajustándose continuamente.

—Bueno, creo que he dicho todo lo que tenía que decir. Es probable que recupere mi identidad como Marrero, cuando pase un poco esta nube de bancos desorientados. Así por lo menos he cumplido nuestra tradición de que siempre me veríais con mis caras nuevas, ¿lo recordáis, no?

—Desde el año 2000, Marrero —confirmó Patricia.

—Erais tan niños, me recordabais a Penélope Cruz y a Tom Cruise en esa película malísima. ¿Cómo se llamaba? Era la adaptación de un clásico incomprensible de Amenábar...

—*Vanilla Sky*—dijo Alfredo.

—La he vuelto a ver, por cierto, y fíjate por dónde, es mucho mejor película hoy día que entonces. Hasta el acento de Penélope es mucho menos de lo que pensábamos.

—Será porque todos tenemos un acento en estas ciudades, Marrero —atajó Patricia.

—Probable, probable... —repitió Marrero, que siempre alargaba las palabras para sentirse más mafioso—. Eso erais vosotros cuando os conocí, dos bellezas con los ojos tan grandes, el estómago tan caliente y hambriento al mismo tiempo. Y os trajeron a esa absurda oficina de inversiones y me explicasteis el sueño de ese restaurante y... voilà, en meses. Siempre habéis tenido mucha suerte con los estrenos, en meses os convertisteis en la referencia latina de Manhattan.

—Pagamos todas nuestras deudas también, Marrero —afinó Alfredo.

—Todas... menos una. La de la amistad eterna que somos nosotros tres. Y ahora, además... familia, Alfredo. Familia moderna. Tú y yo, no sé cómo se llama eso, consuegros o algo así.

Abrazó a Alfredo con genuino afecto. Patricia recibió el beso casi mordisco de los labios incontrolables de Gerardo Moura.

—Una última cosa. Hacedme caso. En serio. En tiempos difíciles, aunque no siempre tenga la misma cara, ¡hacedme caso!

La figura de Marrero se alejaba en las aguas del reflejo de las neveras.

—Es un éxito —dijo Alfredo.

—Innegable —afirmó Patricia.

Al día siguiente solo había una reserva para cenar a las nueve y media.

CAPÍTULO 13

LA PAJARITA Y EL FRÍO

—Llama a Lucía Higgins. —Patricia quería sugerir, pero su tono ordenaba—. Siempre tiene gente que necesita comer gratis.

—No vamos a dar comidas gratis, Patricia. O, en todo caso, ¿por qué no telefoneas a tu Modelo?

—Ya lo he hecho. Están comprometidos. Van a la inauguración de un gastro-pub.

—Genial —bramó Alfredo, más para sí mismo que otra cosa—. ¡Aquí estamos al fin, en nuestra soñada ciudad, rodeados de auténticos vampiros de las inauguraciones de restaurantes!

Lucía Higgins se mostró encantadora al otro lado del hilo.

—Sabes que lo que más me gusta de ti, Alfredito del alma, es que no se te caen los anillos. Siempre me recuerdo la primera vez que me llamaste, en Nueva York no conocías a nadie y yo fui a tu primer restaurante.

—Bar de tapas, como todos los que empezamos —susurró Alfredo mientras observaba en el reflejo de las neveras el restaurante vacío.

—Te recuerdo tan serio, y tan joven, y tan tozudo aquella

primera vez, Alfredo —seguía recreándose Lucía—. Yo, que por aquel entonces ya te llamaba Alfredito querido, te decía: Alfredito querido, la palabra clave es *jamones*, porque tú conquistarás a estos neoyorquinos de mierda con nuestro jamón ibérico. ¿Lo has olvidado?

No, por supuesto que no lo había olvidado. Alfredo comenzaba a asumir que también recordaría esta nueva llamada a Lucía Higgins durante toda su vida como un punto de no retorno: la primera vez que vio ante sí el fantasma del fracaso. Comprendió que aquella vez en Nueva York, cuando se vio obligado a darle la razón a Lucía y aceptar que vender jamones sería su salvación como empresario y cocinero, esa capitulación implicaba mucho más: sería la primera concesión en la dura batalla del talento contra el destino. Un cocinero siempre encuentra soluciones, era su credo, pero cada solución lo aleja más del impulso primigenio de serlo.

—Te digo una cosa —seguía perorando Lucía—, me encantaría volver a convocar al príncipe Linley y a los yugoslavos, ¿no te parece? Quedaron fascinados, sobre todo con la música, son como eternos adolescentes: todo lo que tenga esa decadencia de los ochenta les vuelve locos.

Cuando las cosas se ponían tensas, y Dios sabe que en un restaurante la tensión es primordial, Alfredo y Patricia se refugiaban, como si con ello pretendieran detener el tiempo y los problemas, en el despacho. El del Ovington tenía las dimensiones de un refugio, un homenaje no declarado al Club de los Siete Secretos de la señorita Enid Blyton, con el sofá Chesterfield americano que Patricia había recuperado en una calle de Filadelfia y que les servía de amuleto, la estantería con libros que parecían seguir un orden y no tenían ninguno, la cama de una vieja litera desmembrada, por si algo les obligaba a pernoctar, y el escritorio de un familiar de Patricia que también viajaba con ellos de restaurante en problema y de problema en aventura.

—Hace años jamás habríamos recurrido a Lucía Higgins —reconoció Patricia sentada ante el escritorio, donde manejaba el ratón de su ordenador para arrastrar canciones y crear la lista de esa noche para su iPod.

—Hace dos años teníamos otro concepto del tiempo —contestó Alfredo al tiempo que buscaba una pajarita en el cajón del escritorio—. Tanto dinero pasando por nuestros dedos, tanta gente, tantas comidas. Tanto éxito. Era imposible que pudiéramos suponer que un día la locomotora decidiera pararse en medio de la nada.

Calló y se quedó esperando una respuesta de su novia, lo que había dicho tenía mucha importancia. Patricia no dijo nada, su única respuesta fueron los ruiditos del teclado del ordenador. Alfredo miró por encima de la cabellera de su novia.

—¿Qué canción es Popea-Chanel?

Patricia desvió la mirada de la pantalla.

—Alfredo, no es tan grave. Higgins traerá gente. Sobreviviremos.

Él no respondió, prefirió parecer absorto colocando la pajarita sobre su muslo derecho y empezar a atarla.

—Alfredo —insistió Patricia—, hay muchas cosas que organizar. La cena de esta noche, tus asistentes que te esperan... Y la fiesta de Nueva York. Hoy han vuelto a llamar, siento no habértelo dicho antes pero insisten en que te quieren allí, al mando. Ofrecen sesenta y cinco mil dólares solo por tu firma. Gastos aparte, carta blanca. Están dispuestos a ingresarlos en nuestra cuenta en cuanto aceptes... Podrías viajar mañana, o el mismo jueves, yo permaneceré aquí, con Francisco y Joanie al cargo de todo. Alfredo, no te niegues... —Hablaba rápidamente, sin respirar casi, no quería que él se obsesionara con la rutina de la pajarita—. Vendrá gente y más gente aquí si la fiesta en Nueva York llama la atención.

La pajarita ya estaba enlazándose sola y la desbarataría. Cuando Alfredo se ponía a hacer el lazo de la pajarita su cerebro entraba en zona de peligro, o de ensimismamiento, o directamente se arrojaba a un precipicio del que ni siquiera ella podría alcanzar a recuperarle. Siempre comenzaban así las crisis: buscaba la pajarita en el fondo del cajón, se sentaba con las piernas muy abiertas y esperaba un instante, a veces largo, otras más impulsivo, para empezar a estirar el retal de tela con sus dos extremos, luego volvía a esperar hasta decidirse a hacer el primer nudo y pasar los cabos más delgados para disponerse a crear un lazo. Tomaba un extremo de la corbata y lo llevaba hacia la izquierda para hacer la pajarita inferior. Siempre sobre el muslo y siempre controlando los dedos, pasaba por debajo del nudo y del primer lazo el resto de tela y volvía a tirar hacia la izquierda. El nudo muy estrecho para hacer el lacito más notorio. El lacito, coño, significaba una trampa, una redención, ahorcarse. Por eso lo hacía, era el reflejo más perfecto que podía encontrar para gritar sin gritar que estaba mal. Esta vez le acompañaba ese nombre, descubierto al azar, Popea-Chanel, una vuelta a la pajarita. Popea-Chanel, otra vuelta...

—Alfredo, por favor... —continuó Patricia, pero no le prestaría atención. Repetiría el proceso, siempre en silencio, sin responder a sus súplicas, haciéndolo y deshaciéndolo. Popea-Chanel era un plan. Escondido en los laberintos entre el ordenador y el iPod. ¿Dónde, y sobre todo cuándo, se hizo Patricia tan experta en ordenadores? Fingía arrastrar canciones, a lo mejor lo que movía era... Patricia estaba de rodillas suplicando que parara. Hacía y deshacía el lacito por quinta vez. Sexta vez, esa invitación a preparar una cena en Nueva York. La peor de las trampas, lo podía oler. Era reducirlo a ser el chico bonito cocinero de los ricos. Séptimo lacito deshecho. ¿Quién le había convertido en eso? ¿Él mismo o Patricia?

Lucía Higgins llegó a las ocho en punto. Para Lucía Higgins, cenar a las nueve era igual que cenar a las siete porque en realidad no comía, siempre pedía algo que tuviera un poco de arroz y pescado, luego un helado y durante todo el tiempo champagne, que era lo que de hecho la alimentaba y la volvía absolutamente incómoda. Y es que aunque a veces ella mantuviera una lucha interna con sus apetencias, para quienes la rodeaban, especialmente para los camareros y restauradores, esa batalla se saldaba invariablemente con las mismas implacables exigencias: que la botella estuviera cerca y, si fuera necesario, siempre pudiera ser reemplazada por otra. Y otra, y otra, dependiendo del colocón que cogiera. Y si el camarero era guapo y oscuro podía fijarse una propina que ayudara todo lo demás...

Esta noche su mesa, la misma de la noche anterior, estaba compuesta por ocho comensales de lo más variado. Por supuesto, había hecho bien su trabajo. Otros invitados, directos e indirectos, habían acudido, pidiendo el menú fijo y garantizándole a Higgins que tres de las seis botellas de champagne serían cortesía de la casa.

Recuperado del incidente pajarita, Alfredo y Joanie revisaron el menú de ese segundo día. Con pocas mesas ocupadas en un principio, necesitaban preparar algo que fuera más rápido. Alfredo ordenó una entrada y tres posibles segundos. La entrada, como todas las entradas en la vida, presentaba el primer dilema: repetir cangrejo, como la noche inaugural, poner anchoas o introducir boquerones, algo que a los ingleses siempre les recuerda sus veranos en la costa española. Al diablo con sus recuerdos, boquerones laminados muy finitos, en figuras desiguales, como si la mano de un niño hubiera ido abriendo la carne y desmenuzándola, y un buen chorro de vinagre y lima para que sientan esa sensación que proporciona la lima en los países fríos, como si te cortara los dientes y sanara las encías rotas. Además, pensó, habría muchas encías rotas. Las malas noticias siempre castigan los dientes, las encías y las paredes de la boca, la lengua de todos se muerde a sí misma en las noches preocupadas.

El segundo sería el milhojas de bogavante, Joanie tenía un sistema de cocción que conseguía domesticarlo al punto de poder colocarlo en lajas, una encima de otra, laminadas por un delicado parmentier que quedaba tan crujiente que parecía hojaldre más que patatas bien cocinadas. En caso de que el bogavante resultara demasiado femenino, había otra opción compuesta por una buena hamburguesa de presa ibérica, a pesar de que Alfredo la encontrara tan repetida en los restaurantes como la fondue de chocolate que hizo rico a su amigo Paquito Petazetas. Y si ninguna de estas dos cosas les convencían, disponía finalmente de una pintada ya vestida para la proximidad del Día de Acción de Gracias, es decir, rellenada con una mezcla de piña, flan de castaña y pasas curtidas en ron nicaragüense. Menú resuelto, suspiró. ¿Crisis superada?

Para sorpresa de todos, Lucía Higgins pidió la pintada y su gesto fue copiado por todos sus acompañantes. Hicieron todo el ruido posible mientras comían y descorchaban sin cesar botellas de champagne y de Contino del 97. Se tomaron cuatro de las treinta botellas con que contaba Alfredo que, desde la cocina, intentaba no observarles ni mucho menos extasiarse con el reflejo de ellos en las puertas de la nevera.

A algunos los trajes les quedaban, más que pequeños, apretados. A otros les colgaban. Todos lucían esos relojes de esferas grandes, redondas o cuadradas, de oro blanco, viejo o rosa. Ladrones, los ladrones siempre van bien vestidos, porque no es ropa suya, la compran con el dinero de otros que depositan o extraen de bancos privados. Siempre llevan todo el muestrario de relojes, porque son y serán robados.

Alfredo quería concentrarse. Pese a sus esfuerzos, no tuvo éxito en sus propósitos, le distraía el griterío que Higgins y sus compinches organizaban, su forma de hablar con las copas en la mano, dibujando grandes hélices en el aire y señalándolo todo con el dedo, cualquier cosa o persona, hasta a ellos mismos. Higgins parecía interesada en el más mínimo detalle o gesto y sin ningún pudor ponía el bolso sobre la mesa para abrirlo ante todos y sacar el peine y peinarse, el carmín y maquillarse, el espejo de la polvera y mirarse sin ningún espanto ante lo que el reflejo le devolvía. También ponía los puños en la mesa y a veces hasta la golpeaba con los nudillos, por lo que, más que una señora de su edad, parecía un capo mafioso con faldas y pelo teñido.

Uno de sus amigotes abrió mucho la boca, quizá para bostezar o tal vez para señalar algo dentro de ella y, desde su puesto en la cocina, Alfredo alcanzó a ver los empastes de una operación dental macabra. Sintió una punzada de aprensión y asco en el estómago que no llegó a más porque de pronto todos se levantaron: entraba Pedro Marrero, esta vez con la operación más encajada, parecía incluso él mismo. Alfredo continuó rígido. Marrero no solo tenía mejor aspecto, iba mejor vestido, aunque la tela tendía a brillar un poquito más de lo normal. Patricia, que estaba en la sala atendiendo nuevos comensales, giró sobre sí misma y, casi como una autómata, fue hacia él, que la tomó de las manos y la besó en la frente como si fuera una hija o una santa. Lucía Higgins agitaba sus brazos y decía una de sus típicas tonterías: «Cada vez más guapa, más joven, más delgada y más exitosa. Hija, Patricia, nos dan ganas de matarte», pudo leer Alfredo en sus labios mientras rellenaba la última pintada. Leer los labios, lo había aprendido a hacer casi al mismo tiempo que se convertía en una joven promesa culinaria, no por diversión ni por afán de convertirse en espía sino por pura necesidad, porque es la única forma en que un chef puede enterarse, sin salir de la cocina, a través del cristal o la puerta oscilante que le separa de sus clientes, de qué aceptación reciben sus platos.

Ahora la Higgins, agotada su típica perorata que jamás decía nada en realidad, cogió una rebanada del pan de espelta que compraban en una panadería en el mercado de Smithfields y rebañó la salsa de la pintada, la metió en su boca y algo sucedió en la mesa que agitó tanto la conversación que la obligó a hablar de nuevo con el pan moviéndose entre sus dientotes de mafiosa amateur. Alfredo creyó leer algo así como «ESTODELACRISISLORESOLVERÍAMUCHO MEJOR-QUIENHAYAVIVIDOUNACRISISCOÑOYSEACABÓ», que mereció la aprobación, y hasta tímidos aplausos aprobatorios de algunos de los comensales. Patricia fue a la mesa con dos bandejas cargadas de gin tonic. Los españoles siempre terminan sus cenas en el extranjero con un gin tonic, pensó Alfredo, que supervisaba cómo Joanie aplicaba una nube de nata bretona sobre el delgadísimo incrustado de ruibarbo. Entonces desanudó su mandil: era el momento de salir a la arena y saludar a los clientes.

Contó a casi cincuenta comensales mientras agradecía de mesa en mesa su presencia. Ciertamente un resultado tranquilizador a tenor de cómo había empezado la velada. Dejó para el final a Blancanieves Higgins y sus Siete Truhanes.

—Hijo, Alfredo, estoy convencida de que este restaurante te consagrará. Aunque hay que llenarlo de más ingleses, ¿conoces a ese gastroenterista...? —Y lanzó una carcajada que agitó varios trozos de pan en su garganta, tosió, ahuecó su melena con sus manos y sonrió mostrando todos sus dientes cubiertos por otros de porcelana—. Me refiero a un gastroespecialista del *Times.* Seguro que sí, es muuuuy, muuuuy amigo mío —anunció bien en alto para que todos la oyeran.

—Creo que es política del periódico que nadie esté al tanto de sus identidades —puntualizó Alfredo, deseoso de ponerla en su sitio al menos en una ocasión—. De todos modos, tampoco somos un gastro-pub, aunque nos encantaría. Pero nuestro permiso es más amplio y nos convierte en restaurante-bar.

—Hijo, todos esos años en el extranjero te han vuelto de un comedido en tus explicaciones... ¡Por supuesto que tú no puedes saber quiénes son ellos, pero yo sí! Viene a casa mucho y solo come salchichas, dice que pierde el paladar por las exquisiteces locas que creáis en vuestros fogones —explicó subiendo mucho la voz y abriendo la boca llena de pan y porcelana—. Voy a llamarle esta misma noche porque esto hay que llenarlo de ingleses, si no, no te tomarán en serio. —La pilló desprevenida un ataque de tos y expulsó ruidosamente una bola de miga después de darse ella misma con esfuerzo varios golpes en la espalda. Tapó la boca chorreante de saliva con su servilleta y respiró hondo, Alfredo le acercó una copa de agua, la sorbió mirándole a los ojos con indisimulado desprecio, respiró hondo una segunda vez y reanudó su discurso—: Patricia y tú tenéis que bajar al mundo de los mortales, Alfredo. Las cosas se consiguen siempre con un poquito de humildad —recalcó.

—No me cabe la menor duda, Lucía —le respondió este ofreciéndole una servilleta nueva de una mesa vecina. Aprovechó la respuesta para al fin sonreírle a Marrero.

—Lucía y yo hemos hecho una apuesta sobre vosotros —le dijo Marrero, con tono retador—, sobre si vas a repetir esta maravillosa pintada en tu cena de Acción de Gracias en Nueva York. Seguro que si lo haces, Bernie te pone un piso.

Alfredo buscó a Patricia. No quería continuar solo con

Pedro y Higgins hablando precisamente de esa cena de Acción de Gracias.

—Hijo, Alfredo —intervino Lucía—, ya se ve que eres una celebridad entre los del verdadero poder. Y que conste que Pedro me habla maravillas de ese hombre, judío, claro, ¿quién no lo es en Nueva York? ¿Por qué les gusta tanto la comida mexicana a los judíos millonarios?

Alfredo imaginó que Marrero se incomodaría con la manera tan antisemita de Lucía al hacer la pregunta.

—Cariño, porque tiene sabores que les hacen olvidar sus estados de culpabilidad.

Todos rieron la salida de Alfredo, menos Alfredo.

—No es fácil ser millonario, no es fácil ser judío, no es fácil ser las dos cosas al mismo tiempo —advirtió Marrero, súbitamente con aire de rabino—. Toda religión está basada en sacrificar y ser millonario, en exagerar el sacrificio para que la gente no te odie tanto como para desear tu muerte cada segundo que pasan delante de ti. Ser hijo de un millonario inteligente y controlador es horrible. Así era el hijo mayor de Bernie, por cierto. Triste, apagado, eclipsado más bien por la figura paterna. Me costó hacerlo mío —advirtió Marrero siguiendo el relato—. Cubriéndole de halagos, aprovechando la debilidad de alguien que nadie quiere porque solo tienen energías para querer al padre. Por eso quiero que este Acción de Gracias sea especial para él. Porque quiere hacerlo especial a su vez para su padre.

Los comensales que le rodeaban sentían ganas de aplaudirle. Marrero tenía el don de los comunicadores, envuelven, excitan, consiguen fácilmente al aplauso. Alfredo solo pensaba en salir de allí cuanto antes.

—El Día de Acción de Gracias es la fiesta religiosa más importante de los Estados Unidos —continuó Marrero al callar los aplausos— y es religiosa precisamente porque no es religiosa. Se supone que los primeros colonos, irlandeses reunidos en un barco llamado *Pilgrim*, en su mayoría católicos perseguidos por los protestantes, escogieron el último jueves de cada noviembre para agradecer con una cena el haber arribado a aquel país que les había acogido y ofrecido un nueva vida, un nuevo mundo de desconocidas riquezas —avanzó Marrero ahora ya definitivamente historiador—, y el extraño pájaro incapaz de volar y fuente de extraños sonidos que encontraron en estas tierras, bautizado como «pavo», se convirtió en el ingrediente esencial de esa fiesta.

—Pues el Thanksgiving está poniéndose muy de moda aquí en Inglaterra también. Aunque no tengamos nada que agradecer —soltó la Higgins y hubo una carcajada general.

—Esta vez Bernie tendrá a un cocinero español sirviéndolo —atizó Marrero mirando directamente a Alfredo.

—No tenía ni idea... —mintió una vez más Alfredo, que estaba pensando en excusarse para refugiarse en Patricia, coño, qué inoportuna, empeñada en alejarse y dejarle con estos bichos y su conversación.

Marrero, como si pudiera leer en su mente sus intenciones, lo sujetó con la mano del reloj. Eran las 00:45, pudo ver Alfredo, y deberían cerrar no más tarde de la 01:30.

—Él quiere que lo hagas tú, solo tú —murmuraba junto a su oído Marrero, desagradablemente cerca de él, haciendo gala de una igualmente desagradable complicidad a todas luces fuera de lugar—. Se le ha metido entre ceja y ceja por más que le hayamos dicho que ya no estás en Norteamérica. Me pide que te lo diga y te comunique que, si quieres, está dispuesto a visitarte estas Navidades para echarte un cable con el esquema de tus negocios de aquí y la planificación financiera de esta nueva aventura.

—Acabamos de abrir —intentó excusarse débilmente Alfredo—, cómo voy a irme a organizar la cena...

—Pongo mi avión a tu disposición. Y a la de Patricia, claro, aunque no sé si preferirás que ella permanezca aquí, al tanto del negocio.

—No sé, tengo que pensármelo... —alcanzó a balbucear Alfredo, ¿para qué montaban todo ese teatro si ya sabían todos que no podía rehusar? Que viajaría a Nueva York, que serviría la cena.

—Alfredo, escúchame, en serio: es una ocasión maravillosa. Él quiere que la cena de este año sea especial y tú eres especial para él. Tengo en esta tarjeta escrito el presupuesto de que dispone.

Alfredo vio la tarjeta materializarse en la mano de Pedro. No quería cogerla, Patricia había hablado de sesenta y cinco mil dólares ya ingresados en cuenta. ¿Había más? ¡Demonios, Patricia, dónde coño estabas!

Vio la cifra.

De pronto percibió el perfume de Patricia, estaba allí, por fin, y saludaba con dos besos a Pedro, se había cambiado, por eso había tardado en llegar, llevaba puesto su abrigo y sobre la mesa de Higgins había dejado su pañuelo, su sombrero y su bolso azul marino rígido y de asas. Parecía una reproducción de la reina Isabel.

—Hija, Patricia, qué delgada estás siempre —machacó Higgins—. Nunca he entendido si es buena publicidad para tu marido que estés tan chupadita.

Patricia la besó en ambas mejillas colocando sus manos sobre los codos de Lucía. Estaba utilizando el saludo que Patricia llamaba en la intimidad «de embajadoras que reprimen sus deseos de abofetearse».

—Me encanta tu perfume —le estaba diciendo ahora—. ¿Sigue siendo...? —Patricia no sabía el nombre y no era verdad que le encantaba, estaba jugando con la Higgins.

—También me encanta el tuyo, Patricia. Nunca recuerdo cómo se llama...

—Era el favorito de mi abuela —murmuró, y extendió

su mano hacia Pedro—. ¿Has cenado bien? —le preguntó, y luego le recriminó en tono irónico—. ¿Hoy debo llamarte Marrero o Moura? Cualquiera que sea lleváis acaparando demasiado tiempo a Alfredo. —Y se abrazó a él para dar por concluido el encuentro.

Alfredo se despertó de golpe en la mullida cama de la habitación principal en el piso de los colombianos. Llevaban tanto tiempo ahí que no dormían en el de invitados. Pudo ver que una lucecita se alejaba en el cielo. Un avión, en menos de un minuto otro pasaría. Lo había aprendido de Patricia, que mirando el cielo de Londres siempre contaba hasta seis aviones en un periodo de seis minutos para añadir luego que esa era la demostración de que se hallaban en una gran capital: su incesante tráfico aéreo.

Inquieto, se revolvió entre las sábanas. Había estado soñando que Lucía Higgins le perseguía a la salida del Ovington a lo largo de una ciudad que parecía oscurecerse a medida que ella crecía más y más, sus tetas moviéndose como pesados ladrillos, sus piernas como torres de chocolate, sus zapatos abriéndose por los lados a causa del traqueteo de sus planos, muy planos y anchos pies de mujer gorda. Le decía algo, le enseñaba algo y de repente, al pasar por delante de una iglesia de ladrillo muy rojo, el golpe, el ruido sordo, seco, duro y las piernas confundiéndose con los brazos, la bolsa de piel que fuera su cuello desinflándose, los brazos cruzándose en el aire como si fueran boomerangs que regresaran y el collar de perlas deshaciéndose y rodando, cada perla en su orden riguroso, hacia el desagüe de la alcantarilla. Ay, un débil ay, aaaaaaay y un silencio y la oscuridad en la calle poco a poco cediendo espacio a la luz y al despertar.

Patricia le preguntaba si estaba bien.

—Estaba matando a Lucía Higgins en un sueño.

—¿La envenenabas en el restaurante? —preguntó.

Alfredo rió y se refugió en su cuerpo. Sudaba, Patricia siempre sudaba por la noche.

—Tienes miedo de ir, ¿no?

—Siempre preguntas si tengo miedo por algo, Patricia.

—Te asusta volver tan pronto, no llevamos ni tres meses aquí...

—... Y ya tenemos a Lucía Higgins en nuestras vidas.

—Es buena idea que vayas. Esa gente siempre se ha portado bien con nosotros.

—Son ladrones, Patricia.

—No, Alfredo, son inversores.

—¿Y qué significa que alguien se porte bien con nosotros, Patricia?

No quería ver el reloj, serían las cuatro, las cinco, las madrugadas pasaban lentas en el Reino Unido, en cualquier estación. Patricia no respondía. Él decidió levantarse e ir al salón. El frío era un invitado, lo veía moverse detrás de él intentando adquirir su silueta. Los ingleses creen mucho en el frío y lo tratan como si fuera alguien, les gusta estar con él. Los cristales, por más que llevaran doble protección, siempre le dejaban colarse. En Inglaterra las comunidades de vecinos o los responsables de los barrios no siempre autorizaban instalaciones modernizadas y este era, por desgracia, el caso: las ventanas del salón no podían cambiarse sin que el ayuntamiento diera su permiso. Durante la noche parecían traslúcidas, por el día iban empañándose debido a la respiración de sus ocupantes aunque no estuvieran dentro de ella. Humo posado en los cristales que los hacía más verdosos o más grisáceos según fuera moviéndose el débil sol del primer invierno. Entendió por qué los colombianos se mostraban tan despreocupados con su propiedad inglesa.

Decidió permanecer allí, acompañado del frío y de unos cuadros inmensos de junglas colombianas y el Botero con la figura gordísima de una mujer acariciando un gato igual. Siempre tan dispar, cuando vives prestado los cuadros no combinan con tu pensamiento, mucho menos con el clima. El frío, los cuadros, el azul hielo de las paredes y el marrón color bosque de la mesa del comedor hicieron que le entraran ganas de preparar una tarta de manzana. Mala señal, se dijo, tan mala como comenzar a anudarse la pajarita. Estaba en crisis, constató, le sobrevolaba esa cifra escrita a toda prisa en la parte de atrás de la tarjeta de Marrero.

Y tuvo la epifanía esa de la que hablaba su padre de que en el momento más inesperado alguien te enseña tu precio.

CAPÍTULO 14

—

EL VIAJE A LA ISLA PRIMA

Un dígito reptó en la pantalla de un ordenador y corrió, igual que una iguana en el calor, hacia una esquina. Alfredo entró en el avión.

Qué presuntuoso resultaba el mueble-bar de acero inoxidable en el medio de pasillo, qué exagerado el espesor de la moqueta color dulce de leche. Patricia, que tenía mejor ojo que él para combinar cosas, habría aceptado la moqueta, pero tal vez en un tono menos intenso, algo más oscuro. La madera que recubría las paredes era de wengué, ¿de qué otra madera podía recubrirse un avión que solo tenía diez años? Alfredo recordó que su hermano David dividía a los ricos entre los que tenían habitaciones forradas de wengué y los que solo poseían determinados objetos de esa madera oscura, tan africana que fue socia fiel de la estética minimalista de los últimos años noventa. Sí, continuaba mirando la decoración del avión privado y anotaba cómo el wengué parecía cubrirlo todo, los reposabrazos, el espaldar de las butacas súper abatibles capaces de convertirse en camas de dos metros de largo, incluso las tapas de los ceniceros eran de wengué y los enganches de los cinturones de seguridad también. Hasta el mayordomo le servía en una bandeja de la misma madera, por supuesto, un plato de jamón de Huelva y una fuente de impactantes langostinos atigrados, realmente llamativos en sus llameantes corazas amarillas y naranjas.

Había viajado otras veces en avión privado y sabía que cada uno tiene su protocolo. Aparte de las decoraciones, butacas con o sin calefacción, con logos personales, con reposabrazos que se retraían automáticamente, wengué o caoba, se suponía que en un avión privado prevalecía el criterio de que eran embajadas en el aire, es decir, podían hablar mucho de sus dueños pero era preferible que lo hicieran sobre el espíritu que latía detrás de sus empresas. En el que iba a viajar a Manhattan con Marrero no había espíritu. Solo él, Marrero, sentado en el primer asiento a la izquierda del avión, el ordenador abierto sobre sus piernas, los dígitos verdes perdiéndose detrás de una imagen de un patio de naranjas.

—A un presidente de un banco venezolano le ha encantado el mueble-bar al medio —indicó Marrero, siempre ajustándose las rebeldes cirugías de su cara con ambas manos.

Alfredo se quitó calzado y calcetín. Le gustaba viajar privado con los pies descalzos.

—Pies bonitos —dijo Marrero—. Siempre había oído que eras bonito hasta en lo más oculto —sentenció, y Alfredo apretó su cinturón sintiéndose cada vez peor.

Londres se convertía en un campo de golf tan verde como los vestidos de Patricia en aquel lejano verano en que decidieron volverse inseparables. Le faltaba algo. Pronto entendió el qué: no había megafonía. Marrero seguía enviando mensajes por su móvil.

—Nunca serás millonario, Alfredo —sentenció—, porque tienes esa creencia de que la gente decente no debe aspirar a serlo. Yo era muy parecido a ti.

—¿Y cuándo te hiciste millonario?

—Hace algo más de diez años, los mismos que tú llevas en el mundo de los restaurantes.

—Te equivocas —corrigió Alfredo—. Los mismos que llevamos Patricia y yo juntos —afirmó, y sintió que avivaba en Pedro Marrero algo feroz. Puede que le gustara Patricia, como a todos los hombres. Estaba acostumbrado a ese gesto en los ojos, el estallido que inmediatamente esconde algo, como si una bala cruzara por su mirada. Pero Pedro Marrero era en extremo inteligente, Alfredo estaba seguro de que cambiaría de tema.

—No vas a encontrarte con buenas noticias en Nueva York, Alfredo —le confesó, confirmando que no se había equivocado sobre el giro en el rumbo de su conversación—. Lo que ha estallado en septiembre es realmente una guerra, siempre suceden en septiembre las grandes deflagraciones: 1 de septiembre de 1939, inicio de la Segunda Guerra Mundial; 11 de septiembre de 2001, el principio de este siglo maldito; septiembre de 2008, final de un sueño que nos hizo ricos a tantos en todos los continentes y nos hizo creer, por ejemplo, que tu trabajo, comer bien y definirlo con adjetivos fundamentalistas, «comida global», «comida para el pensamiento», «comida para la evolución», era realmente algo necesario.

—En todas las épocas la comida ha sido un símbolo de placer. En algunas incluso de sabiduría.

—En esta de la que estamos hablando, Alfredo, fue tan solo un símbolo de poder económico que mostraba a todo el mundo que podías gastar lo que quisieras porque al día siguiente tendrías otro fajo de billetes en tu mano para comprar cualquier cosa que desearas. —Alfredo reprimió un gesto de disgusto que no pasó desapercibido a Marrero—. Tenemos un vuelo largo por delante, solamente estamos tú y yo en este avión donde pueden viajar treinta y seis personas, no tenemos por qué llevarnos bien, al menos no en esta ocasión, pero me han pedido que te dé algunas instrucciones. Son fáciles. La primera es que debes duplicar los gastos de la cena.

—Mi comida no engorda. Ni a personas ni a facturas —zanjó Alfredo sintiéndose don Diego de la Vega.

—En este caso sí, porque esa cantidad sobrante será una atención que tu cliente desea tener contigo.

—Es muy difícil esconder el dinero que sobra.

—Esa es la segunda instrucción: cogerás ese dinero y lo sumarás a tus ahorros en Aruba. Quiero decir, en la cuenta de Patricia. Solo unos meses, hasta que vuelva a avisarte. Es posible, muy posible, que Aruba deje de ser una buena idea.

—¿Significa que estarás encima de nosotros otros tres meses?

—Sé que te molesta, pero yo soy para siempre, Alfredo. Puede que cambie de nombre y de cara, como los dioses de la mitología griega —se rió sinceramente de su ocurrencia—, pero siempre estoy. Igual que una canción, buena o mala, perdurable por su estúpida, sencilla melodía.

—¿No podías encontrar otro cocinero que le gustara al Cliente?

Marrero estrujó sus dedos, ¿estarían tan cambiados como su cara? Con tanto poder seguro que existiría el cirujano que sustituyese sus huellas dactilares por las de algún muerto ilustre. Tener las huellas de Elvis, por ejemplo, a lo mejor en eso podría emplear el sucio dinero que iba a ganar.

—Para él la cena de mañana es muy importante, y es muy importante también que seas tú quien la elabore. Eres, como él me ha pedido que te diga, «la única persona que me recordará con una sonrisa».

—¿Va a suicidarse? —soltó Alfredo, que no medía su sinceridad cuando se irritaba.

—Somos vulgares y mezquinos, Alfredo, pero no tanto. Espero que esta sea una de las primeras cosas que aprendas en este viaje: la gente como yo ha cambiado, el lujo nos ha hecho aprender a darnos cuenta de que no pasa nada si robas, malgastas y haces trampa siempre y cuando mantengas tu apariencia de caballero.

Alfredo lo miró sin disimular su incredulidad. ¿Realmente se creía elegante Pedro Marrero, con sus pantalones de color equivocado, sus camisas que sepultaban su cuello detrás de grandes botones, sus relojes de gladiador desempleado? ¿Cómo pudieron dejarse atrapar por una persona así, un loco obsesionado por burlarse de todo y acumular dinero?

El avión parecía ganar velocidad, Marrero seguía hablándole sin que él pudiera entender ninguna palabra. Estaba, sí, detallándole una operación fiscal. De pronto solo podía pensar en esa palabra escrita en el ordenador de Patricia. Esa canción que se empeñaba en arrastrar para su iPod. Popea-Chanel. Popea-Chanel y poco a poco fue encajando sus letras en la boca de Marrero, parecía como si eso fuera lo que quisiera decirle. Popea-Chanel.

—... Porque el éxito solo trae complicaciones, porque una vez que lo tienes no es que quieras el último bocado, es que tienes que repetir todos los días la misma tarta y comértela de nuevo hasta el último bocado —estaba diciendo en realidad Marrero—. Y no engordar, vomitarla, contemplarla alejarse en el agua del water y repetir todo al día siguiente.

—Me has echado algo en la bebida —matizó Alfredo. Se sentía mareado.

—Dudo mucho que tus labios puedan expresar lo que dicen tus ojos, Alfredo. No soy un modelo de elegancia, es verdad, pero no me pagan por serlo. Mi auténtica elegancia está en esconder muy bien el delito bajo una apariencia legal.

—¿Qué puede haber visto mi hermano en tu hijo? —soltó Alfredo sin poder reprimirse, hablando sin pensar o pensando sin hablar, muy mala señal.

—Una buena pregunta, me la hago continuamente. Acompañada de por qué tengo un hijo maricón. La respuesta para ambas es: una absurda rebelión. Todo hijo odia al padre. Y a la madre, y a sí mismo. El mío debe de verme como me ves tú: un despropósito, un criminal. Y seguramente lo soy, pero con serias posibilidades de cambiar las cosas. No digo la Historia, pero sí al menos nuestra forma de vida. Por ejemplo, si fuera presidente, plantearía esta crisis como una guerra. No algo pasajero, solucionable, sino como una deflagración, larga, ¡muy larga! Se lo había oído a Patricia. Ese día que volvió de estar con la Modelo. Pensaban igual, ella y Marrero. No, no podía.

Alfredo deseó que el avión descendiera, estallara o su voz tuviera la autoridad suficiente como para ordenar devolverle a Londres. Le vino a la mente que un joven músico español se había emborrachado tanto en un vuelo comercial que la única forma de contenerle fue haciendo regresar el aparato desde el medio del Atlántico a Madrid. Eso le dio la idea de saltar sobre Marrero y asfixiarle. Pero Pedro Marrero era excepcionalmente inteligente, le miraba y se relajaba en su ya de por sí amplia y cómoda butaca de avión privado sin dejar de mantener esos ojos fijos en él, atravesados por una llamarada de corrupción.

—Tu hermano tiene una extraña forma de VIH, imagino que son noticias inesperadas para ti.

—¡No tienes por qué utilizar a mi hermano! —le gritó.

—Pero la tiene. No creo que esté realmente enamorado del pobre de mi hijo, Alfredo, pero necesita nuestro dinero. La enfermedad va y viene en su organismo tomando en cada viaje mayor fuerza. Al parecer estos chicos de los años dos mil se relajaron mucho con los preservativos y siguieron enculándose sin protección alguna, creo que lo llaman «a pelo». El maricón de mi hijo también está infectado por el maricón de tu hermano, por si te interesa saberlo. Así pues, tenemos a dos maricones que proteger de su propia insensatez.

Alfredo, rápido como un rayo, fue hacia Marrero y le golpeó directo en el pecho. La tripulación se apresuró a sujetarlo. Marrero tosió varias veces, retorciéndose, le había dado duro. Con un gesto ordenó a sus hombres que soltaran a Alfredo.

—No siempre conocemos a nuestras familias —dijo, interrumpiéndose varias veces para respirar a bocanadas algo de aire.

Alfredo tomó la copa de champagne y la llevó consigo de camino a su habitación en el avión privado. Marrero le siguió y le sujetó por un brazo, obligándole a volverse. Cuando lo hizo, le dedicó una sonrisa perversa.

—Tienes que escuchar muy bien lo que voy a decirte: este viaje es el más importante de tu vida, cabrón. Tienes suerte, te han escogido. Iremos a una isla y allí verás dónde va a parar el dinero que de verdad cuenta. Se supone que escogerás los animales que utilizarás en tu menú.

—No compro animales.

—Cállate y escúchame bien, porque tengo que explicártelo y solo puedo hacerlo una vez. Al día siguiente de la cena tienes que ir al edificio del Cliente. Firmarás solo los papeles que te entregue una persona de confianza. Cogerás el dinero de tu paga y lo dividirás en dos partes, una la invertirás en una pequeña empresa familiar de gambas y langostinos tigre en Siam. La otra parte, en la fábrica de jamones en Huelva con la que ya lleváis años trabajando.

—¿Por qué tengo que firmar papeles?

—Patricia en su momento te lo explicará —dijo Marrero cerrando la puerta.

Alfredo sintió que el wengué despedía un olor adormecedor. Antes de que ese olor le venciera tuvo tiempo para verse reducido a un títere, y después solo veía escrito en las paredes Popea-Chanel, Popea-Chanel, comprendiendo que en ese nombre atisbado en la pantalla del ordenador de Patricia estaban escondidas todas las claves de ese extraño viaje. Abrió la puerta y volvió al pasillo. Marrero y el mayordomo le miraban extrañados.

—El wengué es la madera favorita de los decoradores inexpertos —dijo. Empezó a reírse—. Y de los restaurantes gays de Madrid —concluyó.

CAPÍTULO 15

—

LA SUBASTA

Albergó un instante de sueño y pronto volvió a abrir los ojos. Era increíble la quietud, como si los aviones privados volaran por distintos corredores aéreos ausentes de turbulencias y los motores del aparato discurrieran sobre el cielo completamente silenciados. Alfredo sintió sed y se incorporó para ir hacia el ostentoso mueble-bar del centro del pasillo. Qué mullida la alfombra, pensó de nuevo al caminar sobre ella, y sin ningún tipo de distintivo. Patricia habría adorado ese detalle. La recordó. Quería tenerla allí y follarla las horas restantes de vuelo, contra el mueble-bar, sobre él, en las butacas, al fondo del pasillo en la suite principal y luego en cualquiera de las más pequeñas para invitados, y besarla, recorrerla, untarla, montarla, acariciarla, mojarla, beberla y seguir así, una y otra vez, hasta que se dio cuenta de que no podía ser porque estaba dentro de un avión que, realmente, le alejaba de ella. O, peor aún, la dejaba en Londres, sola y creando nuevas articulaciones de la red que le había arrojado encima.

Bebió el champagne, demasiado fuerte, Dom Pérignon, el champagne de los aviones privados recién adquiridos. Alfredo no era un hombre de champagne, siempre terminaba por atosigar su paladar, por generar un pedo extraño, dicho llanamente. Si tuviera que escoger una marca preferiría Bollinger a cualquier otra. Le recordaba a las primeras Nocheviejas en Nueva York después del 11 de septiembre, a él y Patricia repartiéndose las atenciones de potenciales clientes deseosos de acostarse con ellos.

Apareció el mayordomo con una nueva copa de Dom Pérignon. Nada había pasado para él. Alfredo observó el carrito de comidas que empujaba. Era su menú: la ensalada César Alfredo por la cual al final sería recordado, la lechuga con esa fresquísima apariencia crujiente, el parmesano tan finamente esparcido cerca de las puntas de cada hoja, el alioli reminiscente del *vitello tonnato* que tanto le gustaba a Patricia y el pan, casi galleta, sobrevolando el remolino de anchoas y alcaparras. ¿Habrían conseguido su punto de mostaza? Sí, comprobó al morder una de las lechugas. Al lado, el solomillo cubierto por una costra de extraordinario color caramelo que al abrirse con el cuchillo mostraba la carne deliciosamente rosada. Como Patricia por dentro, reconoció. Ella habría vendido a Marrero este menú a bordo. El mayordomo sin nombre ni nacionalidad específica colocó en la fuente las dos botellas de Sancerre y Burdeos, y Alfredo se esforzó por leer las etiquetas aunque, de pronto, le dio igual y optó por ir de nuevo al mueble-bar para ponerle hielo al vino blanco. Hielo en el blanco, horror, se burló de sí mismo y al cabo se justificó con un encogimiento de hombros: ¿no era acaso igual de horrible todo lo que suponía este viaje con Marrero?

Bebió el vino y apretó entre los dientes uno de sus cubitos de hielo. Horas de placidez incierta, de placidez absurda, de placidez corrupta ante él. Todo en silencio, ni siquiera los ronquidos de Marrero, encerrado en la otra habitación del avión privado, existían. Guau, pensó, y a lo mejor verbalizó, los ricos siempre tienen ese detalle que te alucina: un viaje hacia la corrupción en el más insonorizado de los silencios.

Se abrió la puerta de la habitación y apareció Marrero ridículamente vestido como para un safari. Alfredo intentó cubrirse con las sábanas monogramadas.

—Estamos en la Isla Prima. Vamos de subasta, Alfredo —anunció, deteniéndose al observar la evidente erección de este. Después de unos segundos recreándose en ella, parpadeó y le dedicó una mirada directa, taladradora, antes de salir para esperar a que se vistiera.

Por alguna razón, Alfredo pensó que debería llevar chubasquero y gorra. Una isla privada no tiene por qué ser tropical, se dijo, y se maldijo por no haber sido tan bueno en geografía como su hermano David, que sabía de memoria los nombres de todos los ríos y cualquier accidente geográfico. Afuera hacía frío pese a que el cielo estaba del todo despejado. Los hombres que conducían el jeep negro cubierto y los otros dos que iban detrás, en el descapotable que les seguía, eran rubios y parecían hablar holandés entre ellos. Podrían estar en Islandia si no fuera porque realmente no hacía un frío polar. ¿Vivirían allí o también viajaban en las galeras del avión privado?, se preguntó Alfredo mirando atrás y apreciando que el aeropuerto que dejaban a sus espaldas no parecía tal sino una autopista vacía, rodeada por aquellas montañas pequeñas que ahora cruzaban, que se abrían después en un túnel muy iluminado que atravesaron a toda velocidad para finalmente llegar a una bóveda de piedra muy negra, volcánica, llena de brillitos, como diamantes fosforescentes que terminaba en el centro de una plaza donde ya se había hecho de día y el mar a lo lejos se veía, como los ojos de Patricia, verde antes que azul, pensó en un arranque de cursilería. Observó que la plaza estaba rodeada por señoriales edificios, la mayoría de ellos eran entidades bancarias pintadas de un color marfil muy de urbanización rica en películas de bajo presupuesto y regentadas por personas de tez morena que se esforzaban por atender con excesiva amabilidad, casi diría que servilismo, a los clientes que no dejaban de entrar, todos señores gordos con cara de Winston Churchill.

—¿Me echaste drogas en el Sancerre, Marrero? —preguntó Alfredo.

—Por supuesto que no. Esta es la isla del Cliente, Alfredo, y estamos más cerca de las Islas Vírgenes de lo que imaginas —explicó mientras se bajaba del jeep con esa facilidad típica de los malos en las películas de James Bond—. Creo que se la conoce, más que por su verdadero nombre, por el de Isla Prima, y es que en realidad supone una suculenta prima estar aquí e invertir en cosas poco comunes para personas fuera de lo común —rió su propia gracia con carcajadas.

Marrero, con esa horrible seguridad en sí mismo, se dirigió a uno de los edificios de la plaza y abrió una pequeña puerta lila en medio de una pared amarilla sobre la cual no figuraba ningún distintivo. Dentro era como la caja fuerte de un banco del tamaño de la catedral de San Pedro. Una inmensa escalera, exacta a la de Grand Central Station en Nueva York, les obligaba a descender. Ok, un poco más pequeño todo, tanto el tamaño con respecto a San Pedro y la escalera en cuanto a Grand Central, pero igual de asombroso con respecto a la dimensión de la puerta y del sitio insólito, sin nombre, a lo mejor fuera del alcance de los radares. ¿Dónde estaban? ¿Qué coño era esa Isla Prima?

—Actúa con naturalidad, como hacen los héroes en las películas. No hagas preguntas innecesarias —advirtió Marrero, que sacudía sus dedos gruesos saludando a uno de los señores—. El cliente es la hostia, tiene su propio banco, su propio paraíso fiscal.

Una vez abajo se encontraron rodeados de ventanales

del tamaño de un edificio pequeño. Eran acuarios, no, era el propio mar delante de sus ojos, ofreciendo el lento ballet de sus habitantes. Langostas azules, malvas, de rayas atigradas como las que supuestamente debía adquirir en Siam, bogavantes atomatados y cangrejos enormes de colores que derivaban del azul noche hacia el naranja atardecer. También había peces manta de plácido navegar, atunes vigorosos con los ojos enrojecidos del mismo tono de su carne, peces espada y peces martillo que batían sus extremos al encontrarse con la mirada inanimada de Alfredo.

—¿Esto es un banco?

—Es dinero, Alfredo, para que lo entiendas de una buena vez. El dinero real, ese que se ha vuelto dígito en los monitores, va a desaparecer muy pronto y se esconderá tras cosas que ahora te parecen extraordinarias, como este acuario que es en realidad un mercado.

Volvieron a subir por otra escalera. Esta vez se abrían puertas más grandes que las del principio y delante aparecía un auténtico mercado, quizá demasiado decorado, un cierto dibujo en los estands que le recordaba algo, pero no quería volverse más loco asociando cosas.

—¿Cómo voy a saber que todo es real? —preguntó.

—No puedes hacer preguntas, Alfredo. Es la Isla Prima. Solo unos pocos alcanzan a ver todo esto. Estás aquí para invertir. El dinero está en estos animales. Y tú, en esta fresca mañana en medio del Atlántico, debes escoger cuáles de estas piezas conformarán tu ágape. Y lo demás, lo demás son palabras en un ordenador que alguien escribe por ti. Explotación animal para investigación cancerígena. Por ejemplo. Y el dinero que esto cuesta y provoca queda así inscrito en un registro que a su vez se guarda en otro y así hasta que te aburres de buscar el verdadero significado, procedencia y destino final de todo esto que hacemos aquí.

—¿Cómo vais a meter estos animales en Estados Unidos?

—Como llevan haciéndolo nuestras abuelas toda la vida: camuflados en el equipaje. Recuérdalo bien, no me gusta repetir las cosas: Todo lo que compres se te pagará con creces.

—Todo lo que compre aquí.

—Exacto. Estos animales son los más caros del mundo. Son especies raras, muy raras, que han sido «cazadas» en varias partes de la Tierra. Gallinas de Nueva Guinea, media docena de ellas juntas valen, por ejemplo, trescientos mil dólares. Igual que los pavos de una granja de Kentucky, también están aquí. Y luego los pescados de la subasta. Auténticos monstruos del fondo del mar, de muchos mares.

—No lo creo.

—Tienes que creerlo, es lo que tiene el dinero. Puede que una silla te parezca que puedes comprarla por diez euros y en un lugar como este te pidan diez mil. Lo crees y pagas. Cada vez que pagas, compras, más dinero en circulación. Mientras más dinero en circulación más burbuja, más sensación de bienestar. Funciona así y no lo he inventado yo.

—Mientras más animales me lleve, más dinero estaré poniendo en la cuenta de Aruba.

—Un diez por ciento por el valor declarado de cada animal. Y no olvides, tienes que escoger lo que emplearás en la cena.

Alfredo miró el campo por el que se desplazaban. Una fauna extraordinaria, vacas que parecían pastar en Escocia, ovejas que se arrinconaban disgregadas en una ladera que podría estar en Nueva Zelanda, inmensas guacamayas revoloteando alrededor de pollos de imperiosos plumajes, perros altísimos, caballos de crines hiperrelucientes.

—Si algo pasara en el imperio financiero del Cliente, nadie se imaginará que en esta isla está buena parte del dinero.

—Pero ¡si son solo animales! —exclamó Alfredo.

—No, Alfredo, te obstinas en no entenderlo. Son dinero que corre libre por unos prados artificiales y reales al mismo tiempo.

—Había pensado en platos más mexicanos, más pavo en vez de pollo por tratarse del Día de Acción de Gracias. No se me había ocurrido cocinar pescados ni crustáceos.

—Pues medítalo ahora y prepárate para ello. Hay también un huerto al final del recinto, para que selecciones todo lo que necesites. Y un corral, porque si has decidido que tenemos que llevar aves, lo haremos. Pero pon el dinero en los peces.

—¿Por qué me han escogido, Pedro? —dijo entonces Alfredo.

—Por nada y por todo, pero sobre todo por la salud de tu hermano y la de mi hijo. Necesitamos el dinero, los dos.

—Es una mierda de excusa.

—Aprende a utilizar las palabras correctamente, Alfredo. Solo por llegar a esta isla ya eres un elegido y, como tal, has de seguir eligiendo. Tu deber ahora es ayudar, ayudar a muchos haciendo que sientan un instante de felicidad gracias a un buen plato. Así dejarás en todos nosotros un buen sabor de boca: hoy en la cena del Cliente; mañana, en la vida de tus seres queridos. Siempre el buen sabor, Mr. Sabor de Boca.

Alfredo se quedó allí, demasiado perplejo para hacer nada más. No se trataba de utilizar esos animales en realidad, pero sí de justificar todo el dinero que emplearía en «comprarlos». Pero no compraba, solamente estaba excusando un gasto, una cifra inusitada en elegir esos animales irracionales pero verdaderos.

—Dame tu documento de identidad —prosiguió Marrero—. Lo necesito para inscribirte en la puja.

Alfredo llevó su mano hacia su bolsillo trasero. Siempre llevaba su cartera allí y, en ella, su DNI, del que no se desprendía jamás, al igual que Patricia.

—De paso estableceré tu cuenta personal en la oficina de un banco chino en Siam —añadió alejándose y blandiéndolo en alto como si fuera un pañuelo blanco en una corrida de toros. Allí terminó de entender todo el procedimiento. Estaban blanqueando dinero, mucho dinero, en un lugar que solo conocían los verdaderamente privilegiados.

¿Puede un hombre negarse a formar parte de algo así? ¿Gritar, pedir auxilio, descerrajar una pistola encima de Marrero? No. Tenía que preparar una cena y cobrar sus honorarios por hacerla, por encima del dinero que estaba movilizando, escondiendo, trasladando en esta bizarra pero real operación y situación. Era demasiado y ese demasiado servía para empujarlo hacia delante. Ya imaginaría cómo explicarse en qué se había convertido. Un cocinero, era su frase para todo, es un hombre que siempre tiene soluciones.

Alfredo paseó dos veces por la extensión de aquel mercado oceánico y terrenal como un Noé inesperado y al servicio de un dios menor pero goloso. Por alguna razón le pareció que la cena de Acción de Gracias para la cual había sido contratado escondía una despedida, quizás un suicidio, un acto irreparable de su organizador, ese diosecillo propietario de la isla, a lo mejor del avión, de la habilidad de Marrero para moverlo todo y de él mismo. Y que, de ser así, era la explicación bendita para lo que hacía. Estaba ayudando a que el mundo no terminara de colapsarse. Ese dinero que habitaba en las plumas y carnes de esos animales era como una iglesia del ahorro. Un último escondite alejado de la avaricia, de la manipulación y la especulación. Alejado de los bancos y del pavor de los empobrecidos, la ira de los engañados. Todos aquellos animales se movían a su alrededor en una abigarrada coreografía. Pavos de plumas sedosas, gallinas blancas con su carne fibrosa que le desafiaba a emplear en ellas horas y horas de cocción hasta poder hacer con sus cuerpos esas ensaladas cargadas de mayonesa y patatas que tanto gustan en las cocinas del Caribe. Cerdos con piel hidratadísima, sin pelo alguno, sonrientes como si fueran clientes de una masajista estupenda. Verduras saturadas de color, espinacas de hojas muy largas, lechugas que respiraban agua y que invitaban a ser partidas. Y, lo más hermoso, todo ese mundo marino detrás de los inmensos cristales que le hacían pensar en Patricia y él mirándose en cualquier espejo, las puertas de las neveras en el Ovington, confirmando que la belleza gusta de los monstruos y al revés.

El recinto comenzó a llenarse poco a poco de gente, todos con los relojes gruesos, las camisas hiperplanchadas, los cuellos altos atenazando nucas regordetas. Todos eran monstruosos. Le pareció escuchar una algarabía procedente de un grupo de caballeros orientales y algún que otro musulmán en torno a una sobrecogedora manta-raya que se desesperezaba en uno de los gigantescos tanques. Aplaudían, gesticulaban, se tapaban los ojos y la boca y a ellos se unían mujeres a medio vestir, claramente prostitutas de todos los colores y edades, como si fueran una seña de globalización, escasamente cubiertas por mini prendas de diseñadores caros. Patricia nunca se vestiría así. Por mucho que bordeara ese estilo jamás llegaría a ese nivel de subversión consistente en gastar ingentes cantidades de dinero en una simple lycra de color chillón. Ellas se asustaban, se estremecían y se refugiaban alrededor de los flácidos brazos o sobre los abultados estómagos de los caballeros. Alfredo pensó en *El jardín de las delicias*, el cuadro de El Bosco que, junto a su padre, contempló en una visita a El Prado. Recordó la laguna que ocupaba el centro de la pintura, una especie de piscina salpicada por níveas jovencitas, rosadas y desnudas mientras a su alrededor desfilan o cabalgan guerreros con sus armas y escudos. La escena nunca podría ser semejante porque lo que estaba viendo ahora era torpe, grosero, vulgar. *El triunfo de la vulgaridad*, podría titularse este espectáculo. La manta-raya iba adecuándose a su nuevo hábitat y aleteaba y buscaba la comprensión de su nuevo territorio. Repentinamente, el animal decidió rebelarse y mover las aletas como si quisiera generar un remolino, una sacudida y súbitamente el agua pareció ir a quebrar el cristal y las putas y los hombres de negocios gritaron y jalearon todavía más. Un hombre maduro y señorial, vestido con el uniforme de una conocida casa de subastas, dio entonces inicio a la puja por el gigante acuático. Comenzaron a escucharse cifras cantadas en yenes, en dólares, en euros y en monedas latinoamericanas. Alfredo buscó a Marrero y lo encontró armado con dos teléfonos y vociferando, gritando cifras en las mismas monedas. De pronto la manta-raya se movía como King Kong llegando a Manhattan. ¿Cuánto podía pagarse por esa monstruosidad?, ¿qué uso iba a dársele?, ¿cuándo terminaría toda esa locura? Las cifras crecían y el animal se batía con mayor rabia todavía. Abrió la boca, enorme, engullidora, oscura como el reflejo de un espejo ante la laguna Estigia, y las prostitutas se echaron a llorar y comenzaron a correr para apartarse del cristal. Pero los hombres las obligaban a acercarse otra vez, aplastándolas contra los cristales.

—Es nuestra, hemos pujado más que ningún otro. Cuando lleguemos a Nueva York seremos reyes, Alfredo. Sesenta y cinco mil dólares por hacer una cena de Acción de Gracias. Convertidos en esta breve escala en al menos trescientos cincuenta mil. Mañana, serán más de seiscientos mil. Y pasado mañana tendrás que seguir nuevas instrucciones.

Cerca de él, una de las prostitutas, que ya comenzaba a recuperarse del susto, le guiñó un ojo.

—Nuevas instrucciones, Alfredo —recuperaba la voz de

Marrero—. Pero acátalas, puede que sean las últimas —susurró.

Salieron por la misma puerta, el coche les esperaba con el mayordomo vestido de chófer esperándoles con la puerta abierta. Regresaron en silencio, a través del túnel con los diamantes centelleantes en las paredes. Alfredo vio a lo lejos las pequeñas montañas cerca de la autopista donde habían «aparcado el avión». Unos niños sin ropa seguidos por unas mujeres esqueléticas sosteniendo pequeñas muñecas en las manos, salieron al paso. El mayordomo-chófer frenó levemente. Un grupo de militares, tan negros como los niños, efectuaron tiros al aire para que se dispersaran, pero las mujeres y los niños se aferraban a las puertas del coche. Marrero no decía nada. Los tiros parecían entrar en la piel de esas personas y el coche al fin retomaba su velocidad.

—¿Dónde estamos? ¿Qué coño es esto? —exclamó Alfredo.

—Ya vi esta mañana en el avión que tienes buena tranca, hombre, espero que la de tu hermano sea menos poderosa. Vale que tenga un hijo maricón, pero que me lo desfloren cada vez..., qué fatiga me da solo pensarlo, no me extraña que prefieran morirse lentamente —fue lo único que respondió Marrero.

Alfredo se retorció de asco, de molestia, de impotencia. Vio, por el espejo de atrás, cómo no habían muerto los niños. Se levantaban, a duras penas, y volvían a esconderse en la vegetación.

CAPÍTULO 16

—

LA TORRE PINTALABIOS

El viaje en coche hasta el centro de Manhattan se realizó en un Lexus nuevo, negro por fuera, dulce de leche por dentro. Una combinación de colores que, por lo visto, fascina a los propietarios de los aviones privados. Marrero continuamente al teléfono y Alfredo deseando olvidar la Isla Prima. El vehículo subió por el peaje de la 42 para ir hacia Lexington y dejarle en la puerta del Screams, donde harían la fiesta.

De niño, Alfredo tuvo un sueño en el que llegaba a una esquina en Nueva York y, al cruzarla, aparecía en Londres. Sueño cumplido, a tenor de lo que vivía y se encontraba haciendo ahora. La puerta del Lexus fue abierta por una mano enguantada en el mismo color caramelo del interior. Abrigo negro, zapatos relucientes, alcanzó a verse el rostro en ellos y sintió el primer golpe del frío neoyorquino, más cortante que el de Londres. Otro coche se les aproximaba y, al llegar a su altura, sus ventanas comenzaron a descender. La señora Madoff. La reconocería en cualquier lugar pese a que ella siempre insistiera en que su cara era tan normal que, si no fuera por la gente que conoce a su marido, Bernie, ella pasaría desapercibida. Breve intercambio de saludos, incluso una pregunta sobre Patricia y si tiene problemas con la manicura, pues conocía a unas coreanas divinas que acudían a cualquier dirección. Alfredo agradeció el gesto, creía que Patricia había comentado algo sobre lo malas que eran las manicuras en Londres.

—¿Belgravia o Mayfair? —preguntó la señora Madoff, refiriéndose a los dos únicos barrios blancos y finos de la capital.

—Belgravia —respondió él.

—Todos hemos hecho mucho dinero, ¿verdad, Alfredo? Y eso es bueno —sentenció ella—, ha sido la base de nuestro imperio —matizó, mirando al suelo y recogiendo una moneda de cinco céntimos.

Alfredo se asombró, tan millonaria como era, casi dueña del mundo, y el azar le seguía regalando monedas. La señora Madoff se la guardó en un bolsillo de su abrigo y se sonrió para sí misma.

—Te hemos pagado bien —continuó ella—, pero supongo que lo mejor habrá sido acompañar a Pedro a la isla, ¿no es cierto? ¿Te gustó lo que viste?

—No, señora. En realidad me dio miedo.

—Esas mujerzuelas, ya lo sé. Es que tú eres siempre muy educado, muy correcto. Y con una novia magnífica. —Siguió mirando el suelo, como si esperara descubrir monedas de mayor valor—. Así éramos mi marido y yo al principio. No tan atractivos como vosotros, claro, pero con una sana ambición.

Se quedó en silencio, no había más monedas, el suelo demasiado limpio pareció entonces asustarla, a lo mejor le devolvía un reflejo de lo que la ambición había hecho con ella. Alfredo quiso, deseó fuertemente decirle que se iba, que regresaba en cualquier vuelo comercial a Londres. Pero calló.

—Es un presagio tan extraño, Alfredo, si me permites que te haga parte de él. Como si esto fuera por última vez —comenzó a confesarle ella a medida que sus ojos se le iban llenando de lágrimas. Alfredo la sujetó por el brazo, quizá con demasiada fuerza, porque la dama se apartó y avanzó hacia el local.

El tono de las paredes del restaurante, de un furioso frambuesa y un restallante verde perico, le cegó. ¿Patricia les había permitido cambiar las paredes del Screams?

—Nos ha quedado como una selva maya —describió la señora Madoff, y el equipo responsable estalló en aplausos que fueron coreados por la tripulación de Marrero, también presentes, porque serían sus pinches y camareros.

Alfredo se encerró en la cocina tan rápido como pudo. Tenía claro el menú y cómo hacerlo. Se encontró allí con Santiago y Carmelo, los dos madrileños que tras su ida a Londres habían encontrado empleo en un restaurante «fusión» en Nolita. Vio cómo unas mujeres negras degollaban dos gallinas en el interior y la señora Madoff, que entraba ahora en las dependencias, se apartaba con asco.

—¿Gallinas? ¡Pero si es Acción de Gracias! ¿No debería ser un pavo, Alfredo? —le preguntó, de nuevo cerca de él.

—Su marido y sus hijos querían una cena mexicana —contestó.

—Qué mala muerte tienen las aves, ¿verdad? —comentó mientras contemplaba extasiada cómo degollaban a otra gallina—. No será vudú, ¿verdad? —bromeó, y él vio que jugueteaba con la moneda de cinco céntimos oculta en el fondo de su bolsillo.

—No, es para hacer ensalada de gallina. Su marido y su hijo no quieren pollo.

—Porque los hace más femeninos, es cierto. Una cena de Acción de Gracias sin pavo, ¿no será como ir vestida de rojo a una boda?

Alfredo iba a responderle, pero ella ya extendía su mano para despedirse. Y en ella un sobre muy pesado.

—En Nueva York la propina es la única ley no escrita que respetamos —dijo la señora Madoff.

—Permítame preguntarle una cosa: esta cena, exactamente, ¿qué viene a ser?

—Una cena de Acción de Gracias con platos mexicanos.

—¿Y por qué nos han escogido a mí y a Patricia para realizarla?

—Porque siempre nos gustó este, vuestro restaurante de la calle 49. Y porque los mayores nos volvemos tiernos con los jóvenes que empiezan. En realidad, Thanksgiving ya fue; mi marido y yo lo celebramos con nuestra gente los primeros días de diciembre.

La señora Madoff dejó el sobre en la encimera, al lado de los utensilios para cocinar.

—Dentro hay un extra mío. Aceptadlo, por favor. Toda mi vida quise hacer el bien a las parejas bellas que el destino cruzaba en mi camino.

Cuando la señora Madoff se hubo ido, Alfredo se colocó el delantal y bebió de un trago un café negro espesísimo. Bajó por su garganta como si fuera un brebaje destinado a hacerle miembro de alguna tribu donde se refugiaran los últimos heterosexuales de verdad, como diría su hermano David. Pensó en llamar a Patricia, pero no, aún no eran las doce del mediodía en su huso horario. Estaría durmiendo. O, quién sabe, despierta.

La fiesta se llenó de inversores, agentes y empleados de aquella firma a las siete en punto. Los americanos y su pasión por cenar a esa hora, incluso en día de fiesta. El decorador de los Madoff, un venezolano muy aspaventoso, perfecto para David, se movía entre invitados ajustándose su pajarita color fresa de tamaño XL. Llevaba zapatos rosados de esmoquin y saludaba a todas las mujeres con dos besos. Había dispuesto toda la comida en una especie de escenario giratorio, tan frambuesa como su corbata y las paredes del Screams. Unas gallinas vivas, rosadas como los zapatos, se movían extrañas en lo alto de dos pedestales de azul eléctrico. ¿No tenía Patricia una combinación similar?

Iluminadas como esculturas efímeras, las ensaladas, cada trocito de granada, tomate o pimiento, bordeando y volviéndoles collares alrededor de un cuello interminable. Entre ensalada y ensalada, los cuencos de barro rojizo repletos de guisos, los extraños pollos cocinándose a fuego lentísimo delante de los comensales, los tres tipos de pescado ahogándose poco a poco en leche de coco y el punto justo de cilantro, la carne cada vez más roja, cocinándose al ritmo de «Fumando espero» en la voz de la inmortal Sara Montiel. «Flotando el humo, me suele adormecer. Rendida en la *chaise longue*, fumar... y amar...» El humo de los tres platos terminaba de ahumar las tortillas adheridas en las paredes del escenario, para que cada comensal las arrancara y rellenara con cualquiera de los sabores a su disposición.

Un pavo gigante, de plástico, movía la cabeza y agitaba las plumas traseras que se convertían, como era inevitable, en la bandera de Estados Unidos. Mientras todos se arremolinaban para untar las tortillas, el decorador abrió la escotilla de una jaula de donde salieron, despacio, como señoras que se adentran en un territorio desconocido, dos iguanas gigantes. Perfectamente adiestradas, fueron cada una, siempre carentes de prisa, a una esquina distinta del escenario. No asustaron a los gallos, no detuvieron el incesante plumeteo del pavo artificial, no sintieron hambre ante el olor de las viandas. Se colocaron bajo la luz que destellaba sus tonos verdes, azules, turquesas, los colores homenaje a la Isla Prima.

Alfredo decidió que no saldría de la cocina. Se sentía mal, había ido al baño varias veces. La música en la sala era terrible. Boleros que no terminaban o no les dejaban empezar. Mariachis sin trompetas, rumbas sin rumberas. Pero al final, harto de sentirse culpable, decidió asomarse a la sala principal.

La gente al principio pareció emocionada de la celebración, pero a medida que esta avanzaba se mostraba cada vez más enrarecida. Los Madoff lloraban en un rincón y hacían larguísimos y crípticos brindis por sus hijos «que jamás nos fallarán. Y por Dios, que pone a cada uno en su sitio». Los comensales no dejaban de halagar la comida, a los anfitriones y de mirarse entre ellos como si algo, sin embargo, no estuviera bien. Los postres se presentarían igual que los salados. Bandejas de arcilla, complicadas elaboraciones geométricas, estallidos de color gastronómico. Alfredo, su estómago sonando como banda mortuoria en Nueva Orleans, intentaba mejorar la disposición cuando sintió el perfume de Marrero cerca y la sonrisa benigna pero agonizante del señor Madoff.

—Mañana va a ser un gran día, querido Alfredo. No esperes a que el edificio abra para ir, preséntate antes. A las ocho en vez de a las nueve. Feliz Día de Acción de Gracias a primeros de diciembre —pronunció en su vacilante castellano, y levantó su mano mientras Marrero lo alejaba como si hubiera bebido demasiado.

Alfredo no durmió, aun estando bajo el confort de las sábanas del hotel Mandarín Oriental. Dos noches consecutivas sin dormir. Hacia las siete se metió en la ducha y estiró el brazo hacia arriba, como el saludo final de Madoff en el restaurante. Como el *Hail Hitler!* del gran exterminador de judíos de la Historia. Como el último gesto de la vida de Marion Crane, la heroína asesinada en *Psicosis*, de Hitchcock. Era la escena favorita de su hermano David. «Ese gesto último de vida, como si fuera un baile, el vals sin novio, antes de estrujar la cortina de plástico y romper las anillas que la sujetan a la barra: Arte, emoción.» Y qué diría ahora de él, pensó Alfredo, desnudo, maldormido y autoconvertido en delincuente, exactamente igual que Marion Crane; desnuda belleza, pura y solitaria antes de entrar en la muerte.

A las ocho un guardia jurado le abrió la puerta de la sede del imperio Madoff. A las ocho y un minuto Alfredo dejó atrás el puesto de seguridad y avanzó por un pasillo de granito rosa y pequeños destellos hacia una amplia puerta de cristal donde una mujer de mediana edad, con tacones tan altos como los de Patricia, se estiraba la falda de lana y le tendía su mano ofreciéndole un intraducible apellido judío. Iba a traerle los documentos para formalizar la operación de Mr. Marrero. Alfredo asintió y esperó de pie. Había otra mujer pegada a un ordenador en el que pudo distinguir a los lagartos verdes de los dígitos moviéndose hacia la derecha. La observada debió de sentir su falta de sueño o el terror por haberse vuelto la persona que jamás quiso y se giró. Su mirada devolvió a Alfredo su aspecto: una calavera consumida. La señora de mediana edad regresó indicándole que le acompañara hacia una habitación al fondo. El olor de la calefacción subía por las paredes, acababan de encenderla. El silencio en la tercera avenida era impresionante. Tantas veces pasó delante de ese edificio y jamás imaginó que lo recorrería. Una amiga de Patricia, Victoria, arquitecta, hablaba siempre mal de este edificio, conocido por los neoyorquinos como «El pintalabios» por su forma, en efecto, similar a un rouge que se desenroscara. Era un diseño de Philip Johnson, el célebre arquitecto de las gafas muy redondas, eterno acompañante de Jackie Kennedy, *enfant terrible*, rodeado de controversias, como la de que pudiera ser un antisemita declarado y proclive a que Estados Unidos formara parte del Eje antes que adalid de los Aliados en la Segunda Guerra Mundial. Patricia sabía todo sobre él, como de tantos arquitectos. La señora tardaba en sellar carpetas y aniquilar en una destructora de papeles unos documentos al tiempo que separaba otros. Todos formaban parte de la operación en la que estaba involucrado. Era mucho dinero, más de lo que Marrero había señalado. Pensar en el edificio le calmaba. O, mejor dicho, lo hacía más indolente, anestesiándolo.

—Firme aquí. Y luego aquí. Y, por la cena de ayer, el contrato de confidencialidad.

Letra pequeña, debía leerla. Pidió un café, se lo trajeron en una vajilla muy blanca que de inmediato asoció con la que habían enviado los valencianos el día de la inauguración del Ovington. Tendría que ser la misma. Tomó el café, levantó la taza, algo parecido a una fallera estaba debajo. Lo quitaron de sus manos, no pudo ver más.

Lo leyó, no podía revelar nada de lo que había acordado, visto u oído en los tres días previos a la cena y en los dos días siguientes. Se hicieron las ocho y veinte y diez minutos después apareció más gente en los alrededores de la oficina. De pronto Madoff estaba allí, nervioso más que resacoso, vestido con un polo debajo de la pesada chaqueta de invierno y un gorro de los Mets. Todo el mundo se puso de pie menos Alfredo, que pareció recibir la taladrante mirada del hombre. Le hizo un gesto similar al saludo final de la noche anterior pero que parecía indicarle más bien que por nada del mundo se levantase. Explicó que subiría a la última planta. Que allí estarían sus hijos. Y se encaminó hacia el ascensor. Alfredo terminó de firmar los pesados folios. La señora de mediana edad sudaba frío pero los recogió, los introdujo en un sobre muy acolchado y lo entregó a un caballero negro que salió raudo del edificio. La señora se giró hacia su ordenador y tecleo rápidamente. Alfredo miraba todo lo que realizaba, hacía un calor rarísimo, como si el termostato hubiera reventado y la calefacción decidiera ahogarles.

Se movió levemente y podía ver lo que escribía la señora, sus manos temblando ligeramente y su mirada consultando el reloj encima de la línea de nombres y números en rojo que descifraba los movimientos de bolsas en Japón y Europa. El reloj marcaba 08:58. Alfredo bajó la mirada hacia la pantalla del ordenador. Fue más rápido que los célebres dígitos moviéndose fugaces. Pero no pudo ver nada. La mujer apretó el enter y las palabras titilaron hasta ser tragadas por la oscuridad de la pantalla. De inmediato oyeron las alarmas, la voz altisonante del agente de seguridad diciendo «esto no puede estar sucediendo». Una horda de policías armados hasta los dientes y cubiertos por todo tipo de prendas irrumpieron en el edificio, atiborraron los pasillos y exigieron que los ascensores bajaran y subieran lo más rápido posible. Eran cientos, había camiones negros apostándose sobre las aceras delante de la entrada del edificio y neoyorquinos deteniéndose en el frío glacial en la avenida antes desierta como si una película de catástrofes se hiciera realidad. La señora de mediana edad, ya sin habla, sin color, le indicó que era mejor que se fuera de allí.

Alfredo avanzaba por entre los policías convertidos en militares de una dictadura africana con rascacielos. Le miraban pero no le detenían. Claramente, no venían a por él. Alcanzaba la calle deseando llamar por el móvil a Patricia, daba igual la diferencia horaria. ¿Qué hemos hecho, amor mío?, pensó y luego, cada vez más enfurecido, quería detener a los policías y decirles que buscaran en los ordenadores: Isla Prima, subasta de animales raros. Miró el edificio, creyó que el lápiz de labios se enroscaría y el asfalto lo tragaría. Había más curiosos cada vez y una pequeña manifestación de ex trabajadores desplegando una pancarta: «¿Era todo verdad, Bernie?», y tres, cuatro, seis camiones de las televisiones rechinando sus frenos y descargando cámaras y mujeres reporteras alisando faldas y pelos.

Alfredo abrió con sus llaves el Screams y encontró a Carmen, la señora colombiana que limpiaba cada mañana a las nueve y cuarto. Ella le dijo que parecía un fantasma, que si podía llevarse el pavo de mentira para el próximo Día de Acción de Gracias y si habían dejado algún tupperware para sus niños. Alfredo contestó a todo que sí y que Patricia la extrañaba mucho en Londres, y Carmen le preguntó si no volverían nunca más a Manhattan, que la gente era más simpática. Alfredo se deslizó hacia la oficina de detrás de la cocina; estaba vacía, todo su contenido formaba ahora parte del Ovington, pero en el suelo permanecía la vieja televisión Sony de diecinueve pulgadas. La encendió y vio el edificio que acababa de abandonar y la cara y el nombre de Madoff encima de la palabra «Fraude», el más grande en la Historia de América.

Carmen entró en el despacho con una sonrisa radiante.

—Señor Alfredo, le están esperando en la puerta.

Alfredo sintió un frío que le retorcía las manos y le volaba los ojos. Detrás de Carmen se veían destellos. Cuando salió al salón creyó que la falsa selva de la cena de Acción de Gracias se movía bajo una tormenta tropical. Una de las iguanas del decorado se desperezaba, lenta, luego nerviosa, como la manta-raya en el acuario, alerta ante los flashes, el ruido de las cámaras, las voces gritando el nombre del Cliente, una frase organizándose en miles de labios: «Su última cena tuvo lugar en este restaurante...» en muchos idiomas, que iba reconociendo, mandarín, ruso, alemán, francés, griego, algo como portugués, repitiéndose las palabras ante los ojos aterrorizados de Alfredo.

LONDRES

CAPÍTULO 17

—

DISCULPA SI TE HE HECHO DAÑO

Patricia sí había dormido bien. Pero la perseguía esa conciencia estúpida de haber acercado, si no directamente lanzado, a Alfredo a las fieras. Estúpida por innecesaria. Lo había arrojado, punto. ¿Para qué martirizarse si sabía que un solo paso dado por Alfredo repercutiría en millones de euros, dólares, libras y yenes para ellos? Luchaba por dibujarse una excusa, pero siempre que buscas una excusa surte el efecto contrario, te inculpa más. Si tuviera que aceptar que, en efecto, sabía más de lo que había dicho con respecto a la cena de Acción de Gracias, podía escudarse en el hecho de que en una relación como la de ellos unas veces ella era novia y otras productora. Y que esta era una ocasión que la productora no podía aceptar que arruinase la novia.

El dilema estaba en que como novia también requería múltiples disculpas. Más que estrellas en el cielo, como rezaba el slogan de la Metro Goldwyn Mayer y que para Patricia era otra de esas frases hechas con las que salpicaba sus trenes de pensamientos. Más estrellas que en el cielo, se repitió hasta llegar a comprender que, en efecto, solo en el cielo habría escrita, dibujada, una solución para su caos.

Alfredo no salía del shock. No hacía preguntas, temeroso de tener el móvil pinchado. Cada comunicación con él, vía móvil o pantalla de ordenador, terminaba con la misma secuencia: su rostro aterrorizado y cada vez más delgado; una pregunta: «¿Por qué me habéis escogido?», y una especie de manifiesto-súplica: «Yo tenía un talento, ¿en qué me has convertido?» En un millonario, se apresuró a decir Patricia. Mala idea, al parecer Marrero había utilizado la misma expresión. Además ella le daba la razón: no querían ser millonarios, no de esta forma tan insólita y misteriosa. Querían..., querían vivir la vida de una manera distinta. ¿Distinta de quién? De los mediocres, de los que no se arriesgan a ver y a buscar cosas que no conocen. Pero las habían conocido, a veces demasiado desnudas, demasiado expuestas. Patricia quería encender el ordenador y marcar el teléfono de Alfredo y decirlo todo, pero la detuvo la hora. Nueve en punto de su mañana y, aunque las tres de los Estados Unidos era una hora todavía activa para un cocinero, no podía arriesgarse a despertarlo y lanzarse cuatro, cinco verdades a la cara.

Una vez abierto el ordenador, el desayuno a medio morder, una rebanada de pan de espelta encima de otra rebanada de salmón escocés y un tazón de café con leche, Patricia repasa el estado de las cuentas principales. El gran ejercicio: pulsar la diminuta pulga negra en el extremo del ordenador, introducir la contraseña y acceder a la página web de la recuperada empresa puntocom y de nuevo pulsar las siguientes contraseñas asociadas a las canciones que a la vez despejaban el camino para adentrarse en los servidores externos que llegaban por fin al tesoro. La cuenta de Aruba tenía más dinero, la de Jersey y la de Liechtenstein también. Mucho más de lo que había acordado pagar el Cliente. Sucedía desde hacía una semana, ingresaba dinero a ritmo de los años dos mil, tres mil dólares diarios. El total de esas cuentas no podía superar los cien mil, y por eso tenía que trasladar esas mismas pequeñas cantidades a la cuenta de Río de Janeiro, la de la fallecida María Jesús

Cobo. Lo hizo, cómo no, fácilmente, como trasladar un documento inútil a lo largo de la pantalla hasta la papelera. El dinero que Alfredo había puesto en China para la sociedad alimentaria productora de langostinos rayados también tenía más dinero que lo alcanzado en la subasta. Alfredo le había contado entre sollozos la subasta. Ella le calmó, era buena idea, Marrero no quería hacerle daño alguno a pesar de sus modales y aspecto.

Revisó entonces la cuenta de Marrero. No lo había hecho desde la noche en que, completamente colocada, consiguió que su hermana Manuela le permitiera acceder a esta empresa cibernética de servidores para facilitar recursos de Internet a países no desarrollados, esa loable, altruista empresa puntocom que escondía su propia red de paraísos fiscales. Abrió la cuenta de Marrero. Era increíble, si el dinero era como reptiles, en la cuenta de Marrero corrían a toda velocidad los últimos dinosaurios escapando del fin. Dinero, muchísimo dinero.

Tragó más café, encendió la televisión y allí estaba, en cualquier idioma conocido, Madoff y la gran estafa. Más de seis mil millones de euros desaparecidos de la faz de la tierra. Incontables personalidades aparecían involucradas en la estafa. Desde Spielberg a una modelo ya retirada, elegantísima pero completamente en la quiebra. «Así me gustaría verme en la quiebra», musitó Patricia. Y como lo dijo, poco a poco fue haciéndose el gran paisaje, o la gran fotografía o la absoluta radiografía delante de ella. ¡Una estafa de seis mil millones de dólares! ¿Cómo puede esconderse y/o evaporarse tanto dinero? El dinero no podía esconderse ni en una casa ni en la cuenta de una esposa o hijo o hermano de Madoff. Ni mucho menos en la de Marrero, pero sí en unas cuentas de personas que jamás saltarían a la primera búsqueda, a la primera sospecha, como podrían serlo perfectamente Alfredo y ella.

O la cuenta secreta de Marrero. Para eso había organizado la cena. Para eso la convenció de que Alfredo la preparara, para que Alfredo firmara documentos ininteligibles y el dinero se escapara de la Justicia hacia allí. Ella y sus recuperados servidores externos desplazarían una última vez el dinero errante.

Esperó un instante mientras cerraba todas las ventanas abiertas en su ahora poderoso ordenador y reinició. Repitió el proceso de contraseñas y compuertas que alcanzaban la fosa de los dinosaurios. Ya había seis mil dólares más en su cuenta de Aruba, y decidió ponerlos en la cuenta a nombre de su abuela Graziella. No mucho, todavía no deseaba tener que rendirle explicaciones a ella precisamente. Volvió a revisar la de Marrero y había otros cientos de miles. Decidió entrar, ahora con la nueva contraseña, y efectuar una transferencia, pequeña, de dos mil dólares, a su cuenta de Aruba. Podía hacerlo, tenía un pequeño poder que permanecía de la sociedad que en su día fue la empresa puntocom. Y entonces se obró el milagro. Los dinosaurios que entraban raudos a la cuenta de Marrero creyeron ver una vía de salvación en la cuenta de Patricia. Y allí que iban, media docena en un principio, cientos al cabo de un rato. Miles al final de la mañana. El dinero necesitaba esconderse antes de la debacle final, de la investigación. Y ya en estampida, si abriera otra cuenta ficticia, en Panamá, en algún rincón de Brasil, allí también irían llegando como una marea que arrastrase casas, un orgasmo que invade la garganta y expulsa el grito final, más que un chorro de dinero, millones de dineros, dólares mezclados con yenes y libras, euros salpicados de monedas con nombres de libertadores latinoamericanos avanzando hacia las compuertas de esa cuenta como emigrantes avanzando en la isla de Ellis o torturados esperando la gasificación. Ejecutó una orden de stop para impedir que en su cuenta de Aruba se alcanzara una cifra superior a trescientos mil dólares.

Patricia vio que le temblaban las manos. Ahora, con lo que sabía, podía abrir cuentas en lugares que no llamaban demasiado la atención. El banco de China de la cuenta de los langostinos podía abrir una cuenta en Singapur a nombre de la empresa 2monstersgether. Y otra en Hong Kong. Y, por qué no, en Macao. Los casinos siempre necesitan un chef. Todos los días debía estar atenta a encontrar un país distinto, bastante discreto, donde abrir una cuenta a nombre de una empresa donde permitir a los dinosaurios viajar. Estaba robando a los grandes estafadores. Estaba convirtiéndose en alguien insuperable. Sintió como si la espelta del pan le atravesara el estómago y arrasara con lo que encontrara en sus paredes. Cuando regresó del baño pesaba de seguro un kilo y medio menos. Se dio cuenta, detenida en la puerta de acceso al salón, de que la casa de los colombianos estaba sucia por todo lo que ella había hecho allí. Si ella y Alfredo eran estafadores de la gran estafa..., tenían que cambiar de casa inmediatamente. Y, a ser posible, a esa casa imposible que solo está en tus sueños. O un poco más cerca, al doblar la esquina en el bellísimo, siempre ajardinado, cinematográfico, Chelsea. En el fondo, tener ese pensamiento tan práctico, de tanta supuesta práctica feminidad, consiguió calmarla. Escondió las cuentas de los servidores externos detrás de las canciones que escogió al azar. «Picture This», de Blondie, una de ellas. «Lisztomania», también; tenía tan bello recuerdo de avanzar dentro del Ovington bailándola. Y otros éxitos bailados en Madame Jo Jos y en el George & Dragon.

Tenía que llamar a Alfredo, daba igual la hora. Tenía que decirle lo que había descubierto. Tenía que decirle en lo que les había convertido.

—Nos entra dinero sin parar.

Lo dijo lo más claramente posible, escuchó cómo él encendía la luz de la mesa de noche y clareaba la garganta.

—No entiendo qué coño quieres decir.

—¿Qué firmaste en la oficina de Madoff?

—Un contrato de confidencialidad. No puedo hablar sobre la cena, no recuerdo nada.

—¿Y de verdad no recuerdas nada?

—Nada que pueda decirte por el teléfono, ni a estas horas ni nunca.

—¿Tampoco por el correo electrónico? —Patricia más bien musitaba, no sabía cómo decirle en algún tipo de clave lo que pasaba por su cabeza.

—Muchísimo menos —siguió carraspeando—. Patricia, no duermo desde hace días. No puedo volver a Londres. La prensa está encima todos los días, el Screams tiene que echar gente en la puerta...

—Eso es bueno, es bueno. Inesperado pero bueno —dijo mecánicamente, en cierta manera imaginaba que la gente sentiría el morbo de cenar en el mismo lugar donde lo hizo el mayor ladrón del capitalismo por última vez—. Joanie y Francisco mantienen todo en orden en el Ovington, aunque la gente, claro, también pregunta por ti.

—En eso me has convertido. En el cocinero que preparó la última cena de la bonanza financiera.

—No, Alfredo, no era mi intención. Yo...

Patricia creyó escuchar ruiditos que se acoplaban en la conversación y colgó. Se volvió a llevar las manos al rostro, ¿cómo podía hacerle esto a Alfredo? Sí, era horrible. Pero ¿y si él supiera más de lo que decía por el teléfono y se escudaba en el hecho de que estarían vigilados? No le había dicho lo que quería decirle y, de hacerlo, tendría que explicarle cosas comprometidas, no fáciles en el mundo fácil donde se emperraban en permanecer. Explicarle cómo aprendió a dominar las finanzas por computadora. Explicarle cómo ella y Marrero actuaban. Volvió a marcar, qué absurdo era Alfredo cuando se deprimía, tanto que no tenía la fuerza como para devolverle la llamada. Marcó y prefirió colgar. Tenía razón, lo había convertido en algo, un instrumento. Pero lo amaba, no podía dar más explicaciones, se sentía paralizada como la noche que llamó a Manuela y activó todo este operativo. Estaba convencida de que el momento final, ese en el que pudieran utilizar no todo ese dinero, tan solo una estúpida parte, y vivieran a todo tren, cumpliendo todas sus expectativas, Alfredo no requeriría de más explicaciones. Pero no era verdad, nadie acepta que se le manipule. Y eso es lo que había hecho con el amor de su vida. Pero ¿todo amor no es una concatenación de manipulaciones? Ellos mismos, ahora al teléfono, hablando en un código Morse deformado, ¿no estaban jugando uno con el otro, solazándose en no decirse toda la verdad?

CAPÍTULO 18

—

CADOGAN GARDENS

Entró en Cadogan Gardens 12 como si hubiera estado allí en una vida anterior o en todas las vidas anteriores. Emma, la representante de la agencia inmobiliaria, no dejaba de hacer preguntas sobre su vestuario. Patricia iba..., da igual como iba, estaba perfecta, parecía una mujer que había vivido en muchos sitios y ya no era una jovencita.

—Es una casa ideal tanto si no tienen hijos como si los tienen —decía Emma, abriendo las ventanas, que no eran fáciles, como ninguna ventana en Londres, pero tampoco reacias. Patricia sintió ganas de decirle que vivía con otra mujer, que estaban inscritas en el registro de parejas de hecho.

—Mi novio tiene un restaurante muy cerca de aquí.

—Oh, qué maravilla, los italianos tienen la mejor cocina del mundo —dijo Emma.

—Somos españoles —corrigió Patricia.

—Desde luego, adoro la paella y la sangría.

—Pues el mejor aceite de oliva es español, solo que los italianos lo comercializaban desde mucho antes y mucho mejor.

—La comida británica es tan terrible. Qué sería de nosotros si no les tuviéramos a ustedes, los europeos —dijo Emma, ya sin medir nada de lo que contestaba.

Patricia aprovechó el instante sola en el amplio salón de Cadogan Gardens 12. Era la calle donde la Modelo había vaticinado que terminaría viviendo. Era el día perfecto para dejar de vivir prestado.

—Tengo un cliente en la próxima media hora, no, quiero decir, cuarto de hora.

—No hace falta. Lo tomaremos.

—¿No quiere hablarlo con su... pareja?

—Mi marido está en Nueva York muy ocupado con el restaurante de allá. Me gustaría hablar con el banco lo antes posible. No será una hipoteca, pagaremos el monto del *lease* en efectivo.

Patricia extrajo una pluma y se dispuso a firmar. Era el contrato de opción. Nunca había firmado nada sin Alfredo al lado, pero había una distancia oceánica. Y tenía, en el pulso, en la cabeza, en la mirada, una determinación que solamente el haberse convertido en cómplice de una estafa histórica podía dar.

La de la inmobiliaria volvió a dejarla sola delante del ventanal. Patricia pensó que miraba un Hindenburg cruzar el cielo de ese pedazo de Londres. Y detrás el ruido de aviones alemanes sobrevolando la capital a punto de soltar sus bombas. Sirenas ululando y personas corriendo de un sitio para otro, mujeres llorando y otras dirigiendo personas, niños que hacían preguntas. «¿Dónde nos llevan, mamá? ¿Cuándo va a terminar esta pesadilla?» Y de nuevo voces femeninas que medio mentían, acallaban dudas, levantaban más sospechas. Y de pronto, la Reina Madre, mucho más joven que el recuerdo que tenía de ella, con una tiara de diamantes, mirándola directamente y llevándose un dedo con esmeraldón a los labios. «No digas nada, Patricia, no levantes la voz ni señales que me has visto aquí. Calla, ahora que ves cosas, no abras la boca. Ni cierres los ojos.»

Entró en el Ovington con esa sensación de rapidez, de que las cosas flotaban. Joanie estaba abriendo truchas para rellenarlas con alcaparras y otros productos muy ingleses; se veían preciosas, abiertas y casi rosadas con el verde de las alcaparras. Francisco se machacaba batiendo huevos para una serie de soufflés tanto salados como dulces y Pu, un nuevo empleado chino o coreano, tallaba vegetales para transformarlos en esculturas comestibles. Había mucha gente, tanto en la sala como en la puerta, y algunos se acercaban a saludarle y a preguntarle por Alfredo y cómo llevaba el estruendo mediático de la «última cena». Patricia sonreía y miraba los móviles de los que le preguntaban, abiertos en páginas de Facebook donde se debatía profusamente el tema del Cliente y también lo que Alfredo habría preparado para la cena.

—Nada de lo que pongan en Facebook puede ser cierto porque solamente los que estuvieron en la cena lo saben —dijo a uno de los caballeros, bastante atractivos y tiburonescos en vestuario y actitud.

—Tú seguro que lo sabes mejor que nadie —respondió uno en castellano. Patricia levantó la mirada de otra blackberry para observarlo. Sabía quién era.

—Borja, amigo de Marrero y de Alfredo, de hace muchos años.

—Sí, ya lo sé —respondió Patricia, dejándose sujetar la mano por el inapropiado caballero—. Sois inseparables tú y...

—Enrique —dijo el otro caballero, al lado de Borja—. Nos conocen como «los chicos maravilla», querida Patricia.

Patricia tuvo tiempo para observar bien sus trajes, de un solo botón, uno de rayas diplomáticas azul y el otro de ojo de perdiz, un material que tanto gustaba a su abuela Graziella.

Pero no había nada ni de diplomático ni de perdiz en Borja y Enrique. Todo lo contrario, eran sabuesos que venían en busca de su carne, su información, su atribulada verdad en el momento más inesperado. Un poco más allá vio entrar a Lucía Higgins, cada vez más gruesa y aparatosa, con un inmenso sombrero de terciopelo lila. Y detrás de ella a David y a Pedro Marrero Junior. Una manada. La manada del Ovington en el primer día de su vida de millonaria.

CAPÍTULO 19

—

LÁGRIMAS DE DIAMANTE

«Me has visto llorar lágrimas de diamante, salen y continúan saliendo como si volaran, cada vez más rápido.» Iba escuchando una nueva canción de Passion Pit, unos jovencitos con voces de niña y sintetizadores a tope. Hacía horas que no estaban en el Ovington. Hacía horas también que se divertían sin atreverse a pensar que no deberían hacerlo tanto. Hacía horas, por cierto, que dejaron Londres atrás y cogieron coches sin frenos y se saltaron varias reglas de circulación y enfilaron hacia el *country*, ese territorio hiperinglés donde Londres se convierte en un satélite que nadie reconoce. Sentía la humedad en las manos y en la nuca y debajo del cabello. Los perfumes de todos los que la acompañaban allí: la Higgins, los inseparables Borja y Enrique liándose canutos, riéndose los chistes, deshaciéndose las corbatas y sacándose los zapatos para bailar sobre la moqueta, encima de las mesas, subiendo las escaleras hacia las habitaciones superiores con unas rusas que aparecieron de repente.

Era una casa inmensa, que parecía ya decorada para Navidad. Tan a principios de diciembre y el árbol listo para que fuera veinticinco y una gran familia de niños muy rubios y educados bajaran las inmensas escaleras de roble. En cada pared, retratos de antepasados que escalaban o descendían, nunca había sabido bien cómo se mide el abolengo, hasta el año 1300, y sin embargo, por la nitidez del óleo, incluso el olor, parecían antepasados pintados o retocados cada año. Alguien subía la escalera con mucho aspaviento y risa y le decía algo, no necesariamente agradable. Era la Modelo, vaya, también estaba allí, ¿tantas copas habría bebido que no recordaba lo que pasó entre cerrar el Ovington y estar ahora en algún condado a cuarenta kilómetros al sur de Londres, rodeada de cuadros de gente que a lo mejor nunca existió y enmarcados en maderas mucho más nobles y viejas que toda la historia que parecía emanar del conjunto? No encontró respuesta, solo el sonido de la canción de los Passion Pit, esas lágrimas de diamantes desparramándose en unas letras sin sentido.

Lucía Higgins abría una puerta, de algún aseo, o quizás un depósito de cadáveres, y salía de allí acompañada por un negro formidable. Cada pezón parecía un fruto inmenso, un cacao de alguna isla del Pacífico, un grano de café irrepetible, un coral atrapado en rocas submarinas. La cogía por la cintura con unas manazas atemorizantes, la apretaba y ella chorreaba como si fuera un helado derritiéndose en el verano.

Volvía entonces el estribillo y todos lo coreaban hasta ese *wow!* final que se oía justo antes de que una mandolina electrónica continuara imponiendo su compás y marcando el baile. David se extasiaba: «Qué divinos los Passion Pit», exclamaba, y levantaba sus brazos para terminar colocando las manos ante su cara como una vedette de cine mudo. Patricia estaba de acuerdo, eran divinos, nada más y nada menos, sobre todo porque cantaban como chicas y eran dos suculentos cachorritos cargados de modernidad. «Esa pequeña grieta de amor entre los dos, por donde colarnos.» Patricia sonreía, bajaba los ojos, se acariciaba un palmo de cabello y sonreía al galerista que les había llevado a aquella casa, a su cuñado y su novio y, cómo no, a la Modelo, integrándolos así a todos en la divina danza que protagonizaban. «Que no termine, que uno de nosotros apriete el *play* otra vez y los Passion Pit griten *wow!* y de nuevo avancemos hacia el reflejo» —gritaba David. ¿Hacia cuál reflejo?

Nadie pidió que se repitiera la canción, por lo que a esta le siguió «Rapture», de Blondie. David batió algunas palmas y comenzó a explicarle algo sobre el tema: «El auténtico gran clásico de los ochenta. Se adelantó a todo; un rap negro cantado por una diosa rubia». Patricia asintió y decidió ir hacia el cuarto de baño, pero la cocina le quedaba más cerca y prefirió entrar en ella, buscar el fregadero y coger el agua de allí para pasársela por la frente y luego apoyarse contra el refrigerador para ver la fiesta de lejos, sin ella. Allí, con la cabeza ladeada, una mano con la palma hacia arriba, la otra cerca del lazo del pantalón y los pies cruzados, pensó que hacía mucho tiempo que no se divertía tanto, y se sintió emocionada como una niña que sale por vez primera hasta esas horas de la madrugada. Ni siquiera aguantó hasta tan tarde el día de la elección de Obama, al principio del larguísimo noviembre, obstinada en mantenerse despierta delante del televisor que escupía los resultados de los Estados de la Unión donde ganaba o perdía el candidato demócrata. Patricia recordó que, precisamente hacia las tres, ella y Alfredo habían decidido cantar una estrofa del himno americano, cuando en la televisión anunciaron que, tras la victoria de su partido en Oregón, Obama era ya el 44.º Presidente de los Estados Unidos de América. Alfredo siempre estaba allí. Móvil en mano marcó dígitos, pero ninguna respuesta. Dormiría. Volvió a marcar, si lo cogía no le preguntaría sobre el dinero, podría contarle que abrir y cerrar el Ovington sin su presencia había resultado agotador esa noche. Al final se ocuparon catorce mesas, no estaba mal, pero todo se complicó cuando David apareció de repente anunciando, presa de la excitación, que vendría un crítico del *Time Out* que había conocido en Ibiza. Sin embargo, todo salió maravillosamente bien, incluso fue un éxito la selección de las canciones que había preparado para esa noche en su iPod. Tan bien quedaron que, de hecho, seguían escuchándose ahora en aquella fiesta improvisada en casa de un amigo del galerista. «Rapture» terminaba, le seguía «Chic» y David y su novio animaban el baile. Pero ella comenzó a cansarse de seguir observando.

La casa tenía dos plantas, mucha fotografía, dos Mapplethorpe auténticos, uno era, como no podía ser de otro modo, de una orquídea floreciendo, y el otro retrataba a un negro sin rostro con la polla fuera. Había también un Cartier-Bresson que parecía un Avedon, o quizás había bebido tanto que su cabeza confundía autores. Subió la escalera, la verdad es que estaba buena la cocaína, reflexionó, porque veinte minutos después del último tiro, cuatro canciones bailadas a toda velocidad más tarde, aún sentía su amargor resbalándole por la garganta y la sensación de que sus gestos eran más cinematográficos que de costumbre. Se rió y alcanzó la segunda planta cubierta enteramente, por supuesto, por una moqueta color caramelo, o toffee. Alfredo siempre decía que los americanos lo coloreaban todo de beige. «Un país cubierto de beige.» Los ingleses, en cambio, lo hacían de toffee, que es más espeso, más cercano a un beige primigenio. Se estaba partiendo de la risa, y delante de las puertas de los dormitorios prefirió ahogar su sonido colocándose la mano frente a la boca, tal y como hacían la pareja de orientales que cenaron esa misma noche en el Ovington y que ella había estado observando con tanta atención. Al parecer, habían ganado un concurso de algo y visitaban Londres como parte del premio. Les regaló una botella de champagne inglés y una porción extra de helado sobre el *chocolat fondant*. Alfredo, perdóname y perdónanos a tu equipo por colarte un fondant en el Ovington, le suplicó en su mente. La puerta de uno de los dormitorios no estaba completamente cerrada y la empujó suavemente; percibió un olor fétido, como de queso abandonado en una nevera durante varios meses. Le afectó, al punto de provocarle casi una arcada. La culpa era de la sensibilidad arbitraria que la cocaína fomenta. De tanto emplear la nariz, es como si se perfeccionara una parte de ella que percibe intensamente olores cargados, y en el mundo contaminado en que se movía todo eran olores cargados. La mostaza sobre la salchicha recién hervida, la col guardada en los recipientes de aluminio, la dulzura del chocolate derretido. Almendras despejadas de su piel. Ese tipo de olores eran particularmente notables bajo el colocón cocaínico. Los fétidos también; corporales; perfumes muy caros y muy baratos. La inmensa democracia sensorial de la cocaína, que sirve también para definir si es de buena calidad: si hueles mucho, sientes mucho, hasta el mareo, es buena mezcla. ¿De qué? De todo con lo que la mezclan en Europa, pero con buen resultado de laboratorio. Vaya, estaba bastante arriba, se hacía preguntas a sí misma y las respondía.

Oyó un ruido, una gotera o tal vez una piedra que tropezaba con la pata de una mesa, el viento de la calle hizo que la puerta de un pequeño balcón se abriera y la fetidez se evaporara lo suficiente para permanecer allí y percibir en la penumbra la cara roja de Lucía Higgins que no dejaba de resoplar, sus tetas sujetas por las manazas del negro que la embestía por detrás. La Higgins escupía y exigía cosas como si estuviera en una película porno: «¡Fóllame el culo, así, fóllame el culo!», pero sin poder evitar dejar de hacer sus típicas preguntas: «¿Puedes hacerlo, puedes meterla más adentro? ¿Lo estás haciendo? ¿Me estás follando viva?»

Regresó al pasillo procurando contener la risa y al mismo tiempo la arcada. El iPod escupía ahora «Irreplaceable», de Beyoncé. Por favor, ¿podía ser la peor canción en el peor momento? Esa Beyoncé-Disney diciéndole a un viejo amor que «vaya a la izquierda, a la izquierda, todo lo que posees en la caja a la izquierda». Intentó seguir su propia coreografía en el pasillo de la segunda planta, la Higgins aún preguntando al otro lado del dintel si el negro sentía cómo deglutían sus labios el poderoso miembro y añadiendo adjetivos gordos, gruesos, grandes, a la misma pregunta. El paso de un coche iluminaba las ramas del árbol y su reflejo destacaba el voluminoso cuerpo de la Higgins exactamente sobre las veinte uñas, como le decía al negro. No a cuatro patas, que era poco, sino sobre veinte uñas, para demostrarle así, siempre, más. Jadeaba, la cabeza parecía un pelele que colgaba de sus hombros, los labios más abultados de lo normal, que ya era mucho, los ojos saltándole, el negro bufando y embistiéndola al punto del agotamiento. Eran dos cuerpos profusamente depilados y resultó curioso para Patricia alcanzar a ver ese detalle. Higgins tendría más de cincuenta años, pero tampoco mucho más, el negro quizá poco menos de treinta, y le resultó más comprensible que, por su edad, él se hubiera aplicado tanto en eliminar todo vello de su cuerpo. ¿Cuándo empezó toda esta obsesión por la depilación? Patricia se rió de las divagaciones de su propio cerebro. Hacerse esa pregunta delante de aquel par de cuerpos que se daban placer gracias a obscenidades y posturas bestiales. Pero, de verdad, ¿cuándo empezó esa obsesión por ofrecer la piel como una lona sin errores? Un poquito antes del año 2000, se atrevió a responderse. Otra luz de coche que pasó iluminando las ramas y el reflejo de aquella desorbitada escena sexual en la habitación. «¿Quieres pegarme, verdad que quieres pegarme?», exigía en forma de pregunta la Higgins y Patricia, apoyada en el quicio de la puerta, seguía barruntando y mezclando ideas sobre la depilación. Fue definitivamente en las películas porno de principios de este nuevo siglo cuando empezaron a verse esas vaginas sin nada de vello, lisas, extrañas, sobrecogedor indicio de que las fronteras entre la pederastia y el sexo de la clase media se volvían borrosas, resolvió. La depilación, en efecto, es buena prueba de ello, continuó con su argumento. Aniña y al mismo tiempo ofrece una sensación de salubridad. Cuesta mucho adquirir ese nivel de limpieza física a pesar del dolor, tanto en el brutal sistema de la cera como en el seco y maltratador de la depilación láser, es caro, seguía meditando mientras la Higgins aullaba y exigía más golpes, embestidas y meadas. Cuando los hombres descubrieron la depilación, también gracias al porno, fue el final de los testículos barbados. A Patricia le divertían, pero más de una vez pilló a Alfredo pasándose su epilady mientras estaba sentado en el water y no pudo evitar sentir una cierta vergüenza ajena. Era agradable acariciarlos y también mordisquearlos y chuparlos así, aunque esa ausencia de barbas eliminaba para siempre el gesto cómplice de sacarse después pelitos de la lengua. Y después, una vez conquistados los testículos, vino el turno del escroto y el interior del culo. Alfredo jamás llegó a tanto, y en una ocasión le explicó a ella, solamente a ella, que no necesitaba ese proceso porque, así como no tenía vello en las fosas nasales, la naturaleza le había dispensado de la grotesca existencia de aquellos también entre sus nalgas. Pero no importaba; con o sin él, el auge de la depilación había logrado un lucrativo e importante negocio gracias a esa parte íntima de la anatomía masculina, y a tal efecto recordó una peluquería en la frontera del Gayxample en Barcelona donde ofrecían «láser para la oscuridad», y cómo veía entrar en él a ese primer jefe que tuvo en Barcelona y que salía del local, horas después, casi sin poder caminar y con el rostro reflejando aún las señales del grito permanente. «No confíes mucho en el láser, porque el vello vuelve a crecer si eres muy moreno», le había advertido alguien, seguramente David, tan enterado, pero a Higgins aquello le daba igual, reconoció Patricia, porque ahora bajaba los decibelios de su grito ya que, al fin, el orgasmo había alcanzado su esplendor. Comprendió entonces que no podía seguir allí, observando a hurtadillas cómo se movía, como un tiburón despedazado y despedazador, rodeada de orines, semen, salivazos, llantos vertidos por las bofetadas recibidas y, por supuesto, nada de vello en el cuerpo del negro, ni en el de la Higgins. ¿Será que existe una correlación entre corromperse, volverse esclavo de tus adicciones, tus caprichos, tu forma de ganar poder y dinero, y esa manía por eliminar el vello de tu cuerpo?, pensó Patricia, todavía espiando.

—¿Hay alguien ahí? —dijo la Higgins, resbalando sobre la pista de excreciones que le impedían incorporarse. El negro, mientras, apretó sus dedos contra la base de sus testículos calvos y derramó un chorro directo a los ojos de la Higgins. Patricia quiso aplaudir, apretarse alguna parte de su cuerpo ella también y exigirle a su veloz cerebro que concluyera la dispersión sobre la corrupción y la depilación: cuanto más profundo se adentraba uno en los meandros de la ambición, más limpia se necesitaba la apariencia exterior, más desprovista de miserias y errores debería estar la piel que cubría nuestra monstruosidad.

—Patricia. —Ahora era David quien se le acercaba; se acababa de meter otra raya y tenía los ojos vidriosos, sostenía un gin tonic en una mano y la botellita de poppers en la otra, la estaba abriendo e iba a pasársela por la nariz. El hijo de Marrero subía detrás, sonriendo siempre con ese gesto idiota.

—Patricia —oyó decir otra vez a David, y ahora Pedrito

completamente desnudo y girándose para desvestir también al hermano de Alfredo. Estaban en otra habitación al lado de la Higgins. Patricia pensó brevemente que David carecía de la belleza de Alfredo y que seguramente, de tenerla, la habría disfrutado más. En su defecto, había desarrollado ese cuerpo extraño de los gays, tanto músculo, pectorales inflados, pezones erguidos, una cintura constreñida. La piel parecía tensa, mientras que en Alfredo todo parecía mejor dispuesto, no había grasa y punto, los músculos se alargaban, estaban y no clamaban por la atención. En David todo era más hosco. No le gustaba verlo así, pero tampoco podía evitar continuar sumando sus errores. La depilación, que era completa, radical, aportaba más extrañeza y perfil salvaje a su cuerpo. El hijo de Marrero también había erradicado el vello de cualquier parte de su cuerpo, incluyendo el culo que abría con sus palmas para que David introdujera su lengua sin dejar de mirar hacia Patricia, tan absorta en analizar sus físicos que no sentía nada, ni excitación ni repulsión por su inclusión en el acto sexual. Eran rojos, sus pieles, el iris de sus miradas, el centro de sus esfínteres, un tono rojo inducido por el láser de la depilación. ¿Podría preguntarles si habían acudido a ese lugar del Gayxample? El hijo de Marrero se tumbó sobre su espalda, las piernas en el aire, y David listo para penetrarlo.Volvió a escuchar a David, llamándola antes de iniciar la embestida. Vio el resto de la droga iluminada por un poco de noche, la aspiró y salió; bajó a la planta principal, realmente se sentía diferente al descender por unas escaleras de roble macizo, volvió a encontrarse con esos antepasados recién pintados y con el aire de Navidad permanente y escuchó villancicos salir del iPod. Avanzó salones hasta la cocina, qué raro, antes no había notado tanta distancia, abrió la nevera y tomó un buen vaso de agua fría, una de las locuras que la caracterizaban porque, como todo el mundo sabe, el frío no es buena idea para las encías después de un tiro. Buscó con la mirada a las personas que aún permanecían en el salón principal, vio al galerista introduciendo su cabeza entre las piernas de una joven poeta y a la Modelo, sola, engullida por un sofá, acariciándose el pelo y balbuceando con los ojos cerrados. Cogió su iPod y salió a la calle.

CAPÍTULO 20

—

EL SECRETO

Hubiera querido caminar hacia atrás como los cangrejos, retroceder hasta 1998, vendiendo pisos por cualquier esquina de Barcelona, vestida con un sastre beige de apariencia Armani, el pelo recogido en un moño porque estaba sucio, las uñas de color transparente y unos zapatos con buena plataforma, carísimos, de Prada (o era Miu Miu) de color melocotón, en los que había invertido la primera tarjeta dorada que le ofrecía la empresa inmobiliaria. Horacio, su jefe de entonces, la pinchaba, el cerebro y el culo, exigiéndole vender más, proponer más cosas para la web. La web, la web, era la palabra que más veces escuchaba. «La gente va a comprar casas de ensueño por la puta web», le decía, y ella se ponía a dibujar cuadrados que se sobreponían a otros cuadrados, ventanas de información para incorporar a la dichosa web. Había que lanzarla con una fiesta por todo lo alto, y ahí se le encendió la lucecita a Patricia. Alfredo, lo tenía que hacer Alfredo, el catering, el servicio, el buffet, lo que fuera.

Alfredo no fue tan receptivo. Le pareció despreciable. No era un cocinero de caterings. Pero ella insistió ofreciéndole cada vez más dinero o, en su defecto, pronunciando la frase que resultaba mágica en aquellos años: «El dinero es lo de menos.» Y Alfredo, bien que lo sabía, comenzó a pedirle que aceptara que la llevara con su coche por sus sitios de Barcelona con «I don't need this pressure on» de Spandau Ballet sonando en el compact disc del auto. Spandau Ballet, su hermana Manuela los había seguido por una gira europea, enamorada del rubio del saxofón y del cantante moreno. Después, con el tiempo, ese sonido extraño, medio funky medio jazzístico que había conquistado a la clase media y que empezó recibiendo el adjetivo de culto, terminó convertido en sinónimo de vulgaridad. Alfredo se sabía bien la canción. Fueron hasta la casa del padre de Alfredo, una vivienda pegada a una pared, abarrotada de libros y dos diplomas de la Generalitat por la calidad del servicio y el empeño en los fogones. La habitación de Alfredo, muy estrecha, espartana: una cama, una silla y varios libros sobre ella. Un armario con perchas vacías, dos camisas blancas, dos pantalones, uno caqui y otro azul marino. Una americana azul marino y otra negra. Enfrente, la habitación del padre, igual de austera. Al fondo un cúmulo de olores, lavanda y vetiver, y «Left to my own devices» de Pet Shop Boys sonando sin parar. La habitación de David, el hermano menor, era similar a una especie de armario por lo reducido de su tamaño, pero se veía a punto de desbordarse por la cantidad de ropa, discos, libros y revistas que se apilaban alrededor de una cama que parecía vertical.

Hicieron el amor, comieron un cordero riquísimo y fresas con nata que, según ella misma confesó, perdían a Patricia, y volvieron a hacer el amor en la habitación estrecha, y ella quiso explicarle quiénes eran sus padres y sobre todo quién era su abuela y por qué su hermana y ella la llamaban «El secreto».

Pero no lo hizo. Y Alfredo sí terminó haciendo, en cambio, el catering para la fiesta de la inmobiliaria e incluso tragó con que David asistiera y eligiera algo de música, como el «Left to my own devices» que resultó un éxito y que Patricia, vestida con un palabra de honor con mucha pedrería en torno al busto y en la cola de la falda, coreó imitando los gestos de los Pet Shop Boys.

Deberían haber permanecido así. Esa pareja, ese sueño cumplido, ese único éxito. Pero todo el mundo se empeñó en esos años en exigirse más, en superar un chiste con otro, una hazaña con otra, un sueño conquistado con otro.

Durante todo el año 2000, Alfredo y Patricia fueron los reyes de todos los caterings de Barcelona. Inauguraciones de tiendas de muebles italianos o de joyerías madrileñas con vips casi siempre importados de Madrid y cada vez con temas más complicados: maharajás indios, Memorias de África, tés ingleses, María Antonieta antes de ser decapitada o Napoleón conquistando Egipto, presupuestos precedidos de la frase «No importa el dinero» y empresas, muchas empresas de todo tipo: inmobiliarias, parkings que alcanzaban los veinte años, discotecas que celebraban mil y un actos, hoteles que abrían sus terrazas de verano. La comida viajaba de un continente a otro para ellos: dátiles con chocolate, chocolates con patatas, patatas con espumas de trufa, trufas con caviar y erizos, erizos con arenques nórdicos y arenques nórdicos con muslos de pato sobre cáscaras de naranjas mexicanas y fajitas aztecas con relleno de ternera gallega finamente picada. Variedad, sorpresa, cantidad, presentadas en decoraciones cada vez más voladas de David y Patricia, siempre acompañadas de una selección musical que no pudo ser más feliz cuando el iPod apareció al fin en 2005. Pero antes, y Patricia avanzaba forzosamente hacia ese antes en sus recuerdos, Alfredo y ella tenían a Barcelona convertida en una inmensa sala de fiestas a la que ellos podían satisfacer cualquier capricho.

Entonces vino el hartazgo y la frase de Alfredo, una noche en medio de una fiesta donde rifaban coches con relojes de último diseño a juego para vestir a los afortunados. «Estoy harto de las mismas caras», diría Alfredo mientras recibía la milésima felicitación por sus platos y lo que los barceloneses llamaban el «todo» que era la decoración, la música, Patricia y él: Harto de ver la misma gente y los mismos vips importados de Madrid. «Es que en Barcelona tenemos vips que no conoce nadie», aseguraban las empresas de relaciones públicas que les contrataban. David siempre era novio de uno de sus empleados, por lo general el más delgado y el que más fotos se empeñaba en hacerse con las celebridades televisivas from Madrid. Era esa gente, esa repetición, lo que le asfixiaba, y Patricia lo entendió de inmediato. En la empresa inmobiliaria de Horacio estaban comprando inmuebles en Nueva York. «El dólar está tan barato que es un crimen no hacerlo: hay que invertir en ese mercado cuanto antes.» Paco Rabanne había dicho que nadie debería tomar aviones ni trenes ni ningún tipo de medio de transporte, pero Alfredo y Patricia pensaron que lo mejor sería lo contrario. Celebrar el cambio de milenio en un avión. Aún no conocían a nadie con uno privado. No importaba, todo cambiaría en ese cambio de milenio.

Más que cambio, estalló. A lo mejor la profecía de Rabanne fue acertada, solo que el tipo de Apocalipsis que se esperaba era más convencional. Y este, en cambio, terminó por ser lento, diferente en el sentido de que en vez de destruir de raíz, con sacudidas, maremotos, fue sucediendo poco a poco y en varios niveles. Hubo tres movimientos brutales: las Torres Gemelas en septiembre de 2001 seguidas por la invasión a Irak en 2003 y terminando con el tsunami en Tailandia en 2004. Irak fue moralmente catastrófica para todos, incluidos Alfredo y Patricia, porque mientras Alfredo se manifestaba contra la guerra junto a todo tipo de personas y asociaciones en un Nueva York insolidario, ella ocupaba ese tiempo en reunirse con españoles que sí apoyaban la invasión y que requerían sus servicios para organizar los almuerzos y cenas de empresas privadas y públicas deseosas de sorprender a sus clientes en Manhattan. Alfredo lo pasó mal, odiaba cumplir con esos compromisos, pero pagaban bien, y podían utilizarse en sus curriculums para ahorrar el dinero suficiente para inaugurar su futuro local. La guerra, que iba a ser una cosa de tres días según muchos de los clientes españoles en los restaurantes donde trabajaba Alfredo, fue de bastantes más. Seguían engrosando curriculums y ahorrando dinero (menos Miu Miu, menos Prada, más originalidad en experimentos vintage que, mira tú por dónde, le habían dado el look que ahora llevaba en Londres) y Screams se inauguró finalmente en 2005.

Claro que fue un éxito. Aun más, el principio de un camino de mucho éxito. Alfredo era el capitán de ese éxito, mientras ella aceptaba ser la sombra, no la mujer en la sombra sino decididamente la sombra. Pudo ser una buena arquitecta, una buena columnista de temas varios en cualquier publicación mensual femenina, traductora de embajadores nigerianos en Barcelona, esposa de un millonario, relaciones públicas de una súper empresa audiovisual o puta de futbolistas más jóvenes que ella.

Era lo que era para Alfredo. La socia, la cómplice, la novia. A fin de cuentas, una mujer normal en un mundo dominado por hombres. Su hermana se lo había dicho: «Cuando nos damos cuenta de que no vamos a conseguir lo que queremos, nos ponemos a parir hijos.»

Volvió a pararse en seco. ¿Había alguna parada de taxis en esa noche oscura del campo inglés? ¿Por qué siempre que sales de Londres todo es páramo y oscuridad? ¿Por qué la vida tiene tantos clichés que uno termina por volverse uno? La española rubia, de tetas grandes, dientes inmaculados y ojos saltones, colocada hasta la médula, perdida, desorientada en un páramo británico sin nombres ni señales.

Marrero. Marrero, el nombre resonándole en la nuca. La primera vez, el salón de unos ricos venezolanos donde servirían un almuerzo siguiendo las directrices de un libro de cocina que Alfredo había comprado en una subasta latinoamericana en Sotheby's. Todos los platos tenían aceitunas, alcaparras, maíz y aguacate en forma de guisos, revueltos, más guisos con cerdo o gallina. Poquísimos pescados. Patricia bromeó con hacer algo completamente negro, similar al petróleo, y de hecho apareció una sopa de judías negras que Alfredo luego incorporó a sus exitosos menús del Screams. Era una casa en Park Avenue, un piso tercero, típico del subdesarrollo: buena dirección, altura equivocada. Era una cena, no un almuerzo, recordaba mejor, para celebrar al hijo de un ex presidente, y había varios cuñados y suegros de ministros del Gobierno español. Patricia necesitaba consultar algo con la dueña de la casa, había un celíaco entre los asistentes y lo dijeron a última hora, como cualquier cosa: «Ah, por cierto, el sobrino de la señora X es celíaco.» Por eso estaba en el salón principal, con la anfitriona exhibiéndola en plan qué empleada más bella tengo, qué bien se viste y qué baratos y eficientes son aquí en Manhattan. Para evitar escucharla, Patricia concentró su mirada en un estrecho sofá dorado tapizado en un arabesco también dorado con ramas de laurel muy verdes sobreimpresas. No era eso lo que llamaba su atención, sino la colección de bolsos Louis Vuitton dispersados encima. Eran el mismo modelo en los tres o cuatro colores disponibles. Cambió la vista hacia el grupo de damas presentes, señoras regordetas, muy maquilladas y fumando (la única casa en Manhattan que permitiría tal cosa), gesticulando mientras sorbían el vino y apuraban el tabaco. Reconoció a dos alcaldesas de perenne reelección y alguna ex compañera de Manuela de la universidad que se había mudado a Mallorca. Mezclaban cosas de Zara con firmas de lujo y hablaban de rebajas en todas partes. «El dólar está tirado, es un gran momento para todo aquí, hija.»

Y vino Marrero por detrás, con deseo de asustarla, solo que Patricia lo percibió, no por el olor (que era como un *after shave* con pretensiones de colonia), ni tampoco por el murmullo de sus pasos, sino porque sintió gusto al mismo tiempo que le indicaba su nombre: Marrero.

Pasó un taxi. El único en una larga caminata. El conductor la miró y Patricia sospechó que se le notaba el colocón. Unos metros más allá el hombre detuvo el coche. Patricia no aceleró, siguió su paso hasta abrir la puerta y subir.

Tocaba recordar la primera vez que se acostó con Marrero. Cerrando mucho los ojos, cuando consiguió llevarla al orgasmo y ella comprendió que tenía que pedirle algo a cambio. Él le propuso más: dinero para convertir a Alfredo en la estrella emergente de los cocineros españoles. Patricia aceptó otro encuentro en el Mark; siempre le gustaron las sábanas de ese hotel, era carísimo, los gin tonics sabían como si mojaras la cara bajo un manantial en Biarritz y, puesta a ser puta, Patricia sabía mejor que nadie que un hombre se enajena cuando eres puta en sábanas de hilo. Fue tantas veces al Mark en 2006, que cuando Alfredo le pedía acompañarle allí a algún evento ella se indisponía. Ese era un secreto gordo, duro, desesperante de ser descubierto. No sabría qué vestido llevar si eso ocurriera. Pero no era el más gordo. En uno de los encuentros, Marrero le enseñó la página en una revista femenina americana con la foto de Alfredo y detrás el cartel de una organización benéfica española con sede en Mallorca. Hicieron como seis cenas de gala y benéficas para esa fundación. Marrero ufanándose por conseguir nombres cada vez más rimbombantes.

No bastaba Julio Iglesias, tenía que ser Plácido Domingo. Y tampoco era suficiente Domingo, tenía que ser Penélope, y cuando esta declinó, Marrero quiso al resto de las actrices españolas de Hollywood. No podían por compromisos. Marrero entonces exigió la que más daño pudiera hacerles en Hollywood. Invitaron a Sharon Stone, si no recordaba mal, el taxi daba muchas vueltas, a lo mejor el taxista la sumergía en Hampstead Heath y la violaba sin saber que ella terminaría violándolo a él. No, no fue Sharon Stone sino una cantante, regordeta, de mal humor, abriendo su cartera para contar el dinero contante que le había dado el propio Marrero. Y siempre esas señoras españolas con pelos súper cardados y los bolsos de Vuitton, cambiando de modelos pero repitiéndose en cantidad. Las cenas se repitieron, el sexo salvajote, molesto, rudo de Marrero, también.

La fama catapultó a Alfredo a cenas que cada mes marcaban una época y encumbraban un plato. El Club House de salmón, langosta y vieiras tigre fue en la boda de dos familias judías que habían adquirido casi billón y medio de dólares en la compraventa de una empresa de plásticos absorbentes y materiales para la fabricación de pantallas líquidas. Cuando llegabas a la fiesta, cada invitado era multiproyectado en las eficaces pantallas que diluían su rostro en el decorado. La sopa de judías negras y la ternera cubierta de cerezas, en la noche Black and White homenaje a la orquesta nacional de un país del Este. La paella, tan amarilla y roja como la bandera española, para celebrar un triunfo de Nadal en el US Open, ya en el Screams, con la seguridad por la presencia de la Familia Real colapsando la puerta. Y la última cena en Manhattan, Marrero en la puerta esperando la llegada de Madonna y Kylie Minogue mientras iban desfilando todas las rubias, naturales y teñidas, del pop latino, y dentro, lo que se había denominado zona vip (el término que Patricia y Alfredo detestaban), iba llenándose tanto que los supuestos verdaderos vip comían los platos de minihamburguesas de buey de Ávila en la propia calle. Elton John vino con su esposo, lo recordaba Patricia, porque Lucía Higgins no paró hasta conseguir un autógrafo en su servilleta manchada de carmín. Y el esposo se acercó a Patricia para felicitarla por su traje, la cena y, sobre todo, Alfredo.

¿Ese fue el éxito? Se preguntó en voz alta en el interior del taxi que la devolvía a casa. El conductor creyó que le hablaba y Patricia le sonrió moviendo su mano a un lado. ¿Eso fue el dinero? ¿Ver a vips trasnochados comiendo en la calle? ¿Dejarse follar por Marrero para hacer de su amor una cotización? ¿Aprender a que le gustase un hombre detestable? Era un arte y que además exigía hacerlo todo con los ojos bien abiertos, son las putas esclavizadas las que los cierran. Su esclavitud era otra: recordar. Saber. Constatar. Tenerlos abiertos le había permitido organizar el colocón que la llevó hasta el *country*. Tener en su retina a la Higgins humillándose, rodeada de meados y semen. Tenerlos abiertos le permitió acercar a Alfredo y a Marrero y hacer que viajaran juntos.

Vio aproximarse las grúas silentes de las excavadoras en Tottenham Court para transformar Londres de cara a su cita olímpica de 2012. Obreros trabajando veinticuatro horas. Todo había pasado tan rápido. Esta vez las imágenes iban a acelerarse en su marcha hacia atrás. Vería a Alfredo besarla en la habitación desnuda de muebles en Gramercy Park, el primer apartamento que tuvieron en Manhattan. Y también lo vería besarla mientras ella le pedía a Fernando Casas que se fuera de su vida, en los últimos años de los noventa, en Barcelona, rodeados de sol y buganvillas que caían. Y también vería a Marrero cerrando la puerta de las suites de muebles negros y dorados, explicándole meticulosos planes financieros que ella debía convertir en recetas que

Alfredo debería aprobar y presupuestos inflados hasta lo indecible para permitir al dinero sucio de Marrero blanquearse mientras ella sabía que cada salpicadura agrandaría el misterio del secreto.

El taxi había llegado hasta su casa.

CAPÍTULO 21

SANTAS FLOTANDO SOBRE EL TÁMESIS

Alfredo apareció borroso en la pantalla del ordenador. David luchaba por concentrarse. Patricia estaba recostada contra la pared, sujetándose los brazos como si acabara de inyectarse heroína.

—No veo bien a Patricia —dijo Alfredo desde Nueva York, recibiendo también de manera borrosa a su hermano David. Patricia se aproximó a la pantalla y Alfredo estiró su mano para tocarla. O estaban todos muy cerca de la pantalla o realmente la cámara funcionaba fatal.

—¿Estás bien? —preguntó Patricia—. Aléjate de la pantalla, por favor, te vemos como un píxel desorientado.

Los tres rieron. Alfredo se levantó de su lado, separó el ordenador, arregló mejor la silla, se fue hacia una esquina, Patricia comprendió de inmediato que se comunicaba desde la oficina trasera del Screams. Había otro píxel detrás de Alfredo, un televisor emitiendo noticias. Poco a poco el píxel dejó de agitarse y se adivinaban imágenes de un reportaje en la televisión. Alfredo aparecía subiendo el volumen y David repetía el mismo gesto en su ordenador. «Dentro de poco conectaremos con Screams, el conocido restaurante mexicano de lujo en el Midtown de Manhattan, donde Bernie Madoff celebró su última fiesta antes de entregarse al FBI acusado de la mayor estafa en la historia de Estados Unidos.»

—*Oh, my god!*—gritó David—. ¡Vas a salir en la CNN!

Alfredo seguía convertido en una imagen de plasma que hablaba con destellos de colores en la pantalla.

—Es grabado, y los cabrones se empeñan en llamarlo de comida mexicana. Fue mexicana la «última cena» esa —exclamaba Alfredo, Patricia sonreía queda, le gustaba cuando perdía los nervios de esa manera—. Ya ves cómo mienten, lo venden como una conexión directa y lo grabaron ayer por la tarde. Se les adelantó todo el mundo. Nunca he dado más entrevistas en mi vida.

—O sea, que ya das entrevistas. ¿No has ido preso? —preguntó Patricia, necesitaba saberlo.

—No puedo abandonar la isla al menos en una semana hasta que la policía y el FBI me hayan hecho las preguntas pertinentes.

—¡Pero, joder, eres una celebridad, hermano! —exclamó David.

—Muy a mi pesar —respondió Alfredo.

—*Oh, come on!*—continuó David—. Ninguna celebridad consiguió serlo deseándolo, si no todos seríamos celebridades. Es la celebridad la que te escoge a ti. Y mira en tu caso cómo ha venido, ¡acompañado de un hecho histórico!

—Es una estafa, David, por favor...

—Pero ¿no te das cuenta de la repercusión? Aquí lo ponen en todas las noticias. E igual en España, en la cadena que quieras. Dicen que la conexión del dinero y las inversiones vinculadas es absolutamente global. En este momento todo el mundo sabe qué es Screams y quién es Alfredo Raventós.

—El tonto de Alfredo Raventós —corrigió Alfredo.

Patricia apartó suavemente a David de su primer plano.

—Todas las mesas del Ovington están reservadas esta noche, mi amor —le informó Patricia, la voz temblándole, iba a llorar delante de Alfredo, cada vez más borroso.

—Quiero estar contigo. Quiero que paremos este carro. Que pensemos si realmente esto era lo que imaginábamos. Llevo tres días sin dormir, atrapado en esta parte de nuestro pasado. Pensando en cómo éramos, Patricia, en cómo nos reíamos de los hermanos Casas haciendo esas ruedas de prensa sin saber nada de inglés; en las esposas de los embajadores españoles ofreciendo paella quemada y jamón de grandes almacenes. Eso era nuestra vida, cambiar todo eso, aportar calidad, elegancia, un estilo de vida. Y no conseguimos nada de eso, solo que el estilo de vida fuera cada vez más vulgar, más grueso, gente que antes nos daría miedo ahora convertidos en compañeros de viaje...

—Hermano, no te rompas, estamos todos intentando recomponer las piezas del rompecabezas —continuó David melodramático.

Alfredo pulsó el off en su ordenador.

Patricia no iba a llorar. Mucho menos drogarse otra vez. No era su rutina. Se podía meter de todo, no dormir, intentar controlar su mandíbula para que no la revelara de más, pero una vez iniciado un nuevo día no tomaba nada. Sus hábitos con la droga eran muy estrictos. Nunca dos gramos, por ejemplo. Nunca dejar de tomar agua, nunca asistir a un *draculazo* porque sí. El *draculazo*, un término que le oyó a David por primera vez, era ese momento en que la fiesta atraviesa el umbral de las seis de la mañana y el día se apodera de la locura y más que zombie pareces un desagradecido, un desheredado, un inmoral, deambulando casi sin fuerzas entre las personas que se despiertan y avanzan hacia sus trabajos.

—Vamos al museo. Hay una exposición extraordinaria sobre Turner y Rothko, belleza. —Era David en la puerta de la habitación sin terminar de amueblar. De pronto, cual estadística en la vida de toda mujer contemporánea, aparece un gay salvador. Odiaba esa idea, casi tanto como formar parte de cualquier estadística. Y que el gay salvador fuera cuñado mucho más. David estaría igual de traspuesto que ella, después de todo se había quedado más tiempo inhalando, follando, esnifando.

—No te atribules más por mi hermano —dijo, empleando esas palabras tan de David, negándole el nombre a Alfredo—, forma parte del shock, te fotografían continuamente y crees que no terminará nunca. Y en efecto, termina. Ninguna noticia, ni un desastre natural ni una estafa histórica, permanece en la prensa más de una semana.

—Esta sí lo hará —susurró Patricia, iba a llorar, e iba a llorar en el hombro de su cuñado gay salvador.

—¿Y por qué? La única que ha conseguido más de una semana fue Kate Moss con sus rayas de cocaína, pero porque fue capaz de emparejar una rehabilitación con contratos millonarios de todas las casas de moda consumibles.

—David, es mi culpa.

—¿Que Alfredo esté en la prensa? —se rió estrambóticamente, la achuchó, le acarició el pelo y se quedó jugando con la etiqueta de su jersey Marc Jacobs.

—¿Crees realmente que sea tan buen diseñador? —insistió cuando notó que Patricia se percataba de su curiosidad—. Una vez le conocí, y me hubiera ido a la cama con él si no me hubiera entrado el miedo ese...

—¿Tú? ¿Miedo a qué?

—A quedar en ridículo. A decirle te quiero o algo así más porque es el puto mejor diseñador del momento que por lo verdaderamente bien que me lo pasara.

—Alfredo está donde está por mi culpa, David.

—No es así, Patricia. Ni te tortures ni te des aire. Lo que ha pasado ha sido bendito. Todo el mundo quiere saber qué comió el mayor hijo de puta de la historia. Y Alfredo se lo guisó, se lo sirvió, permitió que hicieran fotos con todos ellos para sus facebooks y sus blackberrys. Es más, deberías coger una de esas fotos, ampliarla y ponerla esta noche en la puerta del Ovington.

David extendió sus brazos como si quisiera entregarse al primer atardecer de Turner con que abría la exposición en la Tate Britain. Patricia terminó de ajustar el cinturón de su casaca de cuero vino tinto deseando que, al apretar aún más su cintura, expulsara todo el malestar combinado de la culpa y resaca. Siempre le gustó Turner, siempre le gustó el edificio de la Tate Britain, con su enorme pasillo de suelo verde. Siempre le dio miedo Rothko, tan silenciosamente atormentado y capaz de generar esos lienzos casi budistas. Nunca le gustó ser la mujer en peligro acompañada de un gay en una mañana de principios de invierno.

—Lo miras y comprendes casi todo el talento de este siglo. Quiero decir, aquí están las notas trémulas y peligrosas del mejor Shostakóvich, que tan resultonamente ha copiado Herrmann para las películas de Hitchcock.

—Creía que fue Kubrick el que imitó la luz de los cuadros de Turner para su filme *Barry Lyndon.*

—Mi amor, no solo él. Todo el mundo. Todo el mundo le debe algo a Turner. Oh, creo que voy a ahogar un grito. —Se llevó la mano a la boca y convulsionó todo su cuerpo; las señoras con abrigos mucho más viejos que ellas les miraban. Patricia no pudo evitar una risa, craso error delante de un gay salvador, le dará alas a mayores contorsiones.

—¡Qué suerte tienen los ingleses de ser los primeros salvajes que descubrieron la inteligencia! —vociferó David, arrodillándose delante del Rothko número 69 al lado de otro de los atardeceres de Turner, doscientos años de diferencia entre un cuadro y otro, un pintor y otro—. Tienen todos estos tesoros guardaditos aquí en sus Tates y cuando te los muestran es para convencerte de que todo genio sabe quién será su heredero.

—Lady Gaga y Madonna —dejó escapar Patricia.

—Sacrílega —gritó David, abrazándola. Era turno de irse a comer.

—Antes voy a mostrarte algo —concluyó Patricia.

Navegaban el mejor trozo de Támesis. David no dejaba de abrazarla, llamándola «Mi Patricia, *my beautiful, dearest* Patricia» pronunciando su nombre en inglés, acentuando la «c» y evaporando las «as» e «is». ¡Paaaaaatriiiiiiiicia! Y de repente, Londres era una sucesión de edificios y monumentos desdibujándose en las aguas del Támesis y ellos dos, abrazados y compartiendo los auriculares del iPod. «Mira Westminster, David.» Y David se quedaba extasiado delante del Parlamento de mil ventanas, esa piedra de ese color miel imperecedero. «Mira el nácar en el fondo del Big Ben», aseguraba Patricia. En el otro lado del río aparecía la noria del cambio del siglo y Paaaaatriiiiicia y David corrían de un lado a otro del barco, para alcanzar a ver también el edificio del Savoy, monumental, rodeado de árboles y los andamios de su renovación. David gritaba, bailaba, la besaba y levantaba en alto. Eran mucho más felices que el día nublado que los acompañaba o que el semblante de Patricia cuando en medio de la algarabía recordaba a Alfredo llorando delante de la pantalla de su ordenador. Londres continuaba ofreciéndole sus maravillas, las estatuas negras en los pilares del puente de Vauxhall y David agitando sus brazos y cerrando los ojos, las mismas pestañas que Alfredo, negras, largas y espesas aplastándose contra la piel. «Londres, te amo, Londres tómame, Londres, devórame», gritaba a todo pulmón y Paaaaaatriiiiicia se refugiaba en el cuello de su abrigo. Hacía frío, qué más daba, siempre hace frío en esta ciudad. Siempre es maravilloso recorrerla a través de su elemento más definitivo, ese río meandroso, trepidante, en absoluta y permanente movilización.

—Creo que nunca podrás amar a mi hermano de la misma manera que él te venera —dijo David, fuera de todo contexto, al terminar de sorber una espesísima sopa de pescado.

Patricia no disimuló el respingo que la recorrió. Nunca, nunca es buena idea salir con el hermano gay de tu novio si las cosas están en crisis.

—No me mires mal. Yo tampoco sé lo que es amar. Salgo con el hijo de Marrero porque se deja follar, porque está bueno, porque no habla, qué sé yo. No creo que sea amor. Es una especie de handicap que tenemos los que escogemos ser protagonistas de una vida con estilo de videoclip.

—Yo no vivo así —refunfuñó Patricia.

—Cariño, porque no puedes verte desde fuera. Alfredo y tú sois como un anuncio.

En el restaurante ponían «Fly, Robin, Fly», el súper éxito disco gay con todos esos violines electrónicos y el golpecito de esa percusión que obligaba a David a mover sus hombros cada segundo impar. Hay algo en la mente de los muy gays que les hace escoger lo más inesperado en el momento más incómodo del cual no puedes escapar.

—Es ridículo pensar que porque seamos privilegiados no vayamos a querernos.

—No es lo que estoy diciéndote, querida Patricia. Sino que tú, tú estrictamente, lo tienes muy difícil para querer a alguien de la manera en que van a quererte a ti.

—¿Puedo sentirme incómoda en esta conversación? —Patricia quería zanjarla cuanto antes.

—Puedes, estamos en un colocón, llevamos viviendo este colocón varios años ya, y ahora todo parece indicar que llega a su fin, y al final, en todas las obras maestras hay una última conversación donde se dice la verdad que antes no te has atrevido a pronunciar.

—Alfredo es el único amor de mi vida.

—Pero no es tu vida. En cambio tú sí lo eres para él. Siempre me acuerdo la primera vez que me dijo que te había conocido. Me abrazó, me besó, se puso a llorar y me decía «estoy enamorado, hermano, estoy enamorado».

—Es una cursilada, David, sabes que lo estás interpretando.

—Alfredo es mi medio hermano, ya lo sabes. Su madre le pegaba, era tan terrible e injusto. En realidad el que tenía las papeletas para ser maltratado era yo y, sin embargo, en mi casa, donde nuestro padre era feliz y culpable al mismo tiempo, nunca hubo ese tipo de irracionalidad.

—Su madre es esquizofrénica, David.

—¿Y no lo somos todos, Patricia?

—No.

—Nunca estés tan segura. De qué otra manera puedes explicarte que amando como amas a mi hermano no puedas resistirte a...

—No es buena idea que sigamos hablando de esta manera.

—Algún día teníamos que hacerlo, Patricia.

—Lo que pasó ayer... pasó...

—Ese es tu lema en la vida y está muy bien. Pero sabes que pueden quedar recuerdos. No temas por mí, parezco un cotilla pero no lo soy. Y el hijo de Marrero, pobre, tiene el cerebro tan frito por todo lo que nos metemos que no creo que se acuerde de que estuvimos a punto de montárnoslo juntos.

—David, regreso a casa, sola.

—No, por favor. ¿No entiendes lo importante que es que hablemos?

—Soy la novia de tu hermano, es el único amor de mi vida, a mi manera, a nuestra manera, pero no hay nada más de qué hablar.

—Estás atrapada en una cárcel de amor, Patricia, y vas a salir de ella haciendo tanto daño...

—Te prefiero cuando te extasías delante de los Turner y los Rothko, David —contestó ella, recogiendo su bolso y extrayendo las libras para pagar su parte. Miró hacia el restaurante, otro gastro-pub de los miles que poblaban su Londres post debacle financiera. Alfredo despreciaba este tipo de locales. «Es tan fácil cocinar comida casera en porciones pequeñas», había sentenciado Alfredo en una entrevista que generó controversia. Un recién llegado como él no podía señalar con el dedo lo que le molestaba. Patricia terminó de poner la cuenta exacta en la bandejita, David la miraba alelado. Y Patricia apartaba sus ojos pensando que tendría que soportar verlo de nuevo, junto a la Higgins, el negro y la Modelo y todo el equipo en el Ovington esa noche. No podía escapar, se fijó en el vidrio esmerilado de los ventanales del gastro-pub y ciertamente le parecieron como decorados de un videoclip.

—Los que sois bellos creéis en serio que todo se adapta a vuestro criterio —decía David—. Seguramente porque no dejáis de observar a los que no somos bellos haciendo lo imposible por parecerlo. Tú y mi hermano estáis seguros que todo se os perdona. Pero no es así, Patricia. La gente no olvida, la gente acumula fracciones de información y odio y esperan el momento preciso, en el que estés fuera de guardia, como ahora en esta conversación, para arrojártelo como ácido contra tu bella cara. Todos esperamos de los bellos que se corrompan. Y tú y mi hermano lleváis mucho tiempo jugando con todo tipo de fuegos. Sé muy bien lo que estáis haciendo en Nueva York, y aquí en el restaurante de Londres, y lo de los platos valencianos y el interés por ver a la pobre Higgins clamando por más polla negra en su culo. Queréis ver cómo nos embarramos para que vosotros podáis salir más limpios que nadie. Pero tú sabes, y lo sabes bien, que las leyes del juego cambiaron de repente. Que nadie volverá nunca, nunca más a ser inocente mientras dure esta crisis. Y va a durar, como también sabes, mucho tiempo. Tanto como me gusta a mí estirar tu nombre sobre el Támesis: Paaaaaaaaatriiiiiiiicia... David no pudo terminar la frase, el sonoro golpe del carterazo de Patricia lo dejó con la boca abierta y la sensación de que un diente había saltado a la mesa de enfrente.

Patricia regresó al barco, no al de la Tate porque entre los nervios, el dolor en la mano por el golpe a David y la sensación de que todo lo que había tomado la madrugada anterior iba subiéndole por todos los sitios, la hizo decidir ir Támesis arriba. Hasta Greenwich, si fuera necesario. Era invierno, el frío del río terminaría por subirle al cerebro todo lo que acumulaba de toxinas en el cuerpo. Le saltaban las lágrimas, de rabia, de reconocer que David le había dicho las cosas claramente. Pero le saltaban también por el frío. Descarado, se oyó decir a sí misma, era una muletilla tan propia de su hermana Manuela. Descarado esto, descarado todo lo que hacía, descarado David por hablarle tan puñeteramente claro. Descarada la belleza de la ciudad entregándose a las sombras del invierno apenas pasadas las tres de la tarde. La magnífica quietud de los edificios a orillas del río. El desorden arquitectónico de los mismos, que es justamente lo que diferencia la ribera del Sena de la del Támesis. Pensar eso hizo sonreír a Patricia; siempre había defendido la decisión de mudarse a Londres porque como ciudad era menos escenográfica que París y por ende más viva. La sonrisa se disipó rápidamente porque recordaba las palabras de David. Ella era la traición, ella era la futura culpable del descalabro de la felicidad de Alfredo, el único hombre, hasta ahora, que había bebido los vientos por ella. Odiaba esas frases hechas españolas: «beber los vientos», ¿por qué bailar el agua y no la sopa?, ¿por qué marear a la pobre perdiz? Las lágrimas seguían saliendo, cada vez menos por el frío, cada vez más por haberse enfrentado a la verdad sin ningún tipo de defensa.

Un milagro permitió que su típica manera de pensar y anudar datos inconexos entre sí disipara los nubarrones de su propia culpa. Milagro porque no podía esperar de sus empobrecidas neuronas un destello de brillantez. Milagro porque imaginaba que ya no surgiría nada que la permitiera apartar las palabras de David. Milagro porque nada, ni una hoja de periódico flotando en las aguas del Támesis, ni el peinado de la otra pasajera congelada en la proa del barco, ni la visión de los feos edificios circa 1990 que van acompañando el trayecto hacia Greenwich podían asociarse a la insólita aparición de Lady Diana Spencer en su cabeza, entre la cortina salada de sus lágrimas, atravesando la pantalla afilada del frío en su cara.

Miró su reloj, estaba ligeramente empañado por la inclemencia climatológica que soportaba, pero podía ver que eran las 15:45 y que el último rayo de luz solar se alejaba para siempre por el oeste. Estaba claro que la Diana que empezaba a materializarse sobre las aguas era la Diana de 1997, es decir, esa mujer perseguida, de pelo corto perfectamente peinado hacia atrás, con fijación ultra potente, a prueba de cualquier brisa y súbito cambio de clima londinense. Patricia pensó en persignarse, que seguramente es lo que su educación católica le obligaría a hacer delante de un espíritu. Pero prefirió no ofender a lo que entendía se trataba de un espíritu protestante. Se enjugó los ojos, de nuevo cuajados de las lágrimas del frío, y creyó que no seguiría allí, esa Princesa de Gales prácticamente esquiando sobre las heladas aguas del Támesis. Pero seguía allí, no necesariamente mirándola, mucho menos sonriéndole, pero presente, acompañándola en su viaje por el río hacia el este de la ciudad.

La otra pasajera abandonaba la proa y se adentraba en el interior del barco. Patricia mezclaba el frío verdadero con el otro frío del miedo que comenzaba a sentir. No era solo que viera un fantasma, sino que fuera precisamente Lady Di. Seguía allí, suspendida, sin dirigirle la mirada porque miraba hacia el frente, la piel tan blanca, el perfil tan elegante, el pelo incapaz de alterarse ante el agua que debería salpicarle.

La figura se giró. Lentamente, como un muñeco en un reloj de cuco, movió sin perder gracia alguna el cuello para permitirle a su mirada enfrentarse a la de Patricia.

Patricia no pudo pestañear, como si las lágrimas le hubieran congelado los párpados. Aterrada por dentro, incapaz de expresarlo por fuera, vio cómo la aparición la enfrentaba sin que el resto de su cuerpo cambiara de dirección. La cara estaba girada hacia ella, pero los hombros, el torso, las piernas continuaban suspendidos sobre el agua en dirección este.

Y así se desvaneció.

Patricia se hundió en el húmedo asiento de madera, se estremeció, se convirtió en un flan de escalofríos y consiguió acercarse al pomo de la puerta, temblando absolutamente, hasta que la otra pasajera terminó de abrir la puerta por ella, preguntarle si estaba bien y todas esas cosas hasta que ella consiguió verse, demacrada, aterrada para el resto de sus días, una vez más en el reflejo de cristales que no le pertenecían.

Una vez en Greenwich emprendió camino, sola y tiritando, con más autocontrol, hacia una peluquería que conocía en esas inmediaciones. La propietaria era una ex modelo amiga de la Modelo. Estaría abierta, nunca cerraba los fines de semana porque organizaba charlas, conferencias de otras ex modelos sobre el amargo don de la belleza. A medida que caminaba por la peculiar ciudad dentro de la ciudad, sus parques, su sempiterna atmósfera universitaria, recuperó el aliento y el calor corporal. Y de repente entendió por qué se le había aparecido Lady Diana sobre las aguas del Támesis.

Ella y Lady Di tenían algo en común: siempre habían conocido el privilegio, desde el primer día de nacidas. Lo diferente fue que Diana entendió que tenía una conexión especial con la gente que jamás había disfrutado de tantos privilegios como ella. Eso la transformó en Lady Di, eso hizo que el Príncipe se empequeñeciera a su lado y, a partir de allí, todos los demás miembros de su familia política, incluyendo la Reina.

Patricia podía ser una estrella, pero le daba miedo el nivel de sacrificio, esa verdad de que para conseguir lo que quieres siempre debes hacer daño. Pero ¿no acababa de hacerlo con Alfredo? Más que daño había trastornado sus reglas del juego, manipulándolo. Pero en cada pareja eso siempre sucede, le pareció escucharse decir. Es eso justamente lo que convierte a unos simples enamorados en dos monstruos juntos.

La muerte de Diana marcaba el principio del fin de la prosperidad.

El 31 de agosto de 1997, el mundo la lloró. Y, de repente, sin estar aparentemente asociado, Londres empezó a poblarse de nuevos ricos como no pasaba desde finales de los setenta. Esta vez rusos, pero también árabes, judíos, latinoamericanos. El mundo entero giró otra vez hacia Londres y hacia su nueva cultura pop, fascinada por tener un ilustre fantasma entre ellos. Cómo era aquella canción de Suede: «Quiero acostarme con tu mejor amiga y que sea la chica de mis sueños.» Hacer lo imposible, transgredir y conseguir un triunfo al hacerlo. Lo malo se trastocaba en bueno. Las trampas en virtudes. La globalización en una manera de hacerte rico individualmente. Ser rico dejaba de ser un pecado. Era una necesidad, un peldaño que se podía dejar atrás para devenir en mega rico, ultra rico, estratosféricamente rico.

Entonces comprendió que la muerte de Diana Spencer sí había tenido un sentido. Alertar de que el único fin a la ambición insaciable es estrellarse. No hay otro. Tendrían que cambiar todas las religiones del planeta al unísono para encontrar uno distinto. Aun así, el espíritu de Diana se le había aparecido sobre las aguas para indicarle algo más: Diana murió para marcar la diferencia, el límite entre la última vez que el mundo entero iba a ser millonario y el lento proceso interior que convirtiera toda esa bonanza en las ruinas de nuestra decadencia. Su muerte es el principio de este fin. Solo que nadie supo ver las señales, empeñadas en aparecer bañadas en esplendor, engalanadas con glamour, ahítas de poder.

Fue hasta el asiento con la mano firme sobre su bolso. Recordó a su abuela Graziella haciendo el mismo gesto en su peluquería habitual. La amiga de la Modelo sujetaba una humeante taza de té, sorprendida de verla allí.

—Quiero el pelo corto. Exactamente como lo llevaba Diana el verano que murió.

CAPÍTULO 22

—

LA LARGA NOCHE DEL OVINGTON

Cuando entró en el Ovington su iPod sonaba con la selección del día anterior. Llegaba tarde, Joanie y Francisco comenzaron a aplaudirla tras el cristal de la cocina y a hacerle señales sobre su nuevo peinado. Decidió que no se iba a mirar en ningún otro reflejo prestado y por eso, por evitar superficies, alzó la cabeza y descubrió la mesa del fondo ocupada por la Higgins, el negro, la Modelo, David sin su novio y otra vez los «chicos maravilla», Borja y Enrique. Vaya, los había bautizado como «la Manada», sería más fácil, sencillo, describirlos con ese sustantivo y listo. Qué mal le sentaban las drogas a Higgins, en vez de adelgazarla la hinchaban. Y los «maravilla» realmente se vestían como futbolistas sin esposas. Ningún sentido de la combinación.

—Pero cómo manejas el tiempo de bien, querida Patricia. Nos quedamos a cuadros cuando desapareciste del *country* y aquí estás con ese hiper moderno corte de pelo.

¿Higgins llevaba un pañuelo o más bien era una peluca con pañuelo incorporado?

—David no sabe cómo pedirte perdón, hija. ¿Crees que podréis solucionarlo? En el interés de todos, claro —emplazó Higgins. David, como si no estuviera presente, agachó la cabeza y procuró hacerse invisible hasta que amainara el temporal.

—¿Recuerdas a Borja y a Enrique, querida? Se quedaron desolados porque desapareciste del *country* como un ciervo espantado.

Patricia alargó su mano para saludarles, otra vez. Borja tendría en torno a los treinta y cuatro años, alto, con pelo y flequillo castaño claro, buena nariz, bonita boca, buenos dientes, habría estudiado en El Pilar de Madrid o en el Colegio Alemán de Barcelona. Madrid más bien, porque llevaba el cinturón y los zapatos del mismo tono, ese color teja tan absurdo y que tanto gusta a los españoles porque les recuerda el albero de las plazas de toros. Un hombre que combina el cinturón con los zapatos no debería sentarse en el Ovington, pensó, pero las reglas de un restaurante se escriben todos los días. Enrique era mayor, claramente había superado los cuarenta, lucía alianza y manicura a punto de caducar, bonitos calcetines gris oscuro, zapatos marrones, traje azul. Estaba hablando con una de las inglesas de la mesa, una chica con aspecto de ex modelo. Enrique seguramente llevaba más años viviendo en Londres y había adquirido el chic del expatriado, que suaviza los errores del origen y fomenta las cualidades de lo adoptado.

—Patricia es la tapa del frasco en Londres en este momento —sentenció la Higgins.

—Lo es donde quiera que vaya. Lo que pasa es que nunca se acuerda de nosotros. Alfredo y yo fuimos juntos al Colegio Alemán. A él le gustaba llamarme Mr. Gratis, porque siempre me las arreglo para que casi todo sea así —dijo Borja. Patricia no quería mirarle, le molestaba su acento pijo mezclado con cierto deje anglófilo, como si debajo de todas esas argucias hubiera un tono de hablar violentamente proletario. Pero le gustaba el olor de su colonia, un perfecto vetiver, áspero, seco, directo.

—Borja ha dicho que casi todo gratis. Esta vez va a pagarme esta magnífica cena —intervino Enrique. No tenía perfume pero sí mucho pelo.

—Alfredo y yo volvimos a vernos en una presentación de cócteles en Alicante hace un montón de tiempo —informó Borja, sonriéndole sin sonreírle del todo—. Esta tampoco es mi primera vez en el Ovington, vine a la inauguración, pero no pude hacer nada para que Alfredo o tú quisierais verme.

Patricia se sentó cerca de Enrique. Siempre hay que estar más cerca del caballero mayor. ¡Ya estaba con ellos otra vez y David le sonreía con los ojos y hacía señas de aprobación al pelo! Patricia decidió al fin regalarle su mirada a Mr. Gratis. Gran error, porque en el iPod sonó de pronto «Soldados del amor», la canción de Marta Sánchez que marcó el principio de los noventa en España. Podría pensarse terriblemente incongruente en el Ovington, pero poco a poco creó una suerte de techo protector para el encuentro entre ella, la pelicorta estafadora y Mr. Gratis. «Fuerte, fuerte, todo el mundo, somos soldados del amor, soldados sin amor.» Borja la miró con otra sonrisa. Eran iguales, sus ojos jugaban a esconder secretos y mantenerse alertas.

—Llevamos trabajando en Londres desde hace unos siete años. Vendíamos casas a los rusos y si les apetecía incorporábamos una mansión en Mallorca o Marbella o Elche, hasta Almería, todo lo que tenga playa y calor español lo compran los rusos, ya sabes —continuó Enrique.

—Ahora, con la tormenta financiera, iréis más hacia el este —respondió Patricia sin pensarlo mucho. El traje de Borja tenía las solapas muy anchas, era todo él mucho más ancho que Alfredo, no gordo sino más amplio, ese tipo de broker que come carne todo el día.

—El este de Europa es el futuro, Patricia —pronunció Borja sin recolocarse en el sillón. Y sin dejar de mirarla—. La burbuja inmobiliaria no es que vaya a estallar, es que ha reventado salpicando de mierda todo lo que conocemos. Miami es ahora solo edificios vacíos. Los Ángeles está a tope de hipotecas que pierden y pierden valor y que nadie puede completar. Madrid, asfixiado. En Londres están regalando pisos en Sloane Square...

—Por favor, Enrique, no sigas, ¿no ves que tenemos un poco de resaca? —intervino Higgins—. ¿O no es así, mis queridos?

—El que habla es Borja, cariño. Yo, Enrique, en general me limito a firmar —matizó Enrique partiéndose de risa.

Borja se arrellanó en la mesa y estiró bajo ella sus piernas de ex jugador de rugby. Patricia observó cómo David vigilaba su observar. Borja era ese ejemplar de varón que podían rifarse en las noches en que fueron niños y amigos antes de conocer a Alfredo. Peludo, patoso, masculino, lo único que podía explicar su presencia en el Ovington era el apodo con que le bautizara Alfredo: Mr. Gratis.

—La alcaldesa de Mogyoród, en Hungría, es muy amiga mía. —Borja proseguía con su perorata—. Todas esas búlgaras, perdón, húngaras, que estuvieron limpiando casas y escaleras en Madrid y en Valencia han ahorrado sus euros y están ahora comprando pisos en su país. Necesitan que se los construyamos. Enrique y yo estamos comprando terrenos en las afueras de Budapest...

—Perdona que interrumpa, pero toda Budapest es «unas afueras de Budapest» —intervino David, generando una carcajada del grupo.

Patricia no dejaba de mirar a Borja, que se movía como un perezoso descoordinado. Los perezosos son animales que, aunque todo lo hagan a cámara lenta, poseen un infalible sentido del espacio. Suspendidos en las ramas de los árboles de caucho ejecutan sus movimientos con una coreografía espectacular. Borja, en cambio, intentaba llevarse las manos a la nuca y terminaba dejándolas caer en el espaldar como un peso muerto: deseaba abrir la boca y bostezar y terminaba tosiendo o maldisimulando un eructo. Era peor que torpe o vulgar. Era imposible.

—¿Te molesta si me desabrocho un poco el cinturón? Creo que la comida de Alfredo me provoca gases —añadió.

Patricia sintió ganas de abandonar la mesa.

—Te queda bien el pelo corto —continuó Borja.

—Sí, estoy segura de que Alfredo lo celebrará mucho.

—Qué raro, pensaba que era a los gays a quienes les gustaba el pelo corto en las tías.

—¿Desde cuándo conoces a Lucía? —cambió de tema.

—No la conozco, creo que es amiga de unos amigos de Enrique.

—Venga, Borja, no seas desagradable. Ella y yo fuimos al colegio juntos, igual que Alfredo y tú, hombre —recuperó Enrique su atención.

—Y tú no creas que no oigo lo que preguntas sobre mí, Patricia —afirmó Lucía.

—Lo importante aquí es que todos somos muy amigos de Marrero —indicó Borja sonriéndole ampliamente—. Hacemos negocios juntos. Él nos habla muy bien de ti, del Ovington, y de Alfredo...

Patricia se levantó de la mesa y avanzó hacia el despacho detrás de la cocina. Tenía sudores fríos, le dolían las rodillas y se veía reflejada en las puertas de los frigoríficos como un payaso anémico. David apareció a su lado.

—Son inofensivos, Patricia.

—Ni tú ni Higgins podéis volver al Ovington, David. No quiero tener nada que ver con esa gentuza.

—Demasiado tarde, Patricia, y tú lo sabes. Respira hondo, déjalo pasar. Perdóname también por lo de esta tarde.

—Lo había olvidado.

—Vaya, ahí va la ofensa.

—Escuché tus palabras, pero no significa que las vaya a

recordar toda mi vida —dijo mirándole profundamente, el asunto estaba sellado. Luego, prosiguió—. No me gusta que esta gente venga aquí sin que al menos lo sepa Alfredo.

—Vendrán y se irán, como todos nosotros en tu vida, Patricia. Pero si la operación Thanksgiving de Alfredo y Marrero ha resultado tan exitosa, como lo demuestran todas las portadas y noticias que generan, no esperarás que ellos, Borja, Enrique, la Higgins y Pedrito y yo no aparezcamos por aquí.

—Husmeando —exclamó Patricia, y de inmediato se arrepintió de decirlo—. Sí, la Manada.

Patricia no movió ni un músculo. En el iPod sonaba Lily Allen, «Yo sé, ella sabe, falso o cierto. No estoy diciendo que sea tu culpa, eres tan naíf, eres una sonriente encantadora». Perfecta coincidencia. Todo el mundo estaba enterado de lo que pasaba en sus vidas. Entonces, ¿por qué no entraba Scotland Yard y la detenía de una vez? Empezó a verlo más claro. No, no iban a alcanzarla. Antes conseguiría ella utilizar a uno de ellos para acabar con todos. Con Marrero, sobre todo, apartarlo del botín, acallarlo para siempre y que Alfredo jamás supiera qué hicieron en el Mark. Era un plan difícil, pero empezaba a verlo claro en los gestos descoordinados de Mr. Gratis, en la risa cuajada de restos de ensalada de la Higgins, en los ojitos saltones de Pedrito Marrero que le recordaba a uno de esos roedores de tamaño gigante que nadan en las aguas del Orinoco. En el iPod sonaban Las Supremes, vaya, ni se acordaba de que las tuviera. «Stop! In the Name of Love», sí, se recordó con catorce años y junto a su hermana Manuela divirtiendo a la abuela Graziella en su única visita a Barcelona, imitándolas. «Detente, en el nombre del amor, antes que rompas mi corazón.» Hizo el bailecito y David, cómo no, se le unió, agitando la cadera de lado a lado y estirando el brazo en plan defensa.

—Imagínate que su hijo y yo de verdad nos casemos en

Valencia. Lógicamente tú y Alfredo haréis el catering. —La voz de David consiguió imponerse a la hiper femenina dicción de Diana Ross.

—¿De qué estás hablando? —dijo Patricia.

—De nuestra boda, Patricia querida. Pedrito Marrero y yo vamos a casarnos en Valencia para cerrar un montón de bocas y epatar al máximo a los carcas de la ciudad.

—¿Es una buena idea casarse para epatar a los valencianos? —preguntó Patricia.

—Es mi única posibilidad de ser tan famoso como mi hermano —respondió David—. Habrá gente dándose de hostias por hacerlo, cariño, el catering y lo que sea. Todos estamos dispuestos a cualquier cosa en este momento...

Patricia hacía que no lo oía. Entró al despacho, no estuvo sola mucho rato.

—Cuidado con las canciones, si se repite otra de Las Supremes en nada estaremos bailando todos otro éxito de Marta Sánchez. —Era Borja, su perfume deslizándose sobre sus palabras. Patricia recorrió con sus finas manos su pelo recién cortado. El gesto era simpático, como si todavía no se acostumbrara a su nuevo peinado.

CAPÍTULO 23

—

BIENVENIDO UN EXTRAÑO

Borja recordaba esos días de lluvia a principios de agosto, aparecen justo cuando el bronceado empieza a adquirir un tono parejo y estropean la cotidianidad del desnudo, la aplicación del protector y el nadar en el mar temiendo por las medusas.

Hablaba mucho de libros sobre cocineros, mala táctica porque hacía aún más presente a Alfredo. Soñaba, dijo en un momento dado, en hacer algo así con un talento novel o, bueno, ya puestos, con el propio Alfredo. Enrique comentó algo como que mejor sería no dar tanto la tabarra a la novia del «biografiado». Y todo el tiempo Patricia miraba las manos de Borja, dedos gruesos, boca amplia, ojos cercanos, ojijunto, como los actores de las películas de Sandra Bullock, como decía Alfredo cuando un caballero le provocaba celos y el adjetivo servía para desmoronarlo ante Patricia. Un hombre con los ojos muy cercanos, no bizco, sino con esos ojitos pequeños y la frente pronunciada, siempre había sido el punto y aparte para Patricia. Siempre hasta Borja.

Borja destilaba manutención. Por lo de Mr. Gratis, sí. Tenía esa suerte de que a nadie le preocupara pagarle la cuenta. No había sido así con ella, por ejemplo, siendo mucho más atractiva, hábil, dispuesta a mover cosas para conseguir estar en el centro. En Borja era normal. Jamás le vio sacar la billetera, seguramente ni siquiera llevaba. Móvil, sí, y hablaba continuamente por él. Gestionando ese supuesto dinero de los ex barrenderos rumanos reconvertidos en nuevos millonarios de la burbuja inmobiliaria del este de Europa.

—No me quitas el ojo, Patricia —dijo de repente, mientras aparcaba el coche, un Bentley, de Marrero.

—Pienso que puedes serme útil —respondió la aludida.

—¿Para mitigar la ausencia de Alfredo? Tengo alguna experiencia como acompañante.

—Es un error de todas las mujeres pensar que pueden divertirse con un hombre.

—No soy nunca tan tajante. Nunca nadie me habló tan frontalmente —respondió él dejándola en la puerta de Cadogan Gardens.

Una mañana más el pan de espelta y la revisión de Popea-Chanel. El dinero continuaba ingresando. Iba repartiendo sumas que no llamaran la atención en sus otras cuentas. Si pudiera desembarazarse de una buena cantidad, unos cuantos buenos millones de una buena vez, estaría más tranquila. Pero ¿cómo hacerlo sin levantar sospechas? Borja sería perfecto para eso. Por eso había aparecido en su vida. David la llamaba al móvil, no respondería. El iPod parecía volcarse contra ella y ahora escuchaba «Losing my mind» de Pet Shop Boys, por favor, nunca existió canción más marica en la historia. Cuando fue joven e inseparable de David lo bailaban para excitar a Alfredo, agitando la caderitas igual que con Las Supremes. «El pensamiento que tengo de ti se mantiene, no va ni a la izquierda ni a la derecha, apago las luces y pienso en ti. Me has dicho que me amas, ¿lo hiciste por educación o estoy perdiendo la cabeza?»

Sonaba el teléfono, la melodía indicaba que era Alfredo. No habría dormido y convenía explicarle todo esto, en la dosis exacta de verdad, antes de que saliera a la calle, gastara dinero o quedara con Borja para follar sin remordimientos y sonsacarle la manera de acabar con todos.

—He tenido un sueño terrible —empezó Alfredo, la garganta pastosa—. Te acostabas con mi hermano y lo hacías delante del Cliente y él decidía delatarte a la policía.

—Alfredo, hay una manera de tomarse todo esto con un poquito más de... liviandad —dijo ella, y se arrepintió.

—Ayer vino esa periodista cuarentona de la televisión catalana —dijo él. —Siempre me ha tenido ganas. Y aunque hubiera tenido que follármela tapándome la boca... no conseguí hacerlo porque soy un imbécil.

—Alfredo, por favor.

—No soy tú, eso es todo —dijo él.

—Regresa —soltó Patricia, sabía que no lo deseaba pero no podía soportar un descenso a los infiernos a través del teléfono móvil.

—El escándalo no hace más que crecer. Necesitan que esté aquí.

—¿Te han retirado el pasaporte?

—No. Llaman o aparecen por el restaurante cuando quieren. Has dispuesto muy bien tus tentáculos para estrujarme bien aquí dentro, Patricia, mientras, puedes continuar haciendo lo que te dé la gana en Londres.

—Lo que me da la gana es alquilar un sitio más grande y hacer nuestro propio Madame Jo Jos, eso lo sabes.

—No sé qué te detiene...

—No lo quiero hacer solo a mi nombre.

—No necesitas ni siquiera que te lo autorice.

—Tengo que doblar varias esquinas para que el plano quede recto.

—Patricia, no somos tan importantes para hablar en clave.

La comunicación se rompió. Y Patricia prefirió no reintentarlo.

A principios del siglo XX, Wolseley fue una de las más importantes aseguradoras del mundo, y el edificio así lo manifestaba. En lo que ahora era uno de los restaurantes más eficientes y famosos de Londres, hubo antaño un expositor de coches, personas de todas partes del imperio británico acudían a sus puertas para ver los Rolls más imponentes, y hasta los años setenta toda la gama de Land Rovers, Bentleys y Aston Martins, las marcas señeras de la industria automovilística británica. Convertido en restaurante, la decoración había respetado los elementos de hierro ennegrecido de aquella época. La impresión era grandiosa, espaciosa, imperial. Varios comensales se acercaban a saludar a Patricia, era la primera vez que salía a otro sitio aparte del Ovington con su nuevo corte de pelo, con Alfredo atrapado en Manhattan y todo el affaire de «la última cena». Y con Borja, al lado, vestido como Mr. Gratis, las solapas anchas, el nudo de la corbata como una burbuja inmobiliaria a punto de estallar, el reloj regalado de estratosférica esfera, ordenando docenas de ostras que chupaba bajo el peor de los sonidos.

—No te preocupes, la gente no me mira —dijo—. Vienen a saludarte a ti, pensarán que estás con un inversionista.

Patricia volvió a pasarse los dedos sobre la melena inexistente.

—Todas las tías con las que he estado siempre me dicen que soy una especie en extinción. El último hombre sin rasgos de metrosexualidad.

—Todas llegan a ti hartas de estar con gays todo el día —dijo Patricia.

Él aspiró la ostra mirándole a los ojos.

—Exageras lo cerdo que eres... —continuó Patricia.

—Como tú lo guapa.

—Eso no nos hará estar juntos.

—¿Y qué lo va a hacer?

—Que Marrero así lo quiere, ¿no? Y por una vez no voy a hacerle caso. Un restaurante tan impresionante como este —intentó cambiar la conversación, mirando en rededor—, ¿cuántas marrerorías habrá costado?

—Ninguna, es de una cadena.

—Las grandes transnacionales también hacen trampas.

—Pero la fachada es siempre impecable. ¿Es verdad que quieres hacer un nuevo Ovington? —dijo, apartando el plato de ostras.

Patricia vio entrar a Elton John con su marido. El marido la saludó afectuosamente, un poco reina Isabel. Patricia se señaló el pelo respondiendo el saludo. Borja eructó y tomó un largo trago de vino.

—Conoces a todo el mundo, tía.

—¿Por qué habría de deshacerme del Ovington?

—Porque caerá en picado. Dos mil nueve es el verdadero año de la crisis, estamos tan solo a unos días, es como una bomba de relojería.

—No voy a tener problemas de dinero.

—Nunca deberías decir una frase así. Ni con un completo extraño, ni con un admirador —dijo él, advirtiendo con sus dedos con olor a ostras—. Si no tendrás problemas de dinero los tendrás de pereza. La pereza de ir a trabajar a un sitio al que no irá nadie, no porque no tenga calidad, sino porque la gente no podrá permitírselo.

—¿De verdad te crees todo lo que me estás diciendo? —Patricia no contuvo el acento austriaco. Borja no tenía aspecto de saber detectar un acento.

—No me gusta responder con preguntas, pero es inevitable: ¿por qué tienes que enlodarte con Marrero? —dijo él.

—Siempre ha defendido el talento de Alfredo. Y nada más. No es fácil abrirse paso en ciudades como Nueva York y Londres. Solo Alfredo lo ha conseguido.

—Gracias a Marrero y a sus amistades. ¿Sabes que Marrero puede cagarla en cualquier momento?

No, no lo sabía, no se imaginaba que Borja fuera a tener el detalle de confiárselo.

—Como a todos, le pudo la política. Comprar políticos, claro. Ponerse a recrearles sus ideas grandilocuentes. Unos locos de Valencia están con esa idea de traerse los Grammy Latinos a Valencia.

—¿Qué son los Grammy Latinos? —indagó Patricia.

—Un show perfecto para sacar pasta del Gobierno y llevarla hacia un sitio más *comfy* —dijo Borja, mezclando idiomas.

—¿Quieren que Alfredo haga algo...?

—Puede ser al final una buena idea, mira. Marrero les ha ayudado con otras ideas de glamour, típico Marrero. Que si alguien le dice que el organizador de la Copa América de Vela comía en vuestro Screams, allí estaba Marrero día y noche hasta que el hombre accede a llevar la Copa a Valencia, y a continuación Marrero mueve todas las piezas para construir dársenas...

—Estuvimos en la inauguración de esa Copa de Vela. La firma italiana nos encargó el catering para sus eventos. Cerramos el mercado antiguo y nos obligaron a construir tres carpas vips: para el ayuntamiento, para los amigos de Marrero y para los de la firma. Al final había más vips que otra cosa, y la gente se asfixiaba en las carpas y afuera en el mercado podías llevarte el marisco con las manos, y también magníficos patés y confits.

—Todo ese mundo de carpas vips le reportó millones a Marrero y la amistad con estos políticos que quieren traerse los Grammy Latinos a España —agregó Borja.

Patricia se sintió mareada. Una cosa era llevar adelante su día a día dentro de la estafa a la mayor estafa. Otra, más tediosa, más aburrida, menos volátil y excitante, era escuchar estos manejos de ambiciones políticas vinculadas a los Grammy Latinos. ¿Quién los ganó el año pasado? Música latina, no tenía mucha en su iPod. Marta Sánchez era una debilidad que además podía argumentar muy bien. Así como asumir que te tiene que gustar Oasis más que Blur porque fuiste niñata en los noventa. Punto. Qué duro imaginar que tuviera que poner a Bisbal o a Shakira en el Ovington para celebrar los Grammy Latinos.

—No entiendo este interés por los Grammy Latinos. De toda la vida si quieres triunfar en la cultura anglosajona tus veleidades latinas las tienes que esconder. Ya es suficiente con los rasgos —dijo ella.

—¡Por fin dices algo cierto! ¿Tienes raíces latinas?

—Una abuela sudamericana —consintió Patricia. Por fin entendía por qué era Mr. Gratis: sabía sacarte información sin aparente coste. A nadie jamás le habría dicho con esa facilidad uno de sus secretos mejor guardados.

—¿Te molesta tenerla?

—Su dinero siempre ha sido inmensamente útil —seguía diciendo verdades. Ojalá pasara algún vip de súper renombre para callarse. Terminaría por decirle qué era Chanel-Popea antes de que terminaran la comida.

—Te angustia que no sea un dinero del todo bien habido —insistió Borja.

—Estuvo casada con un jefe de inteligencia de una dictadura suramericana. —Era increíble, se escuchaba a sí misma y sentía que no podía parar de decirle sus peores verdades.

—Hoy por hoy, ese dinero casi te hace aristócrata. Al menos siempre puedes aducir que tus abuelos lo ganaron luchando por una ideología, un deseo de cambio para un país. Ahora robamos dinero que ni siquiera es físico —dijo él. Acababan de servirle el steak tartar más grande del restaurante. Patricia entendió que lo frecuentaba. El marido de Elton John le envió un guiño semi aprobatorio de Borja.

—Le encantas a los gays, ¿no? —dijo Borja.

—Como tú y como Alfredo —sonrió ella, robando con su tenedor un buen trozo del tartar.

—Volviendo a Marrero y sus Grammy Latinos, han empezado los problemas. Hay gente molesta por el dinero que ya se han gastado por este lleva y trae de los Grammy Latinos. Si no lo consigue, Marrero va estar bastante investigado.

Aterrizaba otro plato con langostas. Al ser Mr. Gratis tenía que aprovechar bien las comidas. Ella no había pedido, no le parecía bien que la vieran comiendo platos que no pertenecían a Alfredo. Ostras, tartar, langostas..., o se caía allí delante de ella por un infarto o bajaba al lavabo y despachaba las rayas necesarias para eliminar crustáceos y terneras.

—¿Y a ti, qué te ha dicho Marrero? —preguntó esta vez Patricia.

—Que no podemos bajar la guardia contigo.

—No me voy a acostar contigo para que lo olvides —afirmó Patricia.

—¿Estás segura?

Mr. Gratis pagó. Patricia asumió que en realidad lo haría una de las cuentas o tarjetas de Marrero. Recuperaron abrigos y Patricia disfrutó todo el besamanos de los empleados, obsequiosos porque, después de todo, ella acababa de levantar un negocio en plena debacle financiera. Aunque renegara de esos besuqueos, se sintió admirada.

Borja iluminaba el salón de su apartamento. Maderas nuevas, ¡pobre Amazonas!, cubriendo las paredes. Una biblioteca, igualmente nueva, con libros, todos ediciones lujosas de moda, interiores, decoración de yates y colecciones de coches. Borja reapareció de una cocina novísima, destellante, con la botella de champagne, Dom, ya sin el Pérignon, que lo hacía muy largo.

Borja sirvió las copas relamiéndose y despojándose de los zapatos y extrayendo el frasquito color caramelo de la cocaína, un golpecito leve al apoyarlo en la mesa de vidrio con dos leones dorados sosteniéndola. Esa decoración que tienen las fotos de los pisos de lujo en las oficinas de ventas.

Borja se había quitado la ropa; era, en efecto, un Saturno devorador, como el cuadro de Goya. Patricia aceptó el champagne, el beso y la cucharita cargada de coca. En esa casa, lo sabía igual que le dolía el cuerpo por lo que hacía, había una señal para conseguir que el plan maestro fuera todavía más maestro.

Borja no le hacía el amor, la hurgaba, la agredía, con su mirada, con la lengua, con sus dedos, el miembro, la cucharita repleta de polvo blanco y ella pedía lo que siempre pedía: dejar de pensar y sin embargo seguir pensando. Él le decía cosas: «Sabía que eras así, me gusta estar con mujeres que me exigen, que me obliguen a hacerles daño, castígame, castígame todo lo que quieras luego, destrúyeme. Úsame.» Y lo repetía varias veces, el órgano convertido en algo muy grueso, fosforescente. «Úsame. Úsame. Úsame.»

Consiguió levantarse hacia la nevera. Todos los muebles, y electrodomésticos, de la cocina carecían de asas. Pulsó, pulsó, pulsó y de repente se abrió una luz potentísima.

Trascendida por ese faro del interior del frigorífico era una virgen moderna. Todo lo que había hecho, traiciones, amor y más traiciones, eran escalones de martirio para alcanzar una santidad. Santa Patricia de los corruptos. Santa Patricia de sí misma, la mujer atrapada en ansiedades y amor, en dígitos que trepan y ocultan precipicios. Santa Patricia de los infiernos por descubrir.

Cerró la puerta de la nevera, la luz se sostuvo brillantes segundos acariciando su rostro y devolviéndole la lozanía que la coca y la borrachera ensuciaran. La luz quería señalarle más cosas, allí, revoloteando sobre un montoncito de papeles al lado de tazas de café usadas. Una montañita de post-its casi sin pegamento. Separó uno y otro mientras la luz iniciaba su declive. Buscó con mayor rapidez hasta que vio la letra de Marrero, podría reconocerla aunque se hubiera metido siete gramos. «¡¡¡Recupera los platos cuadrados del Ovington!!!»

CAPÍTULO 24

LA ESTACIÓN DE TREN DE FAMOSOS

En Cadogan Gardens Alfredo se movía como si siempre hubiera estado allí. Dejando su maleta al lado del armario en la habitación, desnudándose por el pasillo, haciéndole el amor en varios rincones, besándola y repitiendo palabras que no terminaban, esa nueva pregunta «¿Qué estamos haciendo?». Ni un solo comentario, hasta ahora, sobre los muebles. El chester de perfecto verde botella y exactísimo envejecimiento. Las sillas Reina María del comedor, la interminable mesa de madera carcomida y enrojecida. Las dos fotografías de LaChapelle en la cocina y el abstracto brasileño en el salón delante del inmenso ventanal. Nada de eso miraba Alfredo, para hacerle sentir que consideraba que todo seguía siendo prestado, aunque tuviera el nombre de los dos.

Patricia escribía cosas en su ordenador, como siempre. Alfredo estaba duchándose cuando lo vio claro. El iPod de Patricia. Allí donde había visto escrito Popea-Chanel la primera vez. Allí estaba todo, era un plan perfecto y él un elemento más. Quiso salir de la ducha y resbaló. Se aferró al toallero y pensó mejor sus acciones. No iba a denunciarla, no iba a castigarla. Era preferible seguir ejecutando órdenes. Después de todo, cualquier gran cocinero se encuentra al servicio de alguien, por más veces que aparezca en la tele, por mayores estrellas que obtenga y vea comer sus platos. Siempre hay alguien con el suficiente dinero para comprar tus servicios y hacerte cocinar lo que quiere. Por qué no aceptar que él y Patricia habían encontrado una buena fórmula. Él cocinaba, ella producía, en apariencia eso eran. Debajo, cualquiera que fuera el pantano que ocultaban, él no tenía que preocuparse, Patricia, por el momento, lo vigilaba y drenaba mucho mejor.

Decidió afeitarse, mirarse un largo rato al espejo. Había adelgazado, todo se le marcaba bajo la piel, todo menos los sesenta y cinco mil dólares de su trabajo y cualquiera que fuera la cantidad que había abonado por la fauna deforme y sin nombre de la Isla Prima. Patricia lo envolvió en un abrazo. Olían a algo nuevo y viejo. Un secreto, una mentira.

—He conocido a Mr. Gratis —dijo Patricia.

—Es verdad. Me lo ha dicho. Quiere escribir un libro sobre el Ovington.

Patricia se giró hacia su novio. Si desconfiaba de todo, por qué no reaccionaba ante su mención del verdadero rival.

—¡No me había dicho nada de eso!

—Tiene el editor, según él. Me imagino que se habrá follado a tu amiga modelo...

—Sí. —Patricia pensó que debería llamar a la Modelo para que la asistiera en la mentira—. Hay algo en los platos de Marrero, Alfredo.

—¿Cocaína? ¿Es que no vamos a parar de hacer disparates?

—Algo más comprometedor. Una nota, una factura...

—¿Dentro de un plato? Patricia, ¿te has vuelto loca? ¿Vas a echar una hoja de papel al barro y luego convertirla en plato? ¿Estás oyendo lo que tú misma dices? Te has drogado mucho en mi ausencia.

—No. He visto otras cosas.

Alfredo se incorporó para vestirse e ir al Ovington esa noche. Patricia fue hacia su vestidor y empezó a maquillarse allí. ¿Cómo pudieron introducir un documento en un plato sin que se disolviera en el horno a altísima temperatura? La vajilla tendría, fácilmente, más de trescientas piezas. Algunas expuestas, las que se emplearon la noche de la inauguración, y otras aún en cajas. Sería de locos ponerse a buscar pieza a pieza.

Ovington era como una estación de tren de famosos. Gwyneth Paltrow hablaba en castellano con un periodista español que venía a cubrir el llamado «fenómeno culinario de la crisis». Patricia les saludaba guiñando un ojo. Si Alfredo levantase la cabeza de sus muslos de pato sobre hinojos y remolachas leería en los labios de la actriz americana que «la comida es muy importante, habla más de nosotros que lo que vestimos. España ha entendido eso como nadie y por eso hay talentos tan dispares como el Innombrable y Alfredo». En otra mesa hablaban del Innombrable dos cocineros, uno belga y el otro mexicano. Patricia nunca podía recordar el nombre del primero, confuso como también era su comida. Decían, y esto lo oyó la propia Patricia al pasar, que «el Innombrable acaricia la idea de cerrar su súper negocio y así hacerlo todavía más legendario». Y que al mismo tiempo, otro cocinero español había lanzado una campaña difamatoria contra los ingredientes que empleaba el Innombrable en su búsqueda por lo más nuevo.

Gwyneth vino a abrazarla y comentar el hallazgo de su blusa. Patricia le dio el nombre de la boutique, detrás del monumento de Marylebone, al lado de una tienda de uniformes. Compartir un secreto con Gwyneth contaba como milagro moderno. Igual que acostarse con alguien cercano a Marrero, igual que entender que la red que tejía para quedarse con todo el dinero la obligaba a soltar más y más hilo para que ningún fleco deshiciera el tramado. Pregunta va, pregunta viene. ¿Cómo se consigue introducir un papel dentro de un plato de porcelana? Gwyneth, ¿alguna vez te has hecho esa pregunta?

Miró el calendario, un diciembre que no terminaba jamás. ¿Desaparecería su manto de santa si no encontraba el papel dentro de los platos? Cerró los ojos y escuchó a la Higgins, le decía que Borja había tenido que marcharse a Madrid y luego a Valencia para las fiestas. Que le había dejado una nota, Patricia sintió el sobre deslizándose entre sus dedos. Agradeció de alguna manera a la Higgins y desapareció en el baño. No iba a meterse nada, le dolía la nariz, le dolían todos sus orificios desde aquella madrugada con Borja.

Tenía buena letra, mucho más precisa que cualquiera de sus movimientos exceptuando la penetración.

«Te dije que me usaras y no me daría igual si no me haces caso. Prefiero dejar el camino libre, pero amenazo con volver. Tengo una idea para un libro, servirá de coartada...» Patricia dejó de leer. Rompió muchas veces el estúpido sobre, lo tiró al agua y apretó la cisterna. Salió muy mareada. Joanie la tomó del brazo, Alfredo se alteró muchísimo, pensaba que se había pasado con la coca; iba a decirle cuatro cosas cuando la vio desmayarse y caer suavemente al suelo del baño.

Despertó rodeada de los mimos de Alfredo. Bajada de tensión, muchos nervios acumulados. Lo entendía, era todo por él, por lo que habían pasado juntos. Le había preparado la sopa de pollo que le gustaba, con los trocitos de pan fresco convirtiéndose en grumos y el leve sabor de los espárragos triturados. Te quiero, dijo ella, escuchándose más débil de lo que esperaba. Paremos todo esto, respondió él. No, no podemos, concluyó ella sorbiendo la ancha cuchara repleta de sopa. Alfredo aprovechó, muy lentamente, para describirle todo lo que sentía:

—Yo solo quería cocinar y tener un nombre, Patricia. A lo mejor la ecuación no era así. Bastaba solo con cocinar, porque nombre ya tengo, Alfredo Raventós, el hijo de un vendedor de salchichas en una hamburguesería de barrio alto. No te echo la culpa de que me hayas convertido en un arribista, porque no es así. Ha sido el tiempo que vivimos, esta puta cultura de la celebridad, de que todos podemos serlo por la más mínima y absurda de las razones. Pero no es de mi agrado ser célebre porque le serví la última cena al más grande estafador de la Historia. Me siento estúpido, como si hubiera ganado una lotería. Tú misma lo dices siempre, ganar la lotería trae mala suerte.

Los primeros días de enero fueron oscuros de principio a fin. El único destello de color fue la proclamación de Obama como 44.º Presidente de Estados Unidos de América. En el Ovington se reunieron los miembros de la Manada habituales y algunas de las celebridades británicas felices de celebrar algo diferente con los siempre diferentes españoles. Borja dejó escapar que la gente se aferraba a los Obama creyendo que por ser negros iban a blanquear el negro panorama. Patricia vio cómo los ingleses le reían la ocurrencia. No hay nada que divierta más a los supuestamente educados que un fácil juego de palabras.

—Para ti es fácil analizarlo todo un poco más, como has intentado tantas cosas, sabes de muchas cosas —le dijo Borja, creyendo que nadie les miraba.

—Te acercas demasiado.

—Porque quiero que sepan que estoy loco por ti.

—Quieres que te ayude a conseguir algo, eso es todo.

—¿Crees que ya formas parte de ellos? —empezó a decirle, señalando el grupo de dueños de galerías, directores de cine, estilistas de publicaciones, una directora de una revista de moda imitando a Anna Wintour, la Editora en mayúsculas de esa industria.

—No, jamás me creeré uno de ellos. No lo puedo evitar, educación austriaca. ¡Pragmatismo visceral!

—Pero lo quieres y lo tienes —insistió él, subiendo la voz.

—Todo lo que quieras, Borja, lo tienes que desear mucho para saber perderlo —sentenció, regresando hacia donde estaba Alfredo.

Dos días después de la proclamación, la Modelo había resbalado en su bañera con el secador en la mano. El enjambre de periodistas en la puerta de su casa se abrió como el Mar Rojo en *Los Diez Mandamientos* cuando Patricia, vestida con un sastre híper masculino, auténtico Saint Laurent, descendió del taxi seguida por Alfredo. Sin darse cuenta de si hacían bien o mal, se detuvieron ante los fotógrafos, más porque creaban una muralla delante de la puerta del domicilio que por desear posar. Patricia pensó que algo le quitaba energía. Y no era el luto. Quizá la desidia de Alfredo comenzaba a transmitirse. Habían pasado menos de diez días de su regreso de Nueva York y todavía no había dicho nada profundo, sentido, acerca de Cadogan Gardens. Seguramente le asqueaba pensar que lo habían pagado más con el dinero del Cliente o de la Isla Prima que con el éxito del Ovington, pero daba igual. Tenían un piso propio, decorado idóneamente en tiempo record. Los fotografiaban, los reconocían, Ovington no tenía una mesa libre hasta pasado el día de los enamorados.

Entraron a ese salón al que no había vuelto desde la noche en el Gherkin. Su primera noche en Londres, no habían pasado seis meses y lo que fuera escenario de amor y madrugones de falsos paraísos era un salón sin muebles, con la Modelo, judía, depositada en una caja de madera a ras de suelo. Una mujer muy delgada, el pelo largo y canoso, limpio pero sin ningún tipo de peinado, murmuraba palabras al lado. Patricia reconoció en la madre rasgos de la hija muerta.

—Me había hablado tanto de ti —dijo Cordelia—. Sabía que íbamos a conocernos y de inmediato sentiría un gran afecto —añadió en castellano.

Patricia se irguió. Había visto ese rostro en otra parte además de en la cara de la Modelo.

—Soy consultora de galerías, bueno, tuve una galería muy buena hasta hace seis años, cuando la crisis ya se sintió de golpe en nuestro sector. Conozco algo a tu abuela, Graziella van der Garde. Vendíamos cosas muy buenas de su colección.

¡Cómo podía existir esa conexión entre ella y la Modelo y enterarse ahora!

—Mi hija nunca demostró ningún interés en nada de lo que yo hacía —prosiguió Cordelia, siempre en castellano.

—¿Y cómo está mi abuela? —se le ocurrió preguntar.

—Habla de ti mucho. Lamenta que estéis tan distanciadas. Mi hija y yo apenas nos veíamos estos últimos años, apenas tuvimos tiempo de darnos algún consejo. No debes permitir que te haga el destino lo mismo a ti. —Cordelia hablaba un castellano sin reglas pero muy efectivo.

La entrada de Patricia había generado expectación, a la salida los reporteros y fotógrafos la llamaban «la reina española de la noche del Londres empobrecido». Alfredo se colocaba detrás de ella. Un Rolls azul celeste apenas podía moverse en la estrecha calle. «ELLA», Kate Moss, hacía su aparición, rápida, menuda, los ojos de pantera mirando sin detenerse en nada ni nadie. Fue hacia el cuerpo en el suelo y depositó sus flores. Patricia se compadeció y decidió acercarse. Terminaron por llorar brevemente una sobre el hombro de la otra. «ELLA» alabó el atuendo de Patricia y le comentó que había comprado en una subasta reciente el «mítico», así lo llamó, Saint Laurent que tiene bordado en el frente una silueta femenina en rosa chicle. Patricia estuvo a punto de decirle que su grandma Graziella tenía otro original, pero, como siempre delante de poderosos, decidió callar. «ELLA» estudió profesionalmente a Alfredo, que inclinó su cabeza y extendió su brillante sonrisa. «You two are much too perfect», sentenció. Patricia estuvo a punto de decirle que en el inicio de su relación los veían como a «ELLA» con Johnny Depp, solo que considerablemente más altos. La modelo de modelos preguntó sobre el Ovington, había oído cosas maravillosas de los platos. Conocía al Innombrable, pero no podía recordar nada de lo que había comido en su restaurante. Patricia le instó a venir. En el camino de regreso al restaurante, Alfredo alabó la habilidad en las relaciones públicas de su novia.

—No pierdes tiempo nunca. Ni siquiera en un funeral.

—Son como las bodas de nuestra época.

«ELLA» fue a Ovington. Acompañada de un séquito ruidoso, ambiguo, drogadicto y rehabilitado. Degustaron la carta del restaurante y pidió paella, sangría, croquetas y jamón. Alfredo estuvo a punto de gritar de desesperación, pero recordó una sartén muy vieja que conservaban desde Barcelona y allí preparó todo lo español. Lo sirvió al mismo tiempo, para que tuviera un «mosaico español» frente a sus ojos, Alfredo le habló de los milagros familiares españoles con los alimentos durante la posguerra. «ELLA» le miraba extasiada.

—Adoro comer. Pero adoro comer con un poquito de sabiduría —enfatizó, e introdujo una croqueta ardiente y completa en su diminuta boca.

Enero al fin terminó con los Infalibles Bellos entrando, siempre muy juntos, en la inauguración de la exposición de tallas religiosas del barroco español en la National Gallery. La crisis había conseguido que el Presidente del Gobierno español excusara su ausencia. La Familia Real no había conseguido convencer a ninguno de sus miembros y la embajada se sentía maltratada, por decirlo de alguna manera, con las ausencias, mientras Alfredo y Patricia, ella por supuesto vestida con un Chanel de los años treinta, largo y con cola, descendía la larguísima y encaracolada escalera sujeta a Alfredo. El vestido era real, Lagerfeld había enviado una nota de agradecimiento por haberlo adquirido en la última subasta de Christie's. Patricia lo adornaba con unas perlas muy pequeñas y el pelo ligeramente engominado hacia atrás, una Josephine Baker rubia. Alfredo llevaba un frac. «Créanme, es el traje más fácil de vestir. En menos de cinco minutos estoy preparado para atravesar cualquier situación. Desde un cóctel pasando por cualquier invasión, y todo el tiempo seguro de mí mismo.» Patricia sabía que el perfecto traje, hecho a la medida, había costado exactamente cuatro mil cien libras, una cifra escandalosa, dolorosa de reconocer en un momento como ese. Pero el efecto, esa bajada con todas las miradas en ellos, mejor que cualquier cabeza de Estado, celebridad o miembro de familia real, bien valía el precio. Patricia alcanzó el inicio de la exposición y se dirigió rauda al Zurbarán colgado al fondo: Un santo con los ojos casi tan profundos como los de Alfredo. La tela de su túnica tan viva como su piel y mirada; el color, un oliva que se hacía marrón al acercarse. Suspendido en un fondo oscuro, a veces negro, quizás verde. Estuvo un largo rato detenida frente a él, se sentía observada, comentada. Sabía que su atuendo combinaba a la perfección con el cuadro. Y también con el blanco marmóreo de las pieles de los jesucristos agonizantes, en las tallas, el rojo de la sangre brotando de los mismos, torturados y sublimes. «Cómo conseguían esos colores tan reales, la palidez de la muerte, el rojo de la sangre, el negro de los cabellos», escuchaba comentar a los presentes. Delante de cada talla, en las tarjetas negras características del museo, se podía leer el autor, el año, siempre ese 1600 español tan rico y retorcido, y los materiales: madera, yeso, pigmentos, cabello humano. Se sintió protegida por las magníficas tallas, era la única viva. La santa moderna, con el pelo real, corto y rubio, el cuerpo fibroso y caliente, la sangre muy roja, el pensamiento muy claro.

«Tan gore, tan español, tan nosotros», escuchaba de la voz gruesa y tumbapuertas de la Higgins, apartando personas para alcanzarles de nuevo, llamarlos «las nuevas tallas del imperio español en Londres» y conseguir separarlos.

—Marrero quiere que convenzas a Alfredo de hacer el catering de la boda de David y Pedro en Valencia.

—Alfredo jamás irá a Valencia.

—Es la boda de su hermano.

—Es la boda del hijo de Marrero.

Higgins abrió su inmenso bolso. Patricia pensaba de inmediato que Higgins era irrecuperablemente tonta. No se va a una inauguración con un bolso de trabajo. Aunque la moda se empeñe en hacerte creer que necesitas un bolso grande para todo el día, una mujer encuentra horas en el día para pasar por casa y cambiarse de todo, en especial de bolso. Higgins le acercaba un sobre.

—Como la vez anterior, Borja me ha pedido que te lo entregue.

—No creo que sea buena idea que lo lea, Lucía.

—Ha enviado otros tres, Patricia. No ha parado de llamarme para saber si te había visto.

Patricia prefirió alejarse; rodeada de todas estas tallas de personajes de la Biblia se sentía vigilada, señalada por sus modernos pecados. La Higgins remarcó su pisada con los altísimos tacones, haciendo que algunos se volvieran a verlas. Se detuvieron delante del increíble cuadro de Alonso Cano donde una virgen aprieta uno de sus senos y derrama leche sobre un santo arrodillado.

—Tú tienes un secreto mío y yo tengo un secreto tuyo —desveló la Higgins.

—Creo que estás equivocada, Lucía.

—David me ha dicho que tienes fotos mías con el negro en la *countryhouse*.

Patricia tuvo ganas de reírse. Solo a la Higgins se le ocurría construir una frase así. La carta de Borja era un pretexto.

—No acostumbro a llevar cámaras ni móviles en ninguna fiesta.

—No quisiera tener que temerte, Patricia.

—Nunca hay nada que temer, Lucía. Al final todos somos inocentes.

CAPÍTULO 25

—

PATOS SALVAJES EN SAINT JAMES

Borja reapareció en el Ovington. No venía solo, sino otra vez con la idea, la excusa.

—Un libro sobre este restaurante.

—Es demasiado pronto —lanzó Patricia, el tono metálico de su negativa cuidando no parecer en exceso nervioso. Alfredo se preocupaba más por decidir qué queso cheddar emplearía para su crema de espárragos.

—Es el sitio del momento —decía Borja, de nuevo con la Manada reunida: Enrique sin la esposa y la Higgins con el negro, intentando aparentar oficialidad. Unos señores de aspecto alemán serían los editores, con dos chicas muy jóvenes traduciendo todo lo que Borja dijera bien en inglés o en español. David y Pedro, cada vez más bomboncitos, con ropa hiper ceñida, como si fueran un cruce de los enanitos de Willy Wonka con los de El Mago de Oz.

»Aquí se reúnen todos los que son alguien en Londres en este preciso momento histórico —continuó Borja—. La idea es una súper edición de lujo en alguna casa de prestigio, tipo Phaidon o Taschen, y no con una editorial cutre barcelonesa. Algo grande —bajó un poco su tono de voz, se agitó algo el flequillo (¿había tenido flequillo antes?) y miró hacia Alfredo, que no le veía—, como se merece Alfredo.

—El Innombrable acaba de sacar un libro con Phaidon. Todas sus recetas dibujadas por artistas vivos o muertos, todos sobresalientes —murmuró Alfredo.

—El criterio es que, pase lo que pase, en estos tiempos difíciles la gastronomía siempre nos salvará y siempre salvará a España —continuó Borja.

—Porque en todos los rincones de España hay comida y sol —dijo Patricia con un tono burlón.

—Muy demagógico —culminó Alfredo, escogiendo un cheddar con leves trazos de pimentón—. Pero no estoy interesado.

—Vendré con los editores a cenar.

—Necesitaréis reserva —dijo Alfredo, despachando a toda la Manada. Higgins iba a decir algo pero Alfredo ya se alejaba para regresar a la cocina.

Varias noches después, Patricia pidió a Alfredo quedarse sola en el restaurante. Él debería trabajar en el libro, propuso ella. Los editores le habían dado un adelanto. Cuando estuvo completamente sola, desembaló los platos, eran realmente incomprensibles, más allá de feos. Buscó una firma, la tenían, Palencia Lobo, el supuesto artista que había grabado las falleras en las superficies cuadradas. Vajillas del Levante, el fabricante. Patricia buscó en Google y vio las instalaciones de la fábrica, no muy grandes, y un artículo, muy reciente, que anunciaba el cierre de la misma dejando en el paro a varias familias. Miró la biblioteca de estantes de aluminio que habían mantenido desde los primeros días de Nueva York. Podría colocar allí la vajilla. ¿Por qué exponerla de esa manera? Para que pareciera parte de ellos, no algo deliberadamente escondido, pensó, mientras iba colocando platos llanos, hondos, de postre, bandejas y cafeteras en las baldas. Sintió algo, una persona vigilándola. Borja, quizá, dispuesto a romper cada plato para encontrar la factura, pero no había nadie. Miró la vajilla perfectamente expuesta. Quería empujar toda la estantería, pero no tenía fuerzas suficientes.

David pidió que Patricia le acompañara a Selfridges a buscar un jersey de rebajas. Sonaba tan torpe la excusa... David pretendió arreglarlo todo hablando de un nuevo instrumento de cosmética masculina para él y Pedrito, una suerte de rodillo, de un azul muy intenso, con ruedas en el frente para pasar por el contorno de la cara. Le dijo que Pedro y él habían firmado el libro de familia como casados. Patricia miró hacia el aparato, que desprendía un líquido. Levantó los ojos y vio a Borja subir las escaleras mecánicas del almacén.

—Queremos que Alfredo haga el catering, por supuesto.

—Tú eres su hermano, jamás te dirá que no.

—Tiene que ser en Valencia. En casa del padre de Pedrito —dijo David.

Patricia fue hacia Borja. Siempre quiso encontrarse con alguien que le significaba algo en un almacén como Selfridges.

Patricia lo tomó de la mano y se perdieron de la vista de David. Subieron otro piso, esperaron a que el baño de caballeros quedara más o menos vacío. Borja la recorría con la barbilla, ella se aseguraba de que el miembro creciera exageradamente. Entraron en el baño y un señor mayor se ajustaba el chaleco de un traje detenido en los años ochenta. Rieron, el hombre la miró reprobatorio y les dejó solos. Borja estaba desnudo en el excusado. Ella se subió a él, dirigió el pene hacia su interior y empezó a cabalgarlo tapándole la boca, él le mordía la mano, los nudillos, los dedos, y ella apretaba más el miembro. Él empezó a flaquear y ella contuvo mejor el equilibrio, apretando el glande con sus músculos hasta que él empezó a decir su nombre y la retahíla de palabras: «NOMEHAGASESTO, NOMEDEJESASÍ, NOHAGASQUEESTESEAELÚLTIMOPOLVO, PATRICIATEQUIERO».

—El sol durará hoy más que otros días —le recibió Alfredo en el salón. Era todo ventanales delante del parque que iba de Cadogan Lane hasta Pont Street, podían ver las canchas de tenis, con gente jugando aunque estuvieran en enero. Los ingleses son así con el frío, es una cultura como la de los españoles, que están siempre venerando el sol o los brasileños la música. Los magnolios estaban floreciendo, vaya, y los rodeaban cámaras de televisión de la cadena pública. Los ingleses convierten en noticia el florecer de un magnolio y su significado: la primavera será rutilante. Y en este 2009, empobrecida. Patricia vio su ordenador encendido y la palabra Popea-Chanel. Alfredo pulsaba el enter una y otra vez.

—David dijo que tú y Mr. Gratis os desvanecisteis en Selfridges.

—También me dijo que quiere que hagas el catering de su boda.

—Ya están casados.

—Ya ves, ellos sí, nosotros no.

—¿También te has acostado con Mr. Gratis?

—No. Es más importante tu libro.

—He tardado tanto en entender todo lo que tienes en este ordenador. Pero ya no puedo avanzar más. Aunque asuma que nunca me dirás toda la verdad, dime al menos si Popea-Chanel es todo por lo que me has vendido.

—Piensa que yo también me he vendido.

—Con más ganas que yo.

—Igual de enamorada.

Se quedaron en silencio y vieron una bandada de patos, los que a veces dejaban escapar de St. James's Park, pasar delante del ventanal, volando un rato en libertad antes de regresar a la cárcel sin rejas de su laguna en los jardines del Palacio de Buckingham.

VALENCIA

CAPÍTULO 26

PLATOS CUADRADOS EN EL SUELO

Los días se volvían semanas, las semanas jamás alcanzaban a serlo, regresaban a ser días. Las noches comenzaban en el día y las bandadas de patos de St. James's Park iniciaban su vuelo para regresar a las lagunas. Y Alfredo clavaba los cuchillos contra la madera en la isla de su reino, como si en verdad estuviera ensayando para atravesar el corazón de Patricia con ellos. Disparaba una escopeta imaginaria en momentos que parecía que nadie le viese y bramaba frases que no terminaban: «Todo empezó cuando Elvis se dio cuenta de que su esposa se lo montaba con su amigo y entrenador de kárate»; «Todo empezó cuando ella dijo que estábamos en el avión equivocado»; «Todo empezó cuando esa puta modelo se encaprichó con la puta de mi novia». No eran del todo inteligibles las frases, pero Patricia creía entenderlas, moviéndose como hormigas diligentes en los labios entrecerrados de Alfredo.

Pero pasaban, así como no alcanzaban a terminarse, se disipaban y de pronto él y ella estaban abrazados delante de los clientes, compartiendo un gin tonic, abriendo una botella de champagne, también disfrutando de alguna raya que Alfredo aspiraba vehemente. A Patricia no le gustaba que Alfredo lo hiciera, la cocaína había sido siempre cosa de ella, era un egoísmo arbitrario, irritante, pero no le gustaba que él la imitara.

Por enrarecido que fuera el ambiente, las buenas críticas al restaurante comenzaron a publicarse con igual frecuencia que las hordas de adictos a la celebridad.

«Un talento que desea crecer y recuperar en la cocina la cesación del oficio artístico antes que la genialidad televisada», había escrito el *Guardian*. Y el *Times*: «Raventós es la última revelación de la Armada Española que se solaza en conquistar Londres. Guapo, divertido, fielmente acompañado de la no menos atractiva Patricia, Ovington es buena comida y buen humor en momentos de desesperación». Había más, *The Independent*: «Ovington es Raventós ravishing», un juego de palabras con el apellido de Alfredo y el adjetivo que mejor les identificaba a la pareja en Londres: los ravishing Patricia y Alfredo. Deslumbrantes, fulgurantes, radiantes. Por dentro iba la procesión. El *Daily Mail* también se hacía pipí con Alfredo. «Gracias a dios, Londres es una capital culinaria para tener entre nosotros una estrella joven y brillante como Alfredo Raventós.» Patricia recortó esa nota y se la envió a su hermana Manuela. «Me equivoqué, me has dejado muerta, hermana. Tenías razón en mudarte a Londres. Salir en el *Daily Mail* es el no va más», respondió a Manuela.

Reseñas, colas en la puerta, celebridades creando polémica al entrar directamente, saltándose la cola y sentándose en la mesa más cerca de la cocina. Jude Law fue el único que hizo salir a Alfredo de su encorvado mutismo. Entró con una americana sobre el pecho desnudo y saludado por prácticamente todo el restaurante. Besó la mano de Patricia cuando les presentaron y ella, divertida, le hizo una pequeña reverencia. Fue a saludar a Alfredo para celebrar el sándwich de bacon escocés y láminas de textura de bloody mary. «¡La mejor receta inglesa para la resaca!», dijo, y Alfredo sonrió y le hizo dos más pequeños para llevar en una bolsita. De repente, fue al baño y Alfredo decidió seguirle. Emergieron del aseo con los brazos sobre los hombros y riendo. Patricia rió también, creyendo que el encuentro con el hombre más sexy de Gran Bretaña tranquilizaría a Alfredo. Y tuvo en parte razón. Alfredo diría que mearon uno al lado del otro «Y nos chequeamos, claro. Él está bastante bien, gorda pero no tanto como la mía», le dijo, y estalló en una carcajada. Los días siguientes comenzó a vestirse como el actor: chaquetas grises, cortas y ceñidas, con el pecho desnudo dentro del Ovington, con una camisa muy blanca para acudir a eventos, con cuello cisne, también gris, blanco o de un lila muy suave, a instancias de Patricia. Pero a pesar de esos oasis de entretenimiento la rabia seguía apilándose. Los cuchillos golpeando la madera con golpes secos, duros, amenazadores.

El Ovington estaba a tope, habían dispuesto dos mesas en la acera, una vez conseguida la licencia para hacerlo. Sin hacer nada de calor, tampoco hacía frío. David y Pedro gritaban: ¡PAAATRIIICIIIAAA! Vestidos con poquísima ropa, como si estuvieran en Ibiza.

Ambos acudían cada fin de semana a Londres a probarse los chaqués para su boda, que habían encargado en un sastre de la ciudad. En un principio David quería que su hermano fuera el testigo y Alfredo rehusó probarse ningún traje. David sugirió que se ocuparía del gasto. Eso puso las cosas peor. Patricia consiguió convencer a ambos hermanos de que podía usar el frac con el que Alfredo acudía a las fiestas a la manera de Oscar Wilde. La Higgins, que aprovechaba las visitas de los novios para mantener su guardia en el Ovington, creyó ponerle un lazo al dilema.

—Aunque un frac no es un chaqué, porque el primero es para la noche y el segundo para el día, la belleza de Alfredo podía permitirse vestir el frac como gesto de excentricidad artística en la boda de su hermano.

Alfredo soltó una carcajada grosera en la cara de Higgins y todos sintieron que alguna cosa podría torcerse.

—Que sea una boda gay en Valencia no significa que tengamos que ir disfrazados —dijo al terminar de reírse. Higgins terminó de cagarla insistiendo en que el padre de Pedro, para evitar pronunciar el nombre de Marrero, estaba muy ilusionado con la posibilidad de que Alfredo se encargara del catering. Nunca una pausa fue más larga en el Ovington, y Alfredo no mejoró nada la situación al levantarse de la mesa sin decir palabra.

Los novios y la Higgins no se dieron por vencidos, continuaron hablando hasta la saciedad de aquella boda, la boda, la boda, la boda. Pedro quería un chaleco de algún color pastel, mientras que David lo prefería blanco. David quería llevar tirantes con la bandera británica, Pedro prefería que lo hiciera pero con los colores de la bandera española. David quería llevar sombrero de copa alta, Pedro de copa media alta. David quería llevar bastón de empuñadura de plata y dejaba caer bastante claramente que deseaba que fuera un regalo de su suegro. Pedro prefería que su padre les regalara un piso señorial en la ciudad y la membresía de un club importante. David quería casarse con guantes blancos, Pedro consideraba que era una horterada.

Y Alfredo, tras escucharles un fin de semana entero, estalló.

—No contéis conmigo para la boda, por dios —exclamó—. El dinero que le pediría a tu padre, Pedro, sería... vulgar. Por cantidad. Algo que ni siquiera él podría soportar.

—Si lo caliente está muy caliente y lo frío muy frío, papá es capaz de darte lo que le pidas.

—Seiscientas libras el plato —soltó Alfredo. Volvieron a callarse. Pedro tomó su blackberry y tecleó un mensaje; una vez escrito, dejó reposar el dispositivo sobre la mesa. En menos de un minuto el aparato saltó. Pedro lo tomó y abrió la respuesta escrita. Sonrió y dejó pasar el móvil entre los presentes. Alfredo fue el último en ver el SÍ escrito en mayúsculas.

—Eso es todo lo que os interesa, un espectáculo.

—Pensamos casarnos de esta manera una sola vez en la vida, Alfredo —dijo David.

—¿Qué necesidad tienes de este narcisismo, David? Has sido maricón y jamás te dijimos nada en casa. Pero te casas con este cabeza de chorlito por sus pectorales y un poco de su polla y el dinero de su padre. El dinero más sucio de toda Europa.

Patricia se levantó ipso facto, como si al hacerlo Alfredo fuera a contener sus palabras.

La avalancha se precipitó cuando Pedro expuso que ni siquiera su padre emplearía un tono tan violento y homofóbico.

—Veis homofobia por todas partes y así excusáis vuestros propios errores. No puedes casarte con una cena de seiscientas libras el plato. No puedes permitirte semejante despilfarro, David. ¿Cómo piensas explicárselo a nuestro padre?

—De la misma manera en que tú le restriegas tu éxito todos los días enviándole carpetas y carpetas con los recortes de tus críticas —devolvió David.

—Está orgulloso de lo que he conseguido.

—¿Crees que incluso de haber formado parte de la estafa piramidal de tu último cliente? —soltó David.

—Se acabó, David. Nunca sabes cuándo parar —intervino Patricia.

—¿Yo no sé cuándo parar? Seiscientas libras el plato son cacahuetes para el hombre que escabulló miles de millones de dólares de jubilados y señoras ilusas —prosiguió David, y Alfredo se arrojó directamente sobre su hermano mientras Pedro, Patricia y hasta la Higgins forcejeaban por separarlos.

Sin darse cuenta, lo juraría toda la vida, Alfredo empujó a Patricia fuera de todos ellos. Borja, entrando al Ovington en el peor momento posible, sujetó a Patricia en sus brazos.

Alfredo supo al verlo que se había acostado con Patricia.

La perfecta reaparición. El libro que se había inventado para esconder su verdadero deseo, estar cerca de ella. Poder sujetarla como hacía en ese instante, entre sus brazos de tiarrón que parecen inermes y flácidos hasta que al fin capturan la presa. Patricia se desató, pero era tarde, haberlo hecho solo subrayaba más que habían estado juntos.

Borja exclamó su frase consagratoria:

—Todos los hermanos se pelean en las bodas, y aunque esta sea gay no va a ser menos —dijo.

Alfredo dejó con suma tranquilidad la servilleta que había estado apretando en sus dedos todo ese rato. Alejándose, tomó algo de la encimera y siguió hacia el fondo. Se le hacían eternos los escasos metros de un pasillo empeñado en estirarse y estirarse. Estaba diciendo cosas sin sentido ninguno, palabras detrás de otras, nombres, veneno, piernas rotas, asco, laputademinoviaseacuestaconquienquiera, laputademinoviaseacuestaconquienquiera, laputademinoviaseacuestaconquienquiera, laputademinoviaseacuestaconquienquiera, laputademinovia, laputademinovia, laputademinovia, laputademinovia.

—Cállate, Alfredo. —Era Patricia en la puerta del despacho entrando con gesto de enfrentarlo. Alfredo sabía que no era esa la razón de estar ahí. Como todo en los últimos días, lo había calculado. Levantar la liebre con la boda del hermano, citar a Borja, hacerle hablar, llevarle hasta el despacho.

—Mírame, Alfredo, te estoy hablando. —Pero Alfredo no la miraba, veía por encima de ella. Detrás de él la estantería estaba repleta de los platos valencianos.

Alfredo soltó lo que tenía en la mano, un trozo de carne despedazado. La empujó dentro mientras Joanie y Francisco entraban en la sala para servir los segundos. Alfredo cerró con doble vuelta de llave la puerta.

—Dame una razón para no creer que ese tipo, Borja, y tú no habéis estado juntos.

—No tengo ninguna. Era necesario para tener más información —soltó ella.

—¿Te folló?

—No me gustó.

Alfredo sintió que esta vez no podría controlarse. Que la mataría y luego se mataría a sí mismo, con los cuchillos, en el medio del torso un poco hacia arriba, como se cortaban los patos para extraer las pechugas y mantener el trocito de pata. Iba a destrozarla, a romperle la nariz, a patearla hasta que escupiera la última gota de sangre, y entonces vio los platos detrás de ella. Las falleras perfectamente alineadas, una detrás de la otra, el negro de sus faldas y peinetas sobresaliendo en el canto de cada plato creando una nube negra encima de Patricia. Ella balbuceó un detente y Alfredo la apartó con tal fuerza que la hizo tambalear y probablemente romperse algo. Se abalanzó contra el mueble que albergaba los horribles platos, una vez, otra vez, hasta cinco veces, el ruido de los platos cayendo y ahogando el de la puerta que Joanie y Francisco intentaban abrir. Patricia se había roto un brazo, un hueso tonto al caer mal y se dolía, pero Alfredo continuaba destruyendo platos, golpeando el mueble hasta reducirlo a maderas rotas. Joanie y Francisco derrumbaron la puerta y detrás de ellos, Borja, David y Pedro junto a una buena parte del restaurante. Patricia deseaba hacer un gesto a David para que alejara a Borja, pero

Alfredo lo habría detectado. David lo comprendió todo al ver a Patricia dolida, mirándole aterrorizada. Consiguió escabullir a Borja de allí antes de que Alfredo se girara. El resto de presentes, como eran ingleses o habían aprendido a parecerlo, entendieron más rápido que otros humanos que lo peor había pasado y no tenía ningún sentido seguir allí observándolo.

Guiada por esa inesperada normalidad, Patricia recogía algunas piezas rotas de la destrozada vajilla con la mano del brazo bueno y las colocaba en montañitas como podía mientras en el iPod sonaba Elvis y era, cómo no iba a serlo, «Suspicious Minds». «Estamos atrapados en una trampa, no podemos volver atrás...» Alfredo, con un hilo de voz, terminaba de cantar «porque te amo tanto, amor mío».

Patricia volvió a cerrar, en la medida que pudo, la puerta desencajada.

Y fue allí cuando vio el trozo de papel, sobresaliendo de uno de los platos rotos.

CAPÍTULO 27

—

UNA LUZ SIN SENTIDO

¿Cómo sobrevivieron a esa horrible escena en el Ovington?

Alfredo insistió en que Patricia pusiera una denuncia por agresión. Ella se resistió, pero algo le hizo pensar que a la larga sería una buena idea. Fueron juntos a la comisaría de Sloane Avenue. Detallaron la escena: «Celos desbordados y violentos», recordó él haber dicho. «Soy culpable», dijo de pronto Patricia. «Somos dos monstruos juntos», terminó la declaración y emergieron de la comisaría sin mayores cargos. Avanzaron en silencio por las calles medio mojadas, los taxis negros y de pronto un Rolls-Royce, un Lamborghini y un Carrera desfilando ante sus ojos de lágrimas agolpadas. Él dijo perdón y hubo un silencio, y ella decidió pasar su brazo bueno por su cintura y abrir con su otra mano, aunque le dolieran los huesos rotos, sus labios tan cerrados. Poco a poco la lengua de ella consiguió derribar esos dientes apretados que todavía trituraban la frase sin espacios.

—No soy puta, Alfredo. Soy solo tu novia —dijo ella.

El día, otra vez el día, otra vez la ventana abierta en Cadogan Gardens, la vecina entrando con el perrito en el jardín vecinal abrigada como si fuera a cruzar Siberia.

—Dicen que va a nevar a mediodía —musitó Alfredo.

Patricia no le escuchaba, estaba abstraída en el vestidor, armando prendas y combinaciones. Alfredo respiró hondo, sucedido lo peor volvían a repetir hábitos. Un beso, se había vendido por un beso, un día más, una vida más. Porque no podía vivir sin ella. Porque no podían estar con nadie más, porque el amor lo había querido así, pese al dolor, la incertidumbre, la traición. Cada vez que lo pensaba, que veía el rostro de ese tío desperezándose en la silla de la mesa doce en el Ovington, sentía el descontrol dominándole. Y al mismo tiempo, muy hondo dentro de sí, le empezaba a dar igual.

Patricia estaba en la puerta, vestida con un abrigo verde esmeralda y botas-piernas o piernas-botas de exagerado morado. Tenía el brazo en cabestrillo y con el otro sujetaba un bolso caramelo.

—¿No debería ser al revés la combinación? —se atrevió a preguntar.

—No tengo ropa más abrigada —fulminó ella—. Nunca es de buena educación comentar el atuendo de tu novia. El doctor quiere ver bien la fractura. No tardo nada. Después iré al banco.

—Puedo ir yo.

—No, es cerca del médico.

Alfredo se quedó mirándola. Ella también y le envió un beso. Alfredo la tomó por el brazo bueno suavemente antes de salir.

—Haré la boda de mi hermano. Y montaremos ese club donde quieres hacerlo, en Brydges Street. Ya he visto el sitio, tiene tres plantas. Es perfecto.

—Gracias —dijo ella.

—Pero quiero que pongas el dinero donde yo te pida.

—Ok. Ok, es tu dinero.

—Puede quedarse aquí, en Londres. ¿En el banco donde vas ahora?

—Muy bien, así será.

—¿Te imaginas que ponga veneno en la comida de Marrero? —dijo, forzando una risotada. Patricia prefirió sonreírle.

—Tu hermano será mucho más rico que tú, el verdadero braguetazo de la familia —respondió Patricia, alejándose hacia el ascensor.

Patricia se dirigió al banco de Jermyn Street esquina con Lower Regent. Podía adivinar que nevaría, algo fácil, sobre todo calculando el nivel de frío que le cruzaba la cara, a ella y a todos los transeúntes. Pero era más que una nevada, algo inaudito para la ciudad. Nieve abalanzándose por las entradas de la ciudad, nieve derramándose en todas las grandes esquinas de la urbe, como esta en la que ahora se movía, Coventry, prolongación de su adorada Regent para bajar hacia Jermyn y al fondo, ya en Pall Mall Street, podía ver las estatuas de los héroes de guerra coronándose de blanco.

Por supuesto que sentía frío, más aún con el cabello tan corto y el abrigo tan pegado al cuerpo. Cierto que las botas parecían llegarle a la ingle, pero no era suficiente, las mallas de cashmere violeta no abrigaban tanto. Le pasó por la mente morir a las puertas del banco, como una versión moderna de la vendedora de cerillas. Se le cortaba la respiración, la temperatura bajaba velozmente y ella luchaba por alcanzar el recinto. Sintió los copos de nieve entrando en su garganta. Dentro del banco todos la miraron, también lo esperaba, vestida como estaba para atender un desfile de modas antes que gestionar un futuro financiero.

—La nevada colapsará la ciudad en minutos —oyó decir. Había soñado en alguna parte que conseguiría coronar sus triunfos bajo una nevada épica. Miraba a los presentes como si actuaran en una película suya. Entraría una señora de cuarenta y muchos con falda apolillada. En efecto, entró. Ya faltaría poco para que entrara, desde las puertas del interior, el joven negro con el que había abierto esa cuenta el noviembre pasado.

—Señorita Uscátegui, ¿cuándo ha llegado a Londres? —le preguntó, llamándola por el nombre con el que había abierto la cuenta, el apellido de su abuela materna, solo que pronunciando una «s» donde había una «z». Mintió, por supuesto, de nuevo al responder la pregunta. Acababa de llegar y necesitaba depositar un documento importante en su caja de valores. El negro recogió su pasaporte, no español sino de un país sudamericano, con el que también había abierto esa cuenta, y empezó a anotar datos en la página de control. De vez en cuando la miraba. «En Londres hacen falta más chicas bonitas como usted, señorita *Husgategui*», cómo luchaba por pronunciar el caballero, y Patricia le devolvía su perfecta sonrisa de niña blanca educada y complacida de gustar a un negro. Siempre le tocan personas negras en actos definitivos, pensó. Como la funcionaria de correos en el aeropuerto de Nueva York. Como este joven serio, confiado, sereno, que la llevaba por otro pasillo hacia una puerta blindada que se abría con un rápido número y la permitía entrar en una bóveda repleta de casillas sin más adorno que una pequeña plaquita en la que sobresalían seis dígitos. Patricia introdujo su código y la puertecilla se abrió sola. Dentro estaba la caja de aluminio que el negro cogió con guantes grises y llevó hacia una estrecha y alta mesa al fondo de la bóveda. «Estaré afuera esperando para llevarla dentro como de costumbre, señorita *Jauscategui*», dijo.

Dentro había un par de pestañas postizas que habían pertenecido a su madre. Una sortija de diamantes, un peine de carey y varias pulseritas de ese material, y también dos tortuguitas pequeñas. Todas ellas pertenencias de su familia materna. Y la libreta moleskine de cuero muy añejo que alguna vez fuera de su padre. La cogió, pasó rápidamente las páginas donde su padre había dibujado falos y vaginas de distintos tamaños y posturas, pasó también las hojas donde se anotaban nombres y frases que cambiaban de caligrafía; unas eran de su padre, otras de ella misma. Pasó también la foto de Alfredo y ella en el jardín de los hermanos Casas, y también la hoja con la primera factura del hotel The Mark de Nueva York. Encontró una hoja limpia, no nueva porque el cuaderno no lo era, y allí colocó el papel que escondían los platos de falleras rotas. Era pequeño, cuadrado porque los platos lo eran, y estaba plastificado como un carnet de conducir. Se podía leer. Era una factura de un restaurante en Albuquerque, Nuevo México, por un monto de tres mil dólares. Un festín. Vinos caros, platos, más vinos, más carnes, langostas, todo detallado. La clarísima firma de Marrero en el borde inferior derecho. La fecha era de principios de 2008. Alcanzó a ver una frase corta escrita al otro lado de la hoja. «A Borja le gustan mucho los Grammy en Valencia.» Sintió un respingo. Quizá debería quemar ese papel y arrojar las cenizas al Támesis, pero estaba convencida de que así como había estado oculto en la porcelana de esos grotescos platos, su destino siguiente debería ser su caja de seguridad bajo un nombre que no era por el que la conocían ni Alfredo, ni Marrero, mucho menos Borja. Cogió su móvil, se cercioró de seguir sola en el recinto, tomó el encuadre correctamente, podía leerse bastante claro la fecha, la frase, el importe y el nombre del restaurante. Realizó la foto y la guardó en su móvil.

—Siempre es un placer verla, señorita *Gategui.* ¿Hay algo más que pueda hacer por usted? —preguntó el negro al verla salir.

—Recibiré un ingreso importante para el alquiler de un local muy cerca de aquí.

—¿Con terrazas para el poquito de verano? —añadió el negro aplicando su previsible humor inglés. Una última persona logró entrar y parte de la nevada con ella—. No sé si lograremos salir de aquí esta mañana, señorita *Zatigui* —continuó el joven, Patricia no iba a perder tiempo aclarando de nuevo el impronunciable nombre de su abuela. Le molestó, eso sí, que no pudiera utilizar su alemanísimo, hiper anglosajón Van der Garde delante del descendiente de kenianos.

—El dinero llegará el lunes, con o sin nevada —agregó Patricia—. Viaja en ordenador. —Rio, y el negro profirió una risa más sonora.

—Me gustaría comprar unos guantes de hombre para un chaqué —dijo ella.

—Burlington Arcade, señorita *Gui.* Y si me permite una opinión, adquiéralos en tono yema.

Patricia sonrió espléndida. A los negros siempre les atraen colores incomprensibles para los blancos.

—Porque siempre hay que tener un tono de color en un *morning suit,* señorita *I.* Pero ¿no preferiría hacerlo otro día? —terminó el negro antes de dejarla en la calle, ya bloqueada por policías cubiertos como si estuvieran adentrándose en un iceberg—. Creo que no debería permitirle salir siquiera a la calle, señorita...

—Uz-cá-te-gui —pronunció muy claramente Patricia, quedando oculta por una cortina de nieve.

La gente caminaba a duras penas, el móvil sonaba, era Alfredo, preocupado, podría terminar muerta allí, reina de las nieves fatalmente humana. Ni siquiera podía leerse el cartel de Lillywhites, qué maravillosa es la vida que podía dejarla enterrada bajo nieve en la parte más turística de la ciudad, junto a centenares de italianos y, claro, españoles gritando auxilio. Borja vivía cerca, eso también lo había presentido. Ahora que el papel que tanto necesitaba y por el que tanto se dejó follar estaba a más que buen recaudo, sus pasos sobre la nieve iban quedando atrás a medida que regresaba a él.

Escuchó sus propias pisadas atropelladas por la escalera; estaba morada, lo podía ver en los larguísimos espejos del hall. Había ese olor de perfume de centro comercial en el inmueble. Estando tan en el centro, ¿por qué se empeñaba en ofrecer esa sensación de lujo cuando todo en la calle despedía contaminación? Él la refugió en su abrazo. La nieve la mantendría allí a lo mejor dos días, si de verdad continuaba cayendo con esa fuerza. Por el vidrio de la puerta veían a la gente convertida en puntitos moviéndose a cámara lenta. Ella sintió que debía desmayarse, que lo haría para seguir la letra pequeña de su guión. Los brazos de Borja eran fuertes y así la subió por las escaleras hasta el piso cubierto de madera en la última planta.

¿Cómo explicarle a Alfredo que estaba en la peor casa posible? Borja acercaba tazas con distintos caldos, té de canela y miel, artificial pero efectivo; leche caliente y entera, un poco exagerado, a lo mejor podría pedirle que le hiciera un Cola Cao y lo haría; una sopa, de lata, por supuesto, de tomate y alguna hierba borrada de la etiqueta. El móvil empeñado en sonar y sonar y Borja observándola con esos ojos de gato culpable.

—Alfredo, estoy bien, en casa de Eleonora Arrieta —dijo mientras indicaba a Borja que se alejara, no podía hablarle a Alfredo con él delante.

—Es cerca del banco, ¿no? —preguntó Alfredo—. Eres una loca, Patricia, sabías que iba a nevar de esta manera y te has ido de casa. ¿Sabes que puede estar nevando hasta mañana y que no podrás regresar?

—El metro está al lado.

—Van a cortar casi todos los servicios. Es insano lo que has hecho. Estás golpeada, con un brazo roto, mal vestida...

—No estoy mal vestida, las botas abrigan muchísimo.

—Patricia, ¿hasta dónde vas a llegar en esta locura? No abriremos Ovington esta noche, no podemos jugar con la meteorología. No quiero que duermas en otro sitio que no sea en tu casa.

—Tendré que quedarme aquí, Alfredo.

—Iré a buscarte.

—No salgas de casa. Ya es suficiente con que yo esté fuera.

Cuando colgó el teléfono le dolía el brazo, hubiera deseado arrancarse el cabestrillo. Borja regresó de la habitación completamente desnudo y empezaron a amarse sobre el mismo sofá, las ventanas cubiertas de nieve y la luz fluorescente de la nevada protegiendo más que exponiendo su adulterio. Ella podía decirle que sentía vértigo, y él preguntarle por las cartas sin responder. Aunque la nevada colapsara la ciudad y les permitiera estar tiempo juntos, se besaban y penetraban como si quisieran acabar de inmediato. Como si desearan no hacerse preguntas, no pedir explicaciones.

Terminaron antes que la nevada. La ciudad había dejado de existir. Era un cuadrado blanco detrás de la ventana. Patricia era más bella desnuda que vestida, siempre afortunada por algo inaudito en su armoniosa figura. El cabestrillo le impedía adoptar otra postura que no fuera sentada cruzada de brazos o rendida mirando el apabullante blanco que les rodeaba.

—Es bello donde estamos. No lo que hemos hecho —confesó Patricia.

—¿Me estás despachando?

—No. No tenía previsto encontrarte. A menos que me siguieras, como hiciste la noche del Wolseley.

—No va a ser tan fácil librarse de mí, Patricia. Te has llevado cosas de mi casa. Sabes muy bien de lo que estoy hablando. No cosas materiales, sino algo dentro de mí. Usándome.

—Es lo que me has pedido siempre.

—No me hables como si fuera Alfredo. Yo hice cosas por

ti. Te devolví las ganas de estar con alguien, de imaginarte algo distinto que en principio te molestaba.

—Me repugnaba.

—Y bien que te entregaste a eso que te asqueaba.

Patricia no quiso agregar nada más. No estaba de acuerdo, no se había llevado nada. Si acaso destruido un trozo de su alma y algo, a lo más un rasguño, de la suya. Nada más.

—Nunca había hecho con nadie lo que hice contigo. Esa fiereza, esa monstruosidad. Jamás he follado de esa forma con nadie.

—Siento si te he roto algo —dijo ella, evitando la sonrisa porque era ella la que llevaba un cabestrillo. Habló a continuación como si recitara un dictado—: Si quieres el papel que estaba en los platos, lo dejé en la comisaría como motivo desencadenante de la pelea.

Borja abrió mucho sus ojos de estúpido.

—Es mentira —dijo él.

—Compruébalo por ti mismo, la comisaría está cerca de Sloane. Aunque no formalizamos la denuncia se nos abrió un expediente informativo. Estas sociedades son muy cuidadosas con la violencia de género. Dejamos allí ese retazo de papel y algunos de los restos de la vajilla como único material malherido de la circunstancia.

—David me explicó que no tuvo más remedio que chillar como una marica violada para que Alfredo terminara...

—No necesito que me des los detalles, Borja. Si quieres recuperar ese papel, ya sabes dónde está.

—¿Tú has visto lo que era? —preguntó, y Patricia parpadeó asombrada de su candidez.

—Estaba más ocupada en protegerme y en poner mi brazo en su sitio, Borja.

Borja se cubrió la cara con sus grandes manazas. Patricia observó el reloj titilante en la nevera de la cocina, al fondo. Tanta madera y tanta ventana y al final el salón y la cocina están integrados, el típico apartamento de soltero inversor en la ciudad de los negocios. Por más que pudiera amar a Borja, por su viril estupidez, por el grosor de sus dedos, las dimensiones de su miembro, por ser parte de «la Manada», por más que todo eso se juntara y la descentrara, quería a este hombre porque era un juguete.

—Sabes que nos veremos en la boda de los gays —dijo él. Patricia asintió. El reloj de la cocina daba una hora que no se adjudicaba a la luz que la nieve desplegaba. Volvieron a hacer el amor, volvieron a sorber sopas de vegetales artificiales y volvieron a guardar silencio mientras la madrugada les envolvía, él se quedaba dormido y ella miraba la noche brillante de la ciudad cubierta de nieve. Alfredo siguió llamando al móvil hasta las tres de la madrugada y luego otra vez a las siete, cuando aún medio dormida Patricia aceptó el cuerpo de Borja cubriéndola y su miembro adentrándose en todo lo que no se cansaba de recorrer. Se encendió la radio, Borja era ese tipo de hombre que se despierta con la radio-despertador y escucharon el parte meteorológico y las largas explicaciones de qué rutas estaban abiertas en la ciudad súbitamente aislada del mundo. Borja recorrió su cabello corto con esas manazas y ella estuvo a punto de decirle algo sobre aquel tiempo juntos. Él la miró cautivado, llorando, y también deseando decir algo que prefirió callar.

Luego, cuando recorrió la ciudad en el autobús con ruedas antinieve, rodeada de gente que como ella no había dormido en su casa, sintió que Borja la seguía andando a grandes pasos sobre la espesa nieve. Era verdad, iba siguiéndola, esos ojos tristes, destrozados, diciéndole todo el tiempo que no le olvidara, que la quería, que sabía que no debía, que los dos se habían encontrado para usarse pero que, al igual que el tiempo, el amor los transformó en algo cautivo, una luz sin sentido.

CAPÍTULO 28

—

ENRIQUE HABLA DEMASIADO

Tras la nieve Londres fue una ciudad efervescente porque sus habitantes, fueran ingleses o no, estaban enloquecidos con el descubrimiento de que la capital volvía a demostrar al mundo su autosuficiencia. Cinco días estuvieron cerrados los aeropuertos de la ciudad, los mismos que las estaciones de tren. Millones de turistas gastaron más dinero en permanecer, otros regresaron a sus países prácticamente a pie. Patricia y Alfredo disfrutaron de una ciudad feliz en su aislamiento. Las vendedoras del mercado de Spitalfields no dejaban de celebrarlo en su inglés atropellado.

—Tenemos carne hasta abril si esto continúa así. Y queso hasta noviembre —bromeaban, era exagerado pero celebraba ese espíritu inglés de que es siempre el resto del mundo quien los necesita.

El Ovington fue una sola fiesta esos días. Los millonarios rusos se empeñaron en guardar sus reservas de vodka en el restaurante, algunas de sus bodegas se habían inundado por mala impermeabilidad descubierta por la nevada. Las borracheras eran fielmente pagadas, miles de libras cada noche, y Patricia brindaba con gritos de Tovarich Carajevich mientras les hablaba de su proyecto de un club privado con la comida de Alfredo y el *savoir faire* del Ovington. Todos querían firmar y Patricia bromeaba, un tanto bebida, con llamarlo Anastasia, en respuesta al célebre Anabella's de Berkeley Square, que durante décadas había sido el club de referencia en Londres. Anastasia, Anastasia, Anastasia clamaban los rusos, y Patricia ponía algo parecido a una polca en el iPod y bailaban todos sobre las mesas.

En esa tesitura, Lucía Higgins pidió una entrevista a solas con Patricia. Cuando le fue concedida, Patricia escogió un spa de Mayfair donde acudía a realizar sus tratamientos faciales de mujer exitosa en medio de la peor depresión mundial. Higgins parecía nerviosa y apagada. Desempleada.

—Marrero me ha pedido que te exija el papel de la vajilla.

—No es un papel, Lucía.

—Está dispuesto a pagar todo lo que pidas.

—No puedo sacarlo de la comisaría hasta dentro de unos meses. Por ley indica que fue la causa de la reyerta con Alfredo y no un caso de abuso conyugal.

—Te vieron entrar en el banco de Jermyn con Regent el día de la nevada —lanzó Higgins, envejeciendo a medida que expulsaba las palabras.

—¿Y también avanzar en la nieve hasta casa de Borja? —expuso valiente Patricia.

Higgins sorbió su insípido té de spa de señoras ricas y calló.

—Tengo en mi ordenador esas fotos que siempre temiste que te habían hecho con tu novio negro en aquella casa de campo, Higgins —acotó Patricia con absoluta naturalidad.

—¡Tú misma dijiste que no existían! —mascó entre dientes, enfurecida, dispuesta a abofetear y gritar para llamar a la policía al mismo tiempo.

—Te enviaré un e-mail con ellas —sugirió Patricia sintiendo que, más que malvada, era una mujer con una precisa capacidad de movimientos. Cuando Higgins consiguiera levantarse de las comodísimas y mullidas butacas de la recepción del spa, Patricia ya estaría sentada en el asiento del taxi.

—Espero verte en la boda, me han dicho que serás la madrina —consiguió escupirle antes de alcanzar la puerta.

La nieve nivelaba todo, los pobres y ricos eran iguales, los judíos y árabes, los maricas y los ambiguos, todos esperando que cediera, que se abrieran aeropuertos, que la ciudad dejara de ser una inmensa lechería y carnicería para volver a ser la de siempre, activa, aglutinadora, sus aeropuertos acercándote cualquier orilla del mundo. El 4 de febrero, vaya, por fin un día cuatro, Patricia y Alfredo llegarían a Valencia. Dos días exactos para la boda. Marrero invitaba a todo, incluyendo su avión privado. Viajaron en silencio en el taxi. Las maletas eran de Goyard, con el célebre tapizado de la firma y las iniciales de sus nombres en gigantes letras de colores. Azul y rojo para la A. R. y rosa y amarillo para la P. V. G. Iban delante de ellos, en posición contraria, como si fueran vigilantes. Patricia estaba vestida como una Barbie de antes de que existiera la Barbie, pensó Alfredo. Vestido de tweed negro y gris, sin medias, y los zapatos cerrados al frente de interminable tacón y plataforma, sin suela roja, o sea, que serían unos Saint Laurent, seguramente todo de segunda mano de esas tiendas escondidas por todo Londres que Patricia se negaba a revelar. Eran sus hallazgos, y realmente parecía el cruce perfecto entre Grace Kelly y Evita Perón, lo más chic de cada una. Un anillo que parecía un mini sombrero de vedette de revista en su mano izquierda, la que sujetaba el cierre del bolso.

De nuevo el aeropuerto civil al norte de Heathrow. De nuevo ese largo trayecto de calles con ferreterías, restaurantes indios, chinos, judíos, hamburgueserías y estudiantes negras y obesas, rubias y medio desnudas, altos caballeros, desvalidos y pálidos, combinando cuadros en los pantalones y rayas en las camisas y americanas. Alfredo vio a un hombre sin un brazo, con un abrigo de mohair verde campiña y zapatos de tacón rojos. Sí, zapatos de mujer, con tacón, y manco. No pudo evitar señalárselo a Patricia, que pareció salir de un pensamiento muy terrible para dirigir su mirada a lo que señalaba el dedo de Alfredo.

Alfredo indicó los zapatos de tacón rojo que se veían perfectamente debajo del pantalón sin color y pierna corta. Patricia se asombró, era «tremendamente insólito». ¿Cómo podía mantener el equilibrio un hombre así?

—Excentricidad británica —dijo Alfredo, y por fin la sonrisa se abrió entre los dos.

De nuevo el avión de Marrero. Pero la decoración había cambiado. Todo era azul bebé, azul cielo. Parecía una habitación infantil. La moqueta tenía un estampado de logos. Alfredo pensó que extrañaba el wengué. Este viaje, Alfredo prefirió no descalzarse.

Patricia entró la primera. Alfredo iba a decir algo sobre el cambio, pero el tercer pasajero ya se adelantaba a besar a su novia:

—¿Te acuerdas de mí, Patricia? Soy Enrique, el amigo de... la Higgins y el señor Marrero, estuve en el Ovington con...

—Me acuerdo perfectamente —dijo Patricia, y Alfredo ya estaba detrás, con su mano sobre el hombro de ella y esta sujetándola con la mano del anillo Folies Bergère.

—¡Caramba, de verdad que juntos sois la pera! —exclamó Enrique mostrando esos dientes que parecían llevar manicura—. Me lo había advertido Borja...

Patricia musitó un delicado «Gracias» y entregó a Alfredo la hermética cartera, avanzando muy despacito hacia el asiento que sin dudar eligió. Alfredo vio cómo se arrellanaba en la butaca, como un gato que se mueve despacio en mullidas superficies.

Alfredo y el camarero se reconocieron del viaje anterior. Alfredo aceptó la copa del champagne de nuevo rico y Patricia ordenó un vaso de agua y se unieron al brindis de Enrique y su pulida sonrisa.

—Tenemos que aceptar la modernidad, chicos. Imaginad que a mis cuarenta y tres años me dijeran que existirían otro tipo de matrimonios. Yo en los ochenta tuve muchos amigos gays, incluso me gustaba que me tocaran en el gimnasio y me reía. ¿A quién de nosotros, guapos, no nos ha pasado? —dijo Enrique sujetando la cabeza de un carabinero que los infalibles Bellos habían reconocido del criadero de Siam.

—Alfredo nunca fue al gimnasio. Practicaba los deportes de su barrio, un partido de la liguilla del barrio, correr en la montaña... Nadar también se le da muy bien —informó más que decir, Patricia.

—En la piscina municipal, al lado del Náutico de la Barceloneta —remató Alfredo, inevitablemente tomando la mano de su novia. Enrique calló y miró su blackberry sin mensajes entrantes. Sin ningún aspaviento habían noqueado al interlocutor y ganado el primer round.

—Me gusta mucho que Pedrito haya sentado la cabeza, chicos —volvió Enrique, no podía estar callado—. Le he tenido siempre un gran cariño. Igual que su padre, que sinceramente se lo tiene. Cuando supo lo de su sexualidad, a la primera persona que llamó fue a mí. «Oye, que pasa esto», y le escuché decirlo de varias maneras, tú sabes, palabras malsonantes y todo eso, pero siempre diciéndome «le quiero, es mi único hijo, coño, que haga lo que quiera», y yo le dije «Marrero, este país es la hostia, coño, la gente está encantada con los... como tu hijo, en este momento, en la tele, en los libros, en la radio». Y coño, sinceramente, cuando hicieron lo de la ley esta, mi esposa me dijo que era el acabose y el anticristo, pero yo llamé a Marrero y el cabrón me dijo, «ya sé por qué me llamas, hijoputa». Y yo le respondí, «tenemos ley, Marrero, si no se casa Pedrito me divorcio y nos casamos nosotros».

Alfredo y Patricia no destrozaron el carabinero con sus dedos. En América la gente se horrorizaba cuando lo hacían, así que aprendieron a levantar la costra con la hoja superior del cuchillo. Era ridículo, sin duda, pero de alguna manera tenían que seguir marcando la diferencia con Enrique, que fiel a su carácter de troglodita con corbata se empecinaba en convertir el viaje en un tormento.

—David llama a Pedro «mi cachorrito salvaje» —dijo Alfredo en un momento de silencio, y Patricia dejó escapar una carcajada que cayó simpática a Enrique, imitándola de inmediato.

—Marrero ha invitado a todo quisque al evento —se abalanzó Enrique, que de verdad hablaba de más, no podía evitarlo—, o sea, que la lista tira para atrás pero de la impresión salvaje, en serio: el President, todos los del ayuntamiento, media lista del Náutico y también del Palau de les Arts, porque Marrero les ha dado mucha, muchísima pasta. Bueno, yo le he echado una manita, sugiriéndole este sí, este no —dijo, mostrando su móvil—. Aquí está toda la lista, y las confirmaciones. Antes de volar llegaron las de los mierdas de Alicante, que nos están fastidiando todo lo de los Grammy.

—¿Es cierto que haréis los Grammy en Valencia? —preguntó con exacto tono Alfredo.

—Joder, Alfredo, para la fiesta de preventa del proyecto tendrías que hacernos algo, tío, no hay nada que impresione más a los gringos que nuestra comida. Bueno, y los horarios, claro. Pero tú cómo te comes que un lío de la hostia como esto de los Grammy, que todo quisque en el planeta, en el planeta, va a saber dónde queda Valencia por estos premios, que son lo más gordo y además latinos, coño, y vienen los de Alicante y dicen que no lo ven para poner dinero...

—Bueno, podría crearse una plataforma privada o algo mixto —continuó Alfredo.

—Los que tienen plata son ellos, Alfredo. Que esto es provincias, coño, aunque lo llamen autonomía. De verdad, como dice Marrero, tanta democracia nos ha llenado de palabras que no sabemos utilizar. —Los miró—. La boda, por ejemplo, en realidad sabéis que no la paga Marrero, ¿no? Joder, como no hay novia, resultó que Pedrito tuvo que poner toda la dote de un golpe. Entonces, su padre lo pensó: una cosa así, un evento informativo, el primer hijo gay de un ricachón de derechas que se casa, hay que hacerlo bien, por todo lo alto. Han invitado famosos, incluso gays famosos. Y joder, es que Marrero es la hostia, le dijo al mismísimo President: esto es noticia, esto sale en los telediarios y esto es promoción para la ciudad. —Volvió a mostrarles el móvil—. Aquí está todo. Los permisos para cerrar las calles alrededor de la casa porque, al no haber iglesia, Marrero quiere que los novios salgan a pasear por la urbanización en una calesa. Coño, el maricón de tu hermano la quería en rosa, al final creo que han optado por un amarillito más cuento de hadas. A ver si se les ocurre ir vestidos de falleras.

—Mi hermano es muy respetuoso con las tradiciones —dijo Alfredo.

—Es una manera de hablar, coño, que para mí y para todos esta boda es como una guinda. —Se rio de su propia ocurrencia—. Para la ciudad y nosotros, los del entorno del gobierno, que, joder, vosotros los de la izquierda siempre nos pintáis como unos carcas hipotecados al Opus y tal, y de repente, coño, la ocasión para demostrar que somos más enrollados de lo que la gente piensa. Es que la izquierda, joder, cómo dominan en los medios, vaya...

Alfredo y Patricia se concentraron en sus platos.

—Joder, no os he ofendido, ¿no? Hablo demasiado, siempre hablé demasiado —dijo Enrique.

—No estamos interesados en saber cómo se ha planificado la boda. La comida es nuestro compromiso, y punto —dijo Alfredo.

—Y será la hostia, la rehostia. Me encanta decir hostia, no hay otra palabra así en el mundo. Y brindo, olé, porque vamos a disfrutar de la comida del maestro Raventós en el evento de su hermano.

—Matrimonio. Se le puede llamar matrimonio —dijo Alfredo mirándole. Estaba claro que Enrique sabía cuándo callarse: no había comentado nada del precio acordado por cada comensal en la fiesta.

—No le digas tal cosa a mi mujer, Alfredo. Las del Opus tienen esas cosas, cuando se empecinan en una cosa es como es y punto. Marrero mismo la ha llamado para que venga y ella que no y que no y que no, pero Marrero ha mandado un cheque bien gordo a una organización de caridad de mi esposa y vendrá, pero a la cena. Comprenderás, es una fan total de tu trabajo, Alfredo.

Alfredo asintió y sonrió media sonrisa exacta, antes de limpiarse los dedos limpios en el bol con limón.

—Realmente son magníficos estos carabineros —dijo Patricia.

—Son los vuestros, ¿no? —atizó Enrique—. Los de Siam y esas cosas. De verdad, sinceramente, le decía a Marrero en Londres en una mariscada, porque sabéis que a Marrero y a mí nos pirran las mariscadas. Siempre estamos, cualquiera que sea la ciudad, mariscada aquí, mariscada allá. La otra noche en Ginebra...

—Magníficas almejas —interrumpió Alfredo.

—La hostia, tío —exclamó Enrique, entrando cada vez más en calor—. Ves, es lo que le decía a mi esposa cuando hablaba de que viajaríamos juntos, porque a ella no le gusta que venga en este avión. No comparte que Marrero sea tan..., tan...

—Hospitalario —sugirió Patricia.

Enrique dio una palmada.

—Sois la hostia, de verdad, sinceramente... ¿Dónde estaba? Coño, sí, lo de Siam. Le dije a Marrero que para qué irse tan lejos cuando los de aquí, de Palamós y todo eso, coño, los ponen en todos los restaurantes del mundo.

—Los de Siam tienen esa característica atigrada que no está mal.

—Pero carajo, donde se ponga algo español...

—Que se quite todo lo demás —dijo Patricia levantando su vaso de vino sin tocar.

Rieron de buena gana. Segundo y tercer round de nuevo ganados por la pareja P. V. G. y A. R.

El mayordomo apareció con el milhojas de frambuesas pequeñitas, el postre favorito de Patricia. Quedaba igual de rico en Nueva York, París, Londres que en una montaña sobre el mar en Vigo o en Edimburgo. El mundo, que es vulgar, se había entregado al fondant de Paquito el repostero, todo ese chocolate desparramándose sobre los platos como si fuera la metáfora del tiempo que ahora era pasado, del derroche, el dispendio, el gastar con el mismo caudal de ese chocolate derretido. En cambio el milhojas era más contenido, más exacto, como el tiempo presente, que te dejaba desnudo en la primera oración. La crema no podía excederse porque impediría que el hojaldre crujiera al contacto con el cubierto y, si alguna fruta se desparramaba, siempre podía recuperarse arrastrándola con el cuchillo. Ese era el tiempo que vivían ahora: postres discretos para modales habilidosos. Alfredo encajó como pudo que sus platos también se sirvieran en el avión de Marrero y le ofreció un cóctel a Enrique.

—Joder, tío, fueron tus inicios, todos esos sitios míticos de Barcelona, el Henry's, el Speakeasy y el Dry Martini en Aribau...

—Pequeñito y empresa familiar, sus dueños eran muy amigos de mi padre —comentó Alfredo, acercando el manhattan que había preparado en un instante. Enrique lo sorbió.

—Inglaterra te está enseñando mucho de sus medidas, tío. Este es el cóctel más light que he bebido nunca.

—Acabamos de comer, no podemos aterrizar pedos, como dirías tú —sentenció Alfredo.

—Es que lo digo una y otra vez, sois perfectos, coño. ¿No os hartáis de tanta perfección? No, claro, seguro que no, es lo que queremos todos, ¿no? Ir la hostia a todos sitios, impecables, perfumados, que la gente se vuelva y diga, coño, el tío es de puta madre, con su pinta y tal. —Iba hablando peor a medida que sorbía el cóctel. Alfredo no desdibujaba su sonrisa en todo el tiempo, y Enrique intentaba seguir el ritmo de otro sonido electrónico que expulsaba el iPod y Patricia se le acercaba para convertir el pasillo del avión privado en una cómoda, divina, discoteca aérea. Enrique le sonreía y conseguía mover un brazo más o menos a tono con el latido de la música. Se mareaba, regresó a su silla y bobamente sonriendo sorbió otro poco del cóctel.

—Coño, sube de la hostia, ¿no le habrás echado nada raro, tío? —preguntó a Alfredo.

—Los licores en este avión engañan bastante —respondió Alfredo.

—Coño, tío, no me hagas nada raro, ¿no? Que yo no soy Borja, ¡hostia! Por favor...

—Ve al baño, a lo mejor te hace falta, ya sabes como es

beber estando aquí arriba —sugirió Patricia, realmente obsequiosa. Necesitaban quedarse a solas.

—Habla demasiado —dijo Patricia.

—Quiero que le hagas daño a Borja —dijo Alfredo.

Patricia no movió un pelo. Le pareció increíble escuchar a Alfredo hablar de esa manera, pero casi de la misma forma entendió que ese era el principio de una nueva etapa en su relación. Alfredo decidía abandonar para siempre su carácter de persona que intentaba entender a los demás, o de persona empecinada en ser siempre el último inocente.

—Tú sabes cómo, Patricia. Quiero que lo hagas y entonces entenderé lo que me has hecho a mí —concluyó Alfredo.

Enrique volvió muy deteriorado del lavabo. Se sujetaba en las esquinas de las butacas. Patricia encendió de nuevo el iPod. Sonaba Lily Allen, Patricia estaba colgada de ella. Enrique miraba a Patricia con ganas de saltarle encima y follarla crudamente, pero el alcohol le sujetaba al asiento mejor que el cinturón de seguridad. La voz de Lily Allen, en esa canción en particular, era gatita y cebra, un mamífero llamativo lleno de ganas de posesión y deslizantes curvas, y Patricia interpretaba explícitamente cada palabra, cada acorde y cada quiebro de la voz de la Allen y su delicado y rebelde acento de londinense post años noventa. Enrique intentaba soltarse el cinturón y Patricia, divina, casi volando sobre sus gestos y puntillas, venía a ayudarle, acercándose y separándose al ritmo de la canción, desistiendo en el último momento de desabrocharle del todo el cinturón. Porque la canción se lo impedía, porque la felina coreografía lo impedía. Enrique se daba cuenta de que no podría detenerles. Alfredo sostenía la sonrisa y la mirada recorriendo el fardo en que se convertía el hombre de Marrero. Saboreando el baile de su novia, el inquebrantable erotismo de su oferta y negación, una detrás de la otra y él allí, apuestamente observando, esperando el momento de unirse y masticar como una patita de pollo de menú de carretera al pobre Enrique.

Alfredo se unió al fin al baile de su novia completamente afeminado, imitando exageradamente los gestos, deslizando la sonrisa Alfredo a medida que Enrique se adentraba en el estupor e intentaba decirles algo. Alfredo quebraba la cintura y sujetaba la de Patricia, se besaban y separaban siguiendo la letra y la voz del nuevo ídolo. El ritmo de la canción era un remedo de alguna canción de aires bohemios de los años veinte, pero con una letra sobre las vicisitudes de una chica enamorada de un hombre casado. «My hero in disguise», decía la Allen, y Alfredo y Patricia seguían riéndose, y en la sonrisa diciéndose que pensaban lo mismo: ¿Cómo se traduce *in disguise* al castellano? ¿Un héroe disfrazado? ¿Un héroe camuflado? ¿Un héroe como ellos mismos que oculta su monstruosidad y la convierte en un instante como este, en un avión privado, disfrutando de un iPod de puta madre, como diría la víctima rendida al estupefaciente en el asiento?

Subieron aún más la música y echaron la cortina que les separaba de la tripulación. El mayordomo pensaría que lo lógico estaría sucediendo, sus tres pasajeros borrachos entregándose a las fantasías de los que vuelan en privado.

En realidad, Patricia ponía un dedo en el cuello del dormidísimo Enrique y daba su copa a Alfredo, que la vaciaba en el pequeño fregadero del mueble-bar. La blackberry continuaba encerrada en el puño del dormido. Patricia miró la ventanilla, entraban en España. El dormido Enrique cayó en un sueño más profundo y abrió su puño. Patricia tomó tranquilamente su dispositivo. Pulsó el sobrecito de mensajes. Allí estaba, perfectamente escrito: «Gerardo

Moura», el nombre de la última personalidad de Marrero. Pulsó otra vez. Se abrieron infinidad de mensajes. «Estoy con los Profesionales en tu avión», decía uno. «Patricia es puta porque él claramente es maricón», leía en otro, y Patricia lo sustituyó rápidamente por el siguiente para que Alfredo no lo viera.

—No puedes enviarte un mensaje porque lo sabrá. Ni borrar nada, porque seguro que los tienen intervenidos —dijo Alfredo.

—Haremos una llamada perdida a ese crítico de cocina amigo tuyo en *El País*.

—Estás loca, ¿para qué? Es un buen hombre, siempre nos da cinco estrellas.

—Hará circular este mensaje de los Grammy Latinos. «Los Grammy Latinos tienen que ser en Valencia y necesitamos convencer a cabrones del ayuntamiento e hijos de puta de la Generalitat. Los maricones americanos no tienen paciencia y pueden ponerlos donde mejor les unten» —leyó Patricia.

—A lo mejor tiene otro con los ganadores de este año ya seleccionados —dijo Alfredo.

—Lo enviaré por bluetooth. Pobre bluetooth, se quedó antiguo cuando todavía era moderno —sentenció Patricia.

Extrajo su móvil del bolso. Lo colocó justo enfrente del de Enrique. Alfredo pensó en el Mago Merlín de sus aventuras favoritas de niño. Y se imaginó a Patricia como una Morgana insaciable pero eficaz. Y a él mismo...

—Ya está —dijo Patricia ofreciéndole el aparato—. Reenvíatelo. Y el tuyo envíaselo al crítico de cocina de *El País*. Escribe en el texto que es un asunto gordo y que tenemos algo más que enviaremos esta tarde por correo ordinario.

—Enviado —dijo Alfredo. De inmediato borró el mensaje del listado de enviados—. ¡Qué fácil es, Patricia! Ser uno de ellos, un pillo... Comprendo que estés enganchada.

Patricia hizo lo mismo en el suyo, eliminar incómodas huellas, aunque la frase de Alfredo lacerara bastante. Observó bien el móvil de Enrique, vio que el dibujito de bluetooth activado era más visible de lo que esperaba. Lo desactivó. Y entonces buscó el número de Borja en la agenda del teléfono. Había varios, pero solo uno decía «Borja Gratis»; vaya, el sobrenombre de Alfredo había calado hondo.

—¿Qué vas a hacer? —Alfredo parecía retroceder en su deseo, pero ya era muy tarde, Patricia había tomado una decisión.

—«Tienen la factura, la han encontrado. Es solo una cena, tío, no pueden demostrar nada porque hayamos cenado en Albuquerque, ¿no? Joder, demasiados vinos. ¡Ellos han hecho una foto!» ¿Te parece bien? —preguntó Patricia antes de escribir nada.

—No, no pongas eso, es demasiado evidente, querían saber quiénes son «ellos» —esgrimió Alfredo—. Además puedes equivocarte de Borja.

—Solo él es Mr. Gratis.

Alfredo iba a tomar una servilleta, pero prefirió coger los propios dedos del dormido Enrique con la servilleta.

—Díctame tú la frase, quiero que sea algo tuyo, no mío —ordenó, mientras apretaba los dedos del dormido en el teclado.

—Hay que adjuntar la foto primero.

—Pero cómo va saberlo si no la ha recibido.

—La ha recibido, yo me encargué de enviarla antes.

—¿Desde qué móvil?, no te he visto hablar con ninguno.

—Antes —dijo Patricia con severidad y cara austriaca.

—¿El día de la nevada? —preguntó Alfredo adoptando la misma severidad y rostro.

—Tomé una foto de la factura antes de depositarla en el banco. Les he dicho a ellos, a Higgins y compañía, que la habíamos dejado como prueba de que no éramos violencia conyugal en la comisaría de Sloane Square. Ahora buscamos la foto que Borja debió de enviarle después de que yo se la enviara desde el móvil de Eleonora Arrieta.

—Ella no los conoce —dijo Alfredo.

—Alfredo, si me pides explicaciones quiero dártelas todas.

—¿Borja estará implicado?

Patricia asintió. La foto que esperaban se materializó en la pantalla del móvil. Los dedos de Enrique continuaban inertes. Alfredo los tomó y pulsó el símbolo de pegar. El mensaje tenía ahora la foto adjuntada.

«Vaya fiestón. Me gusta el vino, más si lo pagan estos provincianos. Tendrán sus Grammy. Nosotros los contratos», dictó Patricia, Alfredo escribió con los dedos del dormido. La frase, más o menos parecida, Patricia recordaba haberla visto en el móvil de Borja mientras él dormía la noche de la nevada.

—¿Estás segura de lo que haces? —Alfredo no podía dejar de asombrarse ante el arrojo de Patricia.

—Tienen los móviles intervenidos, les investigan por lo de los Grammy. Aun así, ellos se jactan de poder decir y escribirse lo que quieran, Alfredo. Nosotros solo estamos agregando un poquitín más de fuego a la mascletá. Tú lo has dicho, se hace cada vez más sencillo.

Alfredo tomó el móvil y también los dedos de Enrique.

«Es una pena que hable demasiado, Borja», les hizo escribir. Patricia, siempre con servilleta, tomó otros dedos de Enrique, de la mano izquierda, y pulsó «Envío». Dejó caer la mano y, como última jugada, colocó el móvil como si se lo hubiera tragado el asiento contiguo. Cuando Enrique lograra despertar, deseando sobriedad, no lo vería a primera vista.

El avión comenzaba a descender y veían al fondo los arrozales en el Delta del Ebro bañados por esa luz naranja de España. El Mediterráneo muy azul y poco a poco las casas pintadas de colores de los barrios cercanos a la costa. Apagaron el iPod y recibieron al mayordomo con una sonrisa cansada y un gesto de resacón precoz en sus rostros, que a su vez les respondió con otro gesto de desprecio por viajar con pasajeros como ellos en un avión sobresaturado de azul.

—¿Puedes prometerme algo, Alfredo? —dijo Patricia, de nuevo instalados en el coche con chófer que los llevaría hacia el hotel.

—¿Puedes tú? —respondió él.

—Nunca más hablaremos de mis errores.

—¿A cambio de amor eterno? —preguntó él.

Patricia le miró, radiante, excitada, se adentraban en la jugada maestra juntos.

—A cambio de amor eterno.

CAPÍTULO 29

LA BODA DE DAVID Y PEDRO

Marrero apareció en el luminoso salón de su casa en las afueras de la ciudad vestido de color naranja. Una camisa blanca, de cuellos altos y almidonados, con un jersey de cashmere en el naranja característico de una firma francesa. El pantalón era de un tono acaramelado, bien sujeto alrededor de la voluminosa barriga por un cinturón igual que el jersey con la prominente «H» brillante y dorada. Los zapatos eran de ante, casi naranja, por supuesto, y sin calcetines. Patricia revisó la fecha en su reloj, 4 de febrero, y claro, Valencia era así, podías estar a pleno mediodía como si estuvieras en la República Dominicana a dieciséis grados sin aire acondicionado. Y naranja, como las paredes de Madame Jo Jos.

—Mis amigos, «los Infalibles», en Valencia —sentenciaba Marrero—. ¿Habéis visto cómo mandé cambiaros el día, hartos de tanta lluvia en ese Londres de mierda? Aquí está todo el sol de España.

—Ya lo dice Julio Iglesias: «Cada mañana en Europa, un europeo recuerda que en España siempre hace sol.» —Alfredo aprendía deprisa. Patricia se quedó mirando la nuca de Marrero, que preparaba unos camparis con zumo de naranja, bebida de verano perfecta para Valencia en finales de invierno. Le pareció, de entrada, que la nuca era más fina, como de un hombre más joven, y que había más pelo en la cabeza. No podía dejar de mirar fascinada a esa cabeza que conocía desde muchos ángulos y deformaciones. Las orejas se habían hecho más grandes, alargadas, como de gnomo. Oirían incluso lo que no se dice.

Marrero los condujo a través de dos, tres inmensos salones. Todos tenían música ambiental y flores blancas muy pequeñitas, Patricia las reconoció de tela, su abuela hacía lo mismo cuando recibía visitas y no era día de cambio de flores. ¿Sería una cuestión de mala suerte aterrizar en la casa de la persona que más desprecias y necesitas en el día en que no se cambian las flores? Había cuadros de impresionismo catalán junto con Tàpies y Chillidas que Marrero compraba a pares, supuestamente siguiendo un criterio cronológico. Patricia pensó que cierto tipo de pintores contemporáneos tienen esa habilidad para la obra prolífica que se magnifica cuando se hacen importantes y entonces cada cuadro es una forma sencilla, aunque afanosa, de abultar cuentas corrientes. Alfredo observaba cada paso que daba ella, como si quisiera que en cualquier momento repitieran el bailecito de Lily Allen.

David y Pedro se entretenían besándose y revisando un número del *Vanity Fair* español, ambos en camiseta, Pedrito con mejor musculatura que David, que ya estaba rojo, como sus pantalones de estilo Boston-encuentra-Marbella disfrutando un verano precoz. Un camarero a quien Pedrito dio un golpecito en la pierna apareció con champagne y zumo de naranja, igual que hacen en la aerolínea española antes de despegar. Se besaron, David con cierta complicidad rara dedicada a Patricia. Ella aspiró su perfume, que era igual, cómplice y raro. De ácido dulce.

—Venga, muchachones, explicadle al hermanísimo cómo queréis la fiesta.

—Boda, papá —recordó Pedrito.

—Llena de famosos —dijo David mirando a su hermano.

—Tenemos que invitar al *Vanity Fair*. Seguro que les encantará, un tema como el nuestro, una familia súper de derechas de Valencia que acepta una boda como la nuestra y es más, la convierte en el evento social de la década en la ciudad —dijo con una velocidad inaudita Pedrito, el que nunca hablaba—. En serio, coño, desde ayer solo tengo una palabra en la cabeza: *Vanity Fair*, *Vanity Fair* y *Vanity Fair*.

—Son dos palabras —corrigió Patricia.

—Y famosos —agregó Alfredo.

—Quiero a todo el mundo. Los políticos los pone papá, y esos vendrán todos, pero son aburridísimos. Famosos de la tele. Me encantarían todos los presentadores guapos, los gays y los que no. David dijo que Boris Izaguirre quiere venir.

—Pide seis mil euros —informó Marrero.

—Dáselos, papá —sentenció David en vez de Pedro.

Los chicos se fueron, cogiéndose cada uno por los glúteos y dando saltitos.

—Tu hermano David se ha operado el culo con el doctor Piñón en Costa Rica —dijo Marrero.

—Pensaba que era en Panamá —corrigió Patricia.

—No. Le descubrieron recetando no sé qué droga prohibida en Estados Unidos y ha cambiado de frontera centroamericana —contestó él, colocando una hebra de cabello hacia atrás para enseñar sus nuevas orejas agigantadas.

—Van a pasar muchas cosas este fin de semana —prosiguió Marrero—, una de ellas muy feliz, no tanto como la boda, claro. Sino que aprovecharé para anunciar que, a partir de ahora, con todos mis hijos casados, renunciaré a todas las personas que he sido y regresaré a ser Pedro Marrero, el pobre alicantino que vino a esta ciudad con una mano delante...

—Y dos detrás —dijo de pronto Alfredo.

Marrero rio.

—Me parece que Enrique no pudo explicaros bien todo lo de los Grammy..., ¿no? Dice que empezasteis a bailar y por un momento pensó que los dos ibais a zampároslo sin miramientos.

—No me salen los camparis como a ti, Marrero...

—Ya. Bueno, me da igual si ahora os gusta hacer tríos, como la gente que va a la tele y lo cuenta. Vaya si ha cambiado este país, desde luego. Pero a lo que iba, vamos a traer los Grammy Latinos a esta mierda de ciudad.

Parecía que las orejas se movían solas; así como en otras operaciones los ojos y los labios iban a su propio ritmo, las inmensas orejas tenían ahora una musicalidad y la palabra Grammy ciertamente las excitaba.

—Oye, un poquito de emoción... —les instó Marrero.

—A lo mejor somos un poco más de los MTV —se justificó Alfredo.

—Pues hazte de los Grammy, tío, que es la onda y mira que te quiero contratar para todos los caterings que nos pidan.

—Perfecta razón para engordar facturas —dijo Patricia.

—Lo hemos hecho otras veces, ¿o no? —zanjó Marrero—. Por favor, ¿todavía estáis en ese dilema de si hacemos lo correcto o no? El dinero se acabó, en menos de dos años no habrá un puto ayuntamiento de este país contratando nada. Estos Grammy son la oportunidad para salir por la puerta grande. Y tapar nuestros agujeros...

—No tenemos deudas —dijo Alfredo.

Patricia carraspeó un poco más. El buen clima siempre le afectaba la garganta. Le molestaba seguir viendo y sabiendo de antemano todo lo que les sucedería. Y comprobar que Alfredo no terminaba de comprender la medida, la hondura de eso en lo que estaban metidos. Era clarísimo para ella, Marrero quería comprar, sobornar a cualquier precio, todavía a más gente, ahora un ayuntamiento, mañana, si no lo había hecho ayer, un gobierno para que, si saltaba el escándalo, el ruido de uno permitiera tapar el grito de otros.

Marrero había mandado construir una carpa para la boda de su hijo gay. Naranja, por supuesto, lo que en realidad ofrecía una luz muy bonita, cálida, como la llamó David cogido de la cintura de su futuro marido mientras una decena de operarios disponían las mesas cuadradas (siempre todo era cuadrado con Marrero) y dejaban sobre cada una de ellas los manteles y los altísimos protectores de cristal tallado dentro de los cuales irían las velas con distintos olores de la tierra valenciana: naranja, jazmín, limón, un deje de arcilla y mar. Pedro los había diseñado y una amiga los había fabricado con vistas a comercializarlos después de que la boda se convirtiese en el comentario del todo Valencia. Quería llamarlos «Protectores del amor encendido».

Alfredo no tenía claro si hacía ensalada de langosta o repetía el milhojas de bogavante que tanto gustó a Marrero aquella noche en el Ovington. Le repateaba la idea de repetir ese menú, fue la noche en que el padre del novio le enseñó su precio a Alfredo, el precio con el que le estaba comprando, el precio con el que para siempre le apartaba de ser el cocinero creativo y entregado a la defensa de su arte, su talento, para convertirse en uno más de una extensísima red de ventas y alquileres de almas, recuerdos y deseos. Y negocios.

Pero era un buen menú para una boda, gay o lo que fuera. Langosta o bogavante, crustáceos glamour, podría llamarlos. Y pato. Y chocolate. ¿Cómo iba a servir lechuga en pleno febrero, por más Valencia que fuera, por más gay y delirante que fuera la fiesta? No se puede abrir un menú con una ensalada en pleno febrero. Será el milhojas de bogavante, la última concesión al monstruo de Marrero.

Pero qué hacer con las langostas, allí vivas, moviendo las tenazas con tanta fuerza como para romper las gomas que las sujetaban. Un tartar sería un espectáculo, pero no podía triturarlas como la carne; el milhojas en realidad era una variante de esta posibilidad. Servirlas en rodajas creando una fuente interminable, la fuente de langostas que todo el mundo comente cuando la boda sea pretérito. No habría tantas, aunque pudiera pedirlas. ¡Un bisque de langostas frescas! Que abra el espectáculo, los camareros entrando en fila, levantando las tapas de las cazuelas y el vapor del caldo desplegando su olor y sabor. Atinadísimo. ¿Que siguiera después más bogavante? Hombre, era una boda gay, en Valencia, en la casa de Marrero, qué más daba la redundancia si todo era exageración. Solo faltaba un guiño a los Grammy Latinos, una condición no tan disimulada de Marrero. En el fondant de chocolate, al esparcirse sobre el plato, recorrería un dibujo hecho con azúcar granulada que leería Grammy en el plato. No, algo mejor, la tarta en sí que fuera en forma de Grammy. Una vez vio uno en casa de un músico español donde servía una cena. Un gramófono varias veces repetido, que serían los pisos de la tarta. Ocho Grammy, como los que ganó Alicia Keys, por ejemplo.

Patricia convenció a Marrero de que eran mejor mesas redondas a escasas horas de la boda. Y las sillas con espaldares redondos «como la mítica silla Dior», había exigido. Las cuadradas se reutilizarían en las terrazas donde se ubicarían los distintos bares, uno de ellos destinado a preparar los cócteles favoritos de Alfredo con él presente. Marrero recibió la noticia del cambio de mesas con un resoplido, varios gritos de «maricones de mierda, por qué no van y se casan en un bar de ambiente y dejáis de darme a mí por culo que no me ha gustado nunca», pero terminó reconociendo que el efecto final era, en sus palabras, «de una preciosura acojonante, coño, ninguna novia tendría una carpa igual en Valencia ni en otro rincón de España». Patricia fingió sentirse incómoda en recibir el título de decoradora, pero había realizado un escenario inolvidable. El tono de mantilla dorada que desprendía la inmensa araña en el centro hacía juego con el naranja de la carpa y era como un Sorolla en tercera dimensión. El titilar de las velas desprendiendo olores y reflejando sus llamas en los cristales de los protectores que los cubrían; el brillo de la cubertería por estrenar (una parte de ella destinada a ser el regalo de algún socio de Marrero a los novios); la impolutez de la vajilla, los bajoplatos de oro viejo, las servilletas blancas almidonadas hasta donde era posible y anudadas con una cinta de tela dorada para las señoras, naranja como el jersey de Marrero para los caballeros. En los centros de mesa figuritas de porcelana, otro guiño a la idiosincrasia valenciana. Y los faldones de los manteles reproduciendo imágenes de los viajes de los novios en un alarde de tecnología.

La luz era tan naranja que las cicatrices de las múltiples operaciones de Marrero se notaban como fideos que bailan en el agua hirviendo.

—Sería realmente una muestra de valor y amistad que el impresentable del President viniera a la puta boda gay de mi hijo y el maricón de tu hermano —comenzó—. Todo el mundo termina traicionándote, Alfredo y Patricia, no lo olvidéis nunca. Mírame la cara, sé que ves unas cicatrices espantosas, y capas de maquillaje, al final voy a terminar siendo más maricón que mi hijo. Miradme, miradme bien, yo solo he ayudado. Es verdad que no nací millonario, igual que tú, Alfredo. Pero en este mundo de machos, tú y yo, sobre todo yo, tuvimos que pelear cada céntimo y acumularlos para comprar a otros y ver crecer nuestras vidas. Eso es lo único que he hecho, usar el dinero para ayudar a otros. Ayudar a ser un tiburón de las finanzas a unos cuantos en esta parte del mundo —se atragantó, lloró al toser, continuó—. Demasiado mar, demasiada comida, demasiada vergüenza por estar debajo de los catalanes y su imperialismo y este Levante malencarado y chapucero.

—Nunca imaginé que te oiría hablar así, Marrero —interrumpió Patricia.

—Dicen que los padres se ponen sensibleros en las bodas de sus hijas. No voy a ser menos. Intento explicarme y reconozco que este tramo final me supera. Me veo en el espejo, para afeitarme y no cortarme, y me pregunto qué coño hago aquí si puedo ser tantas personas en al menos tres esquinas del planeta. A lo mejor porque quiero hacer algo bueno. —Los miró, Patricia intentaba no mover un músculo y Alfredo solo podía mirarlo con desprecio.

—Tu perfecta ingeniería financiera, Patricia, tiene un problema. Si yo caigo, el estrépito será ruidoso, más que una falla. Pasarán muchos años, muchos, antes de que puedas acceder a esas cuentas sin que te impliques y termines acompañándome a la cárcel.

—No irás a la cárcel —dijo Patricia.

—Patricia, no sigas haciéndole el juego, basta ya —intervino Alfredo.

—Déjala, Alfredo. Su plan es perfecto. Patricia es brillante, al tenernos en la cárcel no te molestaremos ni perseguiremos, ni mucho menos te partiremos en dos una noche cualquiera que Alfredo no esté en Londres. Pero costará mucho el demostrar que hicimos algo malo. Comprar y sobornar durante muchos años tiene esa recompensa, querida, por eso lo hacemos. Es la más segura de las inversiones. Al principio todo el mundo, sobre todo el público, cargará y cargará contra nosotros. Pero luego se cansarán. Una noticia jamás dura más de una semana.

—Imaginaba que tú preferirías ser esa excepción —matizó Patricia.

Una camarera interrumpió para informar de que los fotógrafos necesitaban ocupar sus puestos en la puerta para la llegada de invitados. Uno de ellos ya estaba allí. Marrero fingió sobriedad para asumir su rol de anfitrión en la boda. Colocó su brazo para que Patricia le rodease. Esperó con ese rostro pétreo de cicatrices traicioneras, asumiendo cualquier tiempo que Patricia necesitara para rodearle. O, dado que era la boda gay de su hijo, lo hiciese Alfredo.

Patricia se acomodó a su lado.

—Sabes que no sé tanto para robar —afirmó.

—Si llevas todo el dinero a cuentas vírgenes, el empleado más estúpido tendrá que reportarlo —le dijo Marrero como si quisiera ayudarla. Patricia miraba al fotógrafo ajustando su objetivo.

—Tienes que mover el dinero de una cuenta a otra, todos los días hasta que mueras. Lo sabes, ¿no? —siguió Marrero. Patricia no dijo nada.

—No te quedes siempre en el mismo continente. China está muy bien, es casi tan corrupta como nosotros. Pero tienes que moverte. Península Arábiga, fábricas de pilas para móviles... Cuando te canses del norte, vete al sur. Cuando te canses del sur, de vuelta al norte. Y evita Grecia y Argentina. Recuerda, cada cuenta es una empresa. Repítelo: cada cuenta es una empresa.

Patricia decidió mirarle a los ojos.

—Pensaré en ti mientras me pudra en la cárcel —concluyó Marrero.

—No irás a la cárcel —repitió Alfredo, tan seria su voz,

tan determinada su mirada que Marrero perdió el ritmo de sus pasos—. Irás a un sitio mucho peor —sentenció, inmediatamente después del flash.

Entraban invitados, ninguno parecía ser el President.

—Sé que aún no estamos todos —empezó a hablar Marrero desde un peldaño de la interminable escalera—, y que los novios, porque así les vamos a llamar toda la noche, los novios, uno de ellos mi hijo predilecto, están allí arriba esperando para hacer su entrada triunfal. Yo no me eduqué para entender cosas como esta. A mí me enseñaron a cazar, otear y disparar. Montar a caballo y saber distinguir cuál de las mujeres era la mejor para ser la madre de tus hijos y cuál... para otros menesteres. Pero Dios me ha dado un hijo diferente. Y ahora los socialistas me dejan tener otro... ¡político!

Las risotadas de los presentes se mezclaban con comentarios altisonantes. Marrero hizo subir a Patricia el escalón. Ella aceptó, sin dejar de mirar a Alfredo.

—A mí me habría encantado que mi nuera fuera esta belleza de mujer. Por dentro y por fuera. Una mujer de su época, amante y trabajadora...

Patricia sonrió y meció su pelo corto como si aun fuera melena.

—Pero por las cosas de esta puta modernidad mi nuera auténtica es un caballero, todavía más bello que esta preciosidad —señalaba a Alfredo y las señoras del Palau le lanzaban miraditas cariñosas y Alfredo pudo ver entrar a Borja, a Enrique, a la Higgins y al negro.

—El bellísimo Alfredo, coño, el que todos creíamos que el maricón era él y no su hermano que será mi nuero —culminó Marrero agitando mucho los brazos y recibiendo una ovación que mezclaba a la perfección el espíritu de la boda: estupefacción, repulsión y ganas de circo.

Alfredo recordó la primera ocasión que sintió fascinación por una escalera. Tendría catorce años y en el Méliès de la calle Villarroel, en Barcelona, proyectaban *Encadenados*. Hitchcock en estado puro. Ingrid Bergman es obligada a casarse con un ex nazi refugiado en Río de Janeiro y quien le dirige a hacerlo es su verdadero enamorado, Cary Grant. El nazi vive junto a su madre, más temible que él, en un palacio en las afueras de la ciudad tropical. Grant convence a Bergman para que su marido ofrezca una fiesta para presentarla en sociedad. Grant acudirá para investigar y recoger pruebas que demuestren las actividades ilícitas del nazi en la ciudad que le acoge. Y allí sucede el célebre plano en contrapicado de Hitchcock, como un águila que desciende desde lo alto de la escalera de la mansión, rozando sus curvas, deslizándose en la suavidad de su mármol negro como una serpiente que se enrosca alrededor del cuello de sus víctimas. El plano se desliza por esa escalera hasta alcanzar a Bergman, como Alfredo en la boda de su hermano, al pie de la escalera y escondiendo en sus manos la llave de acceso a la bodega donde el nazi esconde todos sus secretos. Es una película de 1946 y la perfección cinematográfica es inmortal. La tensión en la escalera, el secreto en las manos, la puerta abriéndose para recibir invitados y cerrándose para avivar la expectación hasta que al fin entra Grant, el héroe oscuro, el hombre que activará todos los peligros. La escalera, otra vez, la escalera es la única que sabe todas las claves, que soporta la pisada de todos los implicados y permanece intacta entre las ruinas que bailan en su memoria para devolverle la escena completa y percatarse de que su vida ha terminado por parecerse a esa escena.

—Alfredo —sintió la voz ronca y rota. Y el olor a Agua Brava de su infancia y los primeros días de julio camino de

Llavaneras. Era su padre, Alfredo Raventós, el mejor fabricante de salchichas de la alta Barcelona.

—Te ves asustado, hijo —continuó el padre viendo pasar las bandejas con espigadas copas de champagne.

—¿Te imaginabas que David fuera a casarse de esta manera?

—No. Pero no podía faltarle. Realmente se está llenando de gente rarísima. ¿Quiénes son esos vestidos con fracs blancos como si fueran una orquesta de algún musical?

—Los testigos de David y Pedro.

—Pero la ceremonia es solo civil.

—Sí, pero David y Pedro van a entrar con los acordes de «El amor de mi vida», de Julio Iglesias.

—Dios mío —musitó el padre. Los testigos que había señalado se cogían por las cinturas, parecían un conjunto, un boyband latino avanzando en los treintaytantos. Pelos engominados, algunos con pendientes, otros vistiendo la chaqueta del frac pero vaqueros blancos ultra ceñidos y hermoso paquete y culos caribeños. Generaban ruido, movían las manos, se empezaban a besar entre ellos y corrían como locos en grupo cada vez que entraba una de sus estrellas, fuera el gay de la tele, la alcaldesa de la ciudad, el director de la televisión autonómica, el pequeño y vociferante relaciones públicas del Náutico y el Palau de les Arts, la soprano finlandesa contratada para cantar *L'elisir d'amore,* la cantante pop que les dedicaría un mini concierto a los novios después de los postres y el mito erótico de las películas del destape acompañada de su nuevo novio polaco, ex stripteaser. Estaban también los hermanos Casas, mister Petazetas (Alfredo decidió que el pastel tendría forma de Grammy, pero en su interior tendría *chocolat fondant* con Petazetas) y el sommelier del restaurante del Innombrable, que se había ofrecido a corregir la lista de vinos de Marrero para la boda. Todos decían que el President se presentaría de manera imprevista, fuera de todo protocolo, pasada la cena, previendo evitar la ceremonia que su partido no aprobaba de ninguna manera por haberse apropiado de la palabra «matrimonio» cuando oficializaba una relación donde no existían madres. Todos iban reuniéndose en el bajo de la escalera, rodeados de los Tàpies más grandes que puedan existir y una marina, más bien un naufragio, de Sorolla. Hablaban, reían, esperaban que alguien les sorprendiera todavía más al abrirse la puerta. Una Preysler, por ejemplo, una Penélope, un Bardem, Kim Basinger o Kylie Minogue.

—¿Crees que para esto cambiamos el país? —le preguntó su padre a Alfredo.

Alfredo quiso levantar sus hombros y dar por respondida la pregunta, pero no pudo. Aprovechó para verlo, más pequeño que él, igual de delgado y conservados algunos de sus músculos, el maxilar, los hombros, las manos fuertes, los ojos penetrantes y las piernas duras, un aire de dignidad propia del pobre en la casa del millonario.

—A lo mejor es mi culpa que David quiera casarse de esta manera, creyendo que al fin me supera en algo —dijo Alfredo.

—Él no necesita compararse contigo. Nadie necesita compararse con nadie, es siempre un error —afirmó el padre.

—España como país se vio obligada a hacerlo con el resto de Europa en los últimos años para crecer, papá. No queríamos ser Portugal, ni Grecia. Queríamos ser más Alemania que Alemania.

—Y nos hemos convertido en esto. Por compararnos. Ya ves, me estás dando la razón —continuó el padre.

—Yo en cambio quisiera ser como tú —dijo Alfredo, evitando las lágrimas que le afloraban. De verdad lo sentía; estaba tan lejos de su padre, siempre lo había estado, pero todo el tiempo hizo lo que él hacía: cocinar, encontrar una rutina cómoda y placentera, levantarse, preparar las comidas, sentarse a ver el deleite en otros, crear algo sencillo para cenar, volver a admirar el goce en los demás, limpiar, cerrar, irse con Patricia caminando a casa, comentando tonterías de los clientes, amarse, dormir, vuelta a empezar.

—No, Alfredo, tú lo que quieres es esto. Gente, trajes, la novia más bella y excitante del mundo. Peligros y venenos, y cenas y brindis. Como tu madre.

—Ella se volvió loca —dijo Alfredo con una voz extraña, adolorida, seca.

—Porque se dio cuenta de que no iba a conseguirlo —se desahogó el padre—. Por eso te golpeaba, Alfredo. Porque sabía que tú sí ibas a hacerlo. No hablemos de mis esposas. Ninguna está entre nosotros para defenderse. Ni ellas ni yo supimos ser mejores padres.

Alfredo sintió la rabia crecerle, las ganas de agredir al padre con aquella fuerza incontrolable de su madre en Barcelona. Igual que Marrero mostrándole su precio, su padre le decía que no estaba solo rodeado de personas corrompidas, sino que era ya uno de ellos.

La fiesta empezaba a crecer como el ansiado evento social, la boda «distinta» que terminaría por celebrar un estilo de vida, siempre dispuesto a más, ganar más, mostrar más, vivir más. La escalera se hacía más grande, más larga, más infinita. Marrero parecía un remedo de Mr. Memory, el mago que oculta secretos de contraespionaje en *Los 39 escalones* de Hitchcock. Si Mr. Memory era un sofisticado inglés de frac, Marrero confundía el chaqué y el frac en su atuendo. No quería ir todo de negro, «coño, porque si es una boda diferente para qué me voy a disfrazar como si casara a una hija cuando lo que caso es a mi hijo maricón», pero tampoco quería renunciar a ponerse un chaleco con colores, «por la misma razón, si voy a casar a mi hijo maricón, quiero llevar una mariconada y quiero que sea naranja como el resto de las cosas. Era el color de la suerte de Frank Sinatra, coño. Y los Grammy Latinos en Valencia también serán naranjas, porque las naranjas y Valencia son la misma cosa y así se lo hemos vendido a esos maricones de Las Vegas y de los putos Grammy Latinos». El frac era negro y bastante pingüino, excesivas hombreras, teniendo en cuenta que Marrero era un hombre corpulento. Pantalón gris pizarra y zapatos de charol (un error garrafal a la hora de vestir un chaqué, pero de rigor cuando se trata de un frac). El «mariconeo» resplandecía al llegar al chaleco, de piqué blanco, abultando la corpulencia, con un ribete naranja en las solapas, en las tapas de los bolsillos y en el forro de los botones. En el bolsillo superior del chaqué un pañuelo naranja fue al principio un detallito de color; a medida que se sucedían los saludos y se acercaba el momento de la boda el pañuelo brotaba como una llama que le recordó a Alfredo el símbolo de la Shell.

Una melodía barroca, en vez de Julio Iglesias, anunciaba la llegada de los novios ante sus invitados. Entendió qué música era, se la había mostrado Patricia en el avión que les trajo a Londres: *La coronación de Popea.* Miró hacia ella, hacia Patricia, al otro lado de la escalera, al lado de Marrero, como si fuera la nueva madre joven del novio. Lo sabía, iba a pasar, en la noche de las verdades esa sería la oportunidad en que les vería juntos, igual que pasó con Borja en el Ovington, y lo entendiera todo y no podría hacer nada.

Los novios aparecieron ante el ensordecedor aplauso y gritos de vivan los novios, viva la libertad y viva Valencia divina.

La jueza (iba a casarlos la alcaldesa, que a última hora «recordó» un bautizo familiar coincidente, en horas, no en estilo, con la boda gay) hizo una larga reflexión sobre dos robles en un inmenso parque, metáforas de David y Pedro, disfrutando del mismo sol y las mismas inclemencias del tiempo. Alfredo miró hacia Patricia, ahora al lado de una mujer robusta, de mayor edad, el pelo muy negro. Manuela, su hermana. La Familia Addams se ampliaba considerablemente. La jueza estaba leyendo un poema de Khalil Gibran sobre otros árboles metafóricos, Alfredo se estremeció, desconfiaba absolutamente de los lectores de Khalil Gibran, así como citar ideas de Deepak Chopra. David introdujo el anillo de diamantes muy brillantes en el dedo de Pedro y este repitió el gesto sonriendo con sus dientes más brillantes que los diamantes. El aplauso fue atronador, con silbidos, patadas contra el suelo y cañonazos expulsados por criados vestidos con uniformes naranjas en el jardín. El presentador venezolano fue invitado a subir a un atril para anunciar el regalo de la falla de la cual Marrero era Presidente. Luego entraron las veinticuatro falleras que acompañarían a la fallera de honor el próximo 17 de febrero, inaugurando la temporada de fiestas. Izaguirre anunciaba las falleras una a una, con sus larguísimos nombres. Desfilaron envueltas en trajes de colores apabullantes, intrincadas flores, zarzas, enredaderas de jarrón chino bordados en las sedas que apretaban sus cuerpos. Se colocaron alrededor de los novios, siempre rodeados de esos gritos de libertad y *visca* Valencia. Alfredo tenía que volver a la cocina, pero no podía separarse de esa imagen, las veinticuatro mujeres cubiertas de vibrantes bordados, los peinados de laberíntica creación, alrededor de David y Pedro.

Patricia esperaba en la cocina, junto a Manuela, probando los langostinos tigre que colocaban en las bandejas del aperitivo.

—Parece mentira que estemos así, juntas.

—¿Has hecho todo esto con la cuenta de la empresa puntocom?

—Un poco sí, otro poco no —prefirió responder Patricia.

—¿Vas a venderla, a hacer una red social? —insistió Manuela—. Qué putada no haberlo pensado hace diez años. ¿Te imaginas que hubiéramos inventado Facebook?

—Al final otros se adelantaron con mi reconocedor de canciones en lugares públicos —confesó Patricia.

—Entonces, ¿eso tampoco es la fuente de ingresos?

—La gente todavía quiere pagar precios altos por una comida de Alfredo —dijo Patricia.

—Pero eso no es lo que quería él.

—Manuela, no nos trates como sociatas, que tampoco lo somos. Recibimos a todo el mundo en nuestros restaurantes.

—Ya lo puedo ver, sí.

Estallaron en una carcajada, Patricia la aprovechó para abrazarse a su hermana. Siempre que lo hacía tenía la sensación de que sería por última vez. Se separaron, aliviadas, y ella fue hacia su bolso. Manuela abrió de inmediato el sobre que le entregaba Patricia.

—Son títulos de una empresa que necesito que dirijas. No tienes que hacer mucho, solo aceptar lo que viene escrito. Puedes mirar sus acciones crecer desde el ordenador de tu casa.

—¿Un fondo de inversiones para ayudas en países en vías de desarrollo? ¿Vas a insistir con lo mismo?

—Esta vez es mucho más fácil, Manuela. Esta vez el altruismo y la tecnología tienen un sentido.

Alfredo entró en la cocina, era momento de iniciar el baile de la cena.

Alfredo la vio mayor, veía a todo el mundo mayor en la boda de su hermano.

—Patricia me cuenta que la cena será como una coreografía —continuó Manuela—. Estás guapísimo, perdona que te lo diga delante de mi hermana, pero no puedo evitarlo.

—Gracias, Manuela. Yo también te veo muy bien.

—Avejentada. Los niños, que ustedes no tienen, son así de devoradores.

—Si tuviéramos niños no podríamos ser Alfredo y Patricia —dijo Patricia supervisando las bandejas antes de entregarlas a los camareros. Manuela iba a tomar otro langostino y Alfredo le dio un toque en la mano y retiró la bandeja.

—Las madres no deben comer marisco rojo. Incrementa su libido y puede traer problemas —le dijo. Manuela se atragantó con un resto de cáscara en su boca y se vio obligada a introducirse los dedos para extraerlo. Alfredo y Patricia se pusieron muy juntos delante de ella. Cuando alguien menos bello, aunque sea familia, se ve obligado a afearse todavía más, los bellos gustan de contemplarlo juntos. Como vampiros que ven sangre gotear, buitres que esperan a la oveja desnucarse u ovejas que ven la hierba crecer.

—Le he dicho a Patricia que me equivoqué de plano acerca de Londres. Es un éxito y estoy segura de que no parará de crecer.

Gracias, dijeron los dos. El resto de cáscara se empeñaba en pegarse al paladar, Manuela tuvo que toser dos veces, Patricia le acercó un vaso de agua y Alfredo sujetó una copa de champagne para luego.

—Me ponéis nerviosa, coño, tanta perfección en torno a mí —dijo Manuela, entrecortada.

—Le he explicado que visitaré a la abuela en Edimburgo y que me quedaré unos días para arreglar con ella algunos problemas que tiene en sus cuentas —dijo Patricia con precisión, como si informara a Alfredo de que había puesto a Manuela al corriente de sus actividades. No de todas ellas, pero ciertamente de las que había considerado necesarias.

—Ah —dijo Alfredo, muy británico. Manuela tosió y al fin expulso la cáscara, esta cayó al suelo y Alfredo la apartó con el zapato.

—Esta fiesta es toda ella el anticristo —dijo Manuela, sin pensarlo, como casi todas las cosas que decía o hacía delante de «Los Infalibles...»

Los camareros empezaban a alinearse con las bandejas, entrarían en la carpa con todos sentados y las tazas de consomé de la vajilla rusa humeantes por el bisque de langosta. Manuela se quedó absorta viendo el proceso, Alfredo y Patricia examinándoles como si fueran un ejército de gusto. Escuchaban cada vez más gente en la carpa, crecía el calor, Anna Domino sonaba por los altavoces «Los escogidos». «El placer de los escogidos reside en algo muy delgado y el lugar de aquellos escogidos está en la seguridad de los demás.» Patricia terminó de pasar revista. La canción alcanzó un clímax y repitió el estribillo, «El placer de los escogidos reside en...», y salieron los camareros en dos columnas, el humo del bisque convirtiendo las bandejas en piras exóticas, el olor del plato deslizándose entre los murmullos y luego aplausos, siempre aplausos, de los invitados. Veinte camareros por cada columna, cuarenta mesas de ocho personas cada una. Habían ensayado el servicio mucho, pero nunca se sabe cuánto es suficiente. Cada camarero serviría cuatro sopas en una mesa y se giraría para servir otras cuatro en la mesa de al lado. Señoras primero, hombres después, claro. Muñecos que repartían felicidad a izquierda y derecha. El movimiento fascinaba, el aplauso continuaba y en menos de diez minutos la carpa era un agitar de humos, cucharas golpeando lozas y señoras sujetando largos pendientes para evitar que entraran en el caldo. Al fondo, las puertas de la cocina todavía abiertas para recibir el repliegue de las columnas de camareros, y Patricia y Alfredo recibían su parte de aplausos perfectamente abrazados.

Las columnas salieron otras seis veces. Una para recoger las sopas y otra para servir el primer entrante, el hojaldre de bogavante que tanto había gustado a Marrero en el Ovington. Otra para servir el pato, otra para recogerlo, y finalmente para introducir la tarta de novios, con el fastuoso Grammy de *chocolat fondant* con Petazetas. La sala fue un eco, un oh ansioso, extenuado y revigorizado. Viva Valencia se oyó, un rugido, Marrero se llevó una mano al corazón, David y Pedro se fundieron en un beso eterno y el conjunto de testigos vestidos de frac blanco levantó una inmensa foto de David y Pedro en mini bañadores y pareos tomada el verano anterior. Los novios fueron hacia la tarta devorados por los flashes de todo tipo de cámara, digital, predigital, profesional, de cronista o de móvil. Marrero consiguió que el padre de Alfredo y David estuviera a su lado, y lo abrazó, llevándose la atención de los artilugios hacia ellos. Marrero hacía gestos hacia alguien, Alfredo tardó en entender que eran por él. Quería que hablara, ya tenía el micrófono en la mano. Alfredo solo podía mirar hacia los flashes, buscando a Patricia, sintiendo el Agua Brava de su padre muy cerca, recordándole el paseo hasta Llavaneras en el Citroën Tiburón (el Citroën Tiburón, la única cosa bella de su infancia, ¿por qué no la recordaba más veces?). Miró a Manuela, masticando algo, su cara cubierta de las marcas de una vida sin privilegios. Vio a Enrique y a su esposa teñida, asustados pero sonriéndole. Le pareció ver a uno de los chinos que gritaban números, en libras o yenes delante de los peces monstruo de la Isla Prima.

—Alfredo Raventós es el mejor cocinero de su generación. Ha sacado tiempo mientras prepara el que será el mejor libro de cocina europea en el mundo para estar aquí.

Y es el hermano del novio —bramaba Marrero, apretando el micrófono en los dedos de Alfredo.

Pensó, mientras miraba todos los ojos dirigiéndose hacia él, que les diría la verdad. Que empezaría hablándoles de la ausencia de Robin en la nueva vida de Batman. Les relataría el viaje de regreso junto a Marrero hacia Nueva York, cómo le había dicho que David y Pedro eran seropositivos y que todo lo que hacía por ellos partía de una desastrosa compasión. Les diría que estuvieron en la Isla Prima y que ingeniaron un sistema por el cual todo lo que comieran preparado por él se trataba en realidad de una maquinaria para lavar y generar más dinero. Que asistió a la subasta de monstruos marinos y vio reflejados en sus ojos su propio precio como persona. Que sabía, sin poder constatarlo, más allá de la obsesión, de los celos, del miedo mismo, que su amada Patricia se había acostado con Marrero en algún sitio, en algún año, y que desde entonces, más que un cornudo, era el imbécil que deseaba quitarse la venda, darse cuenta de que así como caían economías en el mundo entero, estaba destruyéndose este estilo de vida que vanagloriaban con la boda de su hermano y el hijo del hombre que más detestaba. Quería decirles que la ira contra Patricia le había permitido descubrir un documento que a muchos de los presentes comprometía y que tenerlo les hacía sentirse invisibles. Por eso habían drogado al más tonto de ellos, sí, tu Enrique, ahí en la mesa donde iba a sentarse el President. Y también a Borja, el fardo oloroso de perfume caro y anticuado, riéndole malos chistes y peores cotilleos a la Higgins. Quería decirles que al final nadie ganaba y todos perdían. Él ya no era el talento rompedor, sino el pirata complaciente, uno más de ellos, engañado por su único amor, atrapado por seguir a su lado, corrupto e indefenso a nuevas miserias, una escalera inversa donde él caía y caía sin poder detenerse.

—Soy cocinero por mi padre, que está hoy entre nosotros, que convirtió una salchichería en un lugar donde dos chiquillos de edades distintas se asomaron a Barcelona, a su gente y luego a la idea de que con mucho esfuerzo, muchas ganas de aprender, podíamos cambiar el mundo, a través del sabor, de la curiosidad por mezclarlos y descubrir nuevos o aprehender otros en culturas distintas, países que no pueden jamás compararse entre sí, de la misma manera que un sabor recuerda a otro o incluso a una persona, un olor, un amor, otro sentido. Eso es lo que he querido ofrecerles hoy, sabores que explican a David, mi hermano, y Pedro, su verdadero amor. Que me explican a mí y espero también a todos vosotros.

Devolvió el micrófono a Marrero, que no dudó un instante en abrazarle. Alfredo volvió a albergar aquel momento de sueño en que podía fundirse con los ojos cerrados en el cuerpo de su novia, de Patricia, pero lo que entonces sintió fue que su cuerpo era el de Patricia siendo abrazada por ese cúmulo de piel y órganos viles palpitando debajo de las cicatrices y el olor a mueble viejo pero bien mantenido de Marrero. Lo mismo sentiría Patricia, imaginó. Encerrada en esos brazos olorosos a ungüentos y quirófanos pretéritos, dejándose sujetar para no recordar, para no entregarse más.

Le despertó de esa sensación el sonido de unos globos disparándose. Más arriba del inmenso chandelier, en efecto, dos grandes bolsas hechas con la misma tela de la carpa estallaban sobre los asistentes y descargaban papelillos violeta. Solo que a medida que caían sobre los invitados no eran papelillos sino billetes de quinientos euros. Una lluvia de dinero sobrevolándoles como si fueran mujeres suspendidas en un sueño, una plaga de langostas atacando una tienda de millonarios cazadores, pájaros tropicales recorriendo la llanura al amanecer. Billetes, billetes y el ruido de los presentes recogiéndolos con sus dedos, con sus dientes, con la punta de aquellos tenedores, aplaudiendo otra vez, gritando cosas incomprensibles, apartando las sillas para arrojarse al suelo y recogerlos. «Son de verdad, dios mío, Marrero, te has pasado un huevo», gritaban algunos. La Higgins se los ponía en el escote y reía estruendosamente. El negro los envolvía como si fueran a aspirar una raya, el conjunto de testigos se besaban entre ellos con seis, diez de ellos agarrados en las manos. Marrero sonreía complacido y diciendo cosas en el micrófono.

—Gracias, gracias a todos por apoyarme desinteresadamente en modernizar nuestra Valencia. La boda de mi hijo, las copas de vela y mañana, sí, mañana la confirmación de que los Grammy, mis queridos Grammy Latinos, serán aquí, en nuestra amada capital.

Volvió ese atronador aplauso, los billetes todavía cayendo, algunos quedándose escondidos, refugiados quizás en los pliegues de las esquinas de la carpa naranja. Un pequeño grupito de tres, seis billetes revoloteando como con temor de caer al suelo y prefiriendo disfrutar de un último instante de libertad antes de quedar encerrados en los gruesos dedos de cualquiera de los invitados.

Escucharon otro estallido. Y esta vez era pólvora, los fuegos artificiales.

Dorados, azules y verde esmeralda, según los había pedido Pedrito en honor al manto de la Virgen de los Desamparados, uniendo su día con la efeméride de los contrayentes. Alfredo escuchó una dama de las del Palau fruncir el ceño. «No está bien, no hay derecho de mezclar una cosa con la otra.» Un hombre con sotana apareció entre los novios y les entregó solemnemente un librito, mientras Marrero, al otro extremo de la mesa nupcial, intentaba llegar a tiempo para darle el micrófono al cura y que las palabras que compartía con los novios fueran escuchadas por todos. Era realmente demasiado, pensó Alfredo: los fuegos, los billetes, la coincidencia con la Virgen de los Desamparados, Marrero devenido en presentador histérico. El cura insistió en negarse hasta que Marrero sujetó la nuca del hombre y aproximó sus orejas hacia sus labios.

—Aunque... —empezó Marrero a repetir lo que el cura le decía—, no se trata de interrumpir unos fuegos tan bonitos, roguemos porque la luz que ahora despliegan para nuestro goce y diversión sirva también de guía, aunque sea en el recuerdo, para la felicidad de estos dos buenos católicos que son Pedro y David.

La audiencia, los cuatrocientos invitados, se quedaron como si acabaran de ver pasar un difunto. Un instante, escuchándose solo el crepitar de los fuegos y los bum de sus explosiones. Un instante de quietud, silencio absoluto hasta que Pedrito tomó el micrófono de manos del cura.

—Amén, padre confesor.

Y entonces sí, sobrevino el atronador aplauso que todo pontificaba.

Una orquesta empezaba a marcar los compases de un medley introductorio para la actuación de la estrella pop invitada. Alfredo sintió el brazo de Patricia rodeándole. No oyó lo que le decía, ni leyó sus labios tan cerca. La besó, profundamente, sintiendo el sabor de los primeros besos, el recuerdo de un viaje inesperado a Vigo, introduciéndose en el agua helada mientras ella se aferraba a él y seguían besándose y él miraba hacia las montañas y las Cíes por una vez disipadas de toda niebla, farallones unidos por una kilométrica playa de arena absolutamente blanca.

Abrió los ojos porque Patricia se separaba de él señalándole hacia la mesa de los novios donde se reunían, como si fueran bailarinas de un cabaret, el conjunto de testigos siguiendo una coreografía loca, divertida, y un algo patética al ritmo de la canción. Otra vez Lily Allen con «Fuck you», el tema de moda en las discotecas gays de Londres. «Mira dentro en esa pequeña, muy pequeña, mentecita tuya. Tú has dicho que no es ok ser gay sino más diabólico. Jódete, sí, jódete muy, muy mucho, solo quieres ser como tu padre y lo que buscas es aprobación. Jódete, jódete, muy mucho, porque odiamos lo que haces.» Lo bailaban delante de los novios como si fueran ex bailarinas de un Bolshoi travesti, moviendo las cabecitas como si fueran muñecas a punto de partirse. «No es la fiesta del año, es la fiesta del ano», como empezó a exclamar Borja sin moverse de su habitual espatarrez en su mesa rodeado de todo el elenco valenciano del Ovington. Y Boris Izaguirre llevándose la mano al bolsillo del pantalón donde tendría su paga por su asistencia.

Marrero les miraba rodeado de invitados estrujando billetes de quinientos euros. De pronto todo su semblante cambió, un caballero le enseñaba un documento, y luego una placa de la policía. Lo mismo sucedía en la mesa de Borja y Enrique. Higgins no tuvo tiempo de reaccionar, un corpulento oficial la apartaba de su negro. Otro varón, igualmente corpulento, arrancó la conexión del sistema de sonido..

—Brigada Anticorrupción —vociferó un tercer varón muy trajeado, parecía más bien un escolta de Marrero—. El operativo está a punto de finalizar. Los interrumpiremos un momento y luego podrán continuar la fiesta sin algunos invitados, que nos acompañarán a iniciar las investigaciones.

Marrero intentó zafarse del hombre con la placa y el documento y avanzar hacia la puerta principal, pero entre la escalera y esta se encontraban media docena de oficiales armados.

—¿Sabes qué tipo de boda estáis infringiendo? —gritó una señora, a su lado una mujer lloraba desconsolada, proclamando su inocencia, hasta que un caballero la hizo callar y aceptar el traslado hacia los automóviles policiales.

—¿Esto es democracia? Si Marrero es ejemplar, coño, que está casando a un hijo gay. Hay que tener cojones para esto. Y también para lo vuestro —gritaban varios invitados.

—¿Es que acaso un empresario no puede traer libremente los Grammy Latinos a su ciudad? Si es para el bien de todos los valencianos...

—Miles de empleos —argumentaba una invitada, ofreciendo un trozo de la tarta-Grammy a los oficiales.

Alfredo sintió el brazo de Patricia. Estaba allí, los ojos muy abiertos, las manos muy tranquilas y el cerebro maquinando a toda velocidad. Borja y Enrique les miraron con desprecio, bien sujetos por unos policías que parecían clones. Borja aprovechó para sonreír con todos sus dientes al pasar cerca de Patricia. Y al cerrar la boca para intentar decir algo, desistió, seguramente porque sabía que Alfredo leía los labios. Se abrió la inmensa reja de seguridad de la casa, un fatídico error de los seguratas. Al deslizarse la puerta eléctrica y de hierro, los fotógrafos de la puerta dispararon todos sus flashes sobre el grupo detenido. Marrero intentó zafarse de sus policías para coger el pañuelo naranja y cubrirse la cara, y lo que consiguió fue verse mal sujetado pero con todo el boato de su chaqué-frac expuesto. Borja corrió igual suerte, perseguido por los flashes y fotógrafos, mostrando su hilera de dientes y la palabra que entonces sí dedicó a Patricia congelada en sus dientes. «Úsame» o «te quiero», vendrían muchos días para poder analizarla. Enrique, Higgins y el presidente de la televisión autonómica fueron más rápidos y se lanzaron en plancha al interior de los coches policiales.

Como en todas las fiestas, algunas cosas prolongaban su mecánico quehacer. Los fuegos artificiales continuaban estallando, Pedro y David bailaban abrazados una de las canciones de la cantante pop con voz entrecortada, el conjunto de testigos se pasaban frasquitos repletos de cocaína y hacían chistes con los billetes morados. Y aquellos que aún no se habían desprendido del techo, terminaron por caer, encima de invitados arrodillados implorando una gracia de la Virgen de los Desamparados bien para los ausentes, bien para los presentes.

Alfredo miró hacia las falleras. Continuaban sentadas en perfecta colocación. Miraban sin expresión. El director, coreógrafo o regidor, también había marchado en el grupo de detenidos.

CAPÍTULO 30

—

KOMPUTER LIEBE

Patricia recordaba.

En la boda, en un momento aparte con su hermana Manuela, le había pedido interceder con grandma Graziella.

—No quiere saber nada de ti, desde la última vez que la llamaste asesina. —Recordaba a su hermana hablándole con esa voz que siempre era un recuerdo. En el avión que la transportó de Nueva York a Londres, ya estaba ahí, recordándole cosas estúpidas pero de innegable significado: «No me hables como si fuera un ser inferior, Patricia.» Sí, la consideraba no inferior, un escalón debajo de inferior.

—Siempre utilizas a la gente, Patricia. No cambias, no cejas en ese empeño —le decía en la boda.

—Fue hace más de veinte años, Manuela, cuando grandma me pidió que jamás volviera a verla —recordó Patricia que respondió.

—No, fue hace veinte años —insistió Manuela.

Manuela mantuvo su actitud todo lo que pudo hasta que Patricia le recordó lo poco adecuada que había sido su ausencia en los últimos días de vida de su madre.

—No puedes decir eso —recordaba esa voz metálica.

—Tú no estabas cuando pedía ayuda y más morfina y se olvidaba de quién era yo.

—Porque no quería verte, no quería que estuvieras tú.

—Pues era la que estaba. Tú habías preferido quedarte en tu luna de miel.

—Iba a darle nietos —clamó desesperada Manuela.

—Llama a grandma ahora o te arrepentirás de lo que digas a continuación.

Manuela llamó. Le temblaban las manos y el labio inferior, así la recordaba siempre, así la recordaba ahora dejando Valencia atrás. Asustada, entregada, doblegada por su hermana menor.

Esperaron juntas, recordó Patricia en el coche. El ruido de los platos entrando y saliendo de la cocina, ellas dos allí, fingiendo que miraban la febril actividad. Patricia escuchó el sonido de la voz inmortal de la nonagenaria grandma Graziella. Cogió el móvil de su hermana. Habló. Fin del recuerdo.

En el aeropuerto les esperaba un pequeño caos, reporteros, gente moviéndose a cámara lenta, miradas que parecían señalarles. Ellos iban a lo suyo, protegidos por azafatas de la línea alquilada. Escuchaban murmuraciones. «Es él, el guapísimo chef que estuvo en lo de Nueva York.» «Es él y ella, tienen un restaurante en Londres.» Entraron en el salón vip, completamente naranja y marrón, como el interior de aquel avión que les trajo desde Nueva York a Londres. Los empleados de chaquetas rojas agrupados delante del televisor. Marrero, Higgins, Borja y Enrique desfilando delante de los flashes a la salida de la boda. Y la voz estridente de la narradora de noticias del canal nacional. «Una escandalosa trama corrupta que puede afectar el gobierno autonómico.» Patricia fue hacia el baño, necesitaba verse la cara. Todo seguía igual, la boca carnosa, la piel mórbida, la mirada asombrada, el pelo corto y en su sitio. No esperaba más, hasta que la imagen pidió que se quedara otro segundo. El vestuario, tendría que cambiarlo. No podía seguir siendo tan a la moda. Tenía que aferrarse a un estilo, un estilo concreto definitivo. Era un mensaje. Toda santa tiene un hábito.

Como si nada, estaban en el Ovington, los fieles recibiendo a Alfredo con un aplauso y largos abrazos. A ella parecían recelarla más, como si la hubieran descubierto. Mantuvo inalterable la sonrisa y dejó pasar un tiempo harto prudencial antes de encerrarse en el despacho a bucear en el ordenador. Así había comenzado todo, poniendo las canciones del iPod y en realidad estudiando complicadas plantillas de ingeniería financiera. El olor de Borja la sobresaltó, como si estuviera allí, detrás de ella, en vez de en unas dependencias policiales en Valencia. Encendió el aparato, agradeció con un suspiro su sonido tranquilizador e introdujo todos los códigos. Fueron aceptados. Tenía el control.

Empezó a agitar cuentas, como preparando un cóctel. O moviendo de arriba abajo un reloj de arena. De Panamá a Hong Kong, de Uruguay a Aruba, de Macao a Trinidad. Ejercicio, la coreografía rutinaria del dinero cruzando fronteras sin protección. «Cuando te canses del sur, vete al norte. Cada cuenta es una empresa. Cada empresa es una cuenta», las palabras de Marrero, ¿quería ayudarla o seguir usándola? Alfredo seguía cocinando y atendiendo entrevistas; cada vez menos españoles acudían al restaurante, venían en cambio más indios, que podían mantenerse gracias a la libra devaluada, y brasileños y chinos. Patricia anotaba sus facciones, el nombre y si realmente pudiera los números de sus tarjetas de crédito. Les miraba desde los cristales de la cocina y pensaba que esas facciones, mujeres de largas y perfumadas melenas, configuraban un nuevo orden mundial. Un nuevo ejército de ricos gastadores. Mientras ellos, los europeos, dejaban de salir a cenar y gastar en lujos, venían estos nuevos americanos, amazónicos con sangre germana y los hacedores de robots de plástico, esos chinos de Dior y Prada de tamaño liliputiense, a hacerse con todo. «Cuando te hartes del sur, regresa al norte.» Ve hacia países que jamás imaginaste que te interesarían. Ponlo todo allí, piensa en los alimentos de la Isla Prima: langostinos chinos, osos hormigueros brasileños, larvas de gusanos en Angola, hongos nucleares en Irán, caracoles de mares infestados de piratas. Patricia seguía sintiendo el olor de Borja cada vez que se sentaba delante del ordenador y pulsaba las teclas que organizaban y reestructuraban su infinito imperio financiero. Lo olía, tan fuerte, tan brillante y tan necesario y usado, Borja, el amante invisible, incapaz de hacerle romper su amor por Alfredo y sin embargo siguiéndola bajo la nieve ya derretida.

Los desayunos empezaban siempre igual en Cadogan Gardens. Alfredo desnudo sorbiendo la taza de café cada vez más negro, nada de azúcar, ella volcando el agua caliente sobre los copos de avena que convertían sus tripas en cañerías deseosas de librarse de toda suciedad.

—Dicen que el escándalo afectará al President de la Comunidad —dijo Patricia.

—Tardarán años en establecer todo el mapa de corrupciones. Creen que les servirá de mucho ese trozo de papel de la factura que escondían en los platos.

—Es una prueba definitiva.

—Ninguna prueba lo es, Patricia. Si te requisan tu ordenador, ¿encontrarían algo?

—No —reconoció ella agregando rodajas de kiwi al compuesto de avena cruda bajo agua hirviendo.

—Lo irán retardando hasta que la gente recuerde solo un escándalo más.

Patricia sintió el cruel sabor de su desayuno. Era como una analogía espantosa de su propia vida: había cambiado la juventud y la consecución de sueños por controlar una pirámide de escándalos y subidones económicos de la misma manera que había dejado atrás las noches locas por estos desayunos que limpiaban su interior y dejaban intacta su cabeza entregada a la perversión.

—Lo dices para desmoralizarme, Alfredo. Marrero y ellos estarán en la cárcel mucho tiempo.

—Y tú podrás hacer lo que se te antoje —terminó él la frase.

—Quisiera crear un Ovington más grande. Más ambicioso. Una especie de club para todos los que jamás hemos tenido un club —dio por respuesta.

—¿Para eso has hecho todo lo que has hecho, Patricia? —respondió él, avanzando hacia el baño y desfilando su preciosa carrocería por los ventanales del piso.

—Necesitamos poner el dinero, una parte de las cuentas que ahora manejamos, en un sitio. Necesitamos gastar, Alfredo, para no levantar sospechas.

—Esa es tu vida de ahora en adelante: escondiendo dinero continuamente. ¿Por qué no me pides que instale un restaurante en esta casa? Es una buena idea, lo dejamos caer a esos rusos y árabes que siempre quieren un poco más en el Ovington. Oye, venga, vayamos a nuestra casa, tenemos de todo. De todo y a lo mejor mi mujer y yo les dejamos jugar con nuestros cuerpos —explotó Alfredo—. Ese puede ser tu club.

Patricia también se desnudó. Alfredo nunca podía evitar excitarse al verla. Ella tampoco. Iban a besarse, a morderse, allí delante de los ventanales, el desayuno resbalando por sus gargantas, las ganas de hacerse daño convirtiéndose en espasmódicas caricias, la penetración en una sucesión de golpes y pequeñas imágenes en la cabeza de los dos. Un tren que avanzaba hacia la oscuridad del túnel y al salir un hombre misterioso mirándoles y sonriéndoles donde antes no había nadie. Antes de que el rostro apareciera, abrían los ojos y gemían y volvían a besarse y cada uno seguía pensando. Patricia en que todo iba a ser siempre así: violencia, amor, recapitulaciones y regaños soltados a la cara sin misericordia, y Alfredo aceptando, aceptando que Patricia ya no era parte de una monstruosidad, le había dejado solo y se había convertido ella en el único verdadero monstruo de los dos.

Marzo, abril y mayo fueron como un animal que se desplaza lentamente sobre la pantalla del ordenador. Las noticias de España se mantenían pegadas en el escándalo de Marrero y sus secuaces. A veces el famoso papel encontrado en los platos del Ovington recuperaba protagonismo y entonces Alfredo y Patricia accedieron a una entrevista con el periódico de mayor tirada y explicaron sin dobleces su relación con el prisionero y reconocieron que el pastel de bodas era un Grammy gigante de *chocolat fondant* con Petazetas. «Mi rol en la vida es cocinar fantasías. Ahora mismo ofrezco en el Ovington una anchoa rellena de aceitunas, la idea opuesta a la aceituna rellena de anchoas», subrayó Alfredo, su lección bien aprendida: cualquiera que fuera la razón para otorgar una entrevista, debía hablar de él, del Ovington y de alguna receta que llamara la atención. Volver a estar asociados a un escándalo revivió la clientela del local. A la debacle financiera de Londres y Nueva York se sumaba ahora el resquebrajamiento de la social-democracia en España. El 9 de mayo, el Presidente del Gobierno socialista anunció el final de la era del bienestar. En Ovington esa noche llegaban indios, brasileños, chinos, sudafricanos y rusos convocados por una organización, la llamada BRICS, deseosa de captar inversores, y la unión de esos países empezaría a marcar el orden mundial.

En el Ovington, Patricia miraba el nuevo mundo anunciarse, disfrutando de nuevos platos, vinos de siempre, la imperecedera sensación de que el lujo resiste a todo. Cuando salía a dar una vuelta en la pausa entre el horario de comida y la cena veía la ciudad luchando duramente por no parecer deprimida. Miraba a madres de su edad recoger los niños en la escuela con un gesto tenso en sus manos. Observaba universitarias regresar al metro con rostro de no haber conseguido nada un día más. Estudiaba a las dependientas en las tiendas para cerciorarse de que jamás, jamás, se vería como ellas, matando horas sin clientes, mirando hacia la calle también vacía, las que alguna vez compraron prendas que jamás vestirían, pulsando sus móviles negros con las yemas amarillas de sus manos nerviosas.

En esos meses, Patricia se dedicó a peinar Londres en busca de un local que hospedara su proyecto lúdico. Alfredo la acompañaba en bicicleta antes de internarse en Ovington. Stanley Hill entre Holland Park y Notting Hill les fascinaba pero, estrictamente residencial. Hacia Chelsea, Elizabeth Street, saturado. En Mount Street y Berkeley Square, ya estaban todos los clubes privados de la ciudad. Alfredo impuso su criterio: un callejón, un edificio con escalera, entre Soho y la National Portrait, bueno, incluso entre Leicester y Covent Garden. Allí estaba, casi esperándoles, el número 6 de Brydges Street, lleno de habitaciones y con una escalera principal.

Patricia necesitaba cambiar otra vez, adquirir un vestuario que la identificara. Como a una reina el papel moneda, a una actriz un rol, requería un aspecto para esta parte de la aventura. Se detuvo en un escaparate de una tienda de antigüedades sin fecha evidente, en Shoreditch High Street.

Le llamó la atención una imitación de la butaca de cuero marrón de Eames. Y de repente vio el recorte azulón, como si un bote de tinta se empeñara en desdibujarse. Wallis Simpson y el Duque de Windsor, la insólita pareja que cautivó los corazones de la generación de entre los treinta y sesenta del siglo pasado. Él abdicó al trono de Inglaterra para casarse con ella, dos veces divorciada, y americana. No era una mujer cualquiera: nacida en Baltimore, en la parte pobre de una familia que rozó la riqueza, la criaron con prendas heredadas, dicen que atravesó un entrenamiento erótico-festivo en los mejores burdeles de la China colonial y apareció en Londres, igual que Patricia, de la mano de un hombre complaciente para enamorar al príncipe de una generación. Como pareja, los Duques tontearon con Hitler, porque este les había prometido que de expandir su proyecto en Europa les devolvería al trono británico. Su abuela Graziella, claro, siempre se vistió como Wallis Simpson. Parecían la misma, su abuela quizá más exótica. Bastante más, en realidad. Pero eso era lo que tenía que hacer, rectificar la distancia entre ellas, enfrentar miedos sordos, ir hasta Edimburgo, pedirle toda la colección de Dior, Fath, Balenciagas originales y con ellos convertirse en una nueva Wallis rubia, pelo corto para el 2009. Patricia escudriñó la fotografía. Podría entrar en la tienda, adquirirla entera y tener la foto con ella. Lo hizo, entrar al menos, ver que buena parte de esa desordenada colección de muebles podría servirle para algo, decorar al fin ese sitio medio club medio burdel. Se quedaron de piedra cuando pidió un importe «wholesale» por todo el contenido. Tan solo diez mil libras y un poco de cambio que, Patricia sonrió, tenía exacto. Siempre tenía cambio exacto.

25 de junio de 2009: el día de la inauguración del Claws, el ansiado, soñado y rapidísimo en levantarse club de Patricia. Y Alfredo. El día había comenzado con todas las nubes de un día de verano agrupándose juntas en el cielo sobre Cadogan Gardens para ir de un sitio a otro, como si estuvieran aterrorizando bañistas en una playa cercana. Alejándolos hacia la izquierda y luego movilizándolos en dirección contraria, siguiendo un baile sin coreografía con el sol. Alfredo le había servido el desayuno, habían hecho el amor en la cocina, en el baño, en el vestidor y querían tomarse todas las botellas de champagne posible para abrir las puertas del club completamente borrachos. El teléfono no paraba de sonar, incluso follando habían respondido. La lista de invitados crecía sin límite, como si todo el mundo estuviera en la ciudad en lo más crudo de la crisis. Sin casas de verano, sin planes de viajes, sin vacaciones, era el momento perfecto para que el Claws en efecto extendiera sus garras.

Llegaron al club a las tres y cuarto, una hora doble, 15:15, y estaban entrando las flores. Todo tipo de narcisos, rojos y amarillos, para crear una especie de alfombra de bienvenida española en la puerta, hortensias extraordinarias para los baños y rosas Hollywood Pink para todos los muebles importantes: el bar, a ambos extremos, las cuatro mesas redondas de la zona de conversación, las dos columnas que daban acceso al salón de baile y también en el bar al fondo y, por último, en dos inmensos jarrones de cristal ahumado antes de entrar en el despacho de Patricia, todo espejos para ver y ser visto, el escritorio de aluminio y cristal de casi cuatro metros por cuatro metros y el ordenador cubierto de mosaicos como las lámparas disco de los setenta.

Joanie y un par de becarios, en realidad *groupies* de lo

culinario dispuestos a trabajar con sueldos de becario, llegaron a las diecisiete horas y se encerraron con Alfredo en la reducida cocina. Claws no iba a servir comidas, aunque los predilectos de Patricia y Alfredo podían contar con tres de los mejores platos del Ovington precocinados y conservados en la nevera. Milhojas de bogavante. Langostinos de Siam. Queso manchego cortado muy finito, con la archi reconocida lechuga Alfredo y una cucharada de ensaladilla. Chupe peruano a la manera del Ovington, es decir, sin lactosa y con la patata irlandesa que lo hacía un tanto más mazacote, y gallina de granja del sur de Inglaterra. Flan de manzana y chocolate para los extraños borrachos que comieran dulce. Joanie y los *groupies* regresarían al Ovington, pero estaba previsto que volvieran a hacer un turno extra porque el Claws, lógicamente, se activaría en lo que cerrara el restaurante.

A las diecinueve horas llegó la orquesta. Alfredo había decidido que quería una orquesta que supiera tocar jazz al principio, con una pareja masculina-femenina de cantantes para ejecutar canciones crooner entre las once y las doce y media; después la misma orquesta sabría transformarse en ejecutores de ska, reggae, soft hip hop y cualquier mezcla sacada del karaoke que los miembros y presentes desearan. A la una y media habría una transición instrumental para que antes de las dos de la madrugada el disc jockey invitado hiciera lo que su talento le indicara.

Los invitados empezaron a llegar a las once de la noche, una hora mágica en Londres porque es cuando todo empieza a cerrar y solamente los miembros de clubes consiguen estirar su diversión todo lo que quieren. Patricia determinó que la canción de bienvenida fuera de Beyoncé en castellano, «ya me curé de dolor, ya te saqué de mi corazón, tú eras mi luz, pero hay amores que matan, ya no soy aquella que fue infeliz, qué sabes tú de mí, no me hagas reír, creía que eras imprescindible, voy a sustituirte». El efecto fue formidable, todo el mundo reconocía el hit de 2007 y más aún con Patricia enfundada en un manto azul cielo de lentejuelas. A medida que la canción se desarrollaba y los invitados se agolpaban para besarla, iba quitándoselo y debajo estaba vestida como una Beyoncé rubia, mitad maestra sádica, corsé de piel negra, mitad cheerleader treintañera, mallas de lycra lila. Detrás de ella, al principio de la escalera que conducía a los salones llenos de flores rosas, estaba Alfredo en primer lugar, y en cada escalón las doce camareras vestidas y peinadas como la reina Patricia, agitando sus manos y caderas como bailarinas de «Vogue», mientras Patricia acompañaba hacia su obra maestra lo mejor de ese Londres en llamas.

A las 23:55 la noticia recorrió la marea de besos como si fuera el fantasma del comunismo. Patricia acababa de meterse una raya y de besar a Alfredo delante de catorce cámaras de distintos periódicos. Vio por el rabillo del ojo a gente llorando, determinadas a golpear a quien fuera para alcanzarla y decírselo. Vio cómo su móvil sonaba, agolpándose números de distintos países. El de su hermana y de pronto, cuando la orquesta estaba cambiando de tono y arrancando los acordes de *Billie Jean*, vio el nombre en la pantalla del teléfono. Grandma Graziella.

—¿En qué horrible jaleo te encuentras? —dijo esa voz grave y pastosa, acento caliente, sonido de palmeras que no dejan de crecer y ramas viejas.

—Inauguro mi sueño, grandma Graziella.

—Ha muerto Michael Jackson, hija mía, vaya día nefasto para inaugurar cualquier sueño. Cualquiera diría que lo has hecho adrede —sentenció la voz que regresaba del más profundo secreto.

CAPÍTULO 31

—

DESTINO EDINBRA

Una muerte trae otra esperanza de vida. Un amor jamás es completo, una canción recupera memorias perdidas, un cocinero es una persona que siempre tiene soluciones y una estafadora jamás es lo suficientemente bella ni bien vestida para defender su propensión al crimen. Esa era Patricia pensando mientras el tren se alejaba de King's Cross St. Pancras.

Era buena señal que estuviera mezclando ideas una vez más y que lo hiciera de nuevo durante un viaje. El viaje para enfrentarse al secreto, para recuperar veinte años que no pasaron en vano. ¿O sí? Una llamada precisa, en un momento insuperable, y una orden. «Es tiempo de que regreses a verme, Patricia querida», exigió la voz añeja, grave, casi aromática a café y a ron. Sí, grandma Graziella, respondió con las melodías de Michael Jackson colándose en la conversación. Y sintió ese alivio de paso lento y profundo. Había deseado esa llamada desde el principio, desde el mismo momento que le diera la espalda a esa mujer terrible, culpable, que cada día de ausencia le recordaba lo que iba a ser ella misma. «No creo en el perdón, pero sí en el diálogo», le había dicho. «El tren parte de King Cross todos los días a las diez de la mañana», culminó la conversación. Y al colgarle, el Claws era un hervidero de gente diciéndose que siempre recordarían la inauguración porque sería la respuesta a la pregunta decisiva de una generación: ¿Dónde estabas el día que murió Michael Jackson? Inaugurando el Claws, pero también preparando mentalmente un viaje que aunque parecía de ida, en realidad era de regreso.

Patricia pensaba recostada contra la ventana del tren en marcha.

Miraba hacia el paisaje enmarañado. Gente vestida no solo en todo tipo de colores sino mezclando curiosas décadas. Los años treinta, los años de la primera depresión económica mundial, aparecían sin editar en prendas salvajes, azarosamente escogidas, mujeres de veinte años vestidas como su abuela, azul marino y un destello de amarillo canario, de pronto un traje rojo con un delgadísimo cinturón plateado. Cuellos de triángulos cayendo desnivelados, fedoras, esos sombreros que ocultaban media cara y zapatos con exagerados lazos, o enseñando una uña esmaltadísima. Bolsos pequeños e incómodos. Sí, Patricia tenía que adoptar esa tendencia que veía surgir en las calles que se volvían nudos, edificios marrones perdiendo color, tiendas de taxidermia atendidas por caballeros jóvenes con sombreros altos, sus cigüeñas y leonas disecadas asomando por las ventanas y la promesa de un dedo inmarchitable de Pancho Villa anunciándose en un cartel que el tren convertía en señal de lo que se alejaba. Iba haciéndose cada vez más claro, esa tendencia sería la estética que marcaría esta etapa de su vida y la de todo el mundo. A medida que se afianzaba la imposibilidad de superar la crisis, las reminiscencias de la anterior gran depresión irían colándose en nuestras vidas que nunca más volverían a ser modernas porque eran demasiado pobres.

Pensaba, pensaba, igual que el traqueteo del tren que ya no existía porque la alta velocidad había sustituido ese ruido. Pensaba y veía pasar las chimeneas de las fábricas en las riberas del interminable Támesis, veía la ciudad asociarse a cementerios, ciclistas que seguían la velocidad del tren, otros trenes y sus andenes cubiertos de personas sin risa, rascándose los cuellos, protegiéndose las bocas con mascarillas, besando niños que preguntan cosas y se sostienen de la mano de madres que piensan, como ella, en encontrar una explicación a todos sus actos.

—Robé —se escuchó decir a sí misma en voz alta sin nadie que la escuchara, viajaba sola en un coche-cama suite adornado por unos narcisos de plástico. Sí, robó y construyó una extraordinaria ingeniería financiera, o simplemente fue un pelín más lista que otros listos. Robó, se repitió, ¿robó porque no podía soportar sacrificar todo lo que había aprendido en los años de la riqueza? ¿O robó porque necesitaba prolongar esa sensación de riqueza no tanto para sí misma sino para los demás, para el mundo, para la historia? Para que no desapareciera. Por eso creó el Claws, para que fuera más un sitio, un templo que velara toda la época de la que era protagonista.

No, robó porque quería, porque estaba decidido muchos años atrás para mí, porque lo hizo mi abuela y ahora viajaba hacia ella para decírselo, confesarlo y continuar robando.

Miraba los narcisos sintéticos y pensaba que eran también como ella, doble, triplemente culpable. Por su mal gusto sin castigo. Impunes, como ella, viajera envuelta en medias verdades y paisajes urbanos que desaparecen rápidamente antes de que la naturaleza lo invada todo.

Destino Edinburgh, que los ingleses pronuncian *Edinbra,* generando un estúpido juego de palabras con sujetador, que se dice bra en inglés, y el nombre de la ciudad escocesa. Destino Graziella, su anciana pero muy activa abuela materna, Graziella Uzcátegui, personaje mítico de la sociedad caraqueña reencarnada en malévola sublime en una novela exitosa, *Villa de amantes*, o algo así. Para Patricia, una presencia constante y un secreto de complicada oscuridad. Cuando menos lo pensaba, estaba allí, arrojando luz sobre todo lo que deseaba ocultar: erguida, reina indígena, el pelo tan negro siempre sujeto en un moño perfecto, las manos delgadas y las uñas tan largas y rojas, el fuerte acento latinoamericano colándose en el perfecto alemán aprendido en un exilio cuajado de riquezas. Institutriz y demonio al mismo tiempo. Patricia cerraba los ojos y seguía allí, recordándole entre otras cosas que no era del todo europea.

La madre de Patricia era la hija de Ana Irene, una de las dos hijas adoptadas de Graziella Uzcátegui. Las tres escaparon de Venezuela al derrocarse una dictadura de la que nunca se hablaba ni podía preguntarse mucho en Viena. Llegaron allí porque el marido de Graziella, un elegante y sanguinario ex policía secreto, tenía muchos contactos que facilitaron la entrada de la familia y sus ingentes objetos de arte también esquivando cualquier pregunta incómoda. Elisa, la madre de Patricia, conoció en un internado suizo a la hermana del padre de Patricia, Philippe van der Garde, un apellido seguramente creado y que las amistades del policía secreto venezolano consiguieron oficializar. Mitad suizo mitad italiano, murió en un extraño accidente de tráfico en el cantón austriaco. Patricia creció aceptando que jamás haría preguntas incómodas sobre su padre. Elisa creyó enamorarse de un empresario catalán, Oriol, con el cual nunca se casó pero por el que aceptó trasladarse a Barcelona, donde Patricia floreció siempre asumiendo que muchas preguntas se quedan sin respuesta.

Lógicamente, en todo ese borroso panorama familiar, la abuela Graziella (el *bisabuela* sonaba terriblemente complicado) se erigió como bastión de coherencia. Era, más que una dama, un enigma y una extraordinaria presencia, rodeada a veces de abusivas consideraciones sobre su verdadera edad y los oscuros orígenes de su fortuna. Patricia aprendió pronto a llamarla grandma Graziella, y a dibujar a su lado u observar la larga construcción del personaje para cada acto público o no. Grandma lo toleraba porque le fascinaba tener una nieta (también ella había apartado toda referencia a su condición de bisabuela) tan rubia y alemana, aunque en realidad fuera austriaca. Patricia anotaba en silencio la extraña tensión entre su madre y grandma Graziella y, entrando en su adolescencia, escuchó a su madre hablar sobre el espantoso hábito de Graziella por la cocaína. «Fue la culpa de todo», decía su madre. ¿Cocaína, en Caracas, en los años cincuenta? ¡Tendría que ser maravillosa!, no podía evitar pensar Patricia. Secretamente, saberlo hizo crecer a grandma Graziella ante los ojos de Patricia. Ahora, en el tren que la transportaba hacia ella otra vez, la hacía demasiado espejo, como si en efecto Patricia no pudiera evitar un destino ya escrito para ella: el de ser igual que su bisabuela.

Sin embargo, cuando la adolescencia terminó, viajar a Edimburgo cada verano se le hacía insoportable. Ya salía con el hermano Casas, ya conocía a David y a veces hubiera deseado intentar llevarle a la imponente casa de grandma, pero no lo hizo. Lo que sí hizo fue averiguar más sobre ellos, grandma Graziella y Pedro Suárez. Y lo que averiguó la disgustó.

Habían pasado muchos años. No quería recordar más. Si lo hiciera, detendría el tren.

Quería hacer este viaje en tren, de alguna manera emocionarse al pasar por los puentes elevados de York y ver el prado inglés repetirse sin quiebro alguno. Y una vez superados Cardiff y esas ciudades grises y llenas de hombres pelirrojos, observar el Mar del Norte hacerse azul como la foto de Wallis y los trajes que acapararía en casa de su abuela. Nunca le había prometido que le cedería vestidos, mucho menos joyas, pero Patricia había conjurado un plan en el cual podía empezar por pedírselos, para su nueva vida. Y luego atreverse a exigir un poco más.

Se entretenía en ver los precipicios que anuncian la romántica belleza de Escocia: verdes praderas que terminan abruptas ante el mar. El azul profundo del mismo dominado por el viento arisco. Las ovejas sujetas como muebles de un barco en hundimiento. Las vacas mirándole desde ojos sin fondo. Su cabeza rememorando cada momento de tensión con su tiránica abuela, Graziella, cada vez más cerca, dejando atrás casi veinte años desde la última vez que estuvieron juntas.

No tenía que ser muy larga la visita. La voz clara pero sin poder ocultar la edad de la abuela le había confirmado que la recibirían para comer y, si quería, pasar el fin de semana, por supuesto, cargado de actividades de Graziella. Era cierto que en Edimburgo llovía y había saturación de estudiantes y muchos españoles tomando cerveza y comiendo pasteles de carne, pero los pudientes como la abuela Graziella repartían su tiempo entre salones y más salones recolectando dinero para los jardines de este museo o las paredes de aquel otro. Madame Uzcátegui era religiosamente requerida para todo magno evento de la ciudad, sus joyas y vestidos siempre comentados, seguramente no entenderían muy bien lo que decía en un inglés que mezclaba palabras en escocés y alemán y siempre con ese acento latinoamericano incapaz de desvanecerse. Quizá formaba parte de la excentricidad británica adoptar a esa dama delgada y exquisita con aspecto de Pocahontas doblegando el tiempo.

El tren ofrecía una fascinante llegada a la ciudad, adentrándose entre los cañones que la formaban para estacionar debajo de un enjambre de hierro y cristal, típica ingeniería de las estaciones de la revolución industrial. Y tanta, tanta gente joven besándose, abrazándose, desplegando una calidez chocante con el tenaz mal clima. Patricia recibió una mano enguantada retirando su equipaje. Era Alfonso, el ancianísimo chófer de su abuela, muy recto y reducido al mismo tiempo. Detrás de él un escocés pelirrojo le sonreía. Sí, le recordó a Borja, pero entendió que en cuanto a hombres cerca de su abuela era siempre prudencial mantener distancia.

Patricia observaba la ciudad de nuevo fascinada. Todo suspendido en las colinas, el castillo que siempre le recordaba al de Hamlet, qué brillante Shakespeare, copió cada esquina pero ubicó tanto el edificio como la trama en la vecina Dinamarca para hablarles a los ingleses de lo que pensaba sobre ellos. La gente cruzando los mastodónticos puentes que unen precipicios, con sus agotadoras escalinatas para descender hacia esos valles. Ese verde mirándola desde todas partes, el mar al fondo, con el puerto delante y los edificios de variables arquitecturas. El parlamento diseñado por un valenciano, Miralles, compitiendo con las férreas estructuras de ancianas piedras.

Se miró en el retrovisor como si estuviera disfrazada de señorona. Un armani antiguo que consideró adecuado para el reencuentro con Graziella. Alfonso le piropeó el pelo corto y el pelirrojo, que era quien en realidad conducía, le dijo en un escocés cerradísimo a Alfonso que él siempre decía a las mujeres lo que estas querían oír. Patricia se tapó la risa con la mano enguantada. A lo mejor eran amantes ellos y no el escocés y su abuela. Recordó la última vez que habló con su temido abuelo Pedro, decían que leía la mente, y él le confesó que vivían en esa ciudad tan amurallada y fría porque así podía beber todo el escocés que jamás llegaría a Venezuela.

—¿Y beben whisky en Venezuela, abuelo Pedro? —recordaba preguntarle.

—Ya ves qué país. Con una temperatura de treinta y cinco grados todo el año, la bebida nacional es el whisky, que se ha hecho para soportar este inmundo clima de lluvia y más frío —le respondía el abuelo. Era magnífico, fuerte, tan bien envejecido como la abuela, oloroso a la misma colonia que Alfredo y Borja juntos. Ahora lo entendía, por eso era capaz de querer a hombres así, atractivos y firmes como los mencionados y voraces y peligrosos como Marrero.

—¿Sabes que cada año diez productoras cinematográficas le piden a la señora que alquile su casa para las producciones victorianas? —decía Alfonso en su español gallego. Patricia bajó la ventanilla para ver, ahora en presente, el magnífico recuerdo de su infancia, Regent Avenue, number 17, la calle de perfecto empedrado gris, todos los edificios iguales creando una impresionante curva de piedra meticulosamente tallada, ventanas de ocho metros y cristales inmaculados, inaccesibles a la lluvia. El verde intenso de la plaza en el medio, cuajada de robles de troncos tan sólidos como si fueran gigantes en torno a una pira, ofreciendo protección a las ancianas propietarias como su abuela. En el punto meridiano de esa curva de prestigio y poder, el propio Mar del Norte, sus olas haciendo el agua viajar del verde al azul una y otra vez. Alfonso descendió para abrir la puerta. Pisó el suelo del mismo gris que las fachadas, el agua resbalando encima del paraguas tan azul marino como su traje y la chaqueta del uniforme de Alfonso. Miró hacia arriba, hacia el ventanal en el piso principal. Encontró la silueta diminuta, enfundada en un ceñido traje de chaqueta, un inmenso broche en forma de orquídea en la izquierda. Y el elaborado moño alrededor de la cara de estatua sagrada. Los labios dibujando su nombre antes de que las uñas de rojo sangre dejaran caer la cortina.

Entró lentamente en el enorme hall, enteramente recubierto de madera y el sofá, inmortal antes que viejo, cubierto de infinidad de tartanes. Algunos los recordaba perfectamente, cuadrados verdes encima de otros cuadrados de verde más claro y otro idéntico pero en naranjas, y delante la mesa circular caoba que parecía sangrar al instante de ser observada. Al ser el primer mes de primavera, acababan de cubrirla con las orquídeas que caracterizaban a la abuela. Iban del blanco hacia el intenso morado que también caracterizaba la elección. Desplegaban un curioso olor, de montaña y frío, de origen remoto y secretos similares. Patricia sonrió, el espejo detrás de ella la devolvió espléndida, más joven, más rubia, muchísimo más compuesta que la última vez que estuvo en ese mismo espacio, deshecha en lágrimas y gritándole a su abuela que jamás, jamás volverían a verse.

A la imagen del espejo se incorporó un hombre alto, cadavérico, Douglas, el mayordomo de la abuela. Sus ojos se iluminaron al verla. Dijo algo como que no habría podido reconocerla, habiendo pasado más de veinte años. Y que la señora Graziella la esperaba en el invernadero. Patricia le abrazó; o todos los hombres de grandma Graziella llevaban la misma colonia o ella perdía olfato. Le dejó que fuera delante, por el ancho y largo pasillo también cubierto de madera, y los bodegones de animales y plantas de colores similares a los tartanes de la entrada. Crujían las maderas del suelo brillante y llevando falda podía ver sus bragas plegarse al andar y los ojos de Douglas iluminando el siguiente paso. Sonrió, recordó a su madre y a Manuela vistiéndose para un baile de gala en esa casa, una acción benéfica para captar donantes para una de las alas de uno de los museos de la ciudad. Se recordó muy de niña escuchando a su madre hablarle de esos aterradores bodegones que parecían recuperar sus colores al momento que los mirabas, las granadas derramando más pepitas rubíes o las naranjas desgajándose pulposas y soleadas, el cuello de los patos estrangulados aún palpitando. El pasillo se abría en otro cuadrado gigante; a un lado la biblioteca de techos altos y artesonados con la chimenea encendida, los chippendales de nuevo cubiertos de tartanes y pieles de variados marrones. Se detuvo, y Douglas, unos pasos más allá, la esperó. Se giró para mirar el comedor, al otro lado. La mesa de roble, doce sillas tapizadas en negrísimo cuero a cada lado y el cuadro de dos cisnes desplegando sus alas delante de una cabeza de tigre amenazante. Era una visión absoluta, irrepetible. En la pared que no podía ver había un largo Manet. Y en la que sí podía ver, las cabezas de al menos veinte alces y ciervos en distintas y desordenadas alturas. Douglas seguía esperándola; debían atravesar la biblioteca, cada estantería atestada de volúmenes, algunos siguiendo un orden, pertenecientes a una colección, otros colocados como si una noche desesperada alguien los desordenara buscando una botella, drogas o el botón de un pasillo secreto. Enfrente, como si fuera el mejor cuadro de esta impresionante jaula, el gran ventanal, tan alto como toda la estancia, seis, nueve metros de cristal enmarcado por fuertes barras de hierro negro, algunos reverdecidos por las enredaderas mantenidas a raya en sus bordes. Douglas abrió las dos puertas y Patricia las cruzó sintiendo que entraba a un universo raro. El celebrado, premiado jardín de Graziella Uzcátegui en Edimburgo, la ciudad de la lluvia y el viento. Otra explanada de verdes y marrones. Miró los troncos de los robles irguiéndose hacia el cielo de nubes muy rápidas, la gravilla del camino rozando sus tacones como diminutas serpientes deseosas de morderla, orientándola hacia el invernadero: allí esperaban los sofás de hierro blanco y cojines de lana y cashmere, otra mesa de caoba quizá más usada, Douglas acercándose a una estantería de espejos en el interior y vasos de todos los tamaños, sirviéndole un escocés y desde el fondo, precedida por los altísimos tacones para sus innombrables años, Graziella, con otro traje, otro broche, el mismo pelo, la boca cerrada, estirando su mano derecha levemente engarrotada, brillante de diamantes y rubíes.

—El tiempo se niega a pasar por nosotras, querida Patricia —dijo, abriendo la sonrisa y acercando su mejilla de color Orinoco. Patricia se veía tan blanca en su cercanía. Estaba acostumbrada desde niña a no fastidiar la piel de la abuela Graziella, pero esta vez quiso que la sintiera; había vuelto, y era mucho más rica de lo que podía explicar. Y la necesitaba y sabía que la impenetrable abuela india de modales kaiserianos terminaría por agradecerle que la necesitara.

—Me habría gustado que me dieras al menos un poco más de tiempo para arreglarme, grandma Graziella.

—Te veo, Patricia, aún más bella y más blanca, más anglosajona que nunca. Qué equivocada estaba en negarme a que fueras a Barcelona. Pero no perdamos tiempo recordando lo que no podemos cambiar, hija mía. Es desesperante todo lo que tengo que hacer en estos días. Toda la vida igual, cuando eres querida serás siempre requerida, decía el pobre Pedro. Te iré explicando todo. Y tú también me contarás lo tuyo. He visto magníficas reseñas de ese restaurante que lleváis en Londres. Insana ciudad, poblada solo por ladrones de todas las nacionalidades.

Hablaba deprisa y con el mismo acento de la infancia. La edad la había reducido y su empeño en ser cada vez más delgada hacía que sus huesos se escucharan. Los labios aún eran carnosos, sin intervenciones visibles, cubiertos de finas arrugas que el carmín conseguía matizar en vez de afianzar, como ocurría en las mujeres de su edad. Los ojos, más que almendrados, chinos, eran muy abiertos y marrones, la nariz alargada y de orificios grandes, la frente pronunciada, despejada como un cielo tropical en tiempos de sequía, el cuello lleno de músculos prensados que recordaban las raíces de un árbol de caucho. Era una máscara hechicera de alguna isla del Pacífico. Y una enciclopedia andante de la evolución de la cirugía plástica en el final del siglo XX. El pelo era una crin replegada, atrapada en un moño que podía tomarse más de seis horas de reconstrucción diaria.

—Me inspeccionas, querida Patricia, como si necesitaras que otra vez te explicara quién soy.

—Venezolana, viuda dos veces, exiliada... —comenzó a repetir Patricia, como hacía de niña cuando la misma mujer le decía esas palabras.

—Amada y odiada, como tanto has deseado tú y ahora, al fin eres.

En el almuerzo, la abuela fue todo preguntas y sus propias respuestas. Patricia pidió sentarse de cara al Manet y no a las cornamentas de los alces; se quedaría otra noche más seguramente y al siguiente almuerzo podría enfrentarlos. La abuela seguía arreglando el mundo, no siempre cronológicamente, pues iba del momento en que sus vidas se distanciaron, al parecer, en palabras de Graziella, porque Patricia descubrió que el abuelo Pedro había sido un tortuoso y torturado jefe de inteligencia y que muchas de las maravillosas riquezas que decoraban ese impresionante piso en la mejor dirección de Edimburgo se habían comprado o robado con dinero más que corrupto del siglo pasado. La abuela se encargaba de recordarle las palabras que había empleado su nieta veinte años atrás: «Ladrona, llevas la muerte en las manos, en las paredes de esta casa, siempre te perseguirán fantasmas.» Graziella recordaba sin perder la sonrisa, su perfecta dentadura también inmune al paso del tiempo. Patricia la miraba cortar la carne, reuniendo la sangre con la hoja del cuchillo, desgranando el interminable listado de insultos que le profirió. Recordaba la escena en el hall de entrada con su madre empeñada en doblar los tartanes y Manuela ocultándose en el pasillo. «Criminal, te has aprovechado de las miserias», continuaba Graziella sin romper la cadencia de su voz educada, «de las debilidades de otros para construir este castillo. Aquí te morirás, llena de secretos, de muertes sin nombre». Patricia escuchaba sin cortar nada en su plato. Recordaba tan nítidamente todo lo sucedido. Tendría dieciséis años, había leído muchos de los libros de esa biblioteca; odiaba, sin poder explicarlo, la perfección alrededor de esa abuela tan distinta a ella, de otro color, otras facciones y, sin embargo, infinitamente más elegante que todo lo que ella pudiera aspirar a ser. Siguió recordando cada verano anterior a la confrontación, el miedo en el cuerpo en el tren que la hacía recorrer Europa desde Viena hasta la apartada Edimburgo llena de preguntas: ¿Por qué vive tan lejos la abuela india? ¿De dónde viene toda esta riqueza? ¿Por qué es india y nadie dice nada? ¿Quién era mi abuelo Pedro? ¿En qué dictadura se mancharon de sangre? ¿Por qué dicen que nunca fueron culpables? Su madre callaba, su hermana sugería que no se hiciera más preguntas y disfrutara esos meses en el frío Edimburgo aprovechándose de la infinita vida social de la abuela, las maravillas atesoradas en esa enorme casa. Pero Patricia no podía evitarlo. Cada año arreciaban las dudas y el asco, el desprecio, el odio hacia esa mujer de uñas perfectas y diamantes brillantes, enseñándole a poner una mesa, a discernir qué postres se comían con cuchara y cuáles nunca jamás. «Mataban hombres inocentes debajo del garaje de tu casa en Caracas», gritó y repitió desesperada hasta que esas manos cubiertas de diamantes y uñas nacaradas la abofetearon y la voz grave y pastosa ordenó que no volviese jamás.

Douglas recogió los platos y sirvió café para Graziella y otro vaso de whisky para Patricia. «Deberías aprender de mí y tomar café. Este es venezolano, ya sabes, igual que mi acento y mis rasgos, es lo que siempre me hará diferente.» Patricia la cogió de la mano.

—Necesito que me hagas un favor.

—Ni siquiera me has dicho que me perdonas, querida Patricia —sugirió grandma Graziella.

—Estoy aquí. ¿No es suficiente?

—Eres tan alemana, incapaz de prolongar un poquito más el melodrama.

—El melodrama es un invento austriaco, grandma Graziella.

—Que lo hayan inventado no significa que lo sepan explotar. Está bien. Comprendo que me has perdonado y que ahora vuelves a necesitarme. ¿Me permites una pregunta final?

Patricia asintió.

—¿Has sido muy puta, Patricia?

—¡Hum! Mucho —respondió la interrogada, primero abriendo los ojos y luego dejando escapar una carcajada.

—Es un castigo en la familia. Debe de ser algo indígena, sin duda. Y también que los hombres de ahora no quieren asumir que les escogemos precisamente para que calmen, instruyan este apetito.

Patricia la observaba sin ocultar su recuperada admiración.

—Sí, Patricia, hay mujeres que nacemos putas y toda esta modernidad o liberación, como quieras llamarlo, no ha hecho más que hacernos unas putas arrepentidas, lo peor que le puede pasar a una puta.

—Abuela, no puedo estar de acuerdo.

—Paso mucho tiempo aquí sola, pensando. Viendo cómo las cosas cambian y mi cabeza sigue igual.

—¿Sigues consumiendo, grandma Graziella? —preguntó Patricia con toda la inocencia posible.

El silencio no fue opresivo sino curiosamente profesional, como si este reparto, breve y conciso, de verdades, fuera necesario para una negociación más importante.

—La calidad de todo lo bueno que conocí, Patricia, ha disminuido tan brutalmente con el paso del tiempo...

—El pelirrojo es quien la consigue, ¿no? —insistió Patricia. Graziella revisó algo inexistente en sus larguísimas uñas.

—¿En qué puedo serte de ayuda, querida Patricia? —culminó Graziella.

—Quiero que me hagas heredar buena parte de tu colección en una fundación que estoy a punto de levantar.

Graziella levantó una mano y Douglas reapareció de inmediato, se inclinó hacia ella y Patricia entendió que ordenaba que le sirviera champagne. Douglas desapareció y Graziella alisó sin necesidad alguna su vestido.

—Toda mi vida, Patricia, he aceptado que crean que vivo rodeada de falsificaciones...

—No lo son —interrumpió Patricia querida.

—Siempre he tenido más enemigos que amigos, Patricia. Contigo la excepción, que has pasado por todo, nieta, nieta predilecta, enemiga y ahora de nuevo amiga. Es cierto que debe molestar que todo lo que poseo sea privado. Pero siempre tuve claro que lo que de verdad les molestaba es que lo tuviera una india, como yo.

—Es típico de los latinoamericanos sentirse minusvalorados, grandma Graziella.

—Sé que lo consideras tonto, porque eres rubia y con pasaporte austriaco, pero qué le vamos a hacer, a lo mejor el mundo es injusto y todo depende de la suerte. Suerte, Patricia, es lo único que han tenido países como el mío. Suerte. Tuvimos dinero para comprar lo incomparable.

—En el fondo era mejor que los creyeran falsos —agregó Patricia en lo que su abuela le permitió.

—Absolutamente. Eso fue lo primero que me enseñó tu abuelo: nunca lleves la contraria a nadie en público. Atácalos detrás de las cortinas, destrúyelos lentamente a través de sus propias debilidades y contradicciones.

—Todo el mundo tiene una contradicción —murmuró Patricia.

—Como tú ahora, querida mía. ¿En qué puedo ayudarte para que lleves adelante esa fundación con mis obras?

Patricia vio cómo Douglas y Alfonso entraban para ayudarla a levantarse y dirigirla hacia la biblioteca. Graziella los dispensó y estiró su mano cartierizada hacia Patricia.

Había fuego en todas las chimeneas, la casa olía a canela y madera. Douglas y Alfonso reaparecieron en la biblioteca, cerca de los sofás, y repitieron la ayuda para sentarla, colocando cojines estratégicos para hacerla parecer lista para una entrevista televisiva. Douglas acercó una copa alta y de un cristal de múltiples verdes a cada una, Alfonso derramó el champagne, impecable, brut, apretando músculos desconocidos en su recorrido, y como si aprehendiera la cadencia de esos olores en su entorno, Patricia poco a poco reveló a su mítica abuela todo lo que había hecho antes de volver a Edimburgo.

—Siempre dije que tanto ordenador no podía ser bueno para la humanidad —intentó sintetizar Graziella al final del relato—. Por lo que entiendo, eres inmensamente rica pero no puedes disfrutarlo. Vaya, es una metáfora del tiempo que vivimos, querida mía. Cuando tu abuelo y yo salvamos todo lo que pudimos de Venezuela, nos dimos cuenta de que teníamos mucho más de lo que imaginábamos y que afortunadamente en Europa se morían de hambre y necesitaban unos ricachones suramericanos o de donde fuera. Nadie nos hizo preguntas, abríamos cuentas en todos los bancos y en todos los países. Era increíble tener dinero en liras y en francos y también en libras y francos suizos, y hasta en pesetas. Nadie investigaba, me miraban llegar en Rolls al banco y extender las chequeras con los diamantes y cero preguntas. Zero. Nien.

—Por eso has podido mantener esta impresionante colección, abuela.

—Es auténtica. Los Manet, los Murillos, mis queridos Modiglianis, el pequeño Goya que, entre tú y yo, no me gusta nada, demasiado contra todo y luego enamorando duquesas, el típico izquierdista. Los Picasso que nos obligó a comprar el inútil de Mariano, mi primer hijo, que se queme en el infierno de los suicidas. Y... —detuvo su apresurado hablar, estaba hablando del abuelo de Patricia; la miró como nunca antes lo había hecho— «el Velázquez 101», como lo llamé yo.

—¿Velázquez 101? —siguió el juego Patricia.

—¿Sabes que se supone que el maestro no pintó más de cien cuadros? Yo tengo el que demuestra que al menos pintó uno más. Y lo tenemos en esta casa.

Patricia se quedó con la boca abierta delante de su abuela.

Esta se levantó, sola, y sacudió una de las manos enjoyadas ante Douglas y Alfonso, que se retiraron ipso facto. Sosteniéndose en los tacones de sus recién estrenados zapatos fue detrás de una de las pesadas cortinas de verde gris. Pulsó un botón y el mediano Manet encima de la chimenea comenzó a girar. Empezó a surgir otro cuadro, oscuro, más rojizo que oscuro, como si fuera la cabellera de una medusa escocesa. Cuando terminó de girar, delante de ellas había un espectacular óleo, en efecto, de colores vivos, un otoño perenne, que reflejaba a una familia blanca, mediterránea, siempre europea, atendiendo a sus menesteres mientras una visión iluminada aparece en sus vidas.

—Velázquez gustaba mucho de incorporar lo milagroso en lo cotidiano, ya sabes. Hay dos parecidos. Este se cree o bien perdido o definitivamente falso.

—¿Por qué no lo has enviado a investigar? O, conociéndote, lo tienes investigadísimo y...

—Me gusta tenerlo escondido. —Alargó sus manos para servirse una copa de champagne—. Sé que estará allí hasta que alguien realmente lo necesite.

—¿De dónde proviene? —preguntó Patricia, y ya estaba arrepentida.

—Unos alemanes que tuvieron que huir de Berlín al final de la guerra y recalaron en el oriente venezolano.

Patricia miraba el cuadro obsesivamente. De ser auténtico, si lo hiciera suyo, si consiguiera que la abuela se lo entregara, tendría el argumento perfecto para construir una fundación alrededor de la obra, para facilitar su presentación en museos, galerías, colecciones y ferias y permitirle a su dinero de la cuenta Popea-Chanel pasar a llamarse Popea-Velázquez, y así toda la fundación albergaría sus cuantiosos dividendos. Todo lo que hubiera en las cuentas, todo lo que ella había distribuido. De norte a sur y al revés. Todo lo que había colocado a nombre de su propia abuela, todo lo que Alfredo y ella habían atesorado en Aruba, todo eso podía reunirse en una fundación para la preservación de este único, inaudito cuadro.

—A lo mejor eran nazis los pobres Uhren, que accedieron a que Pedro les comprara este cuadro. Tenían un hijo que se había metido en líos anti gobierno y no querían que muriera o desapareciera. Pedro sabía cómo arreglar estas cosas.

Patricia sintió un nudo en la garganta; la forma en que su abuela podía contar una historia atroz la debilitaba.

—Los Uhren, pobres, cocinaban realmente tan bien en aquella Caracas. Eran tiempos diferentes, la gente no andaba preguntándose cosas incómodas, si eran de izquierdas o de derechas, si defendían dictaduras o democracias. Al menos no los padres, ¿comprendes? Eso era cosa de los hijos, que ya habíamos perdido todo control sobre ellos. Y como los que escriben la historia son ellos, homosexuales exhibicionistas, nos hacen quedar como bestias feroces, dentellando nuestro descanso. No éramos malos porque sí, teníamos enemigos y debíamos enfrentarnos a ellos. Estábamos todos contra el comunismo, Patricia, y tener ese único enemigo, ya ves, organizaba la vida mucho mejor que ahora, que todo son espejismos —sentenció Graziella.

—Esa fue la última vez que estuvimos juntas, abuela. En 1989, noviembre, cuando la caída del Muro de Berlín.

—Mira lo que nos ha traído. Crisis, creímos que seríamos ricos más de veinte años y ni siquiera. Pero te he perdonado, Patricia. Te perdoné incluso esa misma noche.

Patricia no perdió tiempo, explicó con toda la parsimonia posible su idea alrededor del cuadro, aglutinar una fundación que encerrara todas sus cuentas. Una fundación con múltiples ramificaciones, la preservación del cuadro, la investigación sobre posibles grandes reliquias extraviadas en el mundo, la lucha contra el hambre y mejores vías de educación para los países pobres. Nada de lucha contra el sida ni cosa alguna que pudiera incomodar a Graziella.

—Porque quiero que lleve tu nombre —culminó Patricia—. Y estemos juntas en la junta.

Graziella volvió a llenar su copa de champagne.

—¿Empleas alguna de mis cuentas para desviar esos fondos?

Patricia afirmó en silencio.

—¿Alguna de mis cuentas en Europa?

—La que abriste para mi fideicomiso en caso de tu muerte. Lo he hecho desde el principio, antes de dejar Nueva York.

—Qué hábil. Así parecerá que he decidido heredarte en vida, ¿no? Lo mismo podemos hacer con el cuadro, claro. Eres magnífica, Patricia. Tu abuelo estaría tan orgulloso de ti, querida mía.

Iban a abrazarse pero prefirieron evitarlo. Fue como si una de repente temiera de la otra.

—Necesitaremos cierto tiempo para ponerlo todo en orden. —Volvió a levantar la mano, esta vez la izquierda y apareció Douglas solo.

—Douglas, ¿de cuándo es mi último testamento?

—La semana pasada, Graziella.

—Incorporaremos un codicilo que lega a Patricia el Velázquez a través de una fundación. Pero claro, Patricia, tienes que quedarte más allá del fin de semana.

Douglas miró a Patricia como si fuera su padre.

—Hace muchos años tuve la idea para esa fundación, pero tu abuela no quiso hacerme caso.

—Hace muchos años, Douglas, no necesitábamos aparentar ser pobres para dejar de serlo —afirmó Graziella.

Douglas se limitó a servirles más champagne antes de volver a desaparecer.

Graziella se acercó todo lo que pudo a Patricia.

—Me gustaría ponerle una condición a lo que me pides, Patricia, pero no encuentro ninguna.

—Te ofrezco mis disculpas por haberte malinterpretado veinte años atrás.

—Hum, quizá con eso sea suficiente. Pedro siempre decía: todos los que nos acusan de corruptos terminarán siéndolo algún día. Y en el fondo, aquí estamos, organizando el futuro en medio de la peor crisis mundial, recurriendo a lo único que siempre sale bien, la trampa, querida Patricia, la ilegal legalidad.

Patricia retrocedió ante las palabras de su abuela. Eran perfectas, no les sobraba ni una coma.

—También quisiera pedirte algunos de tus trajes, grandma Graziella.

—¿Mis trajes de tantas décadas atrás? Patricia, qué idea más loca. Están aquí, es cierto...

—Muy bien preservados, estoy segura —afirmó Patricia.

—Con tanto dinero podrías hacértelos nuevos.

—No tendrían el mismo efecto.

—Pero ¿crees que puedes cambiarlo todo con un look? —inquirió Graziella con la voz muy seria.

Patricia movió la cabeza afirmativamente. Sintió como si su abuela se convirtiera en una especie de cobra delante de las tumbas de los faraones, alerta, helada, cargada de veneno. Y que ella empezaba también a volverse serpiente, más pequeña pero igual de peligrosa, aprendiendo de la cobra para atacarla. Sin atreverse a levantar la mirada, Patricia concluyó que sentía que podía matarla, a la abuela, a esa imponente, majestuosa figura conservada entre las paredes de madera de esta casa-castillo. Pero al mismo tiempo que elaboró esa idea prefirió borrarla, sospechando que la cobra delante de ella leyera la mente.

Graziella tomó de la mano a Patricia, abandonando el salón, volviendo al hall y subiendo juntas la escalera de madera, adornada por cuadros mezclados, retratos de antepasados inexistentes, ninguno con los rasgos indios de la delgada mujer ascendiendo los escalones. Abstractos y cinéticos, obviamente algunos venezolanos y bodegones más contemporáneos. En una silla o más bien taburete del rellano descansaba un libro abierto. Patricia lo recogió.

—Un hijo de puta homosexual que tiene seducidos a los españoles —dijo Graziella, empeñada en no detenerse. Patricia revisó bien el libro.

—Le conozco, estuvo en la boda del hermano de Alfredo.

—No puedes llamar boda a ese circo, Patricia. Por dios, España se ha vuelto loca en todo el sentido de la palabra.

Patricia devolvió el libro abierto al lugar.

—Diré a Douglas que lo embadurne con esas salchichas polacas que compramos para el desayuno y se lo tire a los perros.

Entraron en la habitación que ocupaba toda la segunda planta. Un vestíbulo con una mesa que parecía la mitad de la que recibía a los invitados en el hall de entrada. Y sobre ella grandes portarretratos de plata brillante pero no nueva. Patricia dejó escapar un ¡guau!, la exclamación quedó suspendida en la estancia ante la profusión de luminarias del siglo XX con los que se había retratado grandma Graziella. Los Duques de Windsor y ambas damas besándose al aire en un baile. Jackie y Onassis en otra fiesta, Graziella tomándoles de la mano. Millonarias célebres, presidentes, tenores, estrellas de cine. Parecían todos tener en común que no estaban vivos. La única superviviente de cada foto era ella, la abuela, Graziella. Colgada en la pared tapizada con la seda color menta que cubría toda la habitación, estaba ella, en su juventud, fotografiada por Horst en la entrada de la que fuera su mansión de Caracas. Dos pasillos se ofrecían a izquierda y derecha. El de la izquierda dirigía a un baño de visitas, abierto y encendido, saturado de espejos y flores recién colocadas, las rosas de distintos colores del jardín y frascos de perfumes, una de las obsesiones de la abuela, de distintas épocas y marcas. El de la derecha llevaba a la habitación, con una sala enorme de sofás del mismo esmeralda-menta que las paredes, si acaso los colores de los muebles más desvanecidos por el uso pese a que los cojines estaban tan ahuecados que imploraban no sentarse. Un Renoir, un Modigliani y un Fontana rosado convivían en las paredes. Patricia recordó a un amigo de su juventud que le preguntó si eran reales. Sí, lo son, y el amigo se rio. Era imposible reunir esa calidad de arte en una casa en Edimburgo. Pero el tiempo le dio la razón a Patricia. Muchos de los cuadros de la abuela Graziella adornaban las mejores exposiciones de esos autores en los mejores museos del mundo, siempre bajo la celosa placa de «colección privada. Edimburgo», sin nombre propio. El impresionante escritorio de la abuela, un mamotreto de caoba reluciente, cubierto de libros, agendas, invitaciones y flores. De niña, recordó Patricia, tenía una máquina de escribir. Ahora un Apple de última tecnología. Al fondo, delante de otro ventanal igual al de la biblioteca, la cama en la misma caoba que el escritorio, de cuatro postes y cubierta en la misma seda color menta, perfectamente vestida, con tartanes y almohadas y algún cojín con las típicas inscripciones divertidas. «No soy reina madre, solo reina», leía una. «Deja para hoy lo que no alcanzaste a hacer ayer.» Graziella se quedó detenida en la puerta de enfrente, la que conducía a su vestidor y baño, pero permitió a Patricia que fuera hacia el ventanal. Se podía contemplar el parque de robles detrás de las avenidas de Newtown. Y, como una pulsera de diamantes, el mar esperando la caída del sol.

—Bello, ¿no? —dijo Graziella—. Mucho mejor que la salvaje Caracas, sin duda. Eso tengo que reconocerle a ese escritorucho marica y resentido: solo deshacerte de unos cuantos desgraciados te permite vivir de esta manera.

Patricia sonrió. Y esperó a que su abuela se adentrara primero en el pasillo hacia el vestidor.

Eran cuatro puertas. La primera a la izquierda daba al baño, un camposanto de mármol verde con vetas blancas. Lo recordaba perfectamente, tenía un punto masculino. La bañera en un lado, amplia, y con aspecto de estar infrautilizada, pero rodeada de bustos de diosas griegas y soldados romanos. Enfrente, la amplia ducha protegida por una puerta de pesado cristal ahumado. Entre ambos un sofá, una pequeña mesa bajera repleta de revistas de cotilleos y moda y detrás de esta la pared dividida en estantes para colocar cosmética y farmacopea en orden alfabético. El tocador y lavabo eran una misma cosa, iluminado por distintas lámparas de diferentes décadas y varios juegos de peinado colocados pulcramente. La segunda puerta correspondería a aguas mayores y al bidé. Enfrente, un pequeño camerino, dos butacas mirándose, la ropa de hoy de Graziella organizada pulcramente encima de cada. Todo un nuevo atuendo para el día siguiente en la otra. Un espejo de cuerpo entero detrás de la puerta. La voz de Graziella la instaba a adentrase en la siguiente puerta y así lo hizo, mientras la anciana encendía uno a uno los faros que iluminaban los encofrados de cristal que preservaban sus vestidos de Fath, Dior y Balenciaga, una colección tan irreal como la de sus obras de arte.

—Me queda tan poco tiempo de vida, Patricia. Hemos enterrado a todos: a tu madre y al inútil de tu padre. Tu hermana es feliz pariendo hijos sin futuro. Has vuelto, has hecho lo que tenías que hacer. Todo lo que quieras de esta casa es ahora tuyo. Te deseo suerte con esa fundación, solo que no la hagas a mi nombre. Hazla en el nombre de tu abuelo. Le gustará saber que, a fin de cuentas, todo lo que hizo, esos difíciles interrogatorios, defender una dictadura como aquella en Venezuela, al final la historia le recordará como el cuidador de un Velázquez olvidado. Y ahora, claro, acabo de pensar en la única condición que te pondré.

—Aceptada de antemano —dijo Patricia.

—Que no tengas hijos. Que con nosotras muera todo lo que aprendimos.

CAPÍTULO 32

—

DEL INVIERNO A LA ISLA

Hace frío en diciembre, como es de esperar, pero unos días radiantes. Desde que Alfredo y Patricia viven en Londres y son millonarios el tiempo no se cansa de sonreírles. Cordelia, madre de la Modelo, ha conseguido una larga lista de expertos y coleccionistas que pueden facilitarle a Patricia una exposición de la colección de Graziella fuera de Edimburgo, incluso llegar hasta la Feria de Maastricht, el súmmum, el no va más de los millonarios de verdad y sus increíbles obras de arte.

—Pero antes quiero que vengas a casa a cenar con un queridísimo amigo, os va a encantar, es el sobrino-nieto de Oskar Schlemmer, uno de los fundadores de la Bauhaus.

Fueron. Alfredo incluso trajo una bandeja de sus langostinos tigre rellenos con trocitos de jamón y huevo cocido, una receta que probarían en la primavera de 2010 y llamarían *prawls new decade.* La galerista los adoró, es más, los tragaba y en alguna ocasión continuaba hablando con la boca llena de huevo y langostino.

—Christian es tan tímido que no se atreve a deciros nada, pero creo que sois la pareja perfecta para nuestra nueva acción benéfica.

Patricia sonrió a Christian, un caballero evidentemente gay, de unos bien disimulados sesenta años, cincuenta de los mismos vividos escudados en el insólito soniquete de ser el sobrino-nieto del fundador de la Bauhaus. Seguramente existía una sociedad de sobrinos-nietos célebres en Londres. Los sobrinos-nietos de Freud, de Marx, de Einstein y de Greta Garbo (no recordaba si tenía hermanas la mítica actriz sueca), de Pancho Villa, de los Hermanos Marx, de García Lorca, se embalaba Patricia y la sonrisa de su humor afloraba en su rostro al tiempo que Alfredo le daba una patada para que se concentrara en la conversación.

—Hemos hecho campamentos de este tipo en lugares en reclamación como el Sahara, no sé si se dice así, pero es lo mismo, ¿no? —Hablaba la galerista muy deprisa, de nuevo con ese ahogamiento de palabras y letras que enloquece a los muy ingleses—. Pero creemos que este año el gran evento tiene que ser Haití —afirmó.

—¿Haití? —dijo Patricia—. ¿Hay construcciones de Bauhaus en Haití?

—Oh, no —empezó a hablar por fin Christian—, pero mi tío tenía una gran admiración por esa isla. Decía que tenía la forma de un escarabajo nadando en el mar.

—Oh, sí —continuó Alfredo, tomando la mano de su novia—. Igual que Cuba la de un dinosaurio en la misma agua.

—Sería maravilloso si ustedes prepararan algo como lo que hicisteis en Nueva York el diciembre pasado —dijo al galerista.

—Fue noviembre —corrigió Patricia, y Alfredo soltó su mano y se negó a volver a cogerla el resto de la noche.

—Alfredo —empezó Patricia en la oficina del Ovington—. Alfredo...

—No. No voy a hacer ninguna cena benéfica.

—Pero piensa que de salir bien, que de seguro saldrá,

cambiará mucho tu perfil con respecto a esas cenas. Aquí se trata de apoyar una causa que quiere recoger dinero y centrar la mirada del mundo en una zona que nadie ve.

—Es una isla de muertos, Patricia. Es la pobreza extrema. ¿Cómo vamos a presentarnos allí con los langostinos tigre y los jamones y el cuscús de cordero y miel, aterrizando en los aviones privados, llamando la atención delante de gente que bebe agua de la calle?

—Iremos a la parte norte de la isla, más cercana de Santo Domingo.

—No, Patricia.

—Donde van los cruceros de lujo —siguió esta. Tenía razón, a pesar de que Haití es, en efecto, el emblema de la miseria mundial, una parte de la isla siempre está incluida en los cruceros más caros inimaginables. Aguas muy azules, arenas muy blancas, la pobreza, las enfermedades, el horror mantenidos a raya detrás de inmensas rejas eléctricas.

Patricia siguió viendo a Cordelia, la madre de la Modelo, galerista. Y también al sobrino-nieto. Parecían vivir juntos en Marylebone, cerca de Regent's Park y Madame Tussauds. Nunca había entrado al museo de cera y Christian decidió acompañarla.

—¿Qué quieres ver, la antigüedad, Marilyn Monroe y Elizabeth Taylor, o Angelina Jolie y los Beckham? —preguntó Christian.

—¿Sarah Bernhardt? —expuso ella con su sonrisa Patricia.

—Oh, dios mío, tendremos que comprar la entrada general y ver a Churchill y al coronel Montgomery —zanjó Christian.

Fue divertido, era prácticamente Nochebuena y no había muchos niños sino japoneses y australianos moviéndose desorientados entre personalidades blancas y occidentales. Patricia se detuvo ante Elvis y pensó en Alfredo. El Alfredo que había conocido en el taller de los Casas, el que la llevó al orgasmo en el avión a Londres. No lo pudo evitar, empezó a llorar, largo, hondo, toda su cara convertida en un desahogo. Se cubrió y alguien apartó las manos de su rostro. Era Borja. Delgado, marcado, pero el fondo de sus ojos igual de enamorado. Christian parecía esconderse detrás de los Rolling Stones para dejarlos solos.

—Somos amigos también de la galerista. Lo sé todo, y necesitaba verte una vez más —empezó Borja.

—¿Por qué estás libre? —soltó Patricia.

—Porque mi familia ha reunido la fianza.

—¿Qué quieres de mí?

—Verte. Yo no te quiero matar, Patricia. Ni pedir explicaciones.

—Hubiera preferido que la última vez de verdad fueras tú corriendo detrás de mí en la nieve.

—Ahora está nevando otra vez. Marrero sabe que has conseguido desviar el dinero.

—No podrá hacer nada, no mientras esté asociado a los Grammy Latinos.

—Me ha pedido que te busque para decirte que Higgins irá a un programa de televisión. Sí, lo han pactado, quieren que lo diga todo. Nombres, direcciones, lugares...

—No me asusta.

—No podrás pasarte toda la vida utilizando a personas, Patricia.

—¿Volverás a España o aprovecharás que estás aquí para irte hacia otra parte? —preguntó ella.

—Me iré al Caribe.

—Christian te ha hecho venir para que me convenzas de lo de Haití —entendió, siempre rápida, Patricia.

—Sí. Si no lo haces no te dará tiempo a evitar que investiguen todo lo de Marrero y estarás desprotegida. Pueden abrir una investigación a tus cuentas.

—No existen esas cuentas —insistió Patricia. ¿Cómo iba a creer que Borja quisiera ayudarla, rodeada de monstruos de cera?

—No soy la policía, Patricia. Soy el prófugo en que me convertiste. No te hablo desde la ley, sino desde el otro lado, del que no quiero que nunca conozcas.

Patricia se dio cuenta de que cerraban, se iban quedando solos, Elvis, Beatles, Tina Turner, Michael Jackson rodeado de flores. Se acercó más a Borja y aceptó el beso que sabía a cárcel y a huida, a Haití y a más barro, más abismo, más peligros abriéndose a su paso.

Tardó en llegar al Ovington, celebraban la Navidad a quinientas libras el menú y había gente esperando en la calle, rusos con la guía Louis Vuitton en las manos. Cuando bajó del taxi sintió que la miraban como si fueran a aplaudirla. Alfredo la recibió con un beso y la mirada escrutadora.

—Mira tu correo. Higgins ha ido a un programa de ex cotillas que se hacen pasar por periodistas serios. Han subido una parte a Youtube.

Patricia saludó al personal, habían crecido para esa noche, Joanie había traído nuevos adeptos a Alfredo y todos miraban estupefactos el desmesurado cerdo que presentarían como en los festines de antes, lacado y decorado con una manzana verde. Le ardía ver a la Higgins. Pulsó el enter y allí estaba, en un programa todo blanco, una especie de decorado trampa, sin puertas, sin público, un confesionario penitencial, Higgins vestida con un traje acartonado, mucho más delgada y nerviosa, intentando demostrar su inocencia. «Creo que hay intereses ocultos empeñados en empañar la ciudad de Valencia.» «Nunca hemos tenido reuniones con nadie de la trama de los Grammy», decía mientras el entrevistador, amanerado y autosuficiente, harto de su entrevistada, se empeñaba en preguntarle quiénes eran los artistas españoles que habían aceptado participar de esos Grammy Latinos. «Por dios, no se participa, uno es convocado a través de nominaciones», insistía Higgins. Y el entrevistador, histérico, arrojando papeles, «Usted está aquí para testimoniar que vio cómo hijos de cantantes célebres de este país habían aceptado estar en ese entramado de actuaciones en Valencia». Y Lucía Higgins se horrorizaba. «No, no, no tiene nada que ver. He ido a la cárcel por una falsa acusación de corrupción pública.» «Pues está en el programa equivocado, la corrupción pública no es un tema que nos interese en la televisión», gritaba el mariquita, y Higgins miraba anonadada a la cámara. Fin del vídeo.

Patricia se rio. Qué disparate, qué maravillosa era la vida que vivía. La única persona que de verdad podía soltar una liebre había menospreciado la capacidad de la televisión de mirar solo hacia donde le interesa mirar. Alfredo la vigilaba desde la cocina, las puertas del refrigerador reflejando el ajetreo del restaurante. Patricia entró en el twitter de Higgins, tenía uno, no muy activo, claro, porque acababa de salir de la cárcel. No podía dejarle allí ningún mensaje, demasiada exposición. Decidió enviarle un correo electrónico.

«Me ha encantado la parte de tu entrevista en Youtube. Has intentado algo muy loable, qué pena de programas en nuestra televisión. A lo mejor podría interesarles llamarte de nuevo si les enseñas estas fotografías.»

Quiso pensar un instante antes de adjuntar los documentos. Realmente no sería capaz de tanto, ¿o sí? El adjunto tenía seis fotos de Higgins follando de aquella manera con el negro en la casa de campo. Lo que ella siempre temió era realidad, aquellos fogonazos de luz como faros de coches que pasaban eran flashes de un fotógrafo contratado por Marrero para pillar a Pedrito y a David, a ella y a la Higgins. «Good luck», escribió al final del mensaje, y dio a enviar.

De repente, en vez del último verano, era Haití, pero en avión privado. ¡Habían cambiado el azul! Patricia parecía no darse cuenta pero Alfredo no paraba de observar detalles. Ahora era todo plata, como un recuerdo de la Factory de Andy Warhol.

—Pedrito hijo, tu cuñado, ha dirigido la redecoración —dijo al fin Patricia.

—¿Desde cuándo es decorador?

—Ha hecho unos arreglos discretos en la celda de su padre —sugirió Patricia—. Allí puso un papel pintado de las vacas de Warhol.

Alfredo viajaba incómodo. El plata es un tono demasiado frío. Te pone nervioso. Vuelve cada superficie en un espejo. Le recordaba los refrigeradores del Ovington. Cuando sintieron el tren de aterrizaje moverse debajo de ellos Patricia consiguió abrir los ojos después de aniquilar pesadísimas legañas. Alfredo la miraba aterrorizado.

—Recuerdo esta pista, es la Isla Prima. Hemos vuelto a la Isla Prima —dijo.

Al salir, asfalto muy negro, como si fueran lombrices avanzando sin rumbo, el verde de los arbustos volviéndose líquido y el cielo un flash sin cámara fotográfica. Unos hombres tan negros como el suelo, delgados, casi sin rostros, venían hacia ellos y hacia el equipaje hablándoles en un francés espeso y dulce a la vez. Eran los receptores de sus falsos programas de ayuda económica, pensó Patricia.

Subieron al jeep y Alfredo se sujetó fuertemente a Patricia. Árboles sin viento, ramas amenazantes y gente emergiendo detrás de ellos, zombis, apenas vestidos, ojos de cuencas blancas, manos estirándose hacia ellos. Una ráfaga de metralleta los disuadía, Alfredo apretó aún más la mano de su novia.

—Estuve aquí. Veía la misma gente, la misma metralleta. Detén el coche.

—No podemos, Alfredo.

—Me has traído aquí, de nuevo, ¿te lo han pedido ellos?

—Alfredo, es un viaje de solidaridad.

—Detén el coche o salto ahora mismo.

Patricia ordenó detener el coche.

No había nada. Ninguna ráfaga, ningún zombi. Solo ellos dos atrapados en sus medias verdades. Alfredo no sabía cómo solucionar la escena. Patricia esperó paciente. Con un gesto, al cabo de un minuto, indicó que reiniciaran la marcha.

Llegaron a un bungalow paradisíaco, en un complejo privado ¿propiedad del Cliente? ¿De Marrero? Al fondo, en el quieto Mar Caribe, tan azul como el cielo del aeropuerto, un crucero de lujo fondeaba. Alfredo seguía mal, receloso, confinado en sus pensamientos. Patricia estaba más delgada, el cuerpo más felino, el diminuto bikini una gominola masticable.

—Es el norte de Haití, Alfredo. ¿Recuerdas cómo nos lo vendía la gente de los Hamptons que siempre descubrían un sitio nuevo en el planeta? «El norte de Haití, nadie se lo espera y es realmente el paraíso.»

—Los paraísos siempre están cerca de la muerte —respondió Alfredo.

—De donde más apesta a muerte, creo que es la frase correcta —corrigió Patricia.

Bailaron junto a las parejas del crucero en la piscina de fondo oscuro del bungalow. Todos parecían asustados. Patricia quería hablarles pero las parejas, todas heterosexuales, preferían refugiarse entre ellos. Tenían miedo de estar allí, como había dicho Alfredo, tan cerca de la muerte y disfrutando el paraíso aún vivos. De vez en cuando aparecían los esclavos, sí, camareros en trajes tan almidonados que hacían ruido al moverse. Ruiditos, toda la noche llena de ruiditos que parecían jugar con la música, con sus perfumes, con las canciones que bailaban.

—A que no te atreves a pedir a Barry Manilow —dijo de pronto Alfredo, y Patricia creyó encontrar una tregua en su petición. Fue hacia el dj, un apuesto escandinavo con el mismo rictus de pánico en sus pómulos. Tenía a Manilow, sí, Copacabana, y de inmediato lo pinchó. El efecto fue convulso. Shock al principio y con pasos tímidos, luego osados, el clan de bellas pasajeras blancas se entregó al cancaneo. «Her name was Lola», coreaban todos. Ciertas malas canciones jamás perecen, ni siquiera en paraísos de gente asustada.

Al día siguiente el crucero marchó Santo Domingo y a la normalidad. Christian y Cordelia aparecieron en la piscina de fondo negro.

—Es realmente una maravilla, solo que cómo les explicas a tus amigos que es Haití —dijo Cordelia.

—Feliz año nuevo, casi lo habíamos olvidado —dijo Christian, vestido con un remedo de los diseños Bauhaus de su tío-abuelo.

Pasaron el día mirando el mar aparentar tranquilidad. Patricia se cambió de bikini dos veces, Alfredo se quedó desnudo otro par, parecían los únicos habitantes en esa parte de la isla. Los negros llevaban y traían platos. Alfredo se interesó por la manera en que cortaban las frutas, siempre papayas y otras similares, de interiores verdes y naranjas. Podrían hacer un chutney estupendo mezclándolas. Ordenó varias bolsas, que recogería cuando regresaran de Haití.

—Haití. Esto también es Haití. Solo que norte. Ricos —dijo el negro.

—Sí —asintió Alfredo, maravillado ante la fortaleza dental de su interlocutor—. Iremos a Puerto Príncipe, una semana, luego regresamos aquí de camino a casa.

—Casa. ¿Europa? —preguntó el negro.

Alfredo prefirió sonreír antes que responder. Se había acostumbrado en nada a ser servido por las mismas personas que antes había temido. «Temido» quizá no era la palabra. Que antes le habían asombrado o provocado el último resquicio de respeto que su mente podía aceptar. Tenía tanta razón Patricia: te acostumbras a vencer cosas, el miedo, la aprensión, la alucinación y también te acostumbras a entender que puedes vivir una vida regalada, fácil, en el mismo territorio donde todo es dificultad.

Cordelia se quedó dormida ante el sol naranja y de un furibundo magenta al final de la tarde. Patricia charlaba y ofrecía ideas para la construcción de una escuela para niños haitianos siguiendo los cánones de la escuela Bauhaus. «Era el sueño de mi tío, acercar la arquitectura a los sitios donde solo pueden permitirse esos edificios las clases privilegiadas», manifestó Christian. «Mi tío siempre decía que el verdadero privilegio es la naturaleza.» Patricia miró hacia el horizonte despejado, la noche avanzando sobre el Caribe y la cintura de Alfredo acercándose, para refugiar su cabeza y sus miedos en esa piel. Todo empezó a ponerse lejos, como si el mar retrocediera y lo tragara el cielo sin azul, como si los árboles desaparecieran detrás de una rampa en un escenario, como si Christian y la galerista se fueran igual que habían venido, sin ruidos ni presentaciones. Y quedaron solos ellos dos, los monstruos del mundo fácil, los amores acostumbrados a recostarse uno sobre el otro. Patricia tomó su iPod y buscó «Space Boy». «Hello, space boy, ¿te gustan los chicos o las niñas? Es difícil estos días. Adiós, adiós...»

Llegaron a Puerto Príncipe a las dos de la tarde del 12 de enero. Entre todas las cosas que sintió, esas horas eternas de asfalto lombriz y gente avanzando sin rumbo, tenía el olor de Alfredo dormido, la ventana del coche abierta y el salitre mezclado con las pocas ramas verdes que parecían unir el aroma del limón con el de la ruda. Y recordar un jardín que había olvidado por completo, el de la casa de su madre en Caracas y ella y Manuela, muy niñas, asustadas de la gente cacareando alrededor de ellas. «Qué bonitas, qué europeas, ¡qué primer mundo!», les decían, y ellas veían esos adultos, ese maquillaje que no resbalaba, las joyas y dientes que brillaban igual y el olor del helado de vainilla que llamaban mantecado y la brisa del limón colándose en los salones junto a la ruda, siempre más áspero, recordando el orín de un gato.

Abrieron las maletas en la habitación de muebles blancos y art déco en el Grand Hotel Suisse, sobre una de las poquísimas colinas de Puerto Príncipe. Las ventanas estaban cerradas con un candado. «Por el olor», había advertido el camarero, que tenía el pelo teñido de un amarillo chocante. Se veía un trozo de mar y otras casas con céspedes que parecían pintados y piscinas de fondo muy azul. Si te movías un pelín fuera del cuadro de la ventana alcanzabas a ver el desastre, las antenas parabólicas inclinadas a favor del viento, las casas que no eran sino tres paredes, el agua sucia derramándose por las laderas cubiertas de basura, la gente subiendo y bajando como papeles abandonados. Alfredo se echó sobre la cama, seguía mirándola agotado y lejos. Patricia esperó los ronquidos y abrió su ordenador. Vigiló las cuentas, alguien había entrado en las de Marrero.

Sintió frío, luego fuego en el cuerpo y el chorretón recorriéndole la espalda. Cerró el ordenador, pero no lo apagó. Lo introdujo en la caja fuerte.

Salió al pasillo, bajó al vestíbulo, hacía tanto calor, creyó que podía desnudarse y empaparse de su propio sudor. Borja se lo había dicho en el Museo de Cera: también iría al Caribe. Se notaba sin aire, por el calor. Nervioso.

—Van a liberar a Marrero. Los jueces no encuentran relación entre la factura, las escuchas y los sobornos a los consejeros. Nadie puede entender lo que pone en la famosa factura.

—Era de esperar.

—Dará una rueda de prensa, creo que terminará por anunciar que desea formar parte de las listas del President para las nuevas elecciones.

—Las ganarán —sentenció Patricia.

—No te va a recibir con una sonrisa, Patricia.

—Necesito que aceleremos la fundación, Borja. —Se rió, podría llamarla así, «Fundación Borja».

—Tú sabes hacerlo mejor que nadie.

—Cuando lo haya hecho dejo todo esto. Se acabó, ya no siento nada. Solo creo que guardo algo de amor hacia Alfredo, pero no me atrevo a vivirlo para no desperdiciarlo. Para no convertirlo en explicación, en realidad.

—Ojalá el calor decidiera incendiarme y morir aquí, escuchándote escupir tu amor por él.

Patricia no podía añadir nada más. Borja consiguió levantarse y avanzar hacia los ascensores.

—¿Dónde estabas? —le preguntó Alfredo cuando regresó.

—Aquí, cerca de ti y asociando olores. —Estaba desnuda, recién duchada y mezclando agua con sudor.

—¿Por qué seguimos juntos, Patricia?

—Porque tengo miedo, porque te quiero, porque te pido disculpas.

—Porque el amor es una putada —dijo él.

Christian y la galerista merodeaban en la puerta del hotel. Les esperaban en el Consulado Británico a las 14:45, era prácticamente al lado, pero antes debían ir a visitar la iglesia de Notre-Dame de San Claotel donde Christian quería dedicar un mural en homenaje a su tío-abuelo. Miraban las casas con jardín y flores quemadas y gente, personas vestidas con trajes de colores estridentes y de alguna manera detenidas en los setenta, cuando Patricia a lo mejor ni había nacido. Un hombre muy gordo la miraba fijamente sosteniendo un diminuto ventilador a pilas. Sus labios eran tan gordos como él y apenas podían hablar.

Caminaron rodeados de agentes de una seguridad privada pero con ridículo uniforme de alguna serie de televisión americana, sus escudos como alas de mercurios cosidos a los hombros, una musculatura desigual en todos ellos, brazos fuertes pero piernas enclenques. El calor era brutal, seco, sólido, una suerte de piscina de sal en la que jamás te ahogarías. Vieron la iglesia con su cúpula de celestes descascarados y los coches oficiales aparcando, dos, tres de ellos, y señoras con las mismas modas de los setenta pero planchadas, algunas con sombrero. Cordelia iba recitando nombres con el poquísimo aire que le permitía hablar. Damas de organizaciones benéficas de Francia y el Caribe, miembros del Blue Merlin Girls Club. Con la pobreza asediándolas, todas estas señoras formaban parte del golpe final de su plan. Todo el viaje le permitiría crear una gran tapadera. En este sitio rodeado de mar, cubierto de suciedad, oliendo a limoneros que se mezclaban con la ruda. Se sintió desmayar, pero se recuperó ipso facto viendo cómo una bandada de pájaros negros cubría el cielo sin emitir un solo graznido.

—Pasa algo —dijo Christian—, la naturaleza siempre alerta —susurró.

Patricia y Alfredo se acercaron. Los pájaros no terminaban jamás, el cielo era un retrato negro dentro de un marco azul. Los gatos se quedaban quietos en mitad de las calles, las mujeres se espantaban y querían correr, pero el calor casi los convertía en estatuas de sal. Se acababa la brisa, el mar se quedaba sin olas. Patricia vio a Borja entrando a la iglesia, vestido aún con la misma ropa del encuentro en el vestíbulo del hotel. Alfredo también lo vio, y por eso fue hacia la iglesia, luchando contra la inmovilidad del aire, extremándose en conseguir llegar hasta la pequeña escalinata y avanzar hacia la puerta. Alguien le decía a Patricia que no le siguiera, que no podían moverse, pero aunó todas las fuerzas y enfiló hacia la iglesia. Miró hacia Alfredo y Borja y luego hacia los pájaros, sus alas convertidas en un artesonado macizo, oscuro, encima de ella. Tocó la columna de la entrada de la iglesia, ardiendo, como si hubiera estallado una caldera en su interior. Y se sostuvo a la mano de Alfredo, que deseaba decirle algo acerca de Borja, otra vez acerca del amor, que era una putada, que Haití le arrancaba ya todo el aire para ofrecerle una explicación.

Y entonces sucedió el terremoto. Un ruido, un grito más que estrépito, como de calma rota. Y después el rugido de las rocas, de todo lo que estuviera construido derrumbándose y de los pájaros abandonando ese cielo oscuro y agitándose en el resquebrajamiento. Patricia vio que su mano se separaba de la de Alfredo, que la columna se hacía líquida, que Borja se esfumaba detrás de una nube y que personas enteras se arrojaban a ella y cerraba los ojos y sentía polvo entrándole por los párpados cerrados, por las orejas, por la garganta que intentaba cerrar pero que al final deseaba abrir para que la asfixiaran esas arenas, esos polvos, esas muertes. Sintió golpes, de brazos, de manos, de cabezas, de dientes pequeños que no la mordían sino que se encontraban con su cuerpo como si fuera un saco de arena en medio del mar. Sintió el mar callando mientras todo se volvía aullidos y pájaros que caían, consiguió abrir los ojos y observó la inmensa talla de la virgen francesa pasar delante de ella, los brazos abiertos en cruz antes de que la nube, la tierra abriéndose, la tragara.

Esperó a sentir que esperaba, que seguía allí, que encima de ella había una persona muerta, hombre, mujer o niño, que tuvo que moverla a un lado y avanzar, primero sin ver, luego cerciorándose de que no hiciera más daño con sus pisadas. Había olor a fuego, pequeños incendios que iban generando otros pequeños incendios y poco a poco, a medida que la nube se disipaba y el olor de sal y sangre crecía, empezó a recibir el ulular de las primeras sirenas. Estaba rodeada de dos montañas nuevas de destrozo. No estaba Alfredo. Su ropa estaba hecha jirones y delante de ella un hombre calavera la miraba con los ojos cubiertos de sangre y un crucifijo en el cuello moviéndose aún por el terror. El hombre la miraba como para devorarla y Patricia se quedó quieta asumiendo que así sería. El hombre a la vez se desplomó, la mano aferrada al trozo de madera con el Cristo. La caída desató más polvo. Patricia aguardó, los ruidos empezaban a crecer, gente, auxilios, móviles que nadie respondía. Los pájaros caían muertos. Y de repente un claro de luz, un boquete y gente encontrándose brazos, cabezas, maletas abiertas, papeles flotando en el aire que recuperaba fuerza, una mujer desnuda gritando sin cesar el nombre de alguien. Patricia deseó hacer lo mismo, gritar Alfredo, pero no podía abrir la boca, sentía que estaba muerta porque su aliento era sangriento, se había roto los dientes, sí, varios de ellos, apretándolos durante el terremoto o zarandeada de tal forma por él. Se cubrió la boca, y vio la chaqueta de Borja debajo de un brazo de alguien, intentó cogerla cuando sintió que la tocaban por la espalda. Era un guardia, uno de esos de uniforme televisivo diciéndole algo que su cabeza ya no podía percibir.

—Hay que sacarla de aquí, es blanca, es europea, pasaporte austriaco —escuchó. Oía llantos de bebé, quejidos de adultos, olor a mercromina, vio una inmensa mata de aguacate, con estos brotados de golpe, delante de un cielo infinitamente azul. Pidió un espejo, se sentía deforme, necesitaba verse. Cogió la mano de la persona más próxima, una enfermera, una médico, una superviviente.

—No tiene nada, señorita Patricia —le dijeron—. En el terremoto se golpeó varias veces contra la columna donde se sujetó y se rompió un par de dientes —siguieron informándola.

—¿Cuál es su nombre? —preguntó, sintiendo que el aire se movía diferente en su boca sin dientes.

—Patricia, como usted —le dijo la mujer dejándola sola. Patricia podía incorporarse, debería abandonar ese sitio, volver a los escombros, ayudar, intentar regresar al hotel y a su ordenador; llamar a Manuela. Encontrar a Alfredo.

Se sintió mal de no anteponer a Alfredo a todas las necesidades. Pero, secretamente, creía en que había una especie de orden literario en esa lista y también que mientras menos pensara en Alfredo más probabilidades tendría de encontrarlo con vida.

No se atrevía a decir nada. Era tal el sufrimiento que observaba, las camillas cubiertas de cuerpos apilados, todos sin vida. La gente tan joven y tan muerta. Los familiares cubriéndose la cara y desfilando delante del otro desfile de cadáveres. Las heridas tan descarnadas, los brazos convertidos en raíces de árboles monstruosos. Había estado en el paraíso y en el purgatorio. Podía cambiarse de nombre, asumir una nueva identidad y ser al fin una mujer altruista, alguien que ayuda, una ex esclava de la sociedad fácil, ex santa flotando en el Támesis suplicando a la virgen de la ayuda. Escuchó su nombre, era un hombre quien la llamaba, pero no era Alfredo. Otra vez la mujer haitiana, atribulada, con otro hombre al lado.

—No podemos tenerla más tiempo aquí. La devolveremos al hotel. Las embajadas europeas están evacuando a sus ciudadanos.

—Quisiera quedarme —dijo.

—Es imposible. Estorbaría más que ayudaría —respondió la mujer, marchándose otra vez.

Patricia viajó en silencio a través de la ciudad. No había siquiera ruinas. Ella había visto ruinas la mañana después de la catástrofe financiera, las columnas suspendidas en la nada de la City londinense tras la caída de los mercados. Aquí veía personas sin extremidades, sin ojos, deambulando entre montañas de fuegos sin apagar, esquinas de casas mal colocadas en techos de otras; gente corriendo entre cristales y dedos rotos con neveras sobre la espalda, perros con las caras hacia atrás, niñas desnudas y gritando, coches antiguos con el color arrastrado hacia un extremo. El mar invadiendo lo que antes fueron iglesias y escuelas, pizarrones desencajados, un cartel de una película de Tom Cruise atrapado en la rama de un árbol, policías escrutando el interior de los vehículos en fila en las puertas de la zona residencial de su hotel. Volkswagen viejos con manchas de sangre, arena en los neumáticos, alas de esos pájaros negros pegadas a la misma arena. Y de pronto, avanzando hacia ella, haciendo caso omiso a los oficiales que le impedían el paso, abriendo la puerta de su coche, entrando, abrazándola, Alfredo.

Lo besó y sintió cómo su lengua entendía la ausencia de sus dientes, se recorrieron buscando heridas pero intentando calmarlas. Se mordieron, se limpiaron las lágrimas, frenaron sus gritos, ignoraron los guardias que al final les dejaban pasar y adentrarse en ese espacio donde las casas seguían siendo blancas, las piscinas parecían haber perdido algo de agua y las palmeras se habían cortado en dos sobre los céspedes semi alterados. Seguían besándose mientras la normalidad volvía a ellos, delegados de las embajadas esperaban cautelosos a las puertas del hotel y empezaban a mirarles como milagros andantes, blancos, europeos, jóvenes, hermosos, sobrevivientes de la mayor destrucción.

Patricia se abalanzó sobre la caja de seguridad de la habitación para extraer su portátil. Estaba allí, sano, perfecto. Alfredo la observaba.

—Dicen que Borja pudo salir del templo. Pasarán muchos días antes de que puedan dar datos oficiales pero...

—¿Qué ha pasado con Christian y Cordelia?

—También desaparecidos —dijo Alfredo.

Patricia comprobó que tenía poca batería. Fue hacia el enchufe y miró hacia Alfredo. No había electricidad, pero tampoco tiempo para activar lo que necesitaba hacer.

Respiraba fuerte, como si recuperara aire y al mismo tiempo ese oxígeno la fortaleciera para explicarse ante Alfredo.

—Tengo dinero para crear una asociación benéfica para ayudar a la reconstrucción —empezó a decir.

—Espera a que estés en Europa, Patricia.

—No, tiene que ser ahora. Mi sistema es fácil, Alfredo. Se trata de mover dinero de un sitio a otro. No puedo explicarlo ahora, no quiero que lo sepas. No es por desconfianza, es para no pringarte. Venía aquí con esa idea en la cabeza. Crear una fundación a través de la de Christian para que algo de ese dinero que conocemos sirva de... ayuda.

Alfredo no dijo nada. Patricia tecleó sus contraseñas. Sonó el aria de Popea-Chanel y también «Picture this». Siguió tecleando, creando una nueva carpeta en sus servidores. Fundación Bauhaus, escribió, fue lo primero que se le vino a la mente. Pondrían cien mil dólares, una aportación de Graziella van der Garde y Two Monsters Together. Sintió un nuevo temblor, a lo mejor en verdad era otro movimiento sísmico pero lo que sentía era por dentro, el darse cuenta de que esa fundación ampararía todos sus movimientos a partir de ahora. Al convertirse en una benefactora de la reconstrucción de un país, el más pobre del mundo, podría movilizar cualquier cantidad de dinero en aras de un fin humanitario. La jugada perfecta. Mejor que el Velázquez 101.

—Fácil —escuchó decir a Alfredo—. Fácil final feliz. Incluso tienes wi-fi. No hay luz, no saben cuántos muertos se contarán, pero hay wi-fi.

—Entonces quedémonos —dijo, el acento austriaco creciendo.

—Nos desalojan, Patricia. Somos prioridad internacional.

—¿Y no sientes nada por ellos, por los centenares, los miles que vivían aquí, subsistiendo en la nada y ahora convertidos en más nada?

Alfredo calló. Patricia se imaginó desprendiéndose de ropa en el vestíbulo del hotel, pulseras, zapatos, pendientes, collares, reloj, sí, aunque no hubiera traído el bueno, zapatos, maletas, el propio ordenador, darlo todo, subirse a los convoys donde les devolverían a los aeropuertos en el norte o en Santo Domingo, a su avión privado, aunque fuera alquilado... Era demasiado.

Accionó los chips, creó la fundación, dispuso que los primeros cien mil dólares estuvieran en la cuenta que Marrero había abierto en esa isla cuando viajó junto a Alfredo.

—¿Estás robando dinero? —exclamó Alfredo.

—No, estoy creando esa fundación.

—Patricia, por dios.

—Estoy creando una fundación que recuperará dinero para reconstruir lo que no se puede reconstruir. Sí, y detrás de esa fundación estará todo el dinero que necesitamos limpiar. Ahora lo sabes todo, ahora no queda nada más que ocultar. Ahora sabes que puedo convertir estas muertes en más dinero, más gloria, más tapaderas, más engaño.

Y empezó a llorar, a aullar aferrada al ordenador, pulsando enter una y otra vez.

Fue así, pulsando, que accionó una canción. «Como un lobo, paso a paso, voy detrás de ti», escucharon los dos. Bosé, el movimiento líquido de la canción y el sol oscureciéndose sobre la ciudad devastada. «Voy detrás de ti, paso a paso.» Patricia se hacía tan pequeña, se encogía, no dejaba de temblar y sudar, de pedir perdón, de intentar ofrecer una explicación.

—Ya está bien, Patricia. No podemos cambiar nada. Vendrán a buscarnos, nos sacarán de aquí. Sorteamos todos los peligros, convertimos en oro el lodo de la muerte.

—No es culpa nuestra —dejó escapar.

—No se trata de culpas, Patricia. Todo el tiempo, mientras no te encontraba, sabía que estarías viva, que tendríamos esta discusión y que mañana o pasado, cuando estemos de nuevo en el Ovington o en el Claws, harás que prepare cenas benéficas para este país.

—¿No pensarías en eso mientras sucedía el terremoto, Alfredo?

—Lo pensaba, Patricia. Es más, no podía dejar de pensar en otra cosa.

—Mientes.

—También es cierto. Miento, pensaba en ti, en que te encontraría, en que no te morirías ni estarías destruida en un hospital sin nombre, sin identificación, como los otros que vi.

Patricia se dio cuenta de que en ningún momento le había preguntado qué le había sucedido.

—No hace falta que me preguntes ahora, Patricia. Eso era lo que me mantuvo vivo, esperando a encontrarte, que tú no te interesarías por mi parte de la historia.

Patricia se quedó vacía. ¿Cómo no se le ocurrió que él también había pasado por el mismo terremoto, que él también tendría algo que contar?

—Pero esto no cambia nada, Patricia. Solo nos hace entendernos un poco más. No conocernos, que eso ya está hecho. Entendernos, aceptarnos. Y que precisamente por entenderte ya tampoco existirán secretos entre nosotros. Y que saberlo tampoco será un alivio.

Volvió la electricidad a la habitación, una ráfaga, como el último temblor de un muerto. Y la televisión se encendió en un canal de noticias. Y allí estaba el terremoto, las mismas imágenes que podían divisar desde la ventana del hotel. Patricia podía haberle dicho «estamos en la noticia» y sería mucho más acertado que «somos noticia». No podía decirle algo así. Era preferible seguir sin palabras. Lo único que realmente quería añadir era que todo amor encerraba una condena, a lo mejor esa era la única que conocería como delincuente.

Llamaron a la puerta. Un botones, su uniforme manchado de arena y sangre y dos mujeres policías, temblorosas, sus rostros espantados. Dijeron que había un coche para llevarlos a través de la única carretera habilitada para sacarlos del país cuanto antes, por el mismo aeropuerto en la zona norte antes de que los norteamericanos acapararan todas las salidas del país. Patricia dio un paso al frente, el ordenador contra el pecho, la gendarme preguntó si no se llevaba su equipaje.

—Lo dejo. Es lo mínimo que puedo hacer —sentenció.

CAPÍTULO 33

INSPECTOR OGILVY

Pasó el invierno, crecieron los magnolios delante de la casa de Bram Stoker, continuó agolpándose la gente en el Ovington y en el Claws. Patricia consiguió que su abuela cediera el Velázquez 101 para una primera gran exhibición en Edimburgo, todavía sin confirmarse si el ministerio español enviaría a alguien, pero varias direcciones de museos interesándose por lo que ya empezaba a llamarse el único descubrimiento bueno del peor año de la crisis.

Todos los días alguien organizaba una cena para recaudar fondos para Haití. Todos los días Alfredo se acercaba a la sede de la embajada del país destruido con un carrito cargado de comida. A veces se quedaba junto a la hija del embajador, atractiva y exótica, escribiendo cartas a distintas organizaciones culinarias del mundo para pedir más alimentos y medicinas. Todos los días Alfredo le entregaba a la hija del embajador el recorte de la caricatura de Forges de un diario español donde escribía «Pero no te olvides de Haití».

Patricia tampoco lo podía olvidar. Sus servidores externos parecían ya las puertas de cualquier embajada por lo limpios que los dejaba el pertenecer a una fundación solidaria dirigida en exclusiva a gestionar fondos de ayuda para la isla.

¿Y Marrero? No se atrevía a entrar en ellos. Todavía no

lo dejaban libre, su caso parecía alargarse más de lo que podían hacer los amigos para ayudarle. Los periódicos vendían mucho con cada descubrimiento que hacían, sus operaciones, las posibles vinculaciones con gente famosa, los años de pelotazos inmobiliarios entre Madrid, Barcelona y Nueva York. La amistad con el tenor, incluso ellos mismos aparecían en los titulares. Pero Alfredo estaba impoluto, porque en el Ovington había una cena para recaudar fondos para Haití cada jueves mientras fuera necesario. Y era necesario, era un mantra. Necesario para los dos, para sentirse útiles, para devolver todo el privilegio que conocían.

Pedrito, el hijo de Marrero, apareció una noche muy borracho, había discutido con David, que les odiaba, que no les perdonaba nada, pero él sí, él quería vender más historias sobre su padre, fotos de las operaciones que tenía, cómo se inventó lo de que él tenía VIH para engañarles. Patricia quería alejarlo, sacarlo a la calle, orientarlo en dirección equivocada y que lo estampara un camión. Se sobresaltó, no era verdad, no estaba pasando, lo imaginaba.

Nunca supieron qué había sido de Borja, Cordelia la galerista madre de la Modelo y Christian; los cuerpos de extranjeros que no habían aparecido tras tres meses del terremoto se daban por perdidos o enterrados en las fosas comunes. En una de las cenas por Haití, Patricia decidió presentar el libro sobre Alfredo que Borja había preparado y colocó dos fotos de Christian y Cordelia encima del primer volumen. Alfredo no estuvo de acuerdo, discutieron delante de la gente asombrada, hasta que Patricia retiró las fotos y las colocó en la puerta.

Fueron al Claws, amanecieron en el Claws, creyeron ver fantasmas en las mañanas de los viernes, Higgins pidiendo limosna, Marrero conduciendo un Bentley nuevo, David gritándoles improperios desde la parte de arriba de un autobús.

Y despertaron en abril con toda la primavera inundando la casa y el jardín en Cadogan. Los magnolios brotados, las camelias tapizando el suelo, el calor obligándoles a besarse y dejar que el sexo limpiara las malas memorias y pesadillas.

Grandma Graziella había sugerido que era preferible aislar aún más esa cuenta y colocarla en un banco de Islandia. Sí, Islandia, el único país quebrado de verdad de la Unión Europea. En Portugal o Grecia el dinero y todo lo demás terminaría por ser absorbido por el otro agujero negro de sus deudas. En un país ya quebrado, con los bancos haciendo enormes esfuerzos por renacer, era el lugar adecuado, adecuadísimo, para establecer una cuenta que ocultaba otra que velaba por la bondad de los extraños hacia Haití. Patricia tomó un vuelo por la tarde; apenas tuvo tiempo de llamar a Alfredo para desearle buenas noches. Al día siguiente, uno de los volcanes de la isla había entrado en erupción. Patricia asumió la reunión con gran jovialidad, incluso llegó a decirles a los banqueros que lamentaría mucho no poder regresar a Londres porque ese sábado Joan Collins, la heroína de «Dinastía», daría una charla sobre su carrera cinematográfica en el British Film Institute. Los banqueros la miraron mal; ¿tenía Joan Collins una carrera cinematográfica?, le preguntaron, y ella sonrió, agradeciendo que no le hubieran preguntado si la actriz seguía viva.

—Están cerrando todos los aeropuertos de Londres —le dijo Alfredo por teléfono.

—Parecemos vivir siempre en noticias similares, ¿no? —comentó Patricia.

—Tendrás que estar ahí más tiempo de lo que planificaste.

—Te escribiré —respondió ella, esperando a que Alfredo cerrara el móvil también y mirando hacia la calle de Reikiavik donde se había detenido a tomar un helado, sí, un helado en pleno frío. La gente andando, como en cualquier otro sitio, más blanca que en otros lugares, más concentrada, quizá con algo de susto aún en el rostro, pero continuando, como ella y Alfredo, continuando.

Alfredo intentaba descifrar lo que había escrito Patricia, siempre con esa pésima, hasta desagradable caligrafía: «Grandma Graziella solo pone una fundición», parecía leer. Fundación. Alfredo dejó la carta encima del escritorio de su novia en el despacho del Ovington. Era uno de los sitios más ordenados del mundo, solo afeado por esa horrorosa letra de persona enferma, mujer desorientada. Sí, Patricia era las tres cosas. La estratega con el escritorio impecable, la enferma y, si no totalmente desorientada, había conseguido que él sí lo estuviera.

En su ausencia, había más Patricia que nunca. Alfredo atendía el restaurante vigilante de que en cualquier mesa se levantara alguien y se identificara como inspector de Hacienda norteamericano, español o inglés. Ansioso por que la Higgins reapareciera con el negro y David y Pedro le informaran de que los tribunales españoles habían liberado a Marrero porque no había indicios de ninguna cosa rara en su más que válido deseo de traer los Grammy Latinos a Valencia. ¿Por qué estaban tan metidos en algo tan complicado? ¿Por qué era imposible detenerlo?

Porque el mundo se había vuelto complicado. Cuando fuimos ricos —se decía a sí mismo—, fuimos invencibles, todo nos estaba permitido. Él y Patricia se habían hecho adultos en esa sociedad, en esa Europa. Nueva York y Madrid parecían una sola. Londres creció hacia todos sus confines, hizo renacer Hong-Kong, la superó con Shanghái, aceptó que Bombay era multinacional, inmensamente pobre y al mismo tiempo inmensamente rica. Era todo tan millonario que se puso de moda un oficio como el suyo, cocinar. Convertir lo olvidable en un pecado mil veces multiplicado y aceptado.

El Innombrable daba una conferencia en Londres esa tarde. Lo había descubierto al azar leyendo *The Guardian,* el periódico progresista que, sin embargo, seguía muy de cerca las andanzas de los grandes cocineros, seguramente porque no sabía del lodazal en que podían encontrarse al equivocarse de clientes. Decidió acudir. Somerset House es un edificio imponente en el centro de Londres. Se celebra cualquier tipo de evento, respondiendo a la tradición democrática de los ingleses. Es, de hecho, una especie de palacio para que la gente opine, aprenda, deambule o descubra los portentos del Innombrable una tarde de verano.

Cuando llegó al recinto todas las alarmas se activaron. El embajador español fue el primero en reconocerle y ofrecerle profusas disculpas por no haberle invitado.

—Imperdonable, imperdonable, uno de nuestros más célebres niños prodigio en el panorama gastronómico de la ciudad. Imperdonable, siéntese en primera fila, por favor, se lo suplico —desgranaba el diplomático. Alfredo se vio avanzando en el salón repleto de gente, de columnas y de largas mesas con manteles no muy blancos donde o bien se exponían fotos de los platos del Innombrable o estaban aquellos artilugios que le habían ganado su inmensa y poderosa celebridad. Un grupo de fotógrafos cortó su paso al asiento y Alfredo lamentó la ausencia de Patricia. Con ella al lado la foto es siempre mejor.

El discurso del Innombrable fue idéntico al vertido en lo alto de la Torre Gherkin, hacía ya casi dos años. «Celebramos una fiesta en el momento equivocado, o el momento equivocado se emperra en arruinarnos el instante en que al fin nuestra vida es una fiesta —repetía el Innombrable, y Alfredo hubiera querido subtitular que el célebre cocinero quizá repetía discursos porque él mismo ya ni se entendía—. «¿Qué más puedo decirles? Que si hoy es el fin del mundo, Londres sea entonces, al fin, la fiesta. La última fiesta. Pero la vida es una fiesta y fiesta es comer. Aun en las peores etapas de la humanidad, un plato de comida ha significado paz, esperanza, confianza en la vida.»

Tras la ovación, Alfredo se percató de media docena de hombres vestidos como el Innombrable e intentando imitarle en gestualidad y tartamudez. Él habría sido uno de ellos, si no fuera por la idea de los hermanos Casas y porque Patricia apareciera en el taller aquella tarde de junio. Alguien le empujó por detrás con supuesta camaradería y apartó también el recuerdo. Era Miguel Casas y, detrás, Fernando.

—Todo el mundo nos habla del puto Claws, tío. ¿Cómo es que no nos has dejado invitación? —El Innombrable había decidido abandonar su cohorte de seis aduladores y venía hacia ellos. En lo que estuvieron juntos, Alfredo supo colocarse en el mejor sitio de la foto, al lado del Innombrable, y mantener la más simpática y vacía conversación con él mientras duraran los flashes.

Por supuesto que fueron al Claws. Patricia, alertada por una rápida y entrecortada llamada de Alfredo, había ordenado que en vez del chupe y el club sándwich dispusieran pastel de carne y entrañas, que divertía mucho al Innombrable, y conejo en mostaza para los hermanos Casas. La eterna fila de ansiosos por formar parte de la sofisticación con garras les recibió reconociendo sobre todo a Alfredo y al Innombrable.

—Joder, tío, quién nos iba a decir esto en la Barcelona de los noventa —alcanzaron a decir con incredulidad y envidia española los hermanos.

Dentro todo fueron ooohs, aaahs y joder y hostias. Los

hermanos Casas detectaron dos o tres actrices de Hollywood y el Innombrable se encontró con un célebre enemigo de los ochenta. Alfredo no podía desvelar nombres porque era una de las reglas no escritas del Claws, no se decían nombres salvo los que se emplearan en la conversación. En un mundo donde todos se conocían no era necesario destruir el raro juego de si se hablaría con quien creías que conocías o si en realidad lo hacías con un suplantador.

La orquesta tenía una invitada especial esa noche, había acudido en principio como cliente pero estaba como una cuba y no podía resistirse a la cruel interpretación de representarse a sí misma en el club que se había estrenado la noche en que el rey del pop había muerto. Aunque la orquesta la acompañaba perfectamente en sus propias canciones, no siempre le alcanzaba la voz y se olvidaba de sus propias letras, lo que la cantante de la orquesta suplía deliciosamente. Al público, ese Claws a reventar, le daba absolutamente igual, estaban viviendo un típico, emocionante momento Claws.

Alfredo llevó al Innombrable al despacho de la reina Patricia. La música les envolvía, habían bebido demasiado y Alfredo apenas podía entender lo que intentaba decirle el maestro.

—Sé lo que has hecho. Sé dónde has estado. Pero no te arrepientas —creyó Alfredo que le decía, pero los movimientos de sus labios deletreaban otras palabras—. Estamos en el momento equivocado. No podemos aspirar a más importancia, Alfredo. Comer siempre ha sido una cosa de ricos. Cocinamos para ellos, como hicimos ante los reyes de Francia, y dejamos de existir una vez les guillotinaron. Cerraré mi restaurante, no puedo permitir que se convierta en un símbolo del lujo en esta crisis —era lo que pensaba que decían sus labios. Y él intentaba abrazarle, decirle algo pero las palabras no le salían. Seguramente Patricia había ordenado colocar algo especial en los pasteles de carne y entrañas, se miraban y se abrazaban y casi besaban como si estuvieran mucho más colocados de lo que podían recordar.

Alfredo imaginó que empezaba a preparar platos anti cocina, como si fuera una prolongación de sus brotes psicóticos cuando anudaba y anudaba la corbata de lacito, como alguna vez se le escapó a Patricia llamarla, seguramente es como se refiere a las pajaritas en Sudamérica. Sí, preparar un menú de errores. Como pudo fue relatándoselos al Innombrable mientras la orquesta dejaba de tocar y aparecía el disc jockey, recibido como si fuera un césar triunfador.

—Arenques con hinojos pasados por néctar de albaricoques y servidos sobre una tortilla mexicana de maíz. Higadillos apenas cocinados envueltos en espuma de cerveza y buñuelos de bacalao. Un soufflé líquido. —Bueno, eso de hecho ya lo había creado en forma de combinado en sus inicios—. Chocolate imposiblemente amargo.

El Innombrable ya no estaba, en su lugar le miraban los ojos muy grandes de Fernando Casas.

—Nunca te perdonaré que me hayas arrebatado la única cosa que me hacía feliz, hijo de puta —le decía.

Le escuchaba perfectamente. Solo que le veía recuperando juventud, adelgazando repentinamente, mejorando la flacidez de esa cara que en efecto parecía haberse poblado de algo no cumplido, un deseo arrebatado.

—Patricia era la única alegría de mi vida. —Seguía hablándole y él entendiéndolo perfectamente. Quería responderle pero no podía, Fernando se hacía súper joven, parecía como si en cualquier momento empezaran a imitar los Milli Vanilli.

—Podías tirarte a quien quisieras y me hiciste daño, el peor daño posible.

Seguía sin poder responderle hasta que Brígida, la valkiria medio alemana y medio latina que Patricia había entrenado para ser maestra de ceremonias en su ausencia, se materializó con absoluta profesionalidad. Alfredo recuperó el habla y en el poco alemán que había aprendido con Patricia ordenó a Brígida que llevara a sus invitados, en especial Fernando, hacia la habitación de arriba. Brígida respondió con un rápido movimiento de su fuerte cuello y supo enderezar la inicial rebeldía de Fernando, que continuaba reclamando una alegría deshecha.

Alfredo reunió al Innombrable y a sus seis imitadores y al hermano de Fernando, que intentaba decirle algo y de nuevo tampoco podía entenderle. Subió con ellos la escalera de caracol hacia el cuarto de arriba. La mesa larga contra la pared de ladrillo con el corazón roto pintado como graffiti, los muebles de escay azul marino y las luces muy bajas. Brígida había acomodado a Fernando al lado de una rubia pechugona y cariñosa, y parecía sacar mujeres con poca ropa y mucho perfume de entre las paredes. Una morena tan solo vestida con su permanente afro, que se movía como un faisán suspendido, acercaba una bandeja donde había rayas de cocaína del tamaño de pequeñas colinitas y chupitos de tequila o vodka diferenciadas por una rodajita casi imperceptible de lima fluorescente. El Innombrable desdeñó la droga pero dejó que sus imitadores hicieran al fin lo que quisieran. Fernando lloraba, amargamente, mirándole e intentando mover sus labios pero rápidamente recordando que Alfredo los leía.

Durante la mañana abrió la puerta del Claws y la ciudad era fría, limpia, la cercanía de Charing Cross poblándose de mujeres jóvenes y uniformadas con sus faldas de variados grises y bolsos enormes, sosteniendo altos envases de cartón con falso café dentro. Alfredo no podía entender si le habían drogado o si su encuentro con aquellas personas que le impulsaron a ser cocinero había terminado por ser una naturaleza muerta desdibujada. Jamás bebía de más en el Claws, solo Patricia tenía la habilidad para resolver un cruel resacón.

Él prefería subirse al metro de la línea Picadilly en dirección este. Cualquiera que haya sido la noche, estar allí, sentado o de pie, al lado de la gente real que nunca sería, que nunca alcanzaría a ser, le mareaba, le asustaba, y le tranquilizaba. La línea cruza todo el oeste sumergida bajo los imponentes monumentos de la ciudad imperial. Cuando empieza a acercarse al este, proletario, duro, de casas repetidas y jardines cubiertos por muebles rotos y desechos de una vida rutinaria, emerge para enseñar un día sin nubes o un cielo cubierto con cuervos y patos devorándose en el aire. Debajo, aplastados por el cilindro del tren, las personas tienen rostros como el de Fernando reconociéndole que Patricia fue su única alegría. Tienen rostro de trabajar en las cosas que Alfredo jamás conoció, atendiendo turistas en tiendas caras, deseando escribir un artículo que cambie el mundo, asistiendo a un diseñador enloquecido, esperando una llamada al móvil que anuncie un premio o la muerte de alguien a quien sustituir. El tren se mueve con la misma musicalidad, seca, cortante, y las estaciones se parecen todas a refugios de una guerra que no se atreve a estallar. De pronto la oscuridad le devuelve su reflejo en el cristal y es él, el bello Alfredo, salvado de toda esa mediocridad por una mujer con un plan perfectamente llevado a cabo. Continúan las estaciones y suben rusos que parecen hablar polaco, italianos que se apoyan en mujeres indias, enanos que siguen un gigante, gays que gritan nombres de estrellas pop en sus móviles, mujeres solas que se suenan la nariz o restriegan ketchup en sus patatas fritas. Nadie es bello, solamente él, dejándose llevar, como siempre, una vez más.

Joanie le llamó, había una persona muy alta y de aspecto demacrado en la puerta del Ovington. El inspector de finanzas internacionales de Scotland Yard, respondiendo a una descripción propia de la mejor agencia de talentos, era alto, delgado y medio musculado, más cerca de los cuarenta que de los treinta, pelo desordenado y color piel de cebolla, impermeable en la mano aunque hubiera sol en la calle. Alfredo comprendió que prefería indicar su cargo antes que su nombre para evitar cualquier interpretación a su presencia. Significaba problemas y prefería anunciarlos a la primera. Los dos tenían la misma altura y en cierta manera un aire de reflejo. Por eso se ofrecieron al mismo tiempo la mano.

—Stuart Ogilvy, Mister Raventós. Para nada relacionado con los Ogilvy del dinero verdadero —agregó.

—Yo tampoco estoy emparentado con los ricos Raventós —alegó Alfredo.

—Ovington es la única historia de éxito en el Londres de la depresión, Mister Raventós —comenzó a decir Ogilvy, y Joanie y el resto del equipo comprendieron que era mejor dejar a Alfredo a solas—. Ya sabe que los agentes de finanzas internacionales tenemos un amplio presupuesto para asistir a estos locales. Conseguimos camuflarnos mejor que los críticos gastronómicos —continuaba hablando sin soltar el impermeable.

Alfredo deseó que Patricia estuviera allí. Tan solo con aparecer, su pelo corto, sus ojos verdes y los dientes tan blancos, se habrían resuelto mejor las tensiones. Ogilvy no dejaba de sonreír como si esperara un almuerzo gratis. «No hay nada en la vida como un almuerzo gratis», decía la madre de Alfredo ya vencida por su locura cuando le permitían ir a la tienda de salchichas de su ex marido. Ogilvy continuaba allí, lanzando exquisitas perlas sobre el restaurante, claramente pidiendo ese privilegio.

—Un restaurante en Londres es una fórmula archiconocida para blanquear dinero, uno que de pronto adquiere este nivel de éxito se hace también más evidente.

Alfredo miraba por encima de su hombro para ver la correcta evolución del restaurante. Todas las mesas llenas, asiáticos, judíos, una pareja de editoras de moda francesas, un armador griego destapando botellas de vino de borgoña junto a otro armador español.

—Tenemos una oficina de abogados en Grosvenor Crescent —dijo Alfredo.

—Excelente ubicación, Mister Raventós —respondió Ogilvy, el atildado inspector fiscal—. Cuentas impecables, admito. Incluso habéis pedido el permiso para aceptar trabajos en Norteamérica, que no todos los residentes conocen —continuó. Alfredo evitó poner cara de escucharle hablar en chino. Patricia sabía demasiado, ¿un permiso para residentes que ingresaran dinero desde el extranjero?—. Londres, ya sabe, es una ciudad con dinero proveniente de cualquier rincón del mundo. Necesitamos leyes más que nada para saber cuántas personas que mueven tanto dinero y tantas monedas viven en nuestra ciudad.

—Lo comprendo. En este negocio digamos que yo llevo esta parte del entramado y mi novia y socia, Patricia van der Garde, se encarga del resto. Fue idea de ella contratar a los abogados de Grosvenor Crescent —respondió Alfredo.

—Seguramente ella olvidó que necesitábamos una entrevista rutinaria —acotó el inspector. Sí, lo había olvidado, o a lo mejor lo había escrito en esa aterradora misiva de atroz caligrafía—. No son preguntas muy complicadas —dijo Ogilvy, decidiendo colocar su impermeable al fin en el espaldar de la silla de Patricia. Liberado de su peso, su cuerpo se relajó—. De todos sus platos, por cierto, mi favorito es el milhojas de bogavante.

Alfredo detectó ese tono metálico, ligeramente crispado de los gays que tantas veces escuchó en su propio hermano. Como si quisieran refrenar cualquier vestigio de amaneramiento delante de un hombre que, como él, les perturbaba. Fue entonces cuando entendió que, en la ausencia de Patricia, él tendría que hacer de Patricia.

Joanie y uno de los becarios improvisaron una mesa en el despacho, delante del destartalado sofá del Screams. Alfredo seleccionó un Rioja que gustaba mucho a su padre. Conde de los Andes, 2001. Nunca hay que fiarse de las apariencias, no solo porque el inspector pareciera atemorizado, sino porque también podía ser un experto en vinos, más aún si trabajaba en una brigada especializada en perseguir a ladrones de guante blanco. El milhojas de bogavante estaba estupendo, Alfredo también se había servido una ración, en plan tapa, y había ordenado a Joanie elaborar ese sándwich Club con perdiz estofada, lechugas de Madagascar y una *ratatouille* de berenjenas israelíes que venían de la misma subasta de la Isla Prima, sobre el famoso pan de espelta ligeramente tostado. Combinados con el deje metálico del vino, el inspector preferiría que Alfredo lo abrazase y le dejara dormir una siesta antes que sostener el interrogatorio. Para mantener cierta tensión viril entre ellos, Alfredo tropezó intencionadamente con el ordenador de su novia y activó las diapositivas de las fiestas en el Ovington que Patricia había organizado. Ninguna imagen era escandalosa, todas perfectamente publicables de caras famosas y también impresentables como las de la Higgins y Marrero. Por suerte, en casi todas estaba Patricia, mirando hacia la cámara, apoderándose de la pantalla, ofreciéndole una sensación de compañía y vigilancia.

—¿Por qué escogieron abrir un restaurante en Londres? —empezaba Ogilvy, llevándose la servilleta a la boca, reprimiendo el deseo de acicalarse las comisuras.

—Es una de las plazas más competitivas en mi profesión, Stuart —respondió Alfredo, relajándose en el sofá, acaparando más espacio con sus extremidades largas, silenciosamente socavando el respeto que infería el inspector de finanzas internacionales.

Vio la vieja litera abandonada, cubierta de periódicos viejos.

—¿Por qué no París? —continuó.

—Porque no hablamos francés —respondió con una sonrisa tan extensa y al tiempo cercana que difícilmente Ogilvy podría resistirse a besarle.

—No debió de ser fácil encontrarse en el medio de tanta atención después de servir la última cena a una persona como el señor Madoff. —Se mantuvo firme el inspector, aunque titubeara en alguna palabra. Alfredo se había colocado las manos sobre las rodillas, exhibiendo sus antebrazos cubiertos de venas casi musculosas. La mención del nombre del Cliente le hizo esconder las uñas. Nunca se referían a él por su nombre y de pronto tenía delante de él el recuerdo de los flashes del Screams y la voz de Marrero reduciéndole a una persona anexada a un precio.

—No, no fue fácil —concedió.

—¿Extraña sus inicios, cuando concebía esos divertidos combinados, mezclando licores con ingredientes de sitios distintos del mundo? Recuerdo un *Rhum Bay* suyo con cachaça brasileira y hierbabuena siciliana.

Alfredo sufrió por no perder el control de la situación. Ogilvy era temible, se había dado cuenta de que Alfredo pretendía marearle dejándole relamerse en su presencia, pero el tipo le había acuartelado sabiendo más de lo que esperaba. Claro que recordaba ese cóctel, fue uno de su favoritos, una especie de mojito con caipirinha, que es a su vez una suerte de mojito pero brasileiro. Por eso mezclaba cachaça con ron jamaicano, una bomba precisa, y le agregaba esa hierbabuena tan áspera pero aromática. David lo adoraba y lo bebía hasta que perdía la cabeza y decía estupideces como que Alfredo no le dejaba amarle.

—Me encantaría ofrecerle uno ahora mismo, pero imagino que debe volver a trabajar.

—No. Inspectores como yo no tenemos horario, señor Raventós.

—¿Le molesta algo de música? —preguntó de pronto Alfredo. Ogilvy dio por respuesta una negación de su cabeza. Alfredo regresó al ordenador de Patricia y allí estaban ella y la Modelo, vaya, mirando hacia la cámara como si aceptaran que las violara. Pulsó el iTunes imaginando que saltaría el aria de Popea, pero en su lugar surgió «Fascination», de La Roux. Alfredo se rió de buena gana, desahogándose, era una de las canciones más bailadas en la boda de su hermano. «Viejas fascinaciones, nuevas sensaciones, todas vienen a mi cabeza», cantaba la joven. Alfredo salió hacia la cocina, Joanie se estaba colocando su chaqueta para disfrutar del receso entre la comida y la cena. Quedaban dos personas alabando una botella de vino. Alfredo aceptó el beso de despedida de Joanie y fue hacia el bar de la cocina. No había cachaça, habría que suplirla de inmediato. Un poco de vodka francés, sí, era tan perfumado que el inspector lo disfrutaría. Empezó a triturar el hielo en la pequeña batidora americana y a buscar en los tuppers las hojas de hierbabuena siciliana, Joanie y compañía siempre organizaban todo tan bien. Mientras buscaba pensó que al volver con las bebidas el inspector se habría quitado todas las corazas y la consiguiente ropa y le esperaría con algo más que los brazos abiertos. No, se dijo, no podía ser. Solo Patricia, la puta de su novia, ella sí sabría qué hacer en un momento así. Él no, incapaz, absolutamente imposible. Nunca había necesitado de algo así para salir de un problema. Una vez David le contó que se acostó con uno de los hermanos Casas, sin precisar cuál, ofreciéndole tanta cocaína que al final se dejó... No quería recordar. No quería seguir más adelante, si mezclaba la vodka con el excelente ron hondureño que guardaba en su bar ya no podría echarse atrás. Los licores se unían en el vaso y ganaba el ron. Colocó el hielo molido con una cuchara de hueso de vaca argentina, esparció las hojas con sus dedos y probó un sorbo.

—¿Mezcla perfecta, Alfredo? —decía Ogilvy. Alfredo no se atrevió a mirar. Estaría desnudo y apoyado sobre el marco de la puerta. Imposible, todavía había gente en el restaurante, se reflejaría todo en las neveras, les verían los transeúntes a través de los ventanales. Se armó de valor y lo enfrentó, con los dos vasos entre sus manos. Le pareció el trayecto más largo de su vida, el que le permitía entender a Patricia, entender el alcance de dónde se habían metido, en lo que se habían transformado. Si el inspector quería algo de él, Alfredo también deseaba que se alejara todo lo posible del Ovington y de cualquier pequeño resquicio donde pudiera desmadejarse la red de Patricia. O, si lo dejaba hacer y compartir esas bebidas, que no fuera absolutamente nada más. Por qué no asumir que el tinglado de Patricia tenía un solo error, pensó: él. Sí, él, su novio que jamás alcanzaba a depositar los dos cócteles en el despacho; él, Alfredo Raventós, henchido de valor patrio y dispuesto a decir todo lo que sabía. Confesarlo como hubiera querido hacer en la boda de su hermano. Confesar, confesar, confesar. Y al fin estaba al lado del inspector, vestido, sí, sí, sí, vestido y sin ninguna sonrisa al apretar su vaso con unos dedos como los de cualquier otro hombre.

—Debe de estar pensando cosas terribles, ha tardado como si estuviera cruzando la intersección de Embankment y Charing Cross —le dijo. Alfredo se mosqueó. Era un comentario harto obvio, todo el mundo conoce lo larga que es, en efecto, la unión de ambas estaciones al borde del Támesis, pero Charing Cross era como un segundo hogar en esos días para Patricia, empeñada en visitar a su abuela en tren.

El inspector regresó al sofá, se tumbó sobre su propio impermeable, abrió las piernas y bebió un larguísimo primer trago.

—Es exacto al que atesoraba todos estos años. Usted dejó de hacer cócteles en el año 2000 —le recordó, con esa precisión de inspector. Alfredo no paraba de imaginárselo quitándose la ropa, acercándose arrodillado hacia él e implorándole que le dejara hacer solo un momento, solo un momento, como había oído a su hermano relatar que sucedían estas cosas.

—Solo un momento —dijo en efecto el inspector, y Alfredo sintió una repulsión recorrerle el estómago, se oyeron sus tripas, tragó pesadamente y la nuez se le pronunció más.

—Solo un momento —repitió el inspector y Alfredo tomó velozmente casi la mitad de su copa—. Solo un momento, sí, para atesorar el recuerdo de este combinado, y unirlo al de ese verano en Barcelona cuando usted trabajaba en aquel jardín y probé aquel maravilloso *cocktail*.

Alfredo estuvo a punto de decir que no podía, que era superior a sus fuerzas, que jamás conseguiría ir un paso más allá.

—Podemos mejorar el recuerdo... —comenzó a decir como si fuera otra persona— con un poco de queso.

—¡Queso! —exclamó Ogilvy. Alfredo sintió sudor frío en sus sienes, estaba metiendo la pata, el queso tiene connotaciones eróticas complicadas en la cultura anglosajona.

Puede significar ganas, ganas reprimidas durante largo tiempo—. Soy alérgico al queso, mister Raventós.

Alfredo recuperó de un golpe su confianza. De pronto era una persona capaz de algo peor que entregarse contra su voluntad. Era un cocinero capaz de engendrar un alimento donde camuflar un ingrediente venenoso. Se reanimó, se incorporó y sintió cómo en sus movimientos se desplazaba una renovada capacidad de seducción. Mejoró la música, el inspector apuró la bebida y Alfredo, sin preguntarle si quería más, avanzó de nuevo hacia la cocina a servirle otra. Abrió el refrigerador y la puerta le devolvió la instantánea del Ovington ya completamente vacío y la calle poblándose de transeúntes hacia ninguna parte. Hizo un segundo combinado y vio en la primera bandeja de la nevera los quesos, muy cerca entre ellos, como si fueran munición para un ataque. Sonrió y al cerrar la puerta se vio, vestido de blanco, el pelo tan negro, y pensó que cuando al fin pintara canas debería cambiar el color del uniforme. Quizás un azul oscuro, como el interior de una ola. Se rió y Ogilvy se incorporó algo más en el sofá, con la curiosidad propia del inspector.

—Me imaginaba... —dijo Alfredo asumiendo que debía una explicación por su inesperada risa— con canas, y que seguramente ya este tipo de uniforme debería también sufrir una alteración. Quizás hacerlo de un color más oscuro.

—Alfredo Raventós siempre será el mismo en cualquier color —soltó el inspector, acentuando cada palabra de mayor cursilería. Alfredo volvió a abrir la nevera y vio de nuevo los quesos, cada vez más juntos, como si quisieran volverse una masa.

—Ha hecho usted tantas cosas innovadoras en la cocina que cambiar el color del uniforme de los cocineros sería considerado una *boutade* fantástica —continuó Ogilvy, seguramente más borracho y por ello cada vez más desinhibido y cursi. Alfredo sacó los quesos, ingleses a la izquierda, españoles a la derecha, encima de una tabla de mármol amarillento. La dejó en la encimera, protegida de la vista del inspector por la puerta abierta.

—Aunque no comamos nada necesito dejar la puerta abierta para combinar temperaturas para unas gelatinas —explicó, siempre profesional, Alfredo.

—Qué fascinante compartir estos secretos juntos —relamió, con ese acento metálico, Ogilvy.

Alfredo regresó hacia el sofá, la puerta del refrigerador convertida en un muro que les reflejaba como un cuadro. En un principio Alfredo temió girarse y enfrentarse al reflejo, mientras el inspector cada vez estaba más acomodado en el sofá y su impermeable más arrugado debajo de su cuerpo. Por eso, Alfredo lo tomó por una de las puntas, el inspector se separó un poco, sonriéndole, sorbiendo más del trago. Alfredo dobló rápidamente la prenda y la dejó sobre la silla del escritorio. Volvió a sentir el control, escuchando débilmente la voz, el aliento de Patricia recordándole que estaba bien, que hacía lo correcto, que debía seguir adelante.

—Se ha abierto del todo la puerta del refrigerador —dijo Ogilvy en castellano, riéndose de su propia destreza en el idioma. Alfredo imitó de inmediato la risa. El reflejo atrapado en la superficie de la puerta le devolvió un ser grotesco, como si fuera un humorista de televisión. Peor, recordándole a la manta-raya exhibiendo toda su dentadura y el interior traslúcido de sus órganos en la gigantesca pecera de la Isla Prima. Ya no era aquel hombre de pelo negro, ojos profundos, mandíbula firme, hablando de cócteles y morenas porteñas que comían sushi de manos de sus enamorados. Ya no era el bello Alfredo imaginándose qué hacer para seducir a Patricia, vestida de boda e inestable sobre la gravilla del estudio de los hermanos Casas. Ya no era él el hombre que vio el precio de su talento en la parte de atrás de una tarjeta de visita. Era un espía sin alma, un narciso sin miedo, un guerrero sin escudo.

El inspector se levantó del sofá y Alfredo lo vio también reflejado en la puerta abierta. Un cuadro moderno, dos personas que necesitan algo. Dos clientes, dos mentiras. Dos monstruos juntos.

—No la cierres —ordenó, y el inspector se acercaba más a él, como si la orden de dejar abierto el frigorífico fuera una clave para iniciar la anhelada acción. Clavaba la mirada, un tren que se adentra en la estación. El cuchillo afincado en la herida. Alfredo seguía todo a través del reflejo. Tenía pelo, el inspector, sí, no aparecía ninguna calva en el cuadro. Buena espalda, buenas piernas, andar masculino. Nunca antes había notado esos valores en un hombre. Ya no pensaba como él, pensaba como Patricia, medía gestos, calculaba pasos, veía omóplatos. Patricia, dibujaron los labios de Alfredo. Patricia le respondió al que veía en la puerta abierta del refrigerador. Patricia volvió a decir sin mover los labios. El inspector estaba cerquísima, esperando el instante en que los brazos de Alfredo le cercaran. Alfredo imaginó productos corrompiéndose en la nevera al permanecer abierta, los quesos despidiendo fetidez, corrupción. ¿Cuánto tiempo más duraría este juego? ¿Veinte minutos, una hora? ¿El tiempo necesario para que el inspector Ogilvy pasara a ser una más de las víctimas de la pareja?

—Esta debe de ser la más extraña de mis visitas de inspección —confesó Ogilvy—. Espero que no sea la última —agregó, cerrando los labios y esperando, sí, definitivamente, la orden final de parte de Alfredo. No hubo ninguna, Alfredo seguía hipnotizado por el cuadro que encerraba la puerta de la nevera y la repentina oscuridad de la pantalla del ordenador. La espalda del inspector y el rostro de Alfredo en la nevera y la espalda de Alfredo y la sumisión de Ogilvy en el negro del ordenador. Cercados, vigilados por aparatos sin voz.

—Hace un poco de calor, ¿no? —dijo Ogilvy, desabotonándose la camisa. Alfredo enseñó sus dientes, otra vez la manta-raya nadando hacia él y estrellándose contra las ventanas del acuario. Alfredo cerró los ojos, los volvió a abrir y el cuadro que ellos formaban continuaba igual. Inmóviles los cuerpos reflejados en la puerta de la nevera abierta. La pared del despacho apoderándose del paso de la luz del blanco al gris, el sofá desarreglado, la litera sumergida por periódicos viejos, el impermeable como una piel desollada en el espaldar de la silla. Los quesos descubiertos por su olor. El inspector, al fin, de rodillas ante Alfredo, empezaba a desdibujarse en el reflejo de los refrigeradores. Cerró los ojos y estaba dentro de uno de los funiculares del London Eye, la noria símbolo del Londres del nuevo milenio. Patricia estaba a su lado. Y Marrero, otra vez con una cara que no encajaba. Hablaban de seguir juntos, de continuar en su mafia, circulando sin parar. Alfredo, el Alfredo de la noria, se apartaba e iba hacia el cristal de la cabina. Quería, ese Alfredo, ver Londres como si fuera una última vez. Westminster, el globo terráqueo en el techo del Coliseum, el sombrero del almirante Nelson en Trafalgar, las cúpulas del National Museum, el campanario de Saint Martin, la inmensa bóveda de Saint Paul y el Gherkin, siempre el Gherkin, saludándole desde el otro lado del Támesis. Los verdes de Saint James's Park y de Hyde Park uniéndose y al borde de derramarse sobre la ciudad. Se derramaban. Se derramaban.

Abrió los ojos. El inspector continuaba, arrodillado, moviéndose como un pato que aprende a nadar. El ordenador destelló la imagen final en su carrusel de diapositivas: Patricia, sonriente, la mano meciendo la melena inexistente, guiñándole un ojo.

[illegible]

[illegible]

[illegible]